陶淵明集校箋

[晋]陶淵明 著
龔斌 校箋

圖書在版編目(CIP)數據

陶淵明集校箋 / (晉) 陶淵明著；龔斌校箋．—上海：上海古籍出版社，2018.1 (2024.3重印)
(中國古典文學叢書：典藏版)
ISBN 978-7-5325-8476-5

Ⅰ.①陶… Ⅱ.①陶… ②龔… Ⅲ.①中國文學—古典文學—作品綜合集—東晉時代 Ⅳ.①I213.722

中國版本圖書館CIP數據核字(2017)第125637號

中國古典文學叢書〔典藏版〕

陶淵明集校箋

(全二册)

[晉] 陶淵明 著

龔 斌 校箋

上海古籍出版社出版發行

(上海市閔行區號景路159弄1-5號A座5F 郵政編碼201101)

(1) 網址：www.guji.com.cn

(2) E-mail：gujil@guji.com.cn

(3) 易文網網址：www.ewen.co

浙江新華數碼印務有限公司印刷

開本 890×1240 1/32 印張 25.375 插頁 4 字數 511,000

2018年1月第1版 2024年3月第5次印刷

印數 7,351—8,400

ISBN 978-7-5325-8476-5

I·3173 定價：188.00元

典藏

《叢書》出版達136種，并推出典藏版 2016

《叢書》入選首届向全國推薦優秀古籍整理圖書目録 2013

《叢書》出版達100種 2009

2016 ... 1977

十二月二十六日，國家出版事業管理局宣佈中華書局上海編輯所獨立爲上海古籍出版社

《叢書》首批出版《聊齋誌異會校會注會評本》《阮籍集》《李賀詩歌集注》《樊川文集》4種 1978

一月一日，上海古籍出版社宣告成立

1977 十二月二十六日，國家出版事業管理局宣佈中華書局上海編輯所獨立爲上海古籍出版社

1958 六月一日，古典文學出版社改組爲中華書局上海編輯所

《韓昌黎詩繫年集釋》《人境廬詩草箋注》《稼軒詞編年箋注》（後被列入《中國古典文學叢書》）出版 1957

1956 十一月一日，古典文學出版社成立

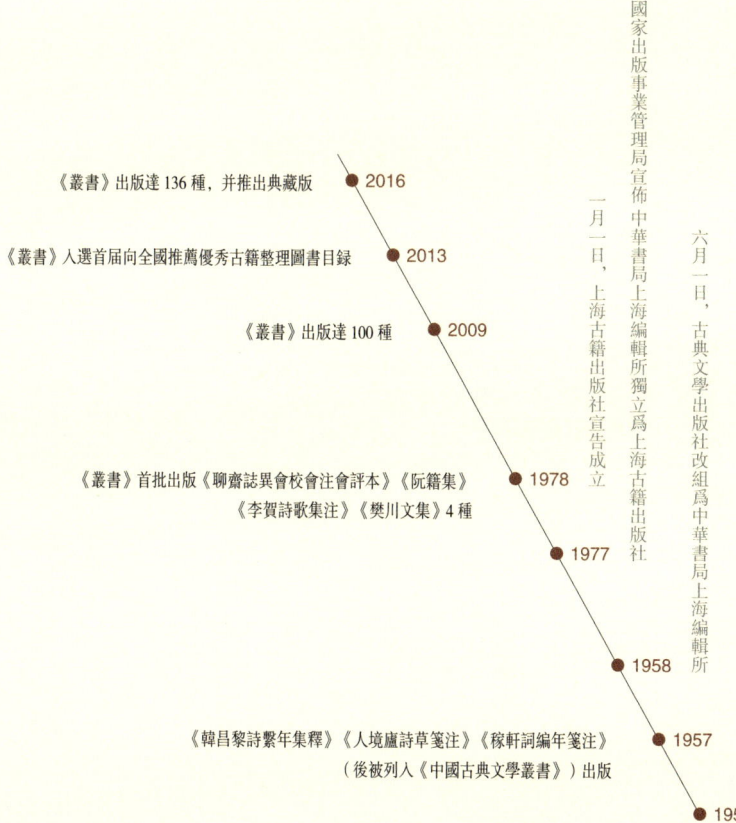

龔斌，一九四七年生於上海崇明，華東師範大學教授。

陶渊明像

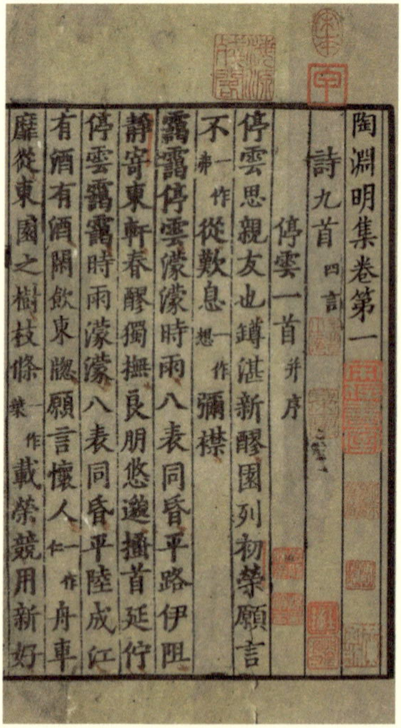
陶淵明集卷第一
詩九首 四言
停雲一首 并序
停雲思親友也罇湛新醪園列初榮願言不 一作弗 從歎息 一作想 彌襟
靄靄停雲濛濛時雨八表同昏平路伊阻
靜寄東軒春醪獨撫良朋悠邈搔首延佇
停雲靄靄時雨濛濛八表同昏平陸成江
有酒有酒閑飲東牕願言懷人 一作仁 舟車
靡從東園之樹枝條 一作葉 載榮競用新好

宋刻遞修本《陶淵明集》書影

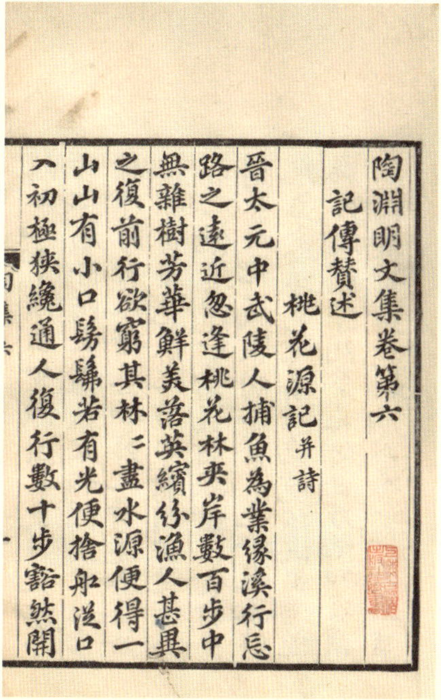

陶淵明文集卷第六

記傳贊述

桃花源記并詩

晉太元中武陵人捕魚為業緣溪行忘路之遠近忽逢桃花林夾岸數百步中無雜樹芳華鮮美落英繽紛漁人甚異之復前行欲窮其林林盡水源便得一山山有小口髣髴若有光便捨舟從口入初極狹纔通人復行數十步豁然開

蘇寫本《陶淵明集》書影

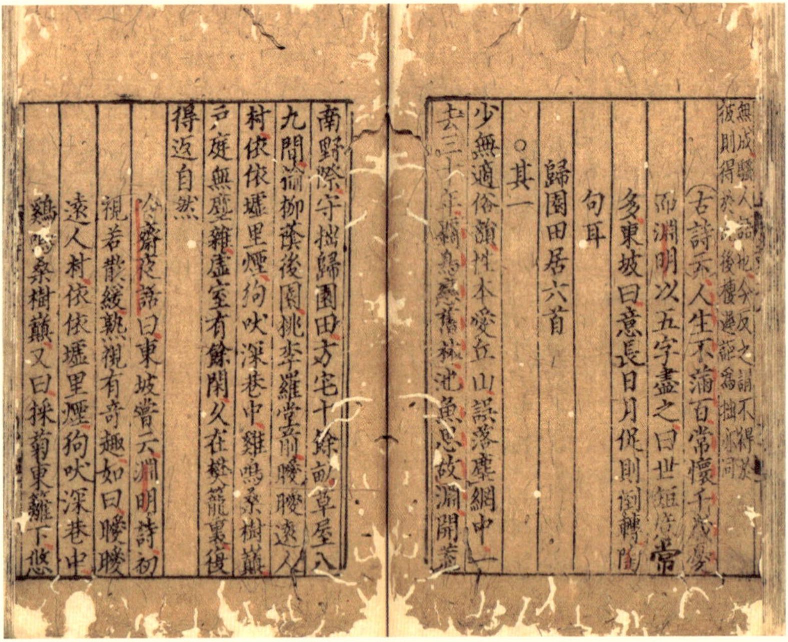
無成驟人詬也今反之謂不得於彼則得於此後棲遲詬爲拙亦同
古詩云人生不滿百常懷千歲憂
而淵明以五字盡之曰世短意常
多東坡曰意長日月促則倒轉陰
句耳

歸園田居六首

○其一

少無適俗韻性本愛丘山誤落塵網中一
去三十年羈鳥戀舊林池魚思故淵開荒
南野際守拙歸園田方宅十餘畝草屋八
九間榆柳蔭後園桃李羅堂前曖曖遠人
村依依墟里煙狗吠深巷中雞鳴桑樹顛
戶庭無塵雜虛室有餘閑久在樊籠裏復
得返自然
冷齋夜話曰東坡嘗云淵明詩初
視若散緩熟視有奇趣如曰曖曖
遠人村依依墟里煙狗吠深巷中
雞鳴桑樹顛又曰採菊東籬下悠

李公焕《箋注陶淵明集》書影

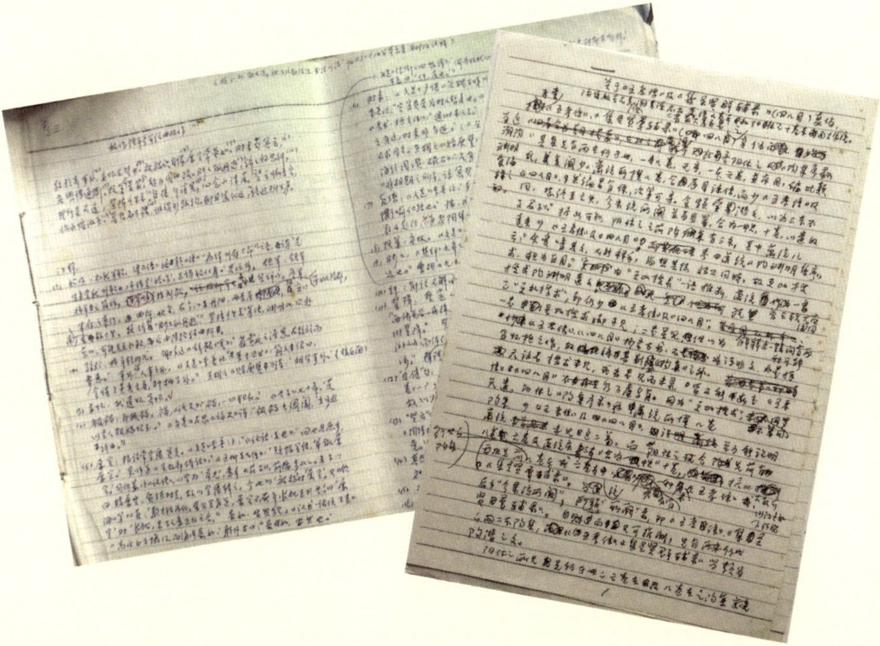

龔斌《陶淵明集校箋》手稿

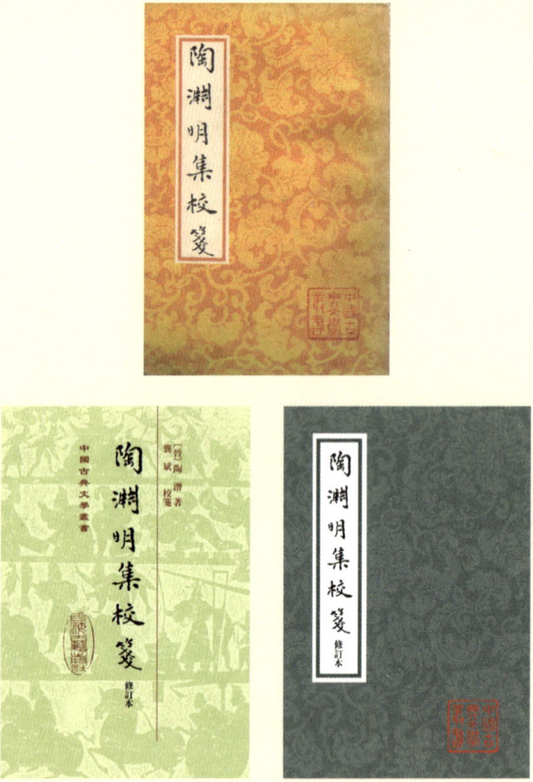

《中國古典文學叢書》版書影

序

魏晉南北朝時期的傑出詩人中，當推陶淵明爲第一。這可説是唐代以迄現代衆多評論家與讀者的共識。可是，陶淵明被公認爲此時期最傑出的一位詩人，並非歷來如此，而是有着一段曲折的歷史過程。在南北朝詩歌與評論都相當發達的時代，對陶淵明的評價並不高。鍾嶸詩品把他列入中品；文心雕龍全書廣泛評述歷代許多作家，却隻字不提淵明；蕭統很喜愛陶淵明的作品，文選選陶詩七題八首和歸去來辭一篇，數量雖較多，但仍遠遜于曹植、陸機諸家。這種現象是由當時評論者的審美標準所決定的。

原來在魏晉南北朝駢文長足發達並在文壇占主導地位時期，人們評論文學作品的藝術成就，首先是看是否具有駢體作品的語言美，即對偶工致、辭藻華美、音韻和諧諸要素，它們被稱爲辭采或文采。詩品對曹植評價最高，譬之爲詩界中的聖人，稱其詩「骨氣奇高、詞采華茂」，認爲曹植詩兼有高昂的風骨（風骨指明朗剛健的語言風貌）與華茂的辭采。詩品序也以爲詩歌藝術應「幹之以風力（即風骨），潤之以丹采（即指辭采）」，而陶詩的特點却是「真古」、「質直」，被世人目爲「田家語」。詩品舉出陶詩「歡言酌春酒」、「日暮天無雲」句有「風華清靡」之美，但此類詩句在陶詩中畢竟不多。文心雕龍風骨認爲，作品應風骨與文采二者兼備，因而對缺少文采之美的陶詩不予重視。北齊陽休之陶集序録也説淵明作品「辭采未優」。南朝時代，衆多駢體作品片面追求文采，缺少明朗剛健的風貌，柔靡不振。劉勰、鍾嶸大力提倡風骨與文采兼具以補偏救弊，蕭統能認識陶詩價值，文選選其作品較多，在當時具進步意義，但他們畢竟不能擺脱重視文采的時代風氣影響。

唐代駢體文學仍占主導地位，但詩文風貌有所轉變，注意改革南朝柔靡之弊，文風趨向樸實雄健，古文運動也告興起並初步開展。在此種風氣影響下，唐代詩人對陶淵明的評價有所提高，最明顯的例子是杜甫、白居易的言論。杜甫詩中屢屢提到陶淵明，對其人其詩給予肯定。他把淵明與謝靈運並稱爲陶謝。如「陶謝不枝梧」（夜聽許十一誦詩愛而有所作）、「焉得思如陶謝手」（江上值水如海勢聊短述）。南朝文人常常把謝靈運、顔延之兩人並稱爲顔謝，杜甫則陶謝並稱，表明對陶詩的價值、地位有了提高。白居易更是十分喜愛陶淵明及其作品。他在早年一度退居下邽渭村時，即寫了效陶潛體詩十六首組詩。到了後期，由於他長期過着半官半隱生活，着重寫閒適詩，對陶淵明的嚮往與模擬更是增多，如自戲三絶句學習陶的形影神三首，醉吟先生傳規仿陶的五柳先生傳。唐代是對陶淵明評價轉變的過渡階段，而白居易則是宋人極尊陶淵明的有力的前驅者。

到了宋代，歐陽修等宣導的第二次古文運動取得重大勝利，古文從此取代了駢體文的主導地位，文風普遍趨向樸素清淡，因而對陶淵明的評價日高，確立了他在漢魏六朝詩歌領域的首席地位。我們看胡仔編的苕溪漁隱叢話專門纂集宋人詩話，其前集「國風漢魏六朝」共二卷，而淵明一人占二卷；後集「楚漢魏六朝」二卷，淵明一人一卷。可見陶詩已成爲宋人評論漢魏六朝詩人的熱點。蘇軾認爲，陶詩「質而實綺，癯而實腴，自曹、劉、鮑、謝、李、杜諸人，皆莫及也」（與蘇轍書）。這一評價達到了宋人尊陶的高峰。蘇軾的推崇陶詩，和他譏評以駢體文學標準選録作品的文選是相輔而行的。

由上可見，對一位作家的評價，隨着各時代審美標準、創作主流風氣的變化，也會産生明顯的轉變。一位作家在樸素外衣下蘊藏的内在藝術魅力，終將獲得大多數讀者的認知。

陶詩自宋代得到崇高評價與普遍重視以後，其集子即有注本出現。宋代即有湯漢的注、李公焕的箋注，明清時注本更多，包括各種評本、選本等，達數十種。其中清代中期陶澍所注陶靖節集，内容最爲詳實，因而廣泛流行。二十世紀中，又有古直、丁福保、王瑶、逯欽立諸家之箋注，各有特色與優長，惜均較簡略。

龔斌學弟這部陶淵明集校箋則是彙校集注性質，内容頗爲詳備。其校記據曾集、魯詮等六家時代較早的刻本，羅列異文。箋注則主要采湯漢、李公焕以至陶澍、逯欽立等近十家重要注本，彙萃衆説；遇有疑難，則予以考辨，其論斷大抵比較客觀合理，愜人心意。除校記、箋注外，又有集評一項，採録前人有關評論，也具有參考啓發意義。綜觀全書，内容詳贍而不繁蕪，爲陶淵明作品研究者和一般讀者提供了一個優良的集注本，這是值得稱道的。中國古代的一部分大作家，往往注本頗多，使人有眼花繚亂之感。經過一段時間的注釋積累，需要有一個彙萃衆説的集注本，使讀者獲得觀一書而衆説備的樂趣和方便。龔斌這本箋注適應了這一要求，它完成于二十世紀末葉，總結了宋代以來以至近百年陶淵明作品的研究成果，不愧爲陶集注本中具有集大成意義的佳著，我爲此異常欣喜。龔斌對陶淵明作品十分喜愛，長期沉浸于陶淵明及其作品的研究中。他另有陶淵明傳論一書（二〇〇一年華東師範大學出版社出版），對陶淵明的生平、思想、作品的思想藝術等作了全面深入的研究，見解通達敏鋭，讀者可取而與本書並觀之。

王運熙於上海寓所

二〇〇六年二月

前言

一

陶淵明是中國文學史上最優秀的作家之一。他的詩文平淡自然，情韻醇厚，以其獨特的藝術魅力，傾倒了古往今來無數讀者。他的任真自得的人格，堪稱魏晉風度的傑出代表，歷來爲人們津津樂道。自唐宋以來，陶淵明的地位越來越高，影響極其深遠。在中華文化史上，陶淵明具有永恒的意義。

陶淵明約生於東晉廢帝太和四年（三六九），卒於劉宋文帝元嘉四年（四二七）。故里在尋陽柴桑（今江西九江）。曾祖父陶侃，爲東晉重臣，曾任侍中、太尉，都督八州諸軍事，荆江二州刺史，封長沙郡公，進贈大司馬，卒謚桓。祖父陶茂，爲武昌太守。父親也曾出仕，但並不以出處爲意，或許有點隱逸思想。大概到淵明父輩時，家道已趨衰落；而到他出生後，更是每況愈下。所以淵明自稱：「自余爲人，逢運之貧，簞瓢屢罄，絺綌冬陳。」（自祭文）淵明青少年時代「游好在六經」，頗受儒家思想的薰陶，孕育出「猛志逸四海，騫翮思遠翥」（飲酒其十六）的遠大抱負。在另一方面，他又深受魏晉玄學崇尚自然的哲學思想以及當時隱逸之風的影響，自稱「少無適俗韻，性本愛丘山」（歸園田居其一）。我們知道，「儒玄雙修」是東晉普遍流行的學風與士風。這一時代風氣影響了淵明的一生，對他的人格、個性以及詩文風格的形成，均有很大關係。

大約在太元二十一年（三九六），淵明二十八歲時，初仕江州祭酒。以後歷任桓玄幕僚、劉裕鎮軍參軍、劉敬宣建威參軍，最後爲彭澤令。在彭澤令任上僅八十餘天，解綬賦歸去來兮辭，時在義熙元年（四〇五）。前後十年，淵明數次仕隱，每次長則幾年，短則數月。如此頻繁地忽仕忽隱，其中原因究竟何在？對淵明情有獨鍾的蘇軾以爲這是「真」的表現，説：「淵明欲仕則仕，不以求之爲嫌；欲隱則隱，不以去之爲高。」（書李簡夫詩集後，東坡題跋）似乎淵明的仕隱一任其內心感情的變化，而與世事無涉。實際上蘇軾的這種看法並沒有揭示出淵明仕隱的複雜動機。我們認爲，他的忽仕忽隱，大致有三方面原因：一是爲貧，即出仕以救家乏；二是與當時的政治局面有關；三是個性與社會的衝突。

淵明在歸去來兮辭、與子儼等疏等許多作品中，一再説他是爲貧而仕。證以顏延之陶徵士誄「少而貧病，居無僕妾，井臼弗任，藜菽不給，母老子幼，就養勤匱」等語，淵明的話是可信的。然而他的出仕，還有他未曾明白道出的其他更深刻的原因。如果能深入探究他的數次仕隱與當時各派政治軍事勢力消長兩者之間的關係，那麽，就有可能揭示出淵明仕隱的内在政治動機。

最值得探究的是淵明先後入桓玄與劉裕幕府。晉安帝隆安三年（三九九），淵明復出爲桓玄僚屬。當時把持朝政的司馬道子、王珣、王國寶等人，圖謀削弱方鎮力量，因而與王恭、殷仲堪之間的矛盾日益加深。佔有西楚地盤的桓玄集團乘機而起，舉起討伐司馬道子父子和剿滅孫恩以勤王的義旗，借此籠絡人心。淵明外祖父孟嘉生前受桓玄之父桓温賞識，淵明本人亦曾有「猛志逸四海」的抱負，而桓玄勤王的旗幟又堂而皇之。多方面的原因，促使淵明入桓玄幕府。至於後來桓玄篡晉，那是淵明始料未及的。晉安帝元興二年（四〇三）歲末時，淵明因母喪居家二年了，而此時蒙塵的皇帝就在咫尺之間的尋陽。他作癸卯歲十二月中作與從弟敬遠詩説：「寢迹衡門下，邈與世相絶。」「歷覽千載書，時時見遺烈。高操非所攀，謬得固窮節。平津苟不由，栖遲詎爲拙？」以固窮自勉，以栖遲自詡，隱約表達了反對桓玄篡晉的政治態度。元興三年（四〇四）春天，淵明居喪期滿。剛剛贊美過「栖遲詎爲拙」，又出來作劉裕的鎮軍參軍了。初看起來，淵明真有點「言行不一」。其實，這次出仕最能表明他的政治立場。這年二月，劉裕舉起討伐桓玄的義旗，風響景從，推爲盟主。風雲突變，激動了淵明濟時救世的夙願，給他創造了重新出仕的機會。始作鎮軍參軍經曲阿詩説：「時來苟冥會，踠轡憩通衢。投策命晨裝，暫與田園疏。」這幾句詩真實地反映了淵明出仕劉裕的深層原因。

可是那種不期而遇的機緣和寄迹風雲的熱情，並没有維持多久。義熙元年（四〇五）秋天，淵明辭去彭澤令，最終離開了仕途。對淵明辭官彭澤，前人有種種説法：有的説是陶潛不能爲五斗米折腰向鄉里小兒；有的説是赴程氏妹喪，而非督郵事；有的説是傷閔晉祚之將終；有的説是有託而逃。然而從淵明感士不遇賦、歸去來兮辭等作品可以發現，他辭官歸隱的真正原因乃是意識到世途的欺詐險惡，匡時救世的遠志不僅不可能實現，反而會遭受没頂之災；此外，質性自然的本性也與虛僞的世俗多忤。于是，淵明急流勇退了。前人或説他辭官是「恥事二姓」，或説是「閔晉祚之將終」，皆不合事實。因爲在義熙元年，所謂將移晉祚純屬子虛烏有，劉裕的篡晉是十餘年之後的事。

淵明辭官彭澤，是他生活道路上的一座分水嶺，標誌着他從仕隱矛盾中最終解脱出來，也表明他所宗奉的崇尚自然的哲學思想的勝利。此後二十多年，他過着躬耕隴畝的平凡又艱辛的生活。悠然的南山，東籬的黄花，庭園中的青松，夕嵐中的飛鳥，常常與詩人進行着無言的交流，讓詩人體悟到無形的「道」所顯現的具體之美。同時，淵明也年復一年地飽嘗着勞動與生活的艱辛不易。他晚年生活日益貧困，甚至落到乞食的地步。他在詩里不止一次寫到因生活的窘迫而嘘唏感慨。在他歸田後期，至少還有一次出仕的機會。南史隱逸傳説：「義熙末，徵爲著作佐郎，不就。江州刺史王弘欲識之，不能致也。」飲酒其九也反映出時人或勸其出仕的情況。當時，與淵明同稱爲「尋陽三隱」之一的周續之爲刺史檀韶苦請，與祖企、謝景夷共在城北講禮，淵明不僅不應徵命，而且對周續之諸人的行爲頗不以爲然，作詩勸他們與其同隱。入宋後，淵明貧病轉劇，江州刺史檀道濟往候之，並説：「賢者處世，天下無道則隱，有道則至。今子生文明之世，奈何自苦如此？」勸説淵明放棄隱居之志，且饋以粱肉。但淵明心如磐石，不爲所動，不受饋贈。無論是貧困的煎熬，時人的異議，新朝的誘惑，都不能改變他的隱居之志。這是難能可貴的。試看當時不少名士，調和名教與自然二者的矛盾，主張名教中自有樂地，一面清談玄理，以隱居遺世爲高，一面却作官干禄，名利雙收。淵明之隱與那些所謂「通隱先生」之隱，實在是兩碼事。中國歷史上有過無數隱士，但像淵明這樣長期躬耕，堅持己志而終老的隱士，是絶無僅見的。從某種意義上説，正是堅持隱居、堅持躬耕，才造就了無可比匹的陶淵明，造就了他的不朽詩文。

二

在陶淵明研究領域，關於他的哲學思想歷來衆説紛紜。多數人把淵明歸入儒家。如陸九淵説：「李白、杜甫、陶淵明皆有志於吾道。」（象山全集卷三十四）真德秀説：「淵明之學，正自經術中來。」（跋黄瀛甫擬陶詩，真文忠集卷三十六）沈德潛推淵明爲「聖門弟子」（古詩源）。朱熹却説：「淵明所説者莊老。」（朱子語類）葛立方據淵明自祭文、挽歌詩、飲酒諸作，稱淵明爲

「第一達摩」（韻語陽秋）。上述現象説明，淵明思想複雜而不易把握。筆者認爲，陶淵明的哲學思想是獨特的，它既受到魏晉玄風的影響，又繼承前代思想傳統中的一些合理成分，並根據自身的仕隱經驗，表現出獨特的思想風貌。

陶淵明的哲學思想大體有三個重要部分：化遷的宇宙觀、神滅論和委運自然的人生觀。陶詩中經常出現「化遷」（或作「遷化」）一詞。所謂「化遷」是指自然萬物固有的發展與運動。宇宙有没有終極？萬物是否遵循一定的規則在運動？在這兩個人類認識史上的重大問題上，淵明的看法具有樸素唯物主義傾向。在最具哲理的形影神三首詩中，假設形、影、神三者的問答，闡明了作者對天地、生死、禍福、人生態度等一系列根本問題的獨到見解。他認爲世上只有天地和山川是永恒的，萬物依照其「常理」榮悴代謝。淵明化遷的宇宙觀明顯受到西晉玄學家郭象理論的影響。郭象莊子注廣泛地論述了萬物變化，認爲「無力之力莫大於變化者也」，「天地萬物，無時而不移也」（大宗師注）。郭象是位唯心主義哲學家，但他關於萬物發展變化的思想因子無疑是合理的。當然，淵明的化遷宇宙觀也同郭象一樣，没有指出萬物變化的物質原因，其局限性是不言而喻的。

從自然化遷的基本思想出發，就必然得出神滅的觀點。在中國哲學史上，圍繞生死問題的爭論，形成唯物主義與唯心主義兩大陣營。前者認爲形盡神滅，精神依附於物質，人的形體一旦消亡，靈魂也隨之消滅。後者認爲形盡神不滅，猶如薪盡而火獨傳。淵明堅定地主張形盡神滅，在形影神、怨詩楚調示龐主簿鄧治中、悲從弟仲德、挽歌詩等作品中，一再言及人生而必死，對道教的神仙長生之説深表懷疑，給予明確批評。當時，廬山高僧慧遠等宣揚神不滅論和因果報應説，淵明形盡神滅的觀點，與釋理針鋒相對，具有强烈的現實意義。

淵明委運自然的人生觀最具獨創性，表現爲既不同於傳統的儒家人生哲學，又不同於神仙家和佛家，在中國思想史上獨標一幟。儒家推崇的人生態度是積極的入世主義，視「立德、立功、立言」爲人生的三不朽。然其末流淪爲追名逐利者。另有一種頽廢的人生哲學，面對生與死這無法克服的矛盾，主張日日沉湎於酒色歌舞，消遣急如流水的光陰。第三種是服藥煉丹，希企羽化升天；或者皈依佛教，以期到達西方極樂世界，幻想逃脱形影俱滅的恐懼。淵明的人生觀與上述三種人生態度都不同，早在歸去來兮辭中就説：「已矣乎，寓形宇内復幾時，曷不委心任去留？胡爲乎遑遑欲何之？富貴非吾願，帝鄉不可期。……聊乘化以歸盡，樂夫天命復奚疑。」既破建功立業以求富貴，又破服藥煉丹以求長生的兩種人生態度，主張樂天知命，委運任化。後在形影神第三首神釋中又説：「甚念傷吾生，正宜委運去。縱浪大化中，不喜亦不懼。應盡便須盡，無復獨多慮。」作者意識到人不如草木那樣榮悴代謝，騰化之術又屬愚妄之舉，日醉不過是促齡之具，孜孜以求富貴亦非本願，那麽，正確的人生態度就不宜過多思慮，應該聽任自然的變化，不喜不懼，了此一生。淵明委運自然的人生哲學，是他安身立命的基石，也是形成其詩文風貌及人格之美的最主要原因。這種人生哲學，無疑受到魏晉玄學的很大影響，但又不同於玄學的自然説，所以陳寅恪先生稱之爲「新自然説」（見陶淵明之思想與清談之關係）。與陶淵明思想密切相關的一個問題是淵明的人格特徵。歷史上曾有許多人贊美並想仿效他的人格，却無人能得其仿佛。這説明淵明的人格也是獨特而無法企及的。

概括淵明的人格特徵是困難的。勉强説來，大致有三點——

一是任真自得。五柳先生傳便是作者任真自得個性的自畫像。而最早概括淵明人格特徵的是蕭統，他説：「淵明少有高趣，博學善屬文，穎脱不羣，任真自得。」所謂任真自得，即順應自然，達生任情。二是耿介狷潔。淵明「少無適俗韻」（歸園田居），懷正志道，真率坦蕩，與虚僞的俗世格格不入，常以孤松、孤雲、孤鳥、秋菊、幽蘭等物自況穎脱不羣的品格和安貧固窮的操守。他爲人及交游，都秉持一定的準則。三是平和實際。淵明並不是任誕不羈或性情孤僻的怪人。他鄙夷俗世，不願與「俗中愚」爲伍，但表現出來的舉動却是平和的。他是歷史上的著名隱士，但與割舍妻子、入山林而不返的傳統隱士不同。他的朋友劉遺民招他隱居廬山，他婉言謝絶，稱是「未忍言索居」。可見，淵明連隱居的方式也是平和的、獨特的。顔延之陶徵士誄稱淵明「和而能峻」。和，謂平和、謙和；峻，指穎脱不羣，品格超拔。淵明待人接物的態度是謙和中顯得脱俗，任而不誕，放而不狂，與不少以任誕爲高的魏晉名士很不同。

淵明獨特人格的形成，與魏晉玄學的崇尚自然密切相關，也與儒家的「君子固窮」精神及他的躬耕經歷有關。淵明任真自得、穎脱不羣，顯然深受魏晉名士任情自放、脱略形骸的人格之美的影響；而他耿介狷潔的品格，與阮籍、嵇康爲代表的竹林名士作風相通。另一方面，淵明的人格也得力于儒家精神的汲取。自西晉向秀、郭象調和名教與自然的矛盾之後，儒玄雙修成爲普遍的學風。淵明歸田之後，生活日趨貧困，但固窮守道之志却老而彌堅，這固然主要取決於他的委運自然的人生觀，但也同汲取儒家的君子固窮氣節大有關係。淵明的平和實際，則主要與他參加農村勞動有關。

三

陶淵明留傳下來的詩文數量雖有限，却大多言約旨遠，情趣高妙，具有極高的藝術成就。

陶詩在中國詩歌史上佔有崇高的地位，這首先是由于高妙的田園詩。對於田園美的發現及描繪，應該首先歸功於陶淵明。在此之前，人們已發現並贊美着壯麗的山川之美，但對平淡恬静的鄉村田園，却幾乎無人青睞，更説不上從中發掘出詩美。淵明開始把田園作爲審美觀照的獨立對象，將自己獨特的審美情趣融進其中，把它生動地表現出來。如歸園田居五首、飲酒其五、和郭主簿二首、移居二首、癸卯歲始春懷古二首、讀山海經其一等詩，清新、自然、純樸，不僅在當時成爲空谷足音，甚至也是後代的田園詩人無法超越的。

因爲淵明的田園詩最有創造性，所以他被一些人視作「隱逸詩人」，或被稱爲「渾身静穆」的田園詩人。這些看法其實是片面的。除田園詩外，淵明寫過不少感情深沉的咏懷詩。陳沆詩比興箋曾指出讀陶詩有「二蔽」：「一則惟知歸園、移居及田間詩數十首，景物堪玩，意趣易明，至若飲酒、貧士，便已罕尋，擬古、雜詩，意更難測，徒以陶公爲田舍之翁，閑適之祖，此一蔽也。二則聞淵明恥事二姓，高尚羲皇，遂乃逐景尋響，望文生義，稍涉長林之想，便謂采薇之吟，豈知考其甲子，多在强仕之年，寧有未到義熙，預興易代之感？至於述酒、述史、讀山海經，本寄憤悲，翻謂恒語，此二蔽也。」陳沆所説的「二蔽」，主要是談不可忽略及如何正確理解淵明的咏懷詩。確實，他的咏懷詩寓意深沉，尤其如述酒、讀史述九章等晚年之作，寄托着難言的易代之感。這説明淵明決不是心如古井，完全忘却世事的一個隱逸詩人。總之，論淵明其人其詩，既要重視他的田園詩，也要深入探討他的咏懷詩，庶幾不致於以偏概全。

古今論者一致以平淡自然論陶詩的藝術特色。如秦觀説：「陶潛、阮籍之詩長於沖澹。」（王儉論）惠洪冷齋夜話説淵明詩「似大匠運斤，不見斧鑿之痕」。朱熹説：「淵明詩平淡，出於自然。」（朱子語類卷一百四十）誠然，陶詩善用自然、平淡、質樸的語言寫景抒情，豈止不見斧鑿之痕，簡直若不經意。但也須指出，陶詩的平淡質樸既非如陳師道所説的「切於事情，但不文耳」（後山詩話），亦非如某些人所説的似乎不假思索，指點即成好詩。陶詩的語言是平易中見精粹，樸素中見華彩。清人趙文哲娵雅堂詩話説：「陶公之詩，元氣淋漓，天機瀟洒，純任自然。然細玩其體物抒情，傅色結響，非率易出之者，世人以白話爲陶詩，真堪一哂。」在指出陶詩純任自然的同時，也指出其體物抒情，並非率易出之。這一看法較爲中肯。陶詩中如「翼彼新苗」之「翼」，「飢來驅我去」之「驅」，「良辰入奇懷」之「入」，「中夏貯清陰」之「貯」，「日月擲人去」之「擲」，「嚴霜結野草」之「結」，達到了高度準確、精煉，乃至不可改易的地步。陶詩的語言，粗看平易、通俗、質樸，熟視之乃覺新奇傳神，不同凡響。

陶詩的另一大特色是情韻醇厚，志趣高遠。蘇軾曾精辟地指出陶詩「質而實綺，癯而實腴」（與蘇轍書）。又以爲其「外枯而中膏，似淡而實美」（評韓柳詩）。胡應麟詩藪說：「元亮得步兵之淡，而以趣爲宗。」沈德潛説詩晬語説：「陶詩胸次浩然，其中有一段淵深樸茂不可到處。」這些評論從不同角度指出陶詩在平淡質樸的語言形式中，包蘊着極其豐厚的情韻和高妙的志趣。陶詩具有永久魅力的原因主要在於此。與謝靈運的詩精細雕琢物象不同，陶詩大多是寫意傳神的，即使描寫景物，也不作純客觀的再現，而是將詩人的主觀感受投射到外物之上。除了述酒、擬古等少數詠懷之作意旨幽渺不易探尋之外，陶詩中的絶大多數篇章坦露出作者的真情和妙趣。

陶詩重在抒發意趣的特色，與魏晉玄學及漢末以後崇尚神似的審美觀有内在聯繫。魏晉玄學的學術特徵乃在虛無玄遠，脱略事物的外部具體形態，而探究抽象的精神本體。玄學的「言意之辨」，對當時學風、士風、詩風都産生很大的影響。淵明五柳先生傳自述：「讀書不求甚解，每有會意，便欣然忘食。」顔延之陶徵士誄稱淵明：「簡棄煩促，就成省曠。」「博而不繁。」凡此皆可見淵明人格受魏晉學風與士風的影響。陶詩不重外物刻畫，以寫意爲主，顯然與魏晉玄學的「得意忘言」之説相通，也同淵明任真自得的人格有關。

陶詩富有理趣。其中詩人委運自然的人生哲學在詩中有大量的反映。整個東晉時期流行玄言詩，陶詩不可能不受其影響。事實上陶詩理趣之「理」，與玄學有很多瓜葛。不過，陶詩與玄言詩迥然有别，它不像後者，詩中充滿枯燥的説理，而是融進了詩人活生生的情韻志趣，反映出詩人獨特的個性。如形影神三首、連雨獨飲、飲酒二十首、挽歌詩三首等優秀之作，談理而没有「理障」，理與情、理與趣渾然一體，堪稱説理詩的典範。

陶淵明的散文與其詩風完全一致，外若平淡質樸，内實豐腴無比。五柳先生傳以極短的篇幅，寫出了作者任真自得的人格，讀來趣味無窮。其他如與子儼等疏、自祭文，無不真趣流動。值得一提的還有陶詩的小序，語言平淡雅潔，同樣真意淋漓。如答龐參軍詩序、飲酒詩序、有會而作詩序，言約旨遠，是不可多得的抒情小品。淵明散文中的代表作桃花源記是古代散文中的神品，這篇寓意深遠的文章，以小説的筆法，虚構出與黑暗現實相對立的桃花源境界，表達了作者的社會理想，具有值得肯定的進步意義。淵明的辭賦以歸去來兮辭造詣最高。此文風格雖本於楚騷，但語言簡約，不作肆意鋪陳，真意妙趣「沛然如肺腑中流出，殊不見斧鑿痕」（李格非語）。

陶淵明的詩文具有鮮明的獨特風格，明浄純潔猶如水晶。讀者不難見出其高妙，但道出其所以高妙却非易事。這是因爲淵明詩文是作者整個人格與思想的結晶，只有正確把握這一點，並進而理解其與魏晉學風、士風與文風之間的關係，才有可能闡釋淵明詩文的奥妙。

四

以下對陶淵明集的校箋情況作一簡略的説明。

此書草創於一九八七年，當初擬彙集歷代陶淵明集注本的精華，編本雅俗共賞的注本，亦未打算作校勘。後依照上海古籍出版社中國古典文學叢書的體例要求，補作校勘，並對注釋作了根本的修改。本書校勘所據諸本均爲有價值的易得之本。惟明萬曆焦竑所刻陶靖節集八卷本，尋覓不獲，雖對校勘有所影響，然並無大礙。因爲通過清陶澍陶靖節集注本的校記，已基本看到焦竑刻本的面貌。關於陶淵明集版本流傳的情況，日人橋川時雄陶集版本源流考及近人郭紹虞陶集考辨言之已詳，讀者自可參考，本書不再撰文專論。

在編著本書時，廣泛吸取了前人及時賢的研究成果。如校記部分，曾參考徐復先生陶淵明集舉正一文；附録年譜部分，參考鄧安生先生陶淵明年譜。編著本書過程中，自始至終得到多方人士的幫助。華東師範大學圖書館、復旦大學圖書館、南京大學圖書館、上海圖書館等單位爲我熱情查找有關資料。鄧安生先生知我需要參考其陶淵明年譜，即惠贈大著，令我感動不已。在我赴江西、安徽考察民間所藏陶氏宗譜期間，江西九江縣縣志辦公室張人鑫先生、九江縣陶淵明紀念館、安徽潛山縣政府、黟縣縣委組織部，爲我提供了很大的便利。尤其是張人鑫先生無私借給我多本他手抄的陶氏宗譜，使我銘感在心。在修改本書過程中，上海古籍出版社的同志提出了許多寶貴意見。凡此，一併致以謝意！

古今陶淵明研究代有成果，但由于淵明生平資料的缺乏，淵明思想的複雜，以及陶淵明集流傳過程中出現的舛誤，致使問題不少，歧見紛呈。筆者雖兀兀窮年，數易其稿，然以淺薄之學殖，而探古人之幽渺，深知錯誤在所難免。敬請方家、讀者不吝賜教。

最後我要感謝復旦大學教授王運熙先生，他欣然命筆爲本書題籤，使本書增色。

龔斌

一九九五年十月於上海華東師範大學

例言

一、陶淵明集最初爲梁蕭統編的八卷本，序、目、誄、傳爲一卷，詩文實七卷。其後，北齊陽休之編成十卷本，增益五孝傳、四八目（即集聖賢羣輔録）。北宋時，流行的陶集有數十種之多，淆亂紛歧，不知何者爲是。宋庠考訂江左舊本，編爲陶潛集十卷。以後流行的各種陶淵明集大多出於宋庠本。今依陶澍注靖節先生集編次，編爲十卷。

二、陶澍注靖節先生集博採前代陶淵明集諸本之長，在校勘、注釋、評論及陶淵明生平行事考訂等方面，多所發明，是近代以前對陶淵明集最具水平、最有總結性的系統整理。本書校勘，即以陶澍本爲底本，然陶本有誤，而他本爲是者，則仍奉擇善而從的原則，予以取舍。

三、據以校勘者有以下諸本：曾集刻本、宋刻遞修本（汲古閣藏十卷本）、魯銓刻蘇寫大字本、湯漢注陶靖節先生詩四卷本、李公焕箋注陶淵明集本、焦竑序凌濛初刊朱墨套印八卷本，分別簡稱曾本、汲古閣本、蘇寫本、湯本、李本、焦本。

四、陶淵明集因無數次轉寫翻刻，魯魚亥豕，觸目皆是，早在宋人就有「校之不勝其異，有一字而數十字不同者，不可概舉」之歎（蔡寬夫詩話）。此種情況，多數因轉寫致誤，也有少數係後人臆改。本書校勘，在排列異文的同時，辨别是非，訂正訛誤。訛誤較明顯者，即在【校記】中加按語指明，或略作考辨。異文另須釋義，且考辨文字較長者，爲了不使【校記】龐雜不類，則將考辨置於【箋注】中。陶本校語對考辨異文有價值者，或能從中見到本書所用諸本之外其他本子面貌者，則予採録；其餘不録，以免煩瑣。

五、陶淵明生活年代距今已遠，有關資料缺乏，加上陶淵明集訛誤極多，致使訓釋難明，歧義紛紜。爲披尋真義，本書【箋注】採用集注形式，彙萃衆説，時加辨正。所採湯漢注陶靖節先生詩、李公焕箋注陶淵明集、何孟春注陶靖節集、吴瞻泰陶詩彙注、陶澍注陶靖節集、丁福保陶淵明詩箋注、古直陶靖節詩箋、逯欽立陶淵明集，分别省作湯注、李注、何注、吴注、陶注、丁注、古注、逯注。王瑶編注陶淵明集則作王瑶注。所引有關陶淵明傳記資料及年譜，亦作已有之省稱，如顔延之陶徵士誄作顔誄，蓮社高賢傳作蓮傳，宋書隱逸傳作宋傳，蕭統陶淵明傳作蕭傳，南史隱逸傳作南傳，晉書隱逸傳作晉傳；王質栗里譜作王譜，吴仁傑陶靖節先生年譜作吴譜，顧易柳村譜陶作顧譜，丁晏晉陶靖節年譜作丁譜，陶澍陶靖節年譜考異作陶考，梁啓超陶淵明年譜作梁譜，傅東華陶淵明年譜作傅譜，古直陶靖節年譜作古譜，逯欽立陶淵明事迹詩文繫年作逯繫年，鄧安生陶淵明年譜作鄧譜。其他採用之書，一般直書其名。

六、箋注偏重於典故的徵引，通常詞義視其難易程度，略作解釋。採用各家舊注，一般覆覈其中典據部分，時加校正。如有增補，則冠以「又」字以示區別。凡常見典據，直接採用原書者，不再標明原注者之名。

七、集説介紹前人有關陶淵明生平行事及詩文旨意之異説。如有己見，則作考辨或下簡略斷語。集評選擇前人對陶淵明詩文有代表性的評論，以便讀者了解作品之寫作背景及思想藝術價值。所選評論並非一定代表選者的觀點，且是否採録允當，亦未敢自信也。

八、陶淵明年歲有沈約六十三歲説，吴汝綸五十一歲説，梁啓超五十六歲説，古直五十二歲説，鄧安生五十九歲説。本書取鄧譜五十九歲説。

九、各地陶氏宗譜多藏民間，頗不易得。本書附録二節録江西彭澤縣定山陶氏宗譜及江西都昌縣西源陶氏宗譜有關陶淵明部分。雖史料價值不高，亦可供讀者窺見各地陶氏宗譜之一斑。諸陶氏宗譜之異同，詳見本書附録三陶氏宗譜中之問題。

十、本書附録五陶淵明評論輯要，大多録自一九六二年中華書局出版的陶淵明研究資料彙編及陶淵明詩文彙評，其餘乃搜檢羣書所得。前代典籍浩如烟海，遺漏必多，聊拾遺補闕而已。

目録

卷之三……一八九

陶淵明集卷之一

詩四言

停雲〔一〕并序

停雲，思親友也。罇湛新醪〔二〕，園列初榮〔三〕，願言不從〔四〕，歎息彌襟。

靄靄停雲〔五〕，濛濛時雨〔六〕。八表同昏〔七〕，平路伊阻。静寄東軒〔八〕，春醪獨撫〔九〕。良朋悠邈〔一〇〕，搔首延佇〔一一〕。

停雲靄靄，時雨濛濛。八表同昏，平陸成江〔一二〕。有酒有酒，閒飲東窗。願言懷人，舟車靡從〔一三〕。

東園之樹，枝條載榮〔一四〕。競朋親好〔一五〕，以怡余情。人亦有言，日月于征〔一六〕。安得促席〔一七〕，說彼平生〔一八〕。

翩翩飛鳥〔一九〕，息我庭柯。斂翮閒止〔二〇〕，好聲相和。豈無他人，念子實多。願言不獲，抱恨如何。

【校記】

罇湛新醪　陶本原校：「休陽程氏梓本作『樽酒新湛』。」

不從　「不」，曾本、汲古閣本云，一作「弗」。

歎息　「息」，曾本、汲古閣本云，一作「想」。

彌襟　蘇寫本此下有「云爾」二字。

懷人　「人」，曾本、汲古閣本云，一作「仁」。

枝條　「條」，曾本、汲古閣本云，一作「葉」。

載榮　「載」，蘇寫本、李本、焦本作「再」。按，作「載」是，參見注〔一四〕。

競朋親好　陶本原作「競用新好」。陶本原校：「焦本作『競朋親好，以怡余情』。云，宋本一作『競用新好』，非。『怡』一作『招』，非。」曾本、汲古閣本云，一作「朋新」，又云，一作「競朋親好」。蘇寫本云，一作「競朋親好」。按，作「競朋親好」是，今據改，說見注〔一五〕。

以怡　「怡」，陶本原作「招」。曾本、汲古閣本云，一作「怡」。

飛鳥　「飛」，曾本云，一作「輕」。蘇寫本、汲古閣本同。

閒止　「止」，曾本作「上」，云，一作「正」。汲古閣本作「止」，云，一作「正」。按，作「止」是，參見注〔二〇〕。

【箋注】

〔一〕停雲：凝而不散之雲。王瑶注據榮木詩「四十無聞，斯不足畏」二語，以爲停雲等三詩「都是四言四章，而且前冠小序，序文句法也完全相同；詩題又都是以首句命名，當爲同年而作」。乃繫于晉安帝元興三年甲辰（四〇四），淵明年四十歲時。按，王瑶對於此詩的繫年，乃據宋傳所謂淵明得年六十三歲説。楊勇陶淵明年譜彙訂（以下省作楊譜）亦謂停雲、時運、榮木作於元興三年春夏季節，且在京都建康，任劉裕鎮軍參軍之後。然考淵明詩文及行事，楊説頗有疑問。據晉書卷一〇安帝紀、資治通鑑，元興三年三月，劉裕行鎮軍將軍。四月，劉裕大破桓玄軍，進據尋陽。故淵明仕劉裕的時間，最有可能在劉裕至尋陽時。停雲詩云：「園列初榮」、「枝條載榮」，明是初春景象。時運詩則寫暮春獨游。楊譜謂作時運詩地點實在東都，淵明今年春季實在建康。但事實上這年四月之前，淵明尚未入劉裕軍府，豈能分身在建康「春醪獨撫」、「偶影獨游」，欣賞「有風自南，翼彼新苗」之佳景？楊譜又謂榮木詩作於這年五月，時淵明邁往圖功，已不復在柴桑。然榮木詩序云「總角聞道，白首無成」，「無成」與祭從弟敬遠文「余嘗學仕，纏綿人事，流浪無成，懼負素志」之「無成」同義，指學仕無成。然楊譜謂淵明此時已在京都。名車既指，名驥已策，爲何又有

「白首無成」之慨歎？凡此皆可證停雲等三詩不可能作於元興三年。淵明既歎「白首無成」，可見此時已辭官歸隱。晉傳謂淵明：「既絶州郡覲謁，其鄉親張野及周旋人羊松齡、龐遵等或有酒要之，或要之共至酒坐，雖不識主人，亦欣然無忤，酣醉便反。」停雲詩序云「思親友也」，可能即指張野、羊松齡諸人。今繫停雲三首於晉安帝義熙四年（四〇八）。

〔二〕湛：猶滿也，盈也，義同挽歌詩其二「在昔無酒飲，今但湛空觴」之湛。詩小雅湛露：「湛湛露斯。」毛傳：「湛湛，露茂盛貌。」李注「湛讀曰沈」，古注釋湛爲清，皆不確。醪：濁酒。玉篇：「醪，滓酒也。」廣韻：「醪，濁酒。」

〔三〕園列：猶園樹。初榮：剛萌芽。文選王粲雜詩：「列樹敷丹榮。」

〔四〕願：集韻：「願，一曰每也，雖也。」詩邶風二子乘舟：「願言思子。」毛傳：「願，每也。」

〔五〕靄靄：文選王延壽魯靈光殿賦：「遂排金扉而北入，霄靄靄而晻曖。」張載注：「言深邃也。」

〔六〕濛濛：詩豳風東山：「零雨其濛。」毛傳：「濛，雨貌。」蔡邕述行賦：「雨濛濛而漸唐。」時雨：季節雨，此指春雨。擬古其三：「仲春遘時雨。」

〔七〕八表：八方。古注：「淮南子墬形訓：『八殥之外，而有八紘。』高誘注：『紘，維也。維絡天地而爲之表，故曰紘也。』直按：尚書：『光被四表。』此云八表，蓋本淮南。晉書蔡謨傳：『經營八表。』桓温傳：『洽被八表。』然則二字蓋晉人常用之詞也。」又，歸鳥詩：「遠之八表。」連雨獨飲詩：「八表須臾還。」

〔八〕「静寄」句：謂在東邊長廊寄托閒静之趣。軒：文選曹植贈徐幹詩：「流猋激櫺軒。」李善注：「軒，長廊之有窗也。」飲酒詩其七：「嘯傲東軒下。」

〔九〕獨撫：謂獨飲。撫，楚辭九歌東皇太一：「撫長劍兮玉珥。」王逸注：「撫，持也。」

〔一〇〕悠邈：遥遠。桓玄鶴賦：「諒誕生于悠邈。」

〔一一〕「搔首」句：詩邶風静女：「愛而不見，搔首踟躕。」延佇：久立引頸而望。楚辭九歌大司命：「結桂枝兮延佇。」王逸注：「延，長也；佇，立也。」禰衡鸚鵡賦：「眷西路而長懷，望故鄉而延佇。」

〔一二〕平陸成江：言平地因時雨而成江河。湯注：「二句蓋寓飈回霧塞，陵遷谷變之意。」逯繫年據湯漢等舊注，亦以爲「平陸成江」等句暗寓元興三年（四〇四）時事。逯按：「晉書安帝紀，是年春，晉安帝遷在尋陽。二月，建武將軍劉裕起兵討桓玄。三月，桓玄衆潰，各地有戰事。詩言『八表同昏，平陸成江』指此。」湯、逯之説非。

〔一三〕靡：廣韻：「靡，無也。」詩鄘風柏舟：「之死矢靡他。」毛傳：「靡，無也。」

〔一四〕載榮：始榮。載：詩秦風駟驖：「載獫歇驕。」鄭玄箋：「載，始也。」嵇康贈兄秀才入軍詩：「春木載榮，布葉垂陰。」潘尼巳日詩：「靄靄疏圃，載繁載榮。」按，「東園」二句實寫「園列初榮」之景。何注：「東園再榮之樹，指列事新朝之人也。」其説非。

〔一五〕競朋：猶高朋。廣雅釋詁：「競，高也。」祭從弟敬遠文：「樂勝朋高。」競朋即朋高。親好：親戚好友。沈約傷王諶：「心從朋好盡，形爲歡宴留。」

〔一六〕「日月」句：謂時光流逝。詩小雅小宛：「我日斯邁，而月斯征。」鄭玄箋：「征、邁，皆行也。」

〔一七〕促席：謂坐席互相靠近。文選左思蜀都賦：「合樽促席，引滿相罰。」李善注：「東方朔六言詩曰：『合樽促席相娱。』」

〔一八〕説彼平生：嵇康與山巨源絶交書：「時與親舊叙闊，陳説平生。」

〔一九〕翩翩：詩小雅四牡：「翩翩者鵻。」廣雅釋訓：「翩翩，飛也。」王念孫曰：「魯頌泮水傳云：『翩，飛貌。』重言之則曰翩翩。」

〔二〇〕斂翮：猶止飛。閒止：猶閒静。止，句末語氣助詞。詩召南草蟲：「亦既見止，亦既覯止，我心則降。」毛傳：「止，辭也。」命子詩：「於皇仁考，淡焉虚止。」嵇康琴賦：「非淵静者不能與之閒止。」

【集説】

關於此詩意旨，大致有兩説。一曰「寓規諫之意」。劉履選詩補注卷五云：「蓋元熙禪革之後，而靖節之親友，或有歷仕於宋者，故特思而賦詩，且以寓規諫之意焉。」又謂：「『停雲』、『時雨』以喻宋武陰凝之盛，而微澤及物。『表昏』、『路阻』以喻天下皆屬於宋，而晉臣無可仕之道矣。」

黄文焕陶詩析義卷一亦稱：「四首皆匡扶世道之熱腸，非但離索思羣之閒悰也。『八表同昏，平路伊阻』，『平陸成江』，日月山河，交失其恒，此復何等景象，可乏同心亟商匡扶哉！園樹雖凋，猶有再榮之日，世界雖壞，豈無再轉之手，所以朋愈邈而席愈思促也。」又引沃儀仲曰：「『伊阻』、『成江』，分指世運。『八表同昏』，專咎臣子，一語兩章複用；且先揭於阻、江之上，尤有味，正見舉世暗濁，無一明眼堪扶社稷，故至於比，我即獨身孤憤，濟得甚事！乃難冀之世，復難冀之朋。末句『抱恨如何』，真當悶絶。」一曰此詩並無悲憤之意，只是春日思友之情。蔡正孫精刊補注東坡和陶詩話云：「『八表同昏，平路伊阻』、『良朋悠邈，搔首延佇』，有以見懷賢尚友之切。」（韓國高麗大學藏本，下同）蔣薰評陶淵明詩集卷一駁劉履説：「撫醪望友，欲從舟車，促席無由，悵然抱恨。詩分四韻，情屬一章。龐參軍、劉柴桑而外，不多人也。劉履謂元熙禪革後，或有親友仕於宋者，靖節賦此以諷。詩中無此意，惟『競用新好』者，蓋謂他人言耳，非所指『念子實多』者。」王堯衢古詩合解卷二謂停雲四首是詩秦風蒹葭之後的「千古懷人之作」。吴瞻泰陶詩彙注卷一説：「尊晉黜宋，固淵明一生大節，然爲詩詎必乃爾！如少陵忠君愛國，只北征、哀王孫、七歌、秋興等篇正説此意，其餘豈盡貼明皇、貴妃、安禄山耶？停雲四章只思親友同飲不可得，託以起興，正如老杜『騎馬到階除』，待友不至之意。」

按，湯漢、劉履、黄文焕諸人欲由時事深求此詩「規諷之意」，顯然與詩序「思親友」之旨相悖。吴瞻泰等認爲此詩僅「待友不至之意」，絶無寄託，則又太淺。惟郭紹虞陶集考辨解停雲詩，庶幾能得其旨意。其文云：「余嘗謂自來解停雲詩者，惟辛稼軒賀新郎詞，最爲恰到好處，辛詞云：『甚矣吾衰矣。悵平生、交游零落，只今餘幾？』『一尊搔首東窗裏。想淵明、停雲詩就，此時風味。江左沉酣求名者，豈識濁醪妙理。回首叫，雲飛風起。不恨古人吾不見，恨古人、不見吾狂耳。知我者，二三子。』此數語正得淵明意趣。所謂『抱恨如何』，所謂『搔首延佇』者，均可於此『春醪獨撫』之際，窺其上下今古獨立蒼茫之感。」

【集評】

劉克莊後村詩話：「四言自曹氏父子、王仲宣、陸士衡後，惟陶公最高，停雲、榮木等篇，殆突過建安矣。」

王夫之古詩評選卷二：「停雲、歸鳥，四言之佳唱，亦柴桑之絶調也。」

沈德潛説詩晬語卷上：「淵明停雲、時運等篇，清腴簡遠，别成一格。」

張謙宜絸齋詩談卷四：「停雲温雅和平，與三百篇近；流逸鬆脆，與三百篇遠，世自有知此者。」

時運〔一〕并序

時運，遊暮春也。春服既成〔二〕，景物斯和，偶景獨遊〔三〕，欣慨交心〔四〕。

邁邁時運，穆穆良朝〔五〕。襲我春服〔六〕，薄言東郊〔七〕。山滌餘靄，宇曖微霄〔八〕。有風自南，翼彼新苗〔九〕。

洋洋平津〔一〇〕，乃漱乃濯。邈邈遐景〔一一〕，載欣載矚。人亦有言，稱心易足〔一二〕。揮茲一觴〔一三〕，陶然自樂。

延目中流，悠想清沂〔一四〕。童冠齊業〔一五〕，閒詠以歸。我愛其静〔一六〕，寤寐交揮〔一七〕。但恨殊世，邈不可追〔一八〕。

斯晨斯夕，言息其廬。花藥分列，林竹翳如〔一九〕。清琴横床，濁酒半壺。黄唐莫逮〔二〇〕，慨獨在余。

【校記】

偶景　「景」，曾本云，一作「影」。汲古閣本同。焦本作「影」。

欣慨　「慨」，曾本云，一作「然」。按，作「慨」是，參見注〔四〕。

邁邁　「邁」，曾本、汲古閣本云，一作「靄」，又作「藹」。

餘靄　「靄」，曾本、汲古閣本云，一作「藹」。按，靄，雲氣。停雲詩：「靄靄停雲。」晉書卷八七涼武昭王傳：「蔭朝雲之菴靄。」謝靈運廬山慧遠法師誄：「雲靄巖峯。」作「靄」是。

宇曖微霄　陶本原校：「焦本作『餘靄微消』。云，一作『宇曖微霄』，非。澍按，『宇曖微霄』，即歸園田居詩『曖曖遠人村，依依墟里烟』景狀，若作『餘靄微消』，則與『山滌餘靄』詞重意複矣。」曾本、汲古閣本云，一作「餘靄微消」。湯本同。

翼彼　「彼」，曾本、汲古閣本云，一作「我」。

平津　「津」，曾本作「澤」，云，一作「津」。汲古閣本同。湯本云，一作「澤」。按，作「津」是，參見注〔一〇〕。

乃濯　曾本、汲古閣本云，一作「濯濯」。

人亦有言，稱心易足　陶本原校：「焦本云，宋本一作『稱心而言，人亦易足』，非。」曾本、汲古閣本作「稱心而言，人亦易足」，又云，一作「人亦有言，稱心易足」。湯本作「稱心而言，人亦易足」。李本同。按，「人亦有言」乃詩經常見句式，如詩大雅蕩：「人亦有言，顛沛之揭。」詩大雅抑：「人亦有言，靡哲不愚。」後世四言詩亦常用，如袁嶠之蘭亭詩：「人亦有言，得意則歡。」淵明停雲詩：「人亦有言，日月于征。」作「人亦有言，稱心易足」是。

陶然　「陶」，曾本、汲古閣本云，一作「遥」。

悠想　陶本原校：「一作『悠悠』，非。澍按，『悠想』，猶『懸想』。」各本皆作「悠悠」。曾本、汲古閣本云，一作「悠想」。按，「悠想」作遠想、遐想解。陸機大暮賦：「敷幄席以悠想。」文選袁宏三國名臣序贊：「遐想管樂。」作「悠想」是。

但恨　「恨」，曾本作「悵」，又云，一作「恨」。湯本、汲古閣本同。

花藥　「花」，曾本、汲古閣本云，一作「華」。

橫床　「床」，曾本、蘇寫本云，一作「膝」。

在余　「余」，蘇寫本作「予」。

【箋注】

〔一〕時運：指日月運行。方言十二：「日運爲躔，月運爲逡。」注：「運，猶行也。」淮南子要略：「順時運之應。」

〔二〕「春服」句：論語先進：「暮春者，春服既成，冠者五六人，童子六七人，浴乎沂，風乎舞雩，詠而歸。」

〔三〕偶景：與影爲偶。張衡鴻賦序：「偶影獨立。」王沉釋時論：「志陵雲霄，偶景獨步。」王胡之贈庾翼詩：「迴駕蓬廬，獨遊偶影。」景，影本字。

〔四〕「欣慨」句：王胡之釋奠表：「仰望雲漢，伏枕欣慨。」文選袁宏三國名臣序贊：「遇之不能無欣，喪之何能無慨。」王羲之蘭亭序：「當其欣於所遇，暫得於己，快然自足，不知老之將至。及其所之既倦，情隨事遷，感慨系之矣。」王叔岷陶淵明詩箋證稿（以下省作王叔岷）云：「欣慨交心者，欣景物之和，慨遊春之獨也。」

〔五〕穆穆：詩大雅文王：「穆穆文王。」毛傳：「穆穆，美也。」良朝：猶良辰。

〔六〕襲：穿。文選潘岳藉田賦：「襲春服之萋萋兮。」

〔七〕薄：近也，至也。淮南子本經訓：「旁薄衆宜。」高誘注：「薄，近也。」文選潘岳射雉賦：「飛鳴薄廩。」李善注：「薄，至也。」言，語助詞，無義。郗曇蘭亭詩：「薄言遊東郊。」

〔八〕曖：暗昧貌。霄：丁注：「玉篇：『霄，雲氣也。』」

〔九〕翼：何注：「翼，猶披也。」古注：「詩大雅：『以引以翼。』毛傳：『翼，敬也。』按，風吹苗偃如鳥翼之拱蔽。」按，以上二説非。廣韻：「翼，羽翼。」易明夷：「明夷于飛，垂其翼。」翼本義爲鳥翅，此作動詞用，言新苗在風中如鳥翼之飛動。此翼字歷來爲人稱賞。如古詩歸卷九譚元春曰：「翼字奇古之極。」鍾伯敬曰：「翼字看得細極静極。」陳祚明采菽堂古詩選卷十三：「翼字渾朴生動。」沈德潛古詩源卷八：「翼字寫出性情。」陶注引王棠曰：「新苗因風而舞，若羽翼之狀，工於肖物。」

〔一〇〕洋洋：詩衛風碩人：「河水洋洋。」毛傳：「洋洋，盛大也。」平津：癸卯歲十二月中作與從弟敬遠詩：「平津苟不由。」帛道猷陵峯採藥觸興爲詩：「修林帶平津。」

〔一一〕邈邈：廣雅釋詁：「邈邈，遠也。」楚辭離騷：「神高馳之邈邈。」王逸注：「邈邈，遠貌。」

〔一二〕稱心易足：謂以任情適意爲滿足。荀悦申鑒：「中心好之，是稱心也。」飲酒其十二：「死去何所知，稱心固爲好」二句可與此句參看。

〔一三〕揮：逯注：「還舊居：『一觴聊可揮』；雜詩：『揮杯勸孤影』；和胡西曹示顧賊曹：

『每恨靡所揮』，諸揮字義並同。禮記曲禮：『飲玉爵者弗揮。』注：『振去餘酒曰揮。』」

〔一四〕沂：沂水，流經山東曲阜，西入泗水。

〔一五〕童冠：童，指兒童；冠，指成人。三國志蜀書向朗傳：「上自執政，下及童冠，皆敬重焉。」齊業：習完課業。

〔一六〕我愛其静：謂愛好和向往静的境界。按，静乃道家重要的哲學命題之一，屬于「無爲」的範疇。老子十六章曰：「致虚極，守静篤。」「歸根曰静，是爲復命。」老子二十六章曰：「重爲輕根，静爲躁君。」老子四十五章曰：「躁勝寒，静勝熱，清静爲天下正。」莊子天道：「静則無爲，無爲也則任事者責矣。無爲則俞俞，俞俞者憂患不能處，年壽長矣。夫虚静恬淡寂寞無爲者，萬物之本也。」淮南子原道訓：「是故清静者，德之至也。」可見，静能達道，静能療躁，静能養性，静能養德。浴沂之志，與道家致虚守静相通。但據此便稱淵明是孔門中曾點一流人物，就似是而非了。

〔一七〕寤寐：詩周南關雎：「寤寐求之。」毛傳：「寤，覺；寐，寢也。」交揮：猶並發。交，並，俱。國語越語下：「君臣上下，交得其志。」韋昭注：「交，俱也。」揮，發也，動也。易説卦：「發揮於剛柔而生爻。」潘岳夏侯常侍誄：「迸涕交揮。」曹植七啓：「琴瑟交揮。」丁注：「此言我愛其閒静之心，無論或寤或寐，皆極奮發而不忘也。此即詩『寤寐求之』之意。」

〔一八〕邈不可追：楚辭九章懷沙：「禹湯久遠矣，邈而不可慕。」追，追慕，向往。

〔一九〕翳如：茂密成蔭貌。

〔二〇〕黄：黄帝。唐：唐堯。逮：及。王叔岷云：「案陶公贈羊長史詩：『愚生三季後，慨然念黄虞。』讀史述九章之一夷齊章：『采薇高歌，慨想黄虞。』史記伯夷列傳：『神農虞夏忽焉没兮，我安適歸兮！』陶公所慨，與夷齊正同也！」

【集評】

黄文焕陶詩析義卷一：「四首始末迴環，首言春，二、三漱濯、閒詠言遊，終言息廬，此小始末也。前二首爲欣，後二首爲慨，此大始末也。」

張潮、卓爾堪、張師孔同閱曹陶謝三家詩陶集卷一：「浴沂之志，尼父已與曾點。千載而後，復有知己，靖節若在聖門，與點真一流人物。」

温汝能陶詩彙評卷一：「序語『偶影獨遊』，末章結語『慨獨在余』，二『獨』字有無限深意在，當是時天下早已忘晉，淵明遊影安得不獨。因遊而『欣慨交心』，然則遊爲淵明所獨，慨亦爲淵明所獨，其欣處人知之，其慨處人未必知之，其欣慨交迫之際，則人尤未易知之也。一時遊興，寓意深遠乃爾。淵明之心亦良苦矣哉。」

榮木〔一〕并序

榮木，念將老也。日月推遷，已復九夏〔二〕。總角聞道〔三〕，白首無成。

采采榮木〔四〕，結根於茲，晨耀其華，夕已喪之。人生若寄〔五〕，憔悴有時。靜言孔念〔六〕，中心悵而。

采采榮木，於茲托根，繁華朝起，慨暮不存。貞脆由人〔七〕，禍福無門〔八〕。匪道曷依，匪善奚敦〔九〕。

嗟予小子，稟茲固陋，徂年既流〔一〇〕，業不增舊。志彼不舍〔一一〕，安此日富〔一二〕。我之懷矣，怛焉内疚〔一三〕。

先師遺訓，余豈云墜〔一四〕。四十無聞，斯不足畏〔一五〕，脂我名車〔一六〕，策我名驥。千里雖遥，孰敢不至！

【校記】

九夏　「九」，陶本原校：「從何校宣和本作『九』。各本作『有』，云，一作『九』。」曾本、蘇寫本、湯本、汲古閣本云，一作「九」。按，作「九」是。參見注〔一〕。

總　陶本原校：「湯本云，一作『鬉』。」

晨耀　「耀」，曾本、汲古閣本云，一作「輝」。按，和郭主簿其二「芳菊開林耀」，作「耀」是。

悵而　「悵」，曾本、汲古閣本云，一作「恨」。

貞脆　「脆」，曾本、汲古閣本云，一作「慎」。按，作「脆」是，參見注〔七〕。

嗟予　「予」，曾本作「余」，又云，一作「予」。湯本同。

既流　曾本、蘇寫本云，一作「遂往」。按，徂既訓往，下又云「遂往」，意嫌重複，當作「既流」是，參見注〔一〇〕。

志彼　「志」，湯本云，或曰「志」當作「忘」。李本同。按，作「志」是，參見注〔一一〕。

不舍　「不」，曾本、汲古閣本云，一作「弗」。蘇寫本作「弗」。

余豈　「余」，蘇寫本作「予」。

云墜　「云」，汲古閣本作「之」，又云，一作「云」。

足畏　「足」，曾本、汲古閣本云，一作「可」。

名車　汲古閣本云，一作「行車」，非。曾本云，一作「行車」。「名」，焦本云，一作「行」，非。

名驥　「驥」，曾本、汲古閣本云，一作「鑣」。

【箋注】

〔一〕榮木：木槿。淮南子時則訓：「木堇榮。」高誘注：「木槿，朝榮莫落，樹高五六尺，其葉與安石榴相似也。」「雜家謂之朝生。詩云『顔如舜華』也。」此詩與停雲、時運同作于義熙四年戊申（四〇八），據詩序「已復九夏」，則此詩大致作于此年夏季。

〔二〕九夏：指夏季九十天。蕭統錦帶書十二月啓林鍾六月：「三伏漸終，九夏將謝。」

〔三〕總角：束髮爲小髻，指童年時代。詩齊風甫田：「總角丱兮。」禮記内則：「拂髦，總角。」鄭玄注：「總角，收髮結之。」

〔四〕采采：茂盛貌。詩周南卷耳：「采采卷耳。」

〔五〕人生若寄：亦作「人生如寄」。古詩十九首：「人生忽如寄，壽無金石固。」曹丕善哉行：「人生如寄，多憂何爲？」

〔六〕孔：詩周南汝墳：「父母孔邇。」毛傳：「孔，甚也。」

〔七〕貞：堅貞。脆：脆弱。古注：「班倢伃擣素賦：『雖松梧之貞脆，豈榮枯其異心。』」又，文選殷仲文南州桓公九井作詩：「何以標貞脆，薄言寄松菌。」李善注：「松，貞；菌，脆也。松菌殊質，故貞脆異性也。」

〔八〕禍福無門：左傳昭公二十三年：「禍福無門，惟人自召。」

〔九〕奚敦：何以勉勵。丁注：「禮記曲禮：『敦善行而不怠。』爾雅釋詁：『敦，勉也。』」湯注：「屈子之九章曰：『善不由外來兮，名不可以虛作。孰無施而有報兮，孰不實而有穫。』與此四語，皆文辭中之格言也。」

〔一〇〕徂年：往年，行年。後漢書卷二四馬援傳贊：「徂年已流，壯情方勇。」傅毅迪志詩：「徂年如流，鮮茲暇日。」

〔一一〕志：蘊藏在心謂之志。論語爲政：「吾十有五而志於學。」皇疏：「志者，在心之謂也。」不舍：荀子勸學篇：「騏驥一躍，不能十步；駑馬十駕，功在不舍。」舍，漢書卷三〇藝文志：「舍人事而任鬼神。」顏師古注：「舍，廢也。」

〔一二〕安此：安然于此。孫楚井賦：「絶彼淫飾，安此璞慎。」日富：指飲酒。詩小雅小宛：「彼昏不知，壹醉日富。」鄭玄箋：「童昏無知之人，飲酒一醉，自謂日益富，夸淫自恣，以財驕人。」湯注謂淵明「蓋自咎其廢學而樂飲云爾」。一説日富指增業。蔣薰評陶淵明集卷一：「增業在不舍，不舍故日富。日富者，易所云富有之謂大業，日新之謂盛德是也。雖我懷於兹，不無内疚，此所以嗟固陋乎？或引詩『一醉日富』，靖節自咎其廢學而樂飲。觀其自挽曰：『但恨在世時，飲酒不得足。』肯自咎耶？」陶注駁蔣説「全與詩意相違」，謂淵明「望道未見，歸咎沈酣，刻責之心，固當如是」。按，「志彼」二句自言雖常思志道，却安此沉醉，自咎之意甚明，故下文云「怛焉内疚」。湯、陶之説是。

〔一三〕怛焉内疚：嵇康幽憤詩：「心焉内疚。」怛，廣韻：「怛，懼也。」

〔一四〕墜：失去。三國志魏書公孫度傳裴松之注引魏書：「奉以周旋，不敢失墜。」晉書卷七五范甯傳：「洙泗之風，緬焉將墜。」

〔一五〕「四十」二句：論語子罕：「四十、五十而無聞，斯亦不足畏也。」此二句即「先師遺訓」。依舊譜，晉安帝元興三年甲辰（四〇四），淵明年四十歲，入建威將軍劉敬宣幕府，故或以爲「四十無聞」以下數語乃寫邁往圖功之意。然合本詩及停雲、時運三詩觀之，多半抒寫隱逸自得情懷，「四十無聞」數語，亦不過言學仕無成不足畏，仍可惜時求道。

〔一六〕脂：油，作動詞用。脂車即以油塗車軸，使其潤滑。詩小雅何人斯：「爾之亟行，遑脂爾車。」夏侯湛抵疑：「僕固脂車以須放。」

【集評】

李公焕箋注陶淵明集卷一引趙泉山曰：「『四十無聞，斯不足畏』。按晉元興三年甲辰，劉敬宣以破桓歆功，遷建威將軍、江州刺史，鎮潯陽，辟靖節參其軍事，時靖節年四十也。靖節當年抱經濟之器，藩輔交辟，遭時不競，將以振復宗國爲己任；回翔十載，卒屈於戎幕佐吏，用是志不獲騁，而良圖弗集，明年決策歸休矣。」

蔡正孫精刊補注東坡和陶詩話云：「此詩托物之榮而枯，以喻人之壯而老。秦穆公有云：『我心之憂，日月逾邁。』然所謂『匪道曷依，匪善奚敦』，則其行道拳拳爲善，可謂存而順事者矣。末以聖賢自警，而言『脂我名車，乘我名驥，千里雖遠，孰敢不至』，是又以遠大者自期，所謂老當益壯也。」

温汝能陶詩彙評卷一：「孔子云：『朝聞道，夕死可矣。』聞道殊非易事，淵明謂『總角聞道』句，宜善解。蔣丹厓謂其『聞道』二字，只作志學用，良然。何義門謂斯人非頹然自放，觀其歎白首之無成，則其志已可知矣。」

贈長沙公〔一〕并序

長沙公於余爲族，祖同出大司馬〔二〕。昭穆既遠〔三〕，以爲路人〔四〕。經過尋陽，臨别贈此。

同源分流〔五〕，人易世疏。慨然寤歎〔六〕，念兹厥初。禮服遂悠〔七〕，歲月眇徂〔八〕。感彼行路〔九〕，眷然躊躇〔一〇〕。

於穆令族〔一一〕，允構斯堂〔一二〕。諧氣冬暄〔一三〕，映懷圭璋〔一四〕。爰采春華〔一五〕，載警秋霜〔一六〕。我曰欽哉〔一七〕，實宗之光〔一八〕。

伊余云遘〔一九〕，在長忘同〔二〇〕。言笑未久，逝焉西東〔二一〕。遥遥三湘〔二二〕，滔滔九江〔二三〕。山川阻遠，行李時通〔二四〕。

何以寫心〔二五〕，貽此話言〔二六〕。進簣雖微，終焉爲山〔二七〕。敬哉離人，臨路悽然。款襟或遼〔二八〕，音問其先〔二九〕。

【校記】

贈長沙公　曾本作「贈長沙公族祖一首」。汲古閣本、湯本同。李本、焦本作「贈長沙公」。陶本原校：「各本皆作『贈長沙公族祖』。楊時偉曰：序，『長沙公於余爲族』一句，『祖同出大司馬』一句。題中族祖二字，乃後人誤讀序文祖字爲句，因而妄增詩題也。何孟春、何焯亦皆以族祖二字爲衍。今删之。」吴譜誤讀詩序爲「余於長沙公爲族祖」，並據晉書陶侃傳所載陶氏世系，淵明於陶延壽爲諸父行，今既自稱於長沙公爲族祖，「詩題當云『贈長沙公族孫』，而云族祖者，字之誤也。」其説非，參見【集説】。

長沙公於余爲族　曾本、汲古閣本、湯本、李本、焦本云，一作「余於長沙公爲族」。曾本、宋本、湯本又云，一無「公」字。按，各本皆於族字下斷句，可从。吴譜考證長沙公爲陶延壽之子，淵明爲其族祖，故主族祖二字連讀。其説非，參見【集説】。

以爲　「以」，曾本、汲古閣本、湯本云，一作「已」。蘇寫本、李本、焦本作「已」。

尋陽　陶本及各本皆作「潯陽」。按，晉書卷一五地理志作「尋陽」。廬山記：「尋陽縣在大江北，尋水之陽也。」尋陽記：「蘄州界古蘭城，一曰尋水城，即漢尋陽縣。咸和後始移於江南。」故作「尋陽」是。今據改。

慨然　「然」，曾本、汲古閣本、湯本云，一作「矣」。

歲月眇徂　曾本云，一作「歲往月徂」。汲古閣本同。

躊躇　「躇」，曾本云，一作「蹰」。汲古閣本同。

令族　「族」，蘇寫本作「祖」。

斯堂　「斯」，曾本、汲古閣本云，一作「新」。焦本云，一作「新」，非。按，作「斯」是，參見注〔一二〕。

冬暄　「暄」，曾本、汲古閣本、蘇寫本作「輝」，又云，宋本作「暄」。焦本云，一作「輝」，非。

春華　「華」，各本作「花」。曾本云，一作「華」。湯本、汲古閣本同。曾本又云，一作「爰來春苑」。蘇寫本、汲古閣本同。

載警　「警」，曾本、汲古閣本云，一作「散」，又作「驚」。蘇寫本作「驚」。按，作「警」是，參見注〔一六〕。

忘同　「忘」，曾本云，一作「志」。湯本、汲古閣本同。曾本、汲古閣本又云，「忘同」，一作「同行」。

言笑　陶本原作「笑言」。曾本、汲古閣本作「笑言」，云，一作「言笑」。蘇寫本作「言笑」。按，詩衛風氓：「總角之宴，言笑晏晏。」與殷景安别詩：「山川千里外，言笑難爲因。」作「言笑」是。

遥遥三湘　陶本原校：「一作『遥想三湘』，一作『遥想湘渚』。」曾本作「遥想湘渚」，又云，一作「遥遥三湘」。湯本同。汲古閣本作「遥想湘渚」，又云，一作「遥想三湘」。

貽此　「此」，曾本、汲古閣本作「兹」，又云，一作「怡此」。

雖微　「微」，曾本、汲古閣本云，一作「少」。

終焉　「焉」，曾本、汲古閣本作「在」，又云，一作「焉」。湯本同。

【箋注】

〔一〕長沙公：指陶延壽。參見【集説】。此詩作年不易確定。吴譜繫於元嘉二年乙丑（四二五）。蓋吴譜以爲淵明爲長沙公族祖，在尋陽所見者乃陶延壽之子，宋受禪，長沙公延壽降爲吴昌侯，其子仍稱長沙公，乃從晉爵也。宋人張縯吴譜辨證駁吴譜之説：「按晉書載：長沙公侃卒，長子夏以罪廢，次子瞻之子弘襲爵。弘卒，子綽之嗣。綽之卒，子延壽嗣。宋受晉禪，延壽降爲吴昌侯。若謂詩作於元嘉，則延壽已改封吴昌，非長沙矣。」張縯又據此詩詩意，以爲淵明世次較長沙公爲長，「視延壽乃諸父行」，「如年譜以族祖族孫爲稱，乃延壽之子，延壽已降爲吴昌侯，其子又安得稱長沙公哉？要是此詩作于延壽未改封之前」。逯注贈長沙公詩，亦以爲淵明以族祖自居，所遇之長沙公爲延壽之子，並據宋書武帝紀、何承天傳、資治通鑒，考定「長沙公陶延壽義熙五年（四〇五）尚任軍職」，元熙二年（四二〇）宋代晉，長沙公降爲醴陵侯，「則延壽子嗣公爵當在義熙五年以後元熙二年之前，其路過尋陽亦當在此期間」。逯氏雖考出淵明見長沙公之時間範圍，但其間長達十五年，仍有詳考的必要。楊譜繫於義熙十四年（四一八），從張縯吴譜辨證，以爲淵明所遇乃長沙公陶延壽：「宋書高帝紀曰：『義熙五年，慕容超率鐵騎來戰，命諮議參軍延壽擊之。』知延壽於義熙間頗立功業。尋陽兵要之地，延壽或因軍公出入於此，偶與淵明邂逅，語之則知長沙公之後，淵明贈以詩，故有歎爲『路人』者。張辨云：『要是此詩作于延壽未改封之前。』其説是。」鄧譜「義熙六年庚戌（四一〇）」條，以爲淵明所遇之長沙公必是陶延壽，並詳考晉書桓玄傳、宋書何承天傳、宋書武帝紀中所載延壽之行蹤，得出結論：「就全詩所述情事與延壽在元興、義熙中行蹤而論，詩亦當作于劉裕平南燕以後，劉還衛京師，延壽返長沙，途徑尋陽之時」。鄧譜考證較楊勇翔實，今從之。

〔二〕大司馬：指陶侃。一説指西漢陶舍。李注：「漢高帝時陶舍。」閻若璩、閻詠亦謂陶舍，并謂序中大司馬當作右司馬，陶考已詳辨其非。

〔三〕昭穆：古代宗族制度，宗廟按世系排列：始祖居中，二世、四世、六世居左，稱「昭」；三世、五世、七世居右，稱「穆」。禮記祭統：「夫祭有昭穆。昭穆者，所以別父子、遠近、長幼、親疏之序而無亂也。」

〔四〕路人：指昭穆既遠，情誼疏遠，彼此視若陌路之人。

〔五〕分流：猶分支。何注：「班孟堅幽通賦：『術同源而分流。』曹大家曰：『如水同源而分流也。』」

〔六〕寤歎，詩曹風下泉：「愾我寤歎。」鄭玄箋：「寤，覺也。」三國志吳書周魴傳：「未嘗不寤寐勞歎，展轉反側也。」

〔七〕禮服：禮制所規定的喪服。古注：「漢書夏侯勝傳：『善説禮服。』顔師古注：『禮之喪服也。』」又，漢書卷二二禮樂志：「立明堂，制禮服，以興太平。」古代喪服有五等，名爲五服，即斬衰、齊衰、大功、小功、緦麻是也。五服以不同質料製成，以別親疏。賈誼新書六術：「喪服稱親疏以爲重輕，親者重，疏者輕，故復有麤衰、齊衰、大紅、細紅、緦麻，備六，各服其所當服。」淵明與長沙公同出於大司馬陶侃。據儀禮喪服卷一一：「族曾祖父母族祖父母族父母族昆弟。」正義「鄭氏康成曰：曾祖昆弟之親也。賈氏公彦曰：此即禮記大傳云：『四世而緦服之窮也，名爲四緦麻者也。』族，屬也，骨肉相連屬，以其親將盡，恐相疏，故以族言之耳。」（欽定儀禮注疏卷二五）淵明爲陶侃曾孫，淵明之祖乃延壽族曾祖。延壽與淵明，骨肉雖相連屬，但與二人的親屬關係已經非常疏遠，當服最輕之喪服「四緦麻」，故詩序稱「昭穆既遠，已爲路人。」又陶侃乃延壽高祖，據漢儒解釋，高祖有服，即高祖在五服之内，服宜緦麻。儀禮喪服卷一一鄭玄注：「注正言小功者，服之數盡於五，則高祖宜緦麻，曾祖宜小功也。」（同上）故詩云「禮服遂悠」。悠，遠也。若淵明是陶侃六世孫或七世孫，長沙公是延壽子，延壽子是侃六世孫，則禮服已竭，疏遠不親，等同陌路，何必再稱「禮服遂悠」？「禮服遂悠」者，正説明陶侃爲延壽高祖，高祖雖仍有服，然喪服已是最輕最疏遠之緦麻矣。

〔八〕眇徂：遠往。

〔九〕行路：即詩序所云「路人」，謂不關痛癢之人。文選王儉褚淵碑文：「有識留感，行路傷情。」李善注：「論衡曰：『行路之人，皆能論之。』」

〔一〇〕眷然：思戀貌。歸去來兮辭：「眷然有歸歟之情。」

〔一一〕於穆：詩周頌清廟：「於穆清廟。」毛傳：「於，歎辭也。穆，美。」令族：美族。

〔一二〕允構斯堂：比喻繼承祖業。允，信。構，構築。古注：「書大誥『若考作室，既厎法。厥子乃弗肯堂，矧肯構？』孔傳：『父已致法，子乃不肯爲堂基，況肯構立屋乎？』」又，陸機與弟清河雲詩：「俯慚堂構，仰懵先靈。」陸雲答兄平原詩：「先公克構，乃崇斯堂。」按，吴騫拜經樓詩話卷四謂：「長沙公猶敦族好，經過尋陽謁祖居，故曰：『於穆令族，允構斯堂』，『實宗之光』。當時或更加葺治，故以肯構美之。」陶注與吴氏相近，謂：「此蓋長沙公經過尋陽，建桓公祠堂，以展親收族。」其說非。

〔一三〕諧氣：和諧之氣度。諧，書堯典：「克諧以孝。」孔傳：「諧，和也。」暄：暖和。張協七命：「暄氣初收。」孫綽丞相王導碑：「柔暢協乎春風，温燠侔于冬日。」「諧氣冬暄」即「温燠侔于冬日」之意，言長沙公氣度温和，若冬日之暄。

〔一四〕圭璋：寶玉。喻長沙公之美德。文選郭璞遊仙詩李善注：「禮記：孔子曰『圭璋特達，德也』。」

〔一五〕春華：喻長沙公爲學有得。顔氏家訓勉學：「夫學者猶種樹也，春玩其華，秋登其實。講論文章，春華也；修身利行，秋實也。」

〔一六〕警：戒懼之意。文選陸機歎逝賦：「節循虛而警立。」李善注：「警，猶驚也。」三國志吴書張温傳：「故得及秋冬之月，赴有警之期。」秋霜：喻長沙公志操嚴厲。後漢書卷七〇孔融傳：「懍懍焉，皜皜焉，其與琨玉秋霜比質可也。」晉書卷九一范弘之傳：「志厲秋霜，誠貫一時。」文選王儉褚淵碑文：「君垂冬日之温，臣盡秋霜之戒。」按，王瑶注引禮記祭義「霜露既降，君子履之，必有淒愴之心」等語，謂「秋霜即指祭祀時的淒愴之心，大概長沙公過尋陽時，曾祭陶氏宗祠」。陶注亦云：「堂成祭祀，不勝秋霜怵惕之思。」其說非。

〔一七〕欽哉：欽，敬也。哉，語助詞。書堯典：「帝曰：往，欽哉！」

〔一八〕宗：左傳昭公十三年：「肸之宗十一族。」杜預注：「同祖爲宗。」禮記大傳：「尊祖故敬宗，敬宗故收族。」

〔一九〕伊：作語助，與「維」同，無義。詩小雅正月：「伊誰云憎。」爾雅釋詁下：「伊，維也。」

遘：遇見。

〔二〇〕長：尊長。長沙公乃陶侃一族之大宗之傳，故曰長。同：同族。以上二句寫長沙公位居尊長，初見時若忘淵明是同族之親。吴注引王棠曰：「淵明年長於長沙公，初遘面，忘其同出於大司馬也。」方東樹昭昧詹言卷十三云：「詩云『在長忘同』，謂此族祖忘其在長，而同與己游也。」按，長沙公爲陶侃嫡系，淵明不會不知，王棠之説不可信。詩序云：「昭穆既遠，以爲路人。」詩云：「感彼行路，眷然躊躇。」可見長沙公幾已視淵明爲陌路人。方氏似謂長沙公屈尊與己同游，不合淵明本意。

〔二一〕逝焉西東：猶各奔西東。逝，離去。

〔二二〕三湘：指長沙公封地。太平寰宇記：「湘潭、湘陰、湘鄉，是爲三湘。」

〔二三〕九江：此指淵明居地。

〔二四〕行李：使者。左傳僖公三十年：「行李之往來，共（供）其乏困。」杜預注：「行李，使人也。」摯虞贈李叔龍以尚書郎遷建平太守詩：「既有行李，以通其音。」

〔二五〕寫心：詩小雅蓼蕭：「我心寫兮。」文選向秀思舊賦：「援翰而寫心。」

〔二六〕話言：善言。此指本詩。詩大雅抑：「其維哲人，告之話言。」毛傳：「話言，古之善言也。」世説新語言語：「仁祖聞之曰：『時無豎刁，故不貽陶公話言。』」孫綽贈庾冰詩：「古人重離，必有贈遷。千金之遺，孰與片言。」

〔二七〕「進簣」二句：簣，盛土竹器。論語子罕：「譬如爲山，未成一簣。止，吾止也；譬如平土，雖覆一簣，進，吾往也。」

〔二八〕款襟：款誠情懷，此指披誠暢談。款，廣韻：「款，誠也。」荀子修身：「愚款端愨則合之以禮樂。」楊倞注：「款，款誠也。」

〔二九〕音問：音信。索靖月儀帖：「談面既闊，音問又疏。」王羲之雜帖：「音問不數。」

【集説】

贈長沙公詩的詩序有異文，且斷句不同，難於解讀，自宋迄今，歧見紛呈。兹擇其難解之要者，縷述并作考辨如下。

一、詩題與詩序之異文及斷句。各本皆作贈長沙公族祖。陶注原校引楊時偉曰：「序『長沙公於余爲族』一句，『祖同出大司馬』一句。題中「族祖」二字乃後人誤讀序文「祖」字爲句，因而妄增詩題也。」陶注又云：「何孟春、何焯亦皆以『族祖』二字爲衍，今删之。」吴譜「文帝元嘉二年」條從「余于長沙公爲族祖」斷句，並據晉書卷六六陶侃傳所載陶氏世系，以爲見淵明於尋陽者爲陶延壽之子，」「詩題當云『贈長沙公族孫』，而云『族祖』者，字之誤也。」按，各本皆作贈長沙公族祖，楊時偉以爲乃後人誤讀詩序「長沙公於余爲族」，以「祖」字爲句，因而妄增詩題，其説極是。吴譜以爲詩題當云「贈長沙公族孫」，原因是從詩序的異文「余於長沙公爲族」，且以「祖」字爲句，即「余於長沙公爲族祖」，長沙公遂成淵明之「族孫」。清人全祖望、姚瑩、洪亮吉、孫志祖等人皆以「祖」字斷句。如孫志祖陶淵明世系一文云：以「族」字斷句，「既不成句，且與題所云『族祖』相戾矣」。故「族祖」「族孫」之謬，既與詩序異文有關，更與詩序的斷句有關。厘清詩序及正確斷句，是破除千年謎團，還原淵明與長沙公兩人世次之關鍵。查宋代陶集的幾種最有價值的善本，如宋刻本、曾集刻本、湯漢注本，詩序的原文皆作「長沙公於余爲族，祖同出大司馬」，並有原注：「一作『余於長沙公爲族』。」由此可知，「長沙公於余爲族」一句，至遲在宋代就已出現「一作『余於長沙公爲族』」的異文。朱自清陶淵明年譜中之問題疑心「『一作』乃經人校改，非本來面目」。其疑不無道理。蓋各本正文皆作「長沙公於余爲族」，而詩題爲贈長沙公，細加體味，詩題與詩序的邏輯及語氣都較「余與長沙公爲族」更通順。出現「一作」的異文，乃後人因「族祖」二字連讀，遂不明淵明與長沙公兩人的輩份關係而妄改。詩序異文再加上斷句，乃是此詩一切異説産生的根源，而尤以斷句關係最大。若僅是異文，「長沙公於余爲族」與「余於長沙公爲族」，不過是詞序的顛倒，皆交代淵明與長沙公爲同族。若在「祖」字下斷句，即成「族祖」，謎團頃刻生成。若讀作「長沙公於余爲族祖」，則長沙公爲族祖，淵明是族孫；若讀作「余於長沙公爲族祖」，則淵明是族祖，長沙公爲族孫。這兩種情況在陶侃世系中可以形成多種排列，遂致各種異説，簡直不可董理。諸多異説中，李注引宋人張縯吴譜辨證格外值得重視。吴譜從「祖」字斷句，遂致族祖、族孫之辨。張縯據贈長沙公詩「伊余云遘，在長忘同」二句，説：「蓋先生世次爲長，視延壽乃諸父行。序云『余與長沙公爲族』，或云『長沙公於余爲族』，皆以『族』字斷句，不稱爲祖。」張縯據宋代各善本陶集，正確讀解詩序，以「族」字斷句，以爲不稱「族祖」。後來李本亦以「族」字爲句，明人楊時偉同張縯之説，四庫總目提要以爲「其説頗確」。張縯以「族」字斷句，否定「族祖」，走出了正確理解贈長沙公詩的關鍵一步。

然以「族」字斷句爲是之理由，尚須申述。「族」之基本意義爲姓氏。左傳隱公八年：「無駭卒，羽父請謚與族。公問族于衆仲，衆仲對曰：『天子建德，因生以賜姓，胙之土而命之氏；諸侯以字爲謚，因以爲族；官有世功，則有官族，邑亦如之。』」杜預注「因生以賜姓」一句曰：「因其所由生以賜姓。」由杜注可知，上文「羽父請謚與族」一句之「族」，義即姓氏，「請謚與族」，意思是請（隱公）賜以謚號與姓氏。「諸侯以字爲謚，因以爲族」二句杜預注：「或使即先人之謚稱以爲族。」意思是用先人的謚號以爲姓氏。又戰國策秦策二：「費人有與曾子同名族者而殺人。」高誘注：「族，姓。」又晉書卷五九汝南王亮傳叙汝南王司馬亮之子宗謀反，庾亮使右衛將軍趙胤殺宗，「貶其族爲馬氏」。意思是貶司馬宗之戚屬的姓氏爲馬氏。世説新語文學七七劉孝標注引中興書説：庾闡，「太尉（庾）亮之族也」。意思説庾闡與庾亮是同族。鄭樵通志卷二五氏族略論姓氏的來歷及「族」的多種意義，説：「三代之前，姓氏分而爲二，男子稱氏，婦人稱姓。氏所以別貴賤者。貴者有氏，賤者無名無氏。」三代之後，姓與氏的意義合一。鄭樵又指出，「族」的意義多種，「族者，氏之別也，以親別疏，以小別大，以異別同，以此別彼」，並舉例説，「遂人之族，分而爲四；商人之族，分而爲七。此支分之別也」。這是説同一姓氏，據親疏或小大或貴賤，區別爲衆多的族。故「長沙公於余爲族」，意思是長沙公與余同姓（陶氏），爲同一宗族，即「祖同出大司馬」，長沙公與余皆是大司馬的分支。詩云「同源分流」，即是「長沙公於余爲族」二句的概括。「爲族」之「族」，用其同姓同宗的意義。

二、「祖同出大司馬」一句「祖」字之解釋。「祖」之常用義指祖父。但此句中「祖」字不作祖父解。否則余之祖父與長沙公之祖父同出大司馬，膚淺之事實，何用述説？此「祖」字，義爲始也，初也。「族祖」兩字連讀者，蓋不明禮記的饗祀之禮，也就不明「祖」義。詩商頌長發序：「長發，大禘也。」鄭玄箋：「大禘，郊祭天也。禮記曰：『王者禘其祖之所自出，以其祖配之是謂也。』」朱子辨説詩序卷下：「禘嚳於后稷之廟，而以后稷配之，所謂禘其祖之所自出，以其祖配之者也。」「祖」之義爲始，見於孔穎達的解釋。詩大雅生民序：「生民，尊祖也。」孔穎達疏：「祖之定名，父之父耳。但祖者，始也，己所從始也。自父之父以上皆得稱焉。」據此，禮記「禘其祖之所自出」之「祖」，其義爲「始」，爲「初」。祭宗廟是不忘己之由何處而來，而以初祖祭之。明瞭禮記的饗祀之禮及「祖」之意義，詩序「祖同出大司馬」一句就迎刃而解。「祖」者，謂你我雙方之始；「同出大司馬」

者，謂你我之始同自大司馬來，即大司馬是我們共同祖宗。這一句完全符合禮記「王者禘其祖之所自出，以其祖配之是謂也」的古義。由此可見，淵明非常熟悉禮記。至此，詩序「長沙公於余爲族，祖同出大司馬」二句可以得到確解，千百年來的「族祖」、「族孫」之辨可以休矣。

三、關於長沙公的種種異説。考證長沙公的主要史料依舊是晉書卷六六陶侃傳所載長沙公世系。陶侃世子夏早在淵明出生前就已辭世，故淵明所見之長沙公，不可能是世子夏。夏卒，瞻子弘襲爵位。弘卒，子綽之嗣。綽之卒，子延壽嗣。弘、綽之、延壽祖孫三人，誰是淵明所見之「族祖」？爲了找到子虛烏有的「族祖」，確定長沙公是誰，學者便將陶侃世系中的長沙公一一排列考量，結果無不牴牾。因無法自圓，遂懷疑宋書及蕭統陶淵明集序所叙陶侃是淵明曾祖的記載。以下逐一考辨有關長沙公的各種異説：

（一）長沙公爲陶弘説。此説爲陶淵明世系研究中的新説。吴國富君數年前作陶淵明尋陽覓蹤一書，第二章「尋陽與陶淵明的家世」探討陶侃、淵明祖父、父親、家叔等與淵明的關係，其中重要的考證結論是：淵明非陶侃曾孫，陶侃爲淵明高祖；陶弘爲淵明族祖。淵明不是陶侃曾孫的説法，參見命子詩注。兹先繼續考辨所謂「族祖」。長沙公陶弘，是否就是淵明在尋陽所遇之「族祖」？國富君據陶侃、淵明的年紀，以爲淵明「完全有可能在年輕時見到年高的長沙公陶弘」。但事實上若根據陶侃及淵明年齡爲起點再推論，年輕的淵明與年高的長沙公陶弘相遇的幾率爲零。晉書卷六六陶侃傳載，侃子瞻爲蘇峻所害。考晉書卷七成帝紀，咸和三年（三二八）二月，蘇峻攻建康，王師大敗，廬江太守陶瞻與卞壼、羊曼等並遇害。世子夏病卒後，以瞻子弘襲侃爵。」按，陶侃卒於咸和九年（三三四），年七十六，則其生年是魏高貴鄉公曹髦甘露四年（二五九）。假定侃二十五歲生子瞻，則瞻生年是西晉太康四年（二八三）。又假定瞻亦二十五年生子弘，則弘生年在西晉永嘉元年（三〇七）。假定淵明二十歲見長沙公陶弘，以淵明享年六十三歲推算，時在太元九年（三八四），而此時陶弘年齡已七十八歲。雖説並非絶對不可能，但可能性微乎其微。再從陶延壽行蹤考察淵明所遇之長沙公是否陶弘。晉書卷九九桓玄傳載：「元興二年（四〇三），「陶延壽以（桓）亮乘亂起兵，遣收之」。又宋書卷六四何承天傳載：「義旗初，長沙公陶延壽以爲其（指何承天）輔國府參軍。」義旗初指元興三年（四〇四）劉裕建義旗討伐桓玄。據此可知，陶延壽至遲在元興二年或三年已爲長沙公。假定陶弘太元九年（三八四）年尚健在，並有事經過尋陽遇見淵明，則至元興二年陶延壽嗣長沙公，相距只有二十年，期間歷經陶弘卒，弘子綽之嗣，綽之卒，子延壽嗣長沙公等一系列變故，雖並非絶無可能，但總覺未免太快了。由此反證淵明所遇之長沙公幾無可能是陶弘，而是陶延壽。再者，陶弘果爲淵明族祖，則正如吴譜所説，「使侃諸子而在，乃先生祖之昆弟，服屬近矣，安得云『昭穆既遠』？當曰從祖，亦不得云族祖也」。更難解釋者在於贈長沙公詩的語氣充滿人世滄桑感，顯然是老者情懷。詩第二章曰：「於穆令族，允構斯堂。諧氣冬暄，映懷圭璋。爰采春華，載警秋霜。我曰欽哉，實宗之光。」味其詩意，是對晚輩的讚美。詩末章曰：「何以寫心，貽此話言。進簣雖微，終焉爲山。」殷勤希望長沙公道德學問日進不止，口吻明顯是長輩對晚輩的勖勉。若淵明此時二十歲，對高齡的族祖説這樣的話就太不合情理了。

（二）長沙公爲陶綽之説。此説出於姚瑩與方植之論陶淵明爲桓公後説。姚氏考證的邏輯起點也是淵明以長沙公爲族祖。姚氏云：「今淵明以長沙公爲族祖，其同高祖實無疑義。」此説依據爲古代喪服制度。儀禮喪服曰：「族曾祖父母，族祖父母，族父母，族昆弟。」鄭玄注：「族祖父母者，亦高祖之孫，祖父之從父昆弟之親也。」據鄭注，族祖者，乃祖父之從父昆弟，高祖之孫。姚氏根據儀禮鄭注，進而推論淵明世次：「至於昭穆之次，則此所謂贈長沙公爲先生族祖，等身而上，是爲三代，上溯高祖，則五代矣。」然後再據晉書陶侃傳所記的世系，排除陶弘及陶延壽，得出綽之爲近是的結論：「以綽之爲族祖，則高祖乃瞻也……數傳至淵明，上及桓公已及六世。」姚氏之説可表述如下：侃——瞻——弘——綽之——延壽——淵明。又方東樹贊同閻詠陶侃非淵明曾祖説，而主詩序以「族祖」斷句，謂此詩所贈長沙公爲淵明族祖；又稱此長沙公之爲綽之、延壽不可定，要之於侃實爲曾玄行，淵明又下此人二世，已七世矣（見昭昧詹言卷一三陶詩附考）。按，方氏連長沙公究爲何人也不能確定，卻稱淵明又下此人二世，爲侃七世孫，其説不可信亦明矣。參見命子詩【集説】。

（三）長沙公爲陶延壽説。此説始于宋人張縯吴譜辨證。張縯據贈長沙公詩「伊余云遘，在長忘同」二句，謂「先生世次爲長，視延壽乃諸父行」，並説詩序以「族」字斷句，不稱爲「祖」，「蓋長沙公爲大宗之傳，先生不欲以長自居，故詩稱『於穆令族』，序稱『於余爲族』」，又云『我曰欽哉，實宗之光』，皆敬宗之義也。」張縯讀詩序是正確的。然清代學者多不從其説，以致「族祖」「族孫」，異説紛紜。梁譜、鄧譜同張縯説，謂長沙公乃延壽。鄧譜考證精詳，依據有三：一是晉書陶侃傳叙長沙公世次，「降爲吴昌侯者當是延壽」。二是延壽在晉季行跡歷歷可見。三是詩序云：「長沙公於余爲族。」族，即同族。「淵明爲陶侃四世孫（曾孫），延壽爲陶侃五世孫，論世次淵明於延壽爲三從父兄弟，延壽與淵明之子則四從昆弟，正大傳所謂『四世而緦，服之窮也』之義。序稱長沙公爲『族』，爲『昭穆既遠』，詩云『禮服遂悠』，宜矣。」鄧譜三證，尤其第三證以禮經解釋什麽叫族祖，論據很堅實。

（四）長沙公爲延壽之子説。吴譜首唱長沙公爲延壽之子説，依據是詩序一作「余於長沙公爲族祖」。既然淵明爲長沙公「族祖」，而長沙公又是延壽子，則長沙公便是「族孫」了。但這種推論與晉書陶侃傳所叙長沙公世次不符。長沙公世次爲侃——瞻——弘——綽之——延壽。延壽入宋，降封吴昌侯。長沙公自陶侃始，傳至五代而絶。延壽子不見史傳，若延壽果有子，也是襲爵吴昌侯，豈可「從晉爵」再稱長沙公？吴譜的辯解牽强不可信。據鄧譜所考，長沙公延壽在晉末的行跡歷歷可見，且詩序云「昭穆既遠」，詩云「禮服遂悠」，延壽爲陶侃五世孫，雖尚在五服之内，但親情已經十分疏遠了。若長沙公爲延壽之子，則出於五服之外，骨肉不屬，豈可謂「禮服遂悠」？

酬丁柴桑〔一〕

有客有客，爰來爰止。秉直司聰〔二〕，惠于百里〔三〕。飡勝如歸，聆善若始〔四〕。

匪惟諧也〔五〕，屢有良游。載言載眺〔六〕，以寫我憂〔七〕。放歡一遇〔八〕，既醉還休〔九〕。實欣心期〔一〇〕，方從我遊〔一一〕。

【校記】

酬丁柴桑　陶本于詩題下原有「并序」二字。按，此詩無序，各本亦無「并序」二字，今删去。

爰止　「爰」，曾本云，一作「官」。湯本、汲古閣本同。蘇寫本作「官」。逯本從文館詞林作「宦」。

惠于　陶本、湯本、李本、汲古閣本作「于惠」。按，詩大雅思齊：「惠于宗公。」詩大雅抑：「惠于朋友。」作「惠于」是，據改。

聆善　陶本原校：「湯本、焦本作『矜善』。又一本作『聆音』。」聆，曾本、湯本、汲古閣本作「矜」，又云，一作「聆」。「善」，曾本、蘇寫本、汲古閣本云，一作「音」。

匪惟　「惟」，曾本云，一作「忤」。汲古閣本云，一作「怍」。

諧也　陶本原作「也諧」。原校云：「各本作『諧也』，此亦焦本。」曾本、汲古閣本云，一作「也諧」。按，三國志魏書杜恕傳裴松之注引杜氏新書：「殺胡之事，天下謂之是邪，是僕諧也；呼爲非邪，僕自受之，無所怨咎。」各本作「諧也」是，今據改。

良游　「游」，陶本原校：「焦本云，宋本作『游』。一作『由』，非。按古人不以重韻爲嫌，作『游』是也。」各本皆作「由」。曾本云，一作「游」。湯本、汲古閣本同。按，古注：「游、由古通用。魏志蘇由，文選作蘇游。李善注：『游與由通。』」

載言載眺　曾本、汲古閣本云，一作「載馳」，又云，一作「載馳載驅」。蘇寫本作「載馳載驅」，又云，一作「載言載眺」。

【箋注】

〔一〕丁柴桑：柴桑丁縣令。此詩可能作于義熙末。據晉傳，義熙末「其鄉親張野及周旋人羊松齡、龐遵等，或有酒要之，或要之共至酒坐，雖不識主人，亦欣然無忤；酣醉便反，未嘗有所造詣，所之唯至田舍及廬山游觀而已」。則淵明與丁柴桑交游，或亦在其時。

〔二〕秉直：秉公持正。司聰：爲皇帝聽察民情。聰，聽。丁注：「左傳昭公九年：『汝爲君耳，將司聰也。』」

〔三〕惠于百里：意謂施順道於一縣。詩大雅抑：「惠于朋友。」鄭玄箋：「惠，順也。」百里，指一縣。文選陸機贈馮文羆遷斥丘令：「我求明德，肆于百里。」李善注：「漢書曰：『縣大率百里，其人稠則盛，稀則曠也。』」

〔四〕「飧勝」二句：古注：「餐勝如歸，謂餐服勝義，如歸家之樂；聆善若始，謂雖習聞者，亦若始聞。言其謙遜也。」勝，勝義，勝理。聆善，猶聞善。潘岳楊荊州誄：「聞善若驚。」按，此詩首章六句，次章八句，疑首章有佚句。徐仁甫古詩別解卷六：「察次章首句曰『匪惟諧也』，此承遞前章之詞。可見首章末缺二句，其末句必有『諧』字，而今本佚矣。」其説頗有見。

〔五〕「匪惟」二句：意謂不僅情趣相合，且常相從游樂。諧，合洽也。玉篇：「諧，調也。」書舜典：「八音克諧。」

〔六〕載言載眺：又是説笑，又是眺望。

〔七〕以寫我憂：詩邶風泉水：「駕言出游，以寫我憂。」鄭玄箋：「寫，除也。」

〔八〕一遇：猶一晤。與殷晉安別詩：「一遇盡殷勤。」

〔九〕既醉還休：盡醉方休。既，後漢書卷二明帝紀：「日有食之，既。」李賢注：「既，盡也。」

〔一〇〕心期：謂兩心相許。南史卷一七向柳傳：「我與士遜心期久矣，豈可一旦以勢利處之。」

〔一一〕方：詩小雅正月：「民今方殆。」鄭玄箋：「方，且也。」文選孫綽游天台山賦：「方解纓絡。」李善注：「方，將也。」

【集評】

温汝能陶詩彙評卷一：「淵明詩體質句逸，情真意婉，即偶然酬答，而神味淵永，可規可誦，姜白石謂其天資既高，趣詣又遠，故其詩散而莊，澹而腴。旨哉斯言也。」

答龐參軍〔一〕 并序

龐爲衛軍參軍，從江陵使上都，過尋陽見贈。

衡門之下〔二〕，有琴有書。載彈載詠，爰得我娱。豈無他好，樂是幽居〔三〕。朝爲灌園〔四〕，夕偃蓬廬〔五〕。

人之所寳，尚或未珍。不有同好，云胡以親〔六〕？我求良友，實覯懷人〔七〕。懽心孔洽，棟宇惟鄰〔八〕。

伊余懷人，欣德孜孜〔九〕。我有旨酒，與汝樂之〔一〇〕。乃陳好言，乃著新詩。一日不見，如何不思〔一一〕！

嘉游未斁〔一二〕，誓將離分〔一三〕。送爾於路，銜觴無欣。依依舊楚〔一四〕，邈邈西雲〔一五〕，之子之遠，良話曷聞〔一六〕。

昔我云别，倉庚載鳴〔一七〕。今也遇之，霰雪飄零。大藩有命〔一八〕，作使上京。豈忘宴安，王事靡寧〔一九〕。

慘慘寒日，肅肅其風〔二〇〕。翩彼方舟〔二一〕，容與江中〔二二〕。勖哉征人，在始思終〔二三〕。敬兹良辰〔二四〕，以保爾躬〔二五〕。

【校記】

未珍　「未」，曾本云，一作「非」。湯本同。

同好　「好」，曾本、汲古閣本、湯本作「愛」，云，一作「好」。焦本作「好」，云，一作「愛」，非。按，作「好」是，參見注〔六〕。

云胡　「云」，蘇寫本、汲古閣本作「去」。汲古閣本又云，一作「云」。按，各本皆作「云」，詩鄭風風雨：「既見君子，云胡不夷？」讀史述九章箕子：「哀哀箕子，云胡能夷？」作「云」是，「去」乃形近而誤。

以親　「以」，曾本云，一作「已」。

良友　「友」，曾本云，一作「朋」。

惟鄰　「惟」，曾本云，一作「爲」。焦本同。

不思　「不」，曾本、湯本云，一作「弗」。

未斁　「斁」，曾本云，一作「數」，又作「款。」按，作「斁」是，「數」、「款」皆形近而誤，參見注〔二〕。

離分　曾本作「分離」。

邈邈　曾本、湯本作「藐藐」，又云，一作「邈」，按「邈邈」義同「藐藐」，謝靈運石室山詩：「藐藐苔嶺高。」

云別　「云」，曾本、汲古閣本云，一作「之」。

豈忘　「忘」，汲古閣本云，一作「妄」。蘇寫本作「妄」。

宴安　「宴」，陶本原作「晏」，餘本皆作「宴」。曾本又云：「一作燕。」左傳閔公元年：「宴安酖毒，不可懷也。」作「宴」是，今據改。

容與　「與」，曾本、湯本作「裔」。曾本又云，一作「與」，一作「融洩」。按，「容與」同「容裔」，參見注〔三〕。

江中　陶本原作「沖沖」。原校：「從何校宣和本。各本『容裔江中』。」曾本云，一作「沖沖」。汲古閣本作「容裔江中」，云，一作「容與沖沖」。今據曾本、汲古閣本改。

良辰　「辰」，蘇寫本作「晨」。汲古閣本云，一作「晨」。

【箋注】

〔一〕龐參軍：其人事迹不詳。陶淵明集中有答龐參軍詩兩首，一爲四言，一爲五言。兩詩中之龐參軍爲一人，與怨詩楚調示龐主簿鄧治中詩之龐主簿不是同一人。何注引吴正傳詩話：「本傳：江州刺史王弘欲識潛，不能致。潛游廬山，弘令其舊人龐通之，齎酒半道栗里邀之。此龐參軍四言及五言，皆叙鄰曲契好，明是此人。」梁譜亦以爲龐參軍即龐通之。按，何、梁之説不確。陶考云：「先生答參軍詩，并非素識，因結鄰始通殷勤，冬春僅再交，爲時尚淺，故曰『相知何必舊，傾蓋定前言』。而於主簿遵，則怨詩楚調示之，歷叙生平，備訴艱苦，至以鍾期相望，視參軍交情，有深淺之别矣，此可即兩詩對勘而得也。」其説是。關於此詩作年，陶考以爲同五言，皆營陽王景平元年所作，并稱其時衛軍將軍王弘鎮尋陽，宋文帝劉義隆爲宜都王，以荆州刺史鎮江陵，龐參軍奉弘命使江陵，又奉宜都王之命使都。逯繫年謂五言詩作于宋文帝元嘉元年（四二四）春，其時龐赴江陵，爲劉義隆鎮西參軍；四言詩作于此年冬，龐作衛將軍謝晦參軍，詩中「大藩」亦指謝晦。按，據宋書卷四少帝紀、宋書卷五文帝紀、宋書卷四二王弘傳、卷四四謝晦傳，永初元年（四二〇）劉義隆封宜都王，進號鎮西將軍。景平二年（四二四）七月中，少帝廢，劉義隆入奉皇統。秋八月丁酉，大赦天下，改景平二年爲元嘉元年。永初三年（四二二），江州刺史王弘入朝，進號衛將軍。景平二年，徐羨之等謀廢立，召弘入朝。可知從永初元年至景平二年七月，劉義隆以宜都王、荆州刺史鎮江陵；王弘於永初三年後，以衛將軍鎮尋陽。而謝晦進號衛將軍，進封建平郡公，時在劉義隆即位後。詩云「大藩有命」，陶考謂「非宜都不得稱大藩」，其説較逯氏爲勝，今從之。

〔二〕衡門：横木爲門，爲賤者所居。詩陳風衡門：「衡門之下，可以栖遲。」

〔三〕幽居：禮記儒行：「幽居而不淫。」鄭玄注：「幽居謂獨處時也。」

〔四〕灌園：猶農耕。古注：「列女傳：『楚王聞於陵子終賢，欲以爲相。妻曰：夫子織屨以爲食，左琴右書，樂亦在其中矣。遂相與逃而爲人灌園。』」扇上畫扇：「蔑彼結駟，甘此灌園。」

〔五〕偃：卧。蓬廬：猶言茅舍。淮南子本經訓：「民之專室蓬廬，無所歸宿。」高誘注：「蓬廬，籧篨覆也。」文選張衡歸田賦：「感老氏之遺誡，將迴駕乎蓬廬。」

〔六〕「人之」四句：蔡正孫精刊補注東坡和陶詩話云：「『人之所寶，尚或未珍。不有同好，云胡以親。』此數語有賢賢易色之意，蓋金玉之貴，未足爲寶。友朋同心，親愛之樂，殆有甚于金玉之寶也。邵康節詩曰『金玉過從舊朋友』，亦是此意。」古注：「禮記儒行：儒有席上之珍以待聘。又曰：儒有不寶金玉，而忠信以爲寶云云，其近人有如此者。又曰：儒有合志同方，營道同術云云，其交友有如此者。此四句蓋隱括其意。」同好，謂愛好相同。曹植與楊德祖書：「雖未能藏之于名山，將以傳之于同好。」曹羲至公論：「保明同好者，朋友之至交。」

〔七〕覯：遇見。詩豳風伐柯：「我覯之子。」

〔八〕「懽心」二句：由詩小雅正月「洽比其鄰」句化出。

〔九〕欣德：好德樂道之意。孜孜：書泰誓下：「爾其孜孜，奉其一人。」孔傳：「孜孜，勤勉不怠。」孫楚顏回贊：「鑽仰孜孜。」

〔一〇〕「我有」二句：詩小雅鹿鳴：「我有旨酒，以燕樂嘉賓之心。」

〔一一〕「一日」二句：詩王風采葛：「一日不見，如三月兮。」詩王風君子于役：「君子于役，如之何勿思？」

〔一二〕斁：詩周南葛覃：「服之無斁。」毛傳：「斁，厭也。」文選左思魏都賦：「復之而無斁。」

〔一三〕誓將：同「逝將」。逝，去，往。參見後飲酒其一注。

〔一四〕依依：文選蘇武詩：「胡馬失其羣，思心常依依。」李善注：「依依，思戀之貌也。」舊楚：指荆州江陵，楚國曾建都于此，故云。

〔一五〕邈邈：廣雅釋詁：「邈邈，遠也。」楚辭離騷：「神高馳之邈邈。」王逸注：「邈邈，遠貌。」

〔一六〕「之子」二句：詩小雅白華：「之子之遠，俾我獨兮。」良話，善言。索靖月儀帖：「隔恨遐塗，莫因良話。」

〔一七〕倉庚：離黄鳥，即黄鶯。詩豳風七月：「春日載陽，有鳴倉庚。」毛傳：「倉庚，離黄也。」

〔一八〕大藩：藩王，指宜都王劉義隆。

〔一九〕靡寧：不寧。靡，無。詩小雅采薇：「王事靡盬。」

〔二〇〕肅肅：詩召南小星：「肅肅宵征。」毛傳：「肅肅，疾貌。」

〔二一〕翩：詩魯頌泮水：「翩彼飛鴞。」毛傳：「翩，飛貌。」此指船輕捷若飛貌。方舟：莊子山木：「方舟而濟於河。」司馬彪注：「方，並也。」爾雅釋水：「大夫方舟。」郭璞注：「並兩船。」

〔二二〕容與：船緩行貌。楚辭九章涉江：「船容與而不進兮，淹回水而疑滯。」

〔二三〕在始思終：古注：「左傳昭公五年：『敬始而思終，終無不復。』」

〔二四〕敬：説文：「敬，肅也。」廣韻：「敬，恭也，肅也，慎也。」可引申爲「愛惜」義。敬兹良辰，猶言愛惜此美好時光。

〔二五〕以保爾躬：陶考以爲王弘與徐羡之等謀廢少帝，必先使龐參軍往來京都。淵明陰察龐參軍使都當有異圖，故以慎終保躬勗之。古注贊同陶考之説。按，據宋書卷四少帝紀、宋書卷四二王弘傳，徐羡之、王弘、檀道濟等謀廢少帝在景平二年（四二四）夏五月。龐參軍於景平元年春奉王弘之命使江陵，其年冬又奉宜都王劉義隆命使京都，是否必爲謀廢事，實無法猜度。至于説在謀廢少帝前一年，淵明已陰察龐參軍使都當有異圖，恐難取信。

【集評】

黄文焕陶詩析義卷一：「六章氣象聲嚮，最肖三百篇。」

孫人龍纂輯陶公詩評注初學讀本卷一：「高雅脱俗，喻意深闊。交情篤摯，妙能寫出。」

馬璞陶詩本義卷一：「六首首首相接，層層相生。第五首言今日之别乃爲王事，不得已也。末首臨别贈言，相勗以德，而德則始終歸重之意，見於第二首之懷人，第三首之『欣德』者也。六首之章法皆藕斷絲連，其情勝也。」

勸 農〔一〕

悠悠上古，厥初生民〔二〕。傲然自足，抱樸含真〔三〕。智巧既萌〔四〕，資待靡因〔五〕。

誰其贍之，實賴哲人。

哲人伊何，時爲后稷〔六〕。贍之伊何，實曰播殖。舜既躬耕〔七〕，禹亦稼穡〔八〕。遠若周典〔九〕，八政始食〔一〇〕。

熙熙令德〔一一〕，猗猗原陸〔一二〕。卉木繁榮，和風清穆。紛紛士女，趨時競逐〔一三〕。桑婦宵興〔一四〕，農夫野宿。

氣節易過〔一五〕，和澤難久。冀缺攜儷〔一六〕，沮溺結耦〔一七〕。相彼賢達〔一八〕，猶勤壟畝。矧伊衆庶〔一九〕，曳裾拱手〔二〇〕。

民生在勤，勤則不匱〔二一〕。宴安自逸，歲暮奚冀？儋石不儲〔二二〕，飢寒交至。顧爾儔列，能不懷愧。

孔耽道德，樊須是鄙〔二三〕。董樂琴書，田園不履〔二四〕。若能超然〔二五〕，投迹高軌〔二六〕。敢不斂衽〔二七〕，敬讚德美。

【校記】

生民　「民」，曾本、李本、焦本作「人」。曾本云，一作「民」，一作「正人」。汲古閣本云，一作「人」。按，「人」乃避唐太宗諱字。

既萌　「既」，曾本、湯本云，一作「未」。按，作「未」與詩意悖，作「既」是。

靡因　「靡」，汲古閣本云，一作「無」。

誰其　「其」，汲古閣本云，一作「能」。

時爲　「爲」，曾本、汲古閣本作「惟」。

播殖　「殖」，曾本、蘇寫本、湯本、汲古閣本作「植」。按，「殖」與「植」古通。淮南子主術訓：「五穀蕃植。」曹植社頌：「克明播植。」國語鄭語：「周棄能播殖百穀蔬。」文選潘岳藉田賦：「后妃獻穜稑之種，司農撰播殖之器。」

令德　「德」，曾本、汲古閣本云，一作「音」。李本、焦本作「音」。

趨時　「趨」，蘇寫本作「趣」。按，「趨」通「趣」。

宵興　「興」，陶本原校：「焦本作『興』。各本作『征』，非。」曾本、汲古閣本云，一作「征」。蘇寫本、李本作「征」。按，作「興」是，參見注〔一四〕。

易過　「過」，陶本原作「邁」。各本皆作「過」。今據各本改。

冀缺攜儷，沮溺結耦　曾本、汲古閣本云，一作「缺攜尚植，沮溺猶耦」。

猶勤　「猶」，曾本、汲古閣本云，一作「尤」。

矧伊　「伊」，陶本原作「茲」。按，歲暮和張常侍詩：「矧伊愁苦纏。」作「矧伊」是。今據各本改。

宴安　「宴」，曾本、汲古閣本云，一作「燕」。

歲暮　「暮」，蘇寫本作「莫」。按，「暮」通「莫」。

不儲　「不」，曾本、湯本、汲古閣本云，一作「弗」。

飢寒　「飢」，曾本、汲古閣本云，一作「饑」。

顧爾　「爾」，曾本作「余」，又云，一作「爾」。湯本、汲古閣本同。

田園　陶本原校：「何校宣和本作『園井弗履』。」曾本云，一作「園井」。湯本、汲古閣本同。

不履　「不」，曾本、汲古閣本作「弗」，又云，一作「不」。

若能　「若」，蘇寫本作「苟」。

敬讚　曾本、汲古閣本云，一作「難讚」。蘇寫本「讚」作「歎」，又云，一作「贊」。按，「歎」有贊美之義，作「歎」亦通。

德美　「德」，蘇寫本作「厥」。按，作「德美」是。賈誼新書道德説：「德有六美。何謂六美？有道、有仁、有義、有忠、有信、有密。此六者，德之美也。」三國志魏書董昭傳：昭稱曹操「德美過于伊周」。

【箋注】

〔一〕癸卯歲始春懷古田舍詩云：「秉耒歡時務，解顏勸農人。」本詩題曰勸農，當亦作于元興二年癸卯（四〇三）。

〔二〕厥初生民：詩大雅生民：「厥初生民，時維姜嫄。」

〔三〕抱樸含真：老子十九章：「見素抱樸。」河上公注：「見素者當抱樸守真，不尚文飾。」謝靈運過白岸亭詩：「未若長疎散，萬事恒抱樸。」含真：顧愷之虎丘山序：「含真藏古。」真，指自然。

〔四〕智巧既萌：老子十九章：「絶聖棄智，民利百倍。」「絶巧棄利，盜賊無有。」淮南子俶真訓：「澆淳散樸，雜道以僞，儉德以行，而巧故萌生。」智，智慧。巧，奇巧之器物。

〔五〕資待：莊子大宗師：「堯何以資汝？」郭象注：「資者，給濟之謂也。」史記卷八七李斯列傳：「今乃棄黔首以資敵國。」索隱：「資，猶給也。」待，義同「資」。周禮天官外府：「待國之用。」鄭玄注：「待，猶給也。」謝靈運山居賦：「資待各徒，隨節競逐。」

〔六〕后稷：舜時農官。史記卷一五帝本紀：「舜曰：『棄，黎民始飢，汝后稷播時百穀。』」

〔七〕舜既躬耕：史記卷一五帝本紀：「舜耕歷山。」

〔八〕禹亦稼穡：論語憲問：「禹稷躬耕，而有天下。」稼穡，耕種和收穫。

〔九〕周典：即尚書周書。

〔一〇〕八政：尚書周書洪範：「三，八政，一曰食，二曰貨，三曰祀，四曰司室，五曰司徒，六曰司寇，七曰賓，八曰師。」王粲務本論：「八政之民也，以食爲首。」

〔一一〕熙熙：漢書卷二二禮樂志郊祀歌：「衆庶熙熙。」顔師古注：「熙熙，和樂貌也。」

〔一二〕猗猗：詩衛風淇奥：「瞻彼淇奥，緑竹猗猗。」毛傳：「猗猗，美盛貌。」原陸：平田。文選張衡東京賦：「勤稼穡於原陸。」葛洪抱朴子外篇正郭：「雖在原陸，猶恐滄海横流，吾其魚也。」

〔一三〕趨時：謂趨趕農時。競逐：競相追趕，指不失農時去勞作。文選劉琨答盧諶詩：「羣妖競逐。」袁崧白鹿詩序：「行人見之，乘刀競逐。」按，張玉穀古詩賞析卷十二：「士女趨時競逐，指嬉春者言。」其説非。

〔一四〕宵興：夜起。孫綽游天台山賦：「晝詠宵興。」文選潘岳哀永逝文：「啓夕兮宵興，悲絶緒兮莫承。」

〔一五〕「氣節」二句：言農時節氣過得很快，和風澤雨不會長久，故不應錯過。逯注作比興解，謂「二句言堯舜之世一去不返」。非是。

〔一六〕冀缺：春秋時人。李注：「左傳僖公三十三年：臼季使過冀，見冀缺耕，其妻饁之，敬，相待如賓，與之歸。」儷：配偶，此指妻子。

〔一七〕沮溺：論語微子：「長沮桀溺耦而耕。」結耦：二人並耕。

〔一八〕相彼：猶看那。詩小雅伐木：「相彼鳥矣。」鄭玄箋：「相，視也。」王胡之婦德箴：「相彼七出。」葛洪抱朴子外篇嘉遯：「相彼鳥獸，猶知爲患。」

〔一九〕矧伊：詩小雅伐木：「矧伊人矣。」毛傳：「矧，況也。」謝靈運武帝誄：「四海等哀，矧伊下臣。」

〔二〇〕拱手：謂斂手不事事。史記卷六秦始皇本紀：「秦人拱手而取西河之外。」後漢書卷一三公孫述傳：「天水、隴西，拱手自服。」陳祚明采菽堂古詩選卷十三：「『曳裾拱手』，甚有致。」蔣薰評陶淵明詩集卷一：「『曳裾拱手』，説惰農趣甚。」

〔二一〕「民生」二句：左傳宣公十二年：「民生在勤，勤則不匱。」

〔二二〕儋石：漢書卷四五蒯通傳：「守儋石之禄者，闕卿相之位。」應劭曰：「齊人名小甖爲儋，受二斛。」晉灼曰：「石，斗石也。」漢書卷八七上揚雄傳上：「家産不過十金，乏無儋石之儲，晏如也。」

〔二三〕「孔耽」二句：論語子路：「樊遲請學稼，子曰：吾不如老農；請學圃，曰：吾不如老圃。樊遲出。子曰：小人哉！樊須也。」

〔二四〕「董樂」二句：漢書卷五六董仲舒傳：「少治春秋，景帝時爲博士。下帷誦講，弟子傳以久次相授業，或莫見其面。蓋三年不窺園，其精如此。」不履，足迹不到，即「不窺園」。

〔二五〕超然：滿不在意。老子二十六章：「燕處超然。」王弼注：「不以經心也。」此指不以農務經心。

〔二六〕投迹高軌：謂追蹤古人的高尚行跡。

〔二七〕斂衽：猶斂袂，整一整衣袖，以示恭敬。國策楚策一：「一國之衆，見君莫不斂衽而拜，撫委而服。」王念孫廣雅疏證卷七下：「史記貨殖列傳云：『齊冠帶衣履天下，海岱之間，斂袵而任朝。』袵，亦袂也。」孫綽答許詢詩：「斂衽告誠，敢謝短質。」吴注：「汪洪度曰：末章歇後語，言若果能超然投迹，如孔如董，即不稼穡，我敢不斂衽以敬讚之哉。言外見得若不能如孔如董，即不得藉口而舍業以嬉也。」陳祚明采菽堂古詩選卷十三：「反復證辨，故以作趣，有此一結，詩便超然。」

【集評】

鍾惺、譚元春古詩歸卷九：鍾惺曰：「即從作息勤厲中，寫景觀物，討出一段快樂。高人性情，細民職業，不作二義看，惟真曠遠人知之。」

吴菘論陶：「勸農六章，節節相生。第三章言虞、夏、商、周，熙熙之世，士女皆農。第四章言叔季即賢達亦隱於農，矧衆庶而可游手乎？第五章正言勸農，第六章反言勸農，章法好絶。」

張謙宜絸齋詩談卷四：「勸農詞淡而意濃，此最是難學處。全集俱以是求之，乃見其高絶。」

命　子〔一〕

悠悠我祖，爰自陶唐〔二〕。邈爲虞賓〔三〕，歷世重光〔四〕。御龍勤夏，豕韋翼商〔五〕。穆穆司徒〔六〕，厥族以昌。

紛紛戰國〔七〕，漠漠衰周〔八〕。鳳隱于林〔九〕，幽人在丘〔一〇〕。逸虬遶雲，奔鯨駭流〔一一〕。天集有漢〔一二〕，眷予愍侯〔一三〕。

於赫愍侯〔一四〕，運當攀龍〔一五〕。撫劍風邁〔一六〕，顯兹武功。書誓山河，啓土開封〔一七〕。亹亹丞相〔一八〕，允迪前蹤〔一九〕。

渾渾長源〔二〇〕，蔚蔚洪柯〔二一〕。羣川載導，衆條載羅〔二二〕。時有語默〔二三〕，運因隆窊〔二四〕。在我中晉〔二五〕，業融長沙〔二六〕。

桓桓長沙〔二七〕，伊勳伊德。天子疇我〔二八〕，專征南國〔二九〕。功遂辭歸，臨寵不忒〔三〇〕。孰謂斯心，而近可得〔三一〕。

肅矣我祖〔三二〕，慎終如始〔三三〕。直方二臺〔三四〕，惠和千里〔三五〕。於皇仁考〔三六〕，淡焉虚止〔三七〕。寄跡風雲〔三八〕，冥兹愠喜〔三九〕。

嗟余寡陋，瞻望弗及。顧慚華鬢〔四〇〕，負影隻立。三千之罪，無後爲急〔四一〕。我誠念哉，呱聞爾泣〔四二〕。

卜云嘉日，占亦良時。名汝曰儼，字汝求思〔四三〕。温恭朝夕〔四四〕，念兹在兹〔四五〕。尚想孔伋，庶其企而〔四六〕。

厲夜生子，遽而求火〔四七〕。凡百有心〔四八〕，奚特于我！既見其生，實欲其可〔四九〕。人亦有言，斯情無假〔五〇〕。

日居月諸〔五一〕，漸免于孩〔五二〕。福不虚至，禍亦易來。夙興夜寐，願爾斯才〔五三〕。爾之不才，亦已焉哉〔五四〕。

【校記】

邈爲　「爲」，陶本原作「焉」，今據各本改。

歷世　曾本作「世歷」，云，一作「歷世」。湯本、汲古閣本同。

重光　「重」，宋書作「垂」，册府元龜同。按，作「重光」是，參見注〔四〕。

紛紛　曾本作「紛紜」，又云，一作「紛紛」。湯本、汲古閣本同。

遶雲　「遶」，蘇寫本作「撓」。

眷予　「予」，曾本、汲古閣本、蘇寫本作「余」。

風邁　「風」，陶本原校：「各本作『夙』。從何校宣和本作『風』。」曾本、汲古閣本云，一作「夙」。蘇寫本、李本、焦本作「夙」。焦本又云，一作「風」，非。

書誓　「書」，曾本云，一作「參」。湯本、汲古閣本同。

山河　曾本、汲古閣本作「河山」，云，一作「山河」。

蔚蔚　曾本、汲古閣本作「鬱鬱」。

隆窊　「窊」，曾本云，一作「窳」。湯本、汲古閣本同。按，「窳」爲器物粗劣之意。荀子議兵：「械用兵革窳楛不便利者弱。」楊倞注：「窳，器病也。」作「窊」非。

斯心　「心」，曾本云，一作「遠」。蘇寫本、汲古閣本同。

二臺　「二」，曾本云，一作「三」。湯本、汲古閣本同。

於皇　「皇」，曾本作「穆」，云，一作「皇」。湯本、汲古閣本同。

冥茲　「冥」，各本皆作「寘」。曾本云，一作「冥」。湯本、汲古閣本同。按，作「冥」是，參見注〔三九〕。

負影隻立　曾本、汲古閣本云，一作「貧賤介立」。

無後爲急　曾本作「無復其急」，云，一作「無後爲急」，一作「後無其急」。汲古閣本同。焦本云，一作「無復其急」，非。按，作「無後爲急」是，參見注〔四一〕。

占亦　「亦」，曾本、汲古閣本云，一作「云」。

字汝　「汝」，蘇寫本作「爾」。

【箋注】

〔一〕此詩作于得長子儼後，淵明年約二十六七歲。據怨詩楚調示龐主簿鄧治中詩：「弱冠逢世阻，始室喪其偏。」則淵明三十歲時（「始室」）喪妻，後續娶翟氏。又與子儼等疏：「汝等雖不同生，當思四海皆兄弟之義。」可知儼爲前妻所生。命子詩爲儼命名作。梁譜因創淵明得年五十六之説，將此詩繫于淵明二十一歲，而推斷生儼時淵明十九歲，並稱吴譜三十喪偶爲杜撰。逯繫年謂此詩作于義熙二年丙午（四〇六），淵明四十二歲時：「命子詩，所命者長子儼，詩有云：『日居月諸，漸免于孩。』漸免于孩，近成童八歲，即已七歲。儼年十六，陶五十一歲，則儼七歲時，陶作命子詩，爲四十二歲。」「是長子生時陶三十五歲。」按，逯肯定太元十九年甲午（三九四）淵明三十歲時喪妻，則前妻不及生育即已死去，那麽他的五個兒子（見責子詩）皆繼室翟氏所生。依逯繫年推出的這一結論，顯與與子儼等疏「汝等雖不同生」之語不合。逯説非。傅譜太元十五年庚寅條據歸去來兮辭序「幼稚盈室」一語，謂淵明二十九歲初仕時不止一子，並指出梁譜假定儼爲元配出，餘子均繼室所出爲非，以爲前四子俱爲前妻所出，翟氏僅生一佟，其間相隔四年，定淵明生儼時二十六歲。李文初關係陶淵明生平的幾個問題推斷長子儼生時，淵明當爲二十七歲，其説與傅譜接近。梁譜謂生儼時十九歲，古譜謂二十一歲，皆非。

〔二〕陶唐：堯稱陶唐氏。漢書卷一下高帝紀贊顔師古注引許慎説文解字云：「陶，丘再成也，在濟陰。夏書曰東至陶丘，陶丘有堯城，堯嘗居之，後居於唐，故堯號陶唐氏。」

〔三〕虞賓：指堯子丹朱。書益稷：「虞賓在位。」孔傳：「丹朱爲王者後，故稱賓。」

〔四〕重光：指日和月，喻功德前後相繼。書顧命：「昔君文王武王，宣重光。」陸雲答兄平原詩：「赫赫重光。」

〔五〕「御龍」二句：指陶唐氏的後代，在夏爲御龍氏，在商爲豕韋氏。史記卷二夏本紀：「夏后氏德衰，諸侯畔之。天降龍二，有雌雄，孔甲不能食，未得豢龍氏。陶唐既衰，其後有劉累，學擾龍於豢龍氏，以事孔甲。孔甲賜之姓曰御龍氏，受豕韋之後。」裴駰集解引賈逵曰：「劉累之後至商不絕，以代豕韋之後。祝融之後封於豕韋，殷武丁滅之，以劉累之後代之。」

〔六〕「穆穆」句：詩大雅文王：「穆穆文王，於緝熙敬止。」毛傳：「穆穆，美也。」司徒：指周時陶叔。左傳定公四年：「殷民七族，陶氏、施氏、繁氏、錡氏、樊氏、饑氏、終葵氏。」「陶叔授民，命以康誥，而封於殷墟。」杜預注：「陶叔司徒。」

〔七〕紛紛：騷亂貌。晉書卷九二張翰傳：「冏時執政，翰謂同郡顧榮曰：『天下紛紛，禍難未已。』」

〔八〕漠漠：寂寞無聲貌。荀子解蔽：「掩耳而聽者，聽漠漠而以爲哅哅。」楊倞注：「漠漠，無聲也。」陸機君子有所思行：「街巷紛漠漠。」

〔九〕鳳隱：喻退隱。猶言「鳳藏」「鳳戢」。古注：「法言問明篇：或問：『君子在治曰若鳳，在亂曰若鳳，或人不諭。』曰：『未之思矣。』曰：『治則進，亂則隱。』」直案：鳳隱二字本此。

〔一〇〕幽人：幽居之人，指隱士。易履卦：「幽人貞吉。」孔穎達正義：「故在幽隱之人守正得吉。」文選班固幽通賦：「覿幽人之髣髴。」

〔一一〕「逸虬」二句：古注：「離騷『駟玉虬以乘鷖兮』。王逸注：『有角曰龍，無角曰虬。』文選陳孔璋爲曹洪與魏文書：『我軍過之，如駭鯨之決細網。』」李注：「二句喻狂暴縱橫之亂也。」

按，「蚪」同「虬」。「逸蚪」、「奔鯨」，喻周末諸侯之亂，如揚雄解嘲所謂「往者周網解結，羣鹿争逐」也。王叔岷以爲此二句「喻不義之人得勢也」，並引王逸離騷序「虬龍鸞鳳，以託君子」、文心雕龍辨騷篇「虬龍以喻君子」爲證；又謂蚪當作蛇，蛇亦能游雲霧云云，牽扯曲折，似不確。

〔一二〕集：書武成：「大統未集。」孔傳：「大業未就。」詩小雅黍苗：「我行既集。」鄭玄箋：「集，猶成也。」

〔一三〕眷：眷顧。愍侯：指開封愍侯陶舍。史記卷一八高祖功臣侯者年表：陶舍「以右司馬漢王五年初從，以中尉擊燕，定代，侯」。

〔一四〕於赫：文選韋孟諷諫詩：「於赫有漢。」李善注引顔師古曰：「於，讀爲烏。烏，歎辭也。赫，明貌。」

〔一五〕攀龍：舊時以龍鳳喻天子。此句言陶舍追隨劉邦建功立業。古注：「後漢書光武帝紀上：『從大王於矢石之間者，其計固望其攀龍鱗，附鳳翼。』」又，晉書卷七六王廙傳：「思欲攀龍鱗附鳳翼者，有年矣。」

〔一六〕風邁：猶「風驅」，趨前如風，形容勇猛迅疾。

〔一七〕「書誓」二句：李注：「高帝與功臣盟曰：『使黄河如帶，泰山如礪，國以永存，爰及苗裔。』書誓山河，謂此盟也。」

〔一八〕亹亹：勤勉貌；不倦貌。詩大雅文王：「亹亹文王，令聞不已。」丞相：指陶舍子陶青。據漢書卷一九下百官公卿表上，漢孝景二年，陶青爲丞相。

〔一九〕允：詩小雅車攻：「允矣君子。」鄭玄箋：「允，信。」迪：書皋陶謨：「允迪厥德。」孔傳：「迪，蹈。」

〔二〇〕渾渾：水流盛大貌。荀子富國：「財貨渾渾如泉流。」

〔二一〕蔚蔚：廣雅釋訓：「蔚蔚，茂也。」王念孫曰：「蔚蔚，猶鬱鬱耳。」

〔二二〕「羣川」二句：史記卷一五帝本紀：「旁羅日月星辰。」索隱：「羅，廣布也。」丁注：「羣川導於長源，衆條羅於洪柯，喻枝派之分散，皆導源於鼻祖也。」

〔二三〕語默：指出處、顯隱。易繫辭：「君子之道，或出或處，或默或語。」

〔二四〕隆窊：禮記檀弓上：「道隆則從而隆，道汙則從而汙。」鄭玄注：「隆，盛也。」文選馬融長笛賦：「窊隆詭戾。」李善注：「窊隆，高下貌。」後漢書卷三七桓彬傳：「辭隆從窊，潔操也。」窊，義同汙。廣雅辭詁：「窊，下也。」陶注：「此指長沙所出之高曾而言，自父丹仕吳揚武將軍以上無聞，故曰運有隆窊也。」

〔二五〕中晉：指東晉。

〔二六〕長沙：指陶侃。晉書卷六六陶侃傳：「論平蘇峻功，以陶侃爲侍中太尉，封長沙郡公，卒謚桓。」

〔二七〕桓桓：威武貌。書牧誓：「尚桓桓，如虎如貔，如熊如羆，于商郊。」

〔二八〕疇：漢書卷八宣帝紀：霍光「功德茂盛，朕甚嘉之。復其後世，疇其爵邑，世世毋有所與」。顔師古注引張晏曰：「疇者，等也，言不復減也。」後漢書卷二〇祭遵傳：「死者疇其爵邑，世無絶嗣。」李賢注：「疇，等也。言功臣死後，子孫襲爵，世世與先人等。」

〔二九〕專征：謂將帥受命典兵得專自征伐之權。白虎通考黜：「賜以弓矢，使得專征。」南國：詩周南漢廣序：「文王之道，被於南國，美化行乎江漢之域。」國語周語上：「宣王既喪南國之師。」韋昭注：「南國，江漢之間也。」陶侃曾都督荆、湘、江等州軍事，故稱專征南國。

〔三〇〕「功遂」二句：晉書卷六六陶侃傳載，侃于逝世前一年曾上表遜位，懇請歸國。不忒，不差。詩曹風鳲鳩：「其儀不忒。」

〔三一〕「孰謂」二句：言陶侃心志，近世不可復得。湯注：「言長沙公心期之高遠也。」陶必詮萸江詩話：「桓公力恢晉室，而以功高震主蒙謗，晚年深以盈滿爲懼，懇請歸國。東坡言陶公忠義，横秋霜而貫白日，朱子稱之。其始終一節如此，以視桓温父子、劉寄奴諸人，真猶麒麟之於破獍也。先生詩以臨寵不忒，特表桓公之心，而致慨於近不可得，其旨深哉！」

〔三二〕肅：書太甲上：「罔不祗肅。」孔傳：「肅，嚴也。」禮記玉藻：「色容厲嚴。」我祖：指淵明祖父陶茂。晉傳：「祖茂，武昌太守。」陶考引豫章書，謂孟嘉以二女妻陶侃子茂之二子，一生淵明，一生敬遠。然晉書卷六六陶侃傳載侃有子十七人，只有洪、瞻、夏、琦、旗、斌、稱、範、岱等九人見于史籍，内中無陶茂。故洪亮吉更生齋文集卷三後蕭陶氏族譜序懷疑陶茂爲陶侃子。李注命子詩引陶茂麟家譜謂淵明祖名岱，爲散騎員外，父名逸，爲姿城太守，生五子。宋鄧名世古今姓氏書辨證謂「侃生員外散騎岱，岱生晉安城太守逸，逸生彭澤令、贈光禄大夫潛，潛生族人熙之，宋度支尚書」。近時江西彭澤縣發現殘缺的定山陶氏宗譜，卷首「本宗遷居」載：陶侃生子十七，曰洪、瞻、夏、琦、旗、茂、斌、範、岱、稱，餘皆早世。第十女適長史孟嘉，第二世，茂。侃公第七子，行量二，字梅九。生于晉懷帝永嘉二年戊辰九月十六日。娶朱氏。生于晉懷帝永嘉三年己巳十月十六日。生子三，曰淡、敏、實；女一適羅遵生。公任武昌太守，卒于晉孝武帝太元三年戊寅十月二十日。夫人卒于晉孝武寧康三年乙亥八月十八日。另有江西都昌縣西源陶氏宗譜世系排列爲：侃生茂、稱、斌、旗、琦、夏、瞻、洪。茂生夔、敏。敏生淵明、熙之、恂子。淵明生佟、佚、份、俟、儼。按，茂麟家譜謂淵明祖名岱，爲散騎員外（晉書卷六六陶侃傳稱岱爲「散騎侍郎」），與命子詩所云「惠和千里」不合；至于「贈光禄大夫」及「生族人熙之」云云，尤謬誤不足信，故陶考稱「熙之以上世系，剥落不全」「疑以傳疑，信以傳信」。定山陶氏宗譜、西源陶氏宗譜謂陶茂任武昌太守，與晉傳合，可信程度較高。今仍從晉傳。參見本書附録三陶氏宗譜中之問題。

〔三三〕慎終如始：書太甲下：「慎終于始。」

〔三四〕直方二臺：丁注：「漢官儀御史内掌蘭臺秘書，外督諸州刺史，故以蘭臺爲内臺，刺史治所爲外臺。」直，正直。方，方正。易坤文言：「君子敬以直内，義以方外。」

〔三五〕惠和千里：太守管轄千里，施惠于人，故云。

〔三六〕於皇：於，歎詞。皇：詩周頌烈文：「繼序其皇之。」毛傳：「皇，美也。」楚辭離騷：「朕皇考曰伯庸。」王逸注：「皇，美也。」仁考：慈父。禮記曲禮：「生曰父，死曰考。」按，李注謂淵明父姿城太守，生五子，史失載。又引趙泉山曰：「靖節之父，史佚其名，惟載於陶茂麟家譜，而其行事亦無從考見。」陶考已辨其誤。鄧名世古今姓氏書辨證謂淵明父名逸。定山陶氏宗譜等謂淵明父名敏。今從之，參見本書附録三陶氏宗譜中之問題。

〔三七〕淡焉虚止：謂已父虚静恬淡。

〔三八〕寄跡風雲：指托身仕途。易乾：「雲從龍，風從虎，聖人作而萬物覩。」意謂同類相感應。後因以「風雲」比喻遇合、相從。後漢書卷二二末范曄論中興二十八將曰：「咸能感會風雲，奮其智勇。」

〔三九〕冥兹愠喜：丁注：「論語公冶長：『令尹子文，三仕爲令尹，無喜色；三已之，無愠色。』」冥，幽隱，泯滅。晉時常語。莊子天地郭象注：「此乃不識不知而冥于自然。」晉書卷七五韓伯傳：「苟理有未盡，情有未夷，存我之理，未冥於内。」冥兹愠喜，指泯滅愠喜之情。按，以上四句謂淵明父或仕或隱，皆虚静恬淡，不以爲意。

〔四〇〕靦慚：但慚。華鬢：斑白的鬢髮。

〔四一〕「三千」二句：孟子離婁上：「不孝有三，無後爲大。」趙岐注：「於禮有不孝者三事。謂阿意曲從，陷親不義，一不孝也。家窮親老，不爲禄仕，二不孝也。不娶無子，絶先組祀，三不孝也。三者之中，無後爲大。」丁注：「孝經：五刑之屬三千，而罪莫大于不孝。」按，無後之罪居三千之刑之首，故稱無後爲急。

〔四二〕呱：小兒啼聲。詩大雅生民：「鳥乃去矣，后稷呱矣。」鄭玄箋：「后稷呱呱然而泣。」

〔四三〕「名汝」二句：禮記曲禮上：「儼若思。」鄭玄注：「儼，矜莊貌。人之坐思，貌必儼然。」此二句言依禮記「儼若思」義爲子命名。

〔四四〕温恭朝夕：書舜典：「濬哲文明，温恭允塞。」孔穎達疏：「温和之色，恭遜之容。」詩商頌那：「自古在昔，先民有作。温恭朝夕，執事有恪。」

〔四五〕念兹在兹：書大禹謨：「帝念哉，念兹在兹。」

〔四六〕「尚想」二句：言希望儼長大後能像孔伋繼承孔子的盛德一樣，也能發揚祖先的功業。孔伋，字子思，孔子之孫。

〔四七〕「厲夜」二句：莊子天地：「厲之人夜半生其子，遽取火而視之，汲汲然惟恐其似己也。」成玄英疏：「厲，醜病人。遽，速也。」

〔四八〕凡百：衆人。詩小雅雨無正：「凡百君子，各敬爾身。」

〔四九〕可：佳，好。晉人贊人常語。世説新語賞譽：「王大將軍稱其兒云：『其神候似欲可。』」「桓温行經王敦墓邊過，望之云：『可兒，可兒！』」宋書卷六三殷景仁傳：「求之公私，未見其可。」

〔五〇〕「人亦」二句：丁注：「此言凡一切有心之人，皆如厲之望其子真切，奚獨於我如此。既見其子之生，實欲見其可，不欲見其不可。人言此情最爲真確。」

〔五一〕日居月諸：言光陰迅速。詩邶風日月：「日居月諸，照臨下土。」

〔五二〕漸免于孩：漸漸脱離了幼孩的階段。孩，孩提。孟子盡心上：「孩提之童。」趙岐注：「孩提，二三歲之間，在繦褓知孩笑，可提抱者也。」按，此二句表達希望儼快快長大的心情，并不能據此定此詩作于得儼子二三年後。前明言「三千之罪，無後爲急」。儼與次子俟只差二歲，説明作命子詩時俟尚未生。

〔五三〕斯：語助詞，用於句中，無實義。經傳釋詞：「詩小弁曰：『鹿斯之奔。』詩瓠葉曰：『有兔斯首。』斯字皆語助。」願爾斯才，即願爾成才之意。

〔五四〕「爾之不才」二句：○詩衛風氓：「反是不思，亦已焉哉。」蔡正孫精刊補注東坡和陶詩話云：「父子，天性也。安有爲人父而不願其子之賢者哉！所謂掛懷抱而鍾情者，亦未爲過。特子之賢不肖皆天也，非人之所能爲也。康節有詩曰：『我欲教汝爲大賢，未知天意肯從否。』故曰『爾或不才，亦已焉哉。』鄭康成戒子詩末語亦云：『若忽忘不識，亦已焉哉。』陶或本諸此。」

【集説】

陶侃爲淵明曾祖，晉宋諸史及佚名蓮傳記載一致，並無異辭。至清代始有人懷疑。全祖望鮚埼亭集外編四〇陶淵明世系考謂淵明爲侃七世孫，其證據之一是贈長沙公詩，以爲長沙公陶延壽乃淵明族祖，延壽爲侃五世孫，因而稱淵明當爲侃七世孫。閻詠左汾近稿謂贈長沙公詩序中「大司馬」當作「右司馬」，指漢高祖功臣陶舍，據而否定陶侃爲淵明曾祖。姚瑩東溟文後集一與方植之論陶淵明爲桓公後説一文，以爲長沙公是侃四世孫綽之，淵明爲侃六世孫。方東樹昭昧詹言卷十三陶詩附考稱閻詠之説「卓絶千古」。錢大昕潛研堂文集卷三〇跋陶淵明詩集力辟閻詠淵明非侃後之説，文云：「靖節爲陶桓公曾孫，載於晉宋二書及南史，千有餘年，從無異議。近世山陰閻詠，乃據贈長沙公詩序『昭穆既遠，已爲路人』二語，辨其非侃後。且謂淵明自有祖，何必藉侃而重。詠既名父之子，説又新奇可喜，恐後來通人，惑於其説，故不可不辨，靖節自述世系，莫備於命子詩，首溯得姓之始，次述遠祖愍侯舍，丞相青，然後頌揚長沙勳德，即以己之祖考承之，此士行爲淵明曾大父之實證也。六朝最重門第，百家之譜，皆上於吏部。沈休文撰宋書，在齊武帝之世，親見譜牒，故於本傳書之。梁昭明太子作靖節傳，不過承宋書舊文，而詠乃云，始於昭明誤讀命子詩。則是宋書亦未寓目。其謬一也。昭明傳云，自以曾祖晉世宰輔，恥復屈身後代。此亦出宋書之文，而閻又以訾昭明。曾不知休文卒時，昭明才十有三歲。即使傳有舛誤，亦當先訾休文，況傳本不誤乎。其謬二也。且使士行與淵明，果屬疏遠如路人也者，則命子篇中，何用述其勳德，攀援貴族？鄉黨自好者不爲，靖節千秋高士，豈宜有此？其謬三也。閻所據者，惟有贈長沙公詩序，而序固言同出大司馬矣。大司馬之稱，非侃而誰？雖閻亦知其不可通也。詞遁而窮，因檢史、漢表，陶舍嘗以右司馬從漢王，遂謂序中大司馬，當作右司馬，謂舍非謂侃也。不知漢初軍營，有左右司馬，品秩最卑，不過中涓舍人之比。舍既位爲列侯，不稱侯而稱右司馬，在稍通官制者，且知其不可，豈可以誣靖節乎？夫擅改古書，以成曲説，最爲後儒之陋，況此大司馬，又萬無可改之理。其謬四也。惟是長沙公與靖節屬小功之親，而云『昭穆既遠，已爲路人』，似有罅隙可指。今以晉書考之，士行雖以功名終，而諸子不協，自相魚肉，再傳之後，視如路人，固其宜矣。昭穆猶言兩世，兩世未遠，而情誼已疏，故詩有『慨然寤歎，念兹厥初』之句。其云『昭穆既遠』者，隱痛家難，而不忍斥言之耳。若以爲同出於舍，則自漢初分支，已閲六百餘年，人易世疏，又何足怪？其謬五也。閻又云：侃廬江郡尋陽人，淵明尋陽郡柴桑人，其址貫不同。考尋陽郡廬江所分，南渡後移於江南。士行生於郡未分之前，淵明生於僑立郡之後，史各據實書之，似異而仍同也。顔延之作靖節誄，雖不叙先世，而其辭云：『韜此洪族，蔑彼名級。』藉非宰輔之胄，焉得洪族之稱。此亦一證。戊申八月，讀靖節集竟，因書於後。」按，錢大昕力駁閻詠所謂淵明非陶侃曾孫説，言而有據，邏輯嚴密。今于錢氏未盡之義及當代之新説，再作考辯。閻詠謂淵明非陶侃之後，證據是贈長沙公詩序中的「大司馬」是「右司馬」之誤，指漢高祖之功臣陶舍。閻詠此説可能受李公焕注贈長沙公詩序的啓發。詩序云：「祖同出大司馬。」李注：「謂漢高帝時陶舍。」然李注並不否認淵明爲陶侃曾孫，此由其注命子詩可知。因閻詠説甚新奇，故頗有附和者。參校各種陶集版本，「大司馬」從無異文。姚瑩詳考終晉之世爲大司馬者共十一人，陶姓唯陶侃爲大司馬，稱閻詠遂改大司馬爲右司馬，「其言謬矣」，以爲淵明確爲桓公之後，然非侃曾孫，而是六世孫。原淵明爲侃五世孫、六世孫、七世孫之説，致誤之根源皆在誤讀、誤解贈長沙公詩序的異文，遂有子虛烏有的「族祖」「族孫」之説。關於此詩如何正確解讀，可參看贈長沙公詩的【集説】，此處不重複。

陶侃爲淵明曾祖，始見於沈約宋書。沈約生於宋文帝元嘉十八年（四四一），距淵明卒年元嘉四年（四二七）僅十四年。他在青年時代聽聞陶侃及淵明的舊事是可能的。沈約於齊永明年間奉命撰宋書，距淵明之卒僅六十年，他記淵明「曾祖侃，晉大司馬」，依據必是當時所見晉代的譜牒。按氏族之書，由來遠矣。兩晉之世，譜牒興盛，成爲專門之學。隋書卷三三經籍志二載：「摯虞作族姓昭穆記十卷，齊、梁之間，其書轉廣。」齊王儉撰百家集譜十卷，梁王逡之撰續儉百家譜四卷、南族譜二卷、百家譜拾遺一卷，王僧孺撰百家譜三十卷、百家譜集抄十五卷，賈執撰百家譜二十卷，傅昭撰百家譜十五卷。尚有佚名百家譜世統十卷，百家譜抄五卷，江州諸姓譜十一卷等。陶氏是江州望族，王儉、賈執、王僧孺諸人爲著名學者和譜學專家，不可能不諳陶氏族譜。可以肯定，齊、梁之世所見的各種舊譜，以及王儉等譜牒專家所撰的百家譜，必定有陶氏的族譜。既有江州諸姓譜，若其中無陶氏族譜，那是不可思議的。沈約是當時著名學者，非常重視譜牒，曾上奏梁武帝，以爲東晉譜籍「既並精詳，實可寶惜，位宦高卑，皆可依案」。武帝因之留意譜籍（南史卷五八王僧孺傳）。沈約此奏，説明他不僅見過，且研究過晉代的譜牒，故能得出晉籍「精詳」的看法。很難想象，「精詳」的晉牒，會不記陶侃及其子孫的世系。故宋書記陶潛尋陽柴桑人，曾祖陶侃，必有所據，不必懷疑。蕭統陶淵明傳稱淵明「曾祖侃，晉大司馬」，也應該是據所看到的晉牒，並非一定照抄宋書。

沈約宋書、蕭統陶淵明傳記淵明「曾祖侃」，南史、晉書則作淵明「大司馬侃曾孫也」，兩者是否有矛盾？曾孫的概念是不是與曾祖對應？是否所指意義模糊？筆者以爲史傳或記曾祖，或記曾孫，兩者是一致的，並不矛盾。曾祖、曾孫屬於古代九族的概念。書堯典：「克明俊德，以親九族。」孔傳：「以睦高祖、玄孫之親。」高祖至玄孫爲九世，據馬融、鄭玄的解釋，高祖一、曾祖二、祖三、父四、己五、子六、孫七、曾孫八、玄孫九。王夫之詩經稗疏卷二：「曾孫者對曾祖而言也。大夫三廟：一始祖，二祖，三禰。不祀曾祖，不得稱曾孫。」可見，曾祖曾孫是自古有之的一組相對應的稱呼，不應該引起誤解。至於六世孫七世孫之説，方東樹以爲不可信，謂「侃卒於成帝咸和九年（西三三四），下逮哀帝興寧三年（西三六五）而淵明生，相距三十一年而得七世，何得如是之遽！」（轉引自朱自清陶淵明年譜中之問題）方東樹的質疑是有道理的。這裏不妨以長沙公的世次、侃子旗的世次、淵明與其曾孫的各自的生年爲參照，證明五世孫、六世孫、七世孫諸説不可信：

晉書卷六六陶侃傳載：世子夏卒，詔復以瞻子弘襲爵。弘卒，子綽之嗣。綽之卒，子延壽嗣。宋受禪，降爲吴昌侯，延壽爲侃五世孫，生存于晉、宋之交。再看侃子旗的世次。亦見陶侃傳：旗卒，子定嗣。定卒，子襲之嗣。襲之卒，子謙之嗣。宋受禪，國除。由侃至謙之亦爲五世，表示如下：侃——旗——定——襲之——謙之。由此可見，侃傳至第五世延壽、謙之一輩，時在晉、宋之交了。史載陶侃富貴之後「媵妾數十」，侃有十七子便是妻妾成羣的結果。可以肯定，侃十七子非一母所生，而侃又長壽（年七十六卒），十七子年長及年幼者，歲數必相距甚遠。淵明之祖爲小宗，在十七子中排行、年齡雖皆不可知，但按其常理推測，不會排在前面。淵明生活在晉末，年齡可能與延壽、謙之等相去不遠。而他爲侃曾孫，延壽、謙之爲玄孫，原因正是其祖在侃諸子中年齡較小故也。若淵明爲侃六世孫、七世孫，則生存年代還在延壽、謙之之後，當已入宋。由長沙公及陶旗世次推測，可作爲宋書稱淵明曾祖陶侃之旁證，證明宋書的真實性不容懷疑。

淵明一支的世系史所缺載。梁書卷二二安成康王蕭秀傳記秀於天監六年（五〇七）出爲江州刺史，及至州，聞前刺史取徵士陶潛曾孫爲里司，秀歎曰：「陶潛之德，豈可不及後世。」即日辟爲西曹。據舊譜，淵明生於晉哀帝興寧三年（三六五），距天監六年爲八十年。假定淵明曾孫作里司多年，此時年三十，則其生年爲宋元徽五年（四七七），曾祖曾孫兩人的生年相距一百一十二年。再據陶侃以咸和九年（三三四）卒，時年七十六計，推其生年是魏甘露四年（二五九），距淵明生年一百零六年。兩者年數大體相近。

陶侃爲淵明曾祖，這在淵明詩文中有數處内證，贈長沙公詩之外，如命子詩、征西大將軍長史孟府君傳。尤其是後者，可稱確證。考晉書卷七三庾亮傳：陶侃卒，庾亮乃鎮武昌，時在咸和九年（三三四）。此時孟嘉已過弱冠之年。假定孟嘉爲庾亮僚屬年二十五左右，則其生年約在永嘉四年（三一〇）。文云孟嘉年五十一卒，據上可以大致推斷出孟嘉卒年約在晉穆帝升平四年（三六〇）。孟府君傳云：孟嘉「娶大司馬長沙桓公陶侃第十女」，「淵明先親，君之第四女也。」據此，確知孟嘉乃陶侃婿，爲淵明外祖父，外祖母乃陶侃第十女，即淵明祖姑。淵明父母中表爲婚。

試據以上資訊及推斷爲基礎，再作推斷：陶侃嫁第十女較晚，或在成帝咸和中（三三〇年左右）。侃多妻妾，第十女或生於陶侃五十歲之後，這並非不合情理。假定陶侃第十女年齡與孟嘉仿佛，而生三子（女）後再生淵明母，則淵明母生年約在咸康年間（三三五——三四二）較爲合理。據舊説，淵明生於晉哀帝興寧三年（三六五），時孟夫人大概二十余歲。以上雖據孟嘉行事推斷所得，但與事實不會相去太遠。

古人撰人物傳都很重視史料的真實，何況爲外祖父作傳。淵明説：「謹按採行事，撰爲此傳，懼或乖謬，有虧于大雅君子之德，所以戰戰兢兢，若履深薄云爾。」可見撰此傳之謹慎認真。故孟府君傳的真實性完全可以信從。上述推斷，旨在再證陶侃爲淵明曾祖，淵明爲陶侃曾孫，並破所謂五世孫、六世孫、七世孫之類新奇易惑之説也。

【集評】

陳祚明采菽堂古詩選卷一三：「前半序述安雅，後半抒寫淋漓，安雅爲四古常格，其淋漓處筆騰墨飛，非漢、魏以來所能擬似。」

温汝能纂集陶詩彙評卷一：「此詩自首章追溯唐、虞、夏、商，蓋厚陶姓氏族之所自來也。次章『眷予愍侯』，言陶舍從漢破代封侯，因亂而獲武功也。三章『亹亹丞相』，謂陶青爲丞相，能迪前蹤也。四章言『運當隆窊』，謂陶青以後未有顯者，迨至中晉而業融長沙也。五章言長沙公勳德并及其心期之高遠也。六章叙祖若父，風規已見。七章以下方説生子命子之意。然觀其自嗟寡陋，自慚影隻，諄諄誡勉，其切望於諸子深矣。乃子俱不才，委之天運，究何嘗有所牽滯於其間哉！」

歸鳥〔一〕

翼翼歸鳥〔二〕，晨去於林。遠之八表，近憩雲岑。和風弗洽，翻翮求心〔三〕。顧儔相鳴〔四〕，景庇清陰〔五〕。

翼翼歸鳥，載翔載飛，雖不懷游，見林情依。遇雲頡頏〔六〕，相鳴而歸。遐路誠悠，性愛無遺〔七〕。

翼翼歸鳥，馴林徘徊〔八〕。豈思天路〔九〕，欣及舊棲。雖無昔侶，衆聲每諧。日夕氣清〔一〇〕，悠然其懷。

翼翼歸鳥，戢羽寒條〔一一〕。游不曠林，宿則森標〔一二〕，晨風清興〔一三〕，好音時交。矰繳奚施〔一四〕，已卷安勞〔一五〕。

【校記】

近憩　「近」，曾本、汲古閣本云，一作「延」。

弗洽　「弗」，曾本、汲古閣本云，一作「不」。蘇寫本、李本作「不」。

情依　曾本、汲古閣本云，一作「飄零」。

相鳴　曾本、汲古閣本云，一作「鳴景」。

馴林　「馴」，陶本原作「相」。陶本原校：「各本作『馴』。湯本云，一作『相』。何校宣和本作『相』。今從之。」曾本、湯本云，一作「相」。逯本云：「原字當作循，音訛爲馴，形誤爲相。南史劉霽傳：『常有雙白鶴循翔廬側。』梁書循作馴。」按，「馴」、「循」音近義通，皆可訓爲「順」。今據各本改。

欣及　「及」，曾本作「反」，云，一作「及」。湯本、汲古閣本同。

寒條　「寒」，曾本云，一作「搴」。湯本、汲古閣本同。按，作「寒」是。「搴」乃形誤。

宿則　「則」，曾本云，一作「不」。湯本、汲古閣本同。蘇寫本作「不」。

奚施　「施」，曾本、湯本作「功」，曾本云，一作「施」。汲古閣本同。焦本作「已卷」，云，一作「卷已」，「卷與倦通」。按，作「施」是，參見注〔一四〕。

已卷　曾本作「卷已」，云，一作「已卷」。湯本、汲古閣本同。

已卷安勞　曾本云，一作「旦暮逍遥」。湯本、汲古閣本同。蘇寫本作「旦莫逍遥」。

【箋注】

〔一〕據詩中「豈思天路，欣及舊居」、「矰繳奚施，已卷安勞」等語，此詩作於淵明歸田之初。

馬璞陶詩本義卷二云：「歸鳥詩四首殆與歸去來兮辭一時之作，以比爲賦作也。」其説是。今繫此詩爲義熙二年（四〇六）作。

〔二〕翼翼：王粲贈蔡子篤詩：「翼翼飛鸞，載飛載東。」李善注：「翼翼，飛貌也。」

〔三〕「翻翮」句：翻轉羽翮，尋求志同道合者。湯注：「托言歸而求志。下文『豈思天路』意同。」陳祚明采菽堂古詩選卷十三：「翻翮求心，此旨大顯。」

〔四〕顧儔相鳴：鄭豐答陸士龍鴛鴦詩：「顧侶鳴羣。」

〔五〕景庇清陰：謂鳥影庇於林木樹蔭之中。景，同影。

〔六〕頡頏：詩邶風燕燕：「燕燕于飛，頡之頏之。」毛傳：「飛而上者曰頡，飛而下者曰頏。」

〔七〕性愛無遺：古注：「鳥生而依林，故曰性愛。東廣微補亡詩云：『物極其性。』極，盡也。潘岳楊仲武誄：『歸鳥頡頏。』物盡其性，則性愛無遺矣。」

〔八〕馴林徘徊：謂依順林木周飛。晉書卷五一束晳傳：「羽族翔林。」馴，漢書卷四六石奮傳：「皆以馴行孝謹。」顔師古注：「馴，順也，音巡。」蓮傳曇恒法師傳：「常有羣鹿，馴遶座隅。」

〔九〕天路：張衡西京賦：「要羨門乎天路。」文選曹植雜詩：「高高上無極，天路安可窮。」李善注：「仲長子昌言曰：『蕩蕩乎若昇天路。』」

〔一〇〕日夕氣清：此句與飲酒其五：「山氣日夕佳」同一境界。

〔一一〕戢羽：猶「戢翼」，謂收斂翅膀。孫楚雉賦：「遂戢翼以就養。」鄭豐答陸士龍鴛鴦詩：「有嚶其友，戢翼未翔。」寒條：寒樹。

〔一二〕森標：說文：「森，木多貌。」「標，木杪末也。」即木梢。何焯義門讀書記陶靖節詩：「不曠林而森標，則深潛山澤，物色不至，已起末二句。」

〔一三〕「晨風」句：丁注：「晨風清興，猶言清風晨興耳。舊注晨風鳥名，與語意不合。」

〔一四〕矰繳：以絲繫矢的射鳥工器。文選司馬相如子虛賦：「微矰出，孅繳施。」李善注：「周禮曰：『繳矢也。』鄭玄曰：『結繳於矢，謂之矰。』說文曰：『繳，生絲縷也。』」奚施：何所施用。史記卷五五留侯世家：「雖有矰繳，尚安所施。」華山畿：「君既爲儂死，獨生爲誰施？」

〔一五〕已卷安勞：言鳥已倦歸舊林，不勞弋者施用矰繳。卷，同倦。

【集評】

吴師道吴禮部詩話：「歸鳥四章，一章和風，二章接清蔭句下，三章日夕氣清，四章寒條，具四時意。」

沈德潛古詩源卷八：「他人學三百篇，癡而重，與風雅日遠；此不學三百篇，清而腴，與風雅日近。」

邱嘉穗東山草堂陶詩箋卷一：「此詩皆比也，與歸去來辭同意。公飲酒詩其四『棲棲失羣鳥』一篇，亦用此意，而變化出之，皆可見其託物言情之妙。」

陶淵明集卷之二

詩五言

形影神〔一〕并序

貴賤賢愚，莫不營營以惜生，斯甚惑焉〔二〕，故極陳形影之苦，言神辨自然以釋之〔三〕。好事君子，共取其心焉。

形贈影

天地長不没，山川無改時。草木得常理〔四〕，霜露榮悴之〔五〕。謂人最靈智，獨復不如兹〔六〕。適見在世中，奄去靡歸期〔七〕。奚覺無一人，親識豈相思〔八〕？但餘平生物，舉目情悽洏〔九〕。我無騰化術〔一〇〕，必爾不復疑〔一一〕。願君取吾言〔一二〕，得酒莫苟辭〔一三〕。

【校記】

無改時　「無改」，曾本云，一作「如故」。蘇寫本、汲古閣本同。

榮悴　「榮」，曾本云，一作「憔」。湯本、汲古閣本同。焦本云，一作「憔」，非。按，作「榮」是，參見注〔五〕。

不如茲　「如」，陶本原校：「各本作『如』。何校宣和本作『知』。」曾本、蘇寫本、汲古閣本作「知」。曾本、汲古閣本云，一作「如」。

親識　「識」，曾本、汲古閣本云，一作「戚」。按，葛洪抱朴子道意：「余親識多有及見寬者。」謝惠連順東門行詩：「華堂集親識。」晉書卷九四宋纖傳：「素有遺屬，屬諸知識。」作「識」是，識，知也。

豈相思　曾本云，一作「相追思」。蘇寫本、汲古閣本同。

騰化術　「化」，曾本、汲古閣本云，一作「雲」。

取吾言　「取」，曾本、汲古閣本云，一作「憶」。

【箋注】

〔一〕形影神：指形體、影子和精神。古代哲學家常用形、神關係討論哲學問題，胡小石手批靖節先生集以爲「形影神三詩似從齊物論罔兩問影一節化出」，可謂卓識。形影神三首約作于晉義熙九年（四一三）。這組詩是有感于廬山高僧慧遠形盡神不滅論和萬佛影銘而發，兼及道教長生久視的妄説。據弘明集卷五，慧遠於元興三年（四〇四）作沙門不敬王者論，其第五篇爲形盡神不滅論。義熙八年（四一二），又立佛影，作萬佛影銘曰：「廓矣大象，理玄無名，體神入化，落影離形。」表明形、影，神三者的關係。淵明與慧遠雖爲方外交，終因哲學見解不同而不入蓮社。形影神三首，通過形、影、神三者的答辨，表達了與慧遠等佛教徒完全不同的見解，是研討陶淵明自然哲學和人生哲學的最重要的作品。

〔二〕「莫不」三句：列子天瑞篇：「吾又安知營營而求生非惑乎？」營營，營求不已。嵇康卜疑：「所在必聞，恒營營乎？」惜生，有二層意思，一指養形，一指求名。葉夢得玉澗雜書：「形累於養而欲飲，影役於名而求善，皆惜生之弊也。」其説是。

〔三〕「言神辨」句：謂神辨析自然之理向形影作解釋。陳寅恪曰：「『惜生』不獨指舊自然説者之服食求長生，亦兼謂名教説者之孜孜爲善，立名不朽，仍是重視無形之長生，故所以皆苦也。兹言『神辨自然』，可知神之主張即淵明之創解，亦自然説也。今以新自然説名之，以別于中散（嵇康，曾任魏中散大夫，世稱嵇中散）等之舊自然説焉。」（陶淵明之思想與清談之關係，下同。）

〔四〕常理：物理，指事物變化的規律。王羲之雜帖：「豈可以常理待之。」晉書卷九八桓温傳：「夫盛衰常理，過備無害。」

〔五〕「霜露」句：言草木承露而榮，經霜而悴。悴，同瘁，傷也。酈炎見志詩：「秋蘭榮何晚，嚴霜悴其柯。」文選潘岳秋興賦：「雖末士之榮悴兮，伊人情之美惡。」李善注：「文子曰：『有榮悴者，未必愁悴。』」庾闡閒居賦：「榮悴靡期。」胡小石手批靖節先生集：「君不見河邊草，冬時枯死春滿道。」

〔六〕「謂人」二句：列子楊朱篇：「人肖天地之類，懷五常之性，有生之最靈者也。」陶注引黄文焕曰：「今年既悴之草木，明年復可發榮，人不能也。」古注：「向子期難嵇叔夜養生論曰：『夫人受形于造化，與萬物並有，生之最靈者也，異于草木。』此反其意而用之也。」王叔岷云：「人最靈智，異於草木，陶公之意與向子期無殊，草木得常理，人獨不能，則向文所未及者。然此非反向文之意而用之也。古説未諦。」按，王説是。兹，非僅指草木，亦包括天地、山川。

〔七〕奄：忽然，突然。方言二：「奄，遽也，陳潁之間曰奄。」

〔八〕奚：猶何也，疑問詞。墨子小取：「子然，我奚獨不可以然也？」此句意謂人死對於衆人而言乃司空見慣，對於世界而言乃微不足道，何嘗覺得世上少了一人？「奚覺」二句：王叔岷引車柱環曰：「無猶缺也，豈猶或也，訓見經傳釋詞五。此二句言世人雖不覺缺少一人，然親戚與相識人則或相追念也。挽歌詩三有云：『親戚或餘悲，他人亦已歌。』」按，車説是。

〔九〕洏：語助詞。文選王粲贈蔡子篤詩：「中心孔悼，涕泪漣洏。」李善注：「周易曰：『泣血漣如。』杜預左傳注曰：『而，語助也。』」經傳釋詞：「漢書韋賢傳注曰：『而者，句絶之辭。』」古

注：「洏，當作而。」其説是。詩齊風著：「俟我於著乎而。」榮木詩：「静言孔念，中心悵而。」

〔一〇〕騰化術：成仙術。雲笈七籤：「手執飛仙騰化秘符，來授我身。」

〔一一〕必爾：必然如此。查初白初白庵詩評卷上：「爾字指『適見』以下六句，而言『必爾』者，謂必然而無疑。注云頌影，非是。」按，查説是。

〔一二〕君：指影。吾：形自稱。

〔一三〕苟：經傳釋詞：「苟，且也。」莫苟辭，即且莫辭。結語二句代表形的主張，即形必然滅亡，故應該得酒便飲，及時行樂。

【集評】

何焯義門讀書記：「首篇言百年忽過，行與草木同腐，此形必不可恃，當及時行樂。下篇反其意，不如立善也。」

影答形

存生不可言〔一〕，衛生每苦拙〔二〕。誠願游崑華〔三〕，邈然兹道絶〔四〕。與子相遇來，未嘗異悲悦〔五〕。憩陰若暫乖〔六〕，止日終不别。此同既難常〔七〕，黯爾俱時滅〔八〕。身没名亦盡，念之五情熱〔九〕。立善有遺愛〔一〇〕，胡爲不自竭。酒云能消憂，方此詎不劣〔二〕。

【校記】

憩陰　「陰」，各本作「蔭」，曾本云，一作「陰」。湯本、汲古閣本同。胡小石手批靖節先生集云：「此語本莊子『處陰以休』句，作『陰』是。」按，作「陰」是。今改作「陰」。

終不别　曾本、汲古閣本云，一作「不擬别」。

黯爾　「黯」，曾本、汲古閣本云，一作「默」。

念之　「之」，曾本、汲古閣本云，一作「此」。

立善　「善」，曾本、汲古閣本云，一作「命」。

胡爲　「爲」，曾本、蘇寫本、汲古閣本作「可」。

消憂　「消」，蘇寫本作「銷」。

詎不劣　「詎」，曾本云，一作「誰」，又作「誠」。汲古閣本同。蘇寫本云，一作「誠」。

【箋注】

〔一〕存生：莊子達生：「世之人以爲養形足以存生，而養形果不足以存生，則世奚足爲哉！」連雨獨飲：「運生會歸盡，終古謂之然。」與子儼等疏：「天地賦命，生必有死。」

〔二〕衞生：莊子庚桑楚：「趎願聞衞生之經而已矣。」陸德明釋文：「『衞生』，李云：『防衞其生，令合道也。』」謝靈運還舊園作見顔范二中書詩：「衞生自有經。」

〔三〕崑華：崑崙山和華山，爲學道成仙之地。

〔四〕「邈然」句：言神仙不可求。陸機駕言出北闕行：「求仙鮮克仙，太虚不可淩。」歸去來兮辭：「帝鄉不可期。」與「邈然」二句同意。

〔五〕「與子」二句：謂形影相依，悲悦之情彼此相同。黄文焕陶詩析義卷二：「形笑影亦笑，形哭影亦哭，悲悦二字善狀。」

〔六〕憩陰：休息在陰影裏，形影好像暫時分開。胡小石手批靖節先生集：「閑情賦：『願在晝而爲影，常依形而西東；悲高樹之多蔭，慨有時而不同。』」謝靈運還舊園作見顔范二中書詩：「息陰謝所牽。」陰，不見陽光處。周禮考工記輪人：「陰也者，疏理而柔。」賈公彦疏：「背日爲陰。」

〔七〕「此同」句：謂形既必然消滅，則形影「止日終不别」的關係也難常存。同，指形影相隨。

〔八〕「黯爾」句：淮南子俶真訓高誘注：「道家養形養神，皆以壽終，形神俱没。」黯爾，黯然失色貌。

〔九〕「身没」二句：取義論語衞靈公：「君子疾没世而名不稱焉。」五情熱，丁注：「五情，謂喜、怒、哀、樂、怨。阮籍辭蔣太尉辟命奏記：『憂望交集，五情相愧。』莊子：『我其内熱與？』」又，莊子則陽：「使其君内熱發於背。」晉書卷六七温嶠傳：「哀恨自咎，五情摧隕。」

〔一〇〕遺愛：謂留恩惠於後世。左傳昭公二十年：「及子産卒，仲尼聞之出涕曰：『古之遺愛也。』」桓範世要論贊象：「惠利加于百姓，遺愛留于民庶。」

〔一二〕方此：對比這。逯注：「謝靈運游名山志：『吹臺有高桐，皆百圍。嶧陽孤桐，方此爲劣。』」又，世説新語言語：「丞相初營建康，無所因承，而制置紆曲，方此爲劣。」

【集評】

方宗誠陶詩真詮：「陶公以酒名，或以酒人目之，亦非也。觀影答形詩有曰：『立善有遺愛，胡爲不自竭？酒云能消憂，方此詎不劣！』足知其志不在酒矣。」

陳寅恪陶淵明之思想與清談之關係：「此託爲主張名教者之言，蓋長生既不可得，則惟有立名即立善可以不朽，所以期精神上之長生，此正周、孔名教之義，與道家自然之旨迥殊，何曾、樂廣所以深惡及非笑阮籍、王澄、胡母輔之輩也。」

神釋

大鈞無私力〔一〕，萬物自森著〔二〕。人爲三才中〔三〕，豈不以我故〔四〕。與君雖異物〔五〕，生而相依附。結託善惡同，安得不相語。三皇大聖人〔六〕，今復在何處？彭祖愛永年〔七〕，欲留不得住。老少同一死，賢愚無復數〔八〕。日醉或能忘，將非促齡具〔九〕？立善常所欣，誰當爲汝譽〔一〇〕？甚念傷吾生，正宜委運去〔一一〕。縱浪大化中〔二〕，不喜亦不懼，應盡便須盡〔三〕，無復獨多慮。

【校記】

萬物　「物」，陶本原作「理」。曾本作「理」，云，一作「物」。湯本、汲古閣本同。蘇寫本作「物」。按，大鈞造物，作「物」于義較長，今改。

善惡　陶本原作「既喜」。曾本云，一作「既喜」。蘇寫本、湯本、汲古閣本同。今從各本改。

相語　「語」，曾本云，一作「與」。湯本、汲古閣本同。蘇寫本作「與」。

大聖人　「聖」，曾本、汲古閣本云，一作「德」。

愛永年　「愛」，陶本原校：「各本作『壽』。湯本云，一作『愛』。焦本作『愛』。」曾本、汲古閣本作「壽」，云，一作「愛」。李本作「壽」。焦本云，一作「壽」，非。逯注：「愛應作受。音訛成壽，形訛成愛。」按，郭遐周贈嵇康詩：「予心好永年，永年懷樂康。」好即愛也。謝靈運山居賦：「駭彼促年，愛是長生。」作「愛」是。「永」，陶本原校：「各本作『永』。焦本作『壽』，非。」

立善　「立」，曾本云，一作「主」。汲古閣本同。

正宜　「宜」，曾本、汲古閣本云，一作「目」。按，作「宜」是。

便須盡　「須」，曾本、汲古閣本云，一作「復」。

無復獨多慮　曾本、汲古閣本云，一作「無使獨憂慮」。

【箋注】

〔一〕大鈞：指天地造化。賈誼鵩鳥賦：「大鈞播物。」如淳注：「陶者作器于鈞上。此以造化爲大鈞也。」顔師古曰：「今造瓦者謂所轉者爲鈞，言造化爲人，亦猶陶之造瓦耳。」文選張茂先答何劭詩：「洪鈞陶萬物，大塊稟羣生。」李善注：「洪鈞，大鈞，謂天地也。」無私力：言造化自然無爲，無所偏私。莊子大宗師：「天無私覆，地無私載，天地豈私貧我哉？」

〔二〕森：衆多貌。後漢書卷五九張衡傳：「百神森其備從矣。」李賢等注：「森，衆貌也。」郗超答傅郎詩：「森森羣像。」著，明也，顯也。

〔三〕三才：天、地、人。易説卦：「是以立天之道曰陰與陽，立地之道曰柔與剛，立人之道曰仁與義。兼三才而兩之，故易六畫而成卦。」何承天達性論：「人非天地不生，天地非人不靈，三才同體，相須而成者也。」

〔四〕我：神自稱。

〔五〕君：指形和影。

〔六〕三皇：指伏羲、神農、燧人（見白虎通義），古代傳説中的三位帝王。

〔七〕彭祖：傳説中古代高壽之人，古今事文類聚前集卷三四引列仙傳：「彭祖，諱鏗，帝顓頊玄孫，至殷之末世，年已七百餘歲而不衰，少好恬静，惟以養神治世爲事，王聞之以爲大夫，稱疾不與政，專善於補導之術。」愛永年：楚辭天問：「彭鏗斟雉，帝何饗？」王逸注：「彭鏗，彭祖也，至八百歲，猶自悔不壽。」

〔八〕「老少」二句：列子楊朱篇：「萬物所異者生也，所同者死也。生則有賢愚貴賤，是所異也；死則有臭腐消滅，是所同也。」

〔九〕將非：同「將無」，晉人口語，肯定而語氣舒緩之辭。世説新語文學：「阮宣子有令聞，太尉王夷甫見而問曰：『老莊與聖教同異？』對曰：『將無同。』」促齡具：指酒。嵇康養生論：「滋味煎其府藏，醴醪鬻其腸胃。」此即淵明所説的酒爲促齡具。陳寅恪曰：「此駁形『得酒莫苟辭』之語，意謂主舊自然説者沉湎于酒，欲以全生，豈知其反傷生也。」

〔一〇〕「立善」二句：莊子養生主：「爲善無近名，爲惡無近刑。」莊子至樂「至譽無譽。」嵇康釋私論：「善以無名爲體。」道家主無名無譽，立善雖所欣，但非爲名而求善。或以爲「立善無益」「不必立善」，皆有乖淵明本意。陳寅恪曰：「此駁影『立善有遺愛，胡爲不自竭』之語。蓋既無譽者，則將何所遺耶？此非名教之言也。」

〔一一〕委運：任其自然之意。陶淵明集中諸如歸去來兮辭：「聊乘化以歸盡。」自祭文：「樂天委分。」均與「委運」義同。

〔一二〕大化：此指宇宙及自然之變化。荀子天論：「四時代御，陰陽大化。」按，「縱浪」四句實本於莊子與化爲體之義。莊子大宗師：「古之真人不知説生，不知惡死；其出不訢，其入不距；翛然而往，翛然而來而已矣。不忘其所始，不求其所終。受而喜之，忘而復之，是之謂不以心捐道，不以人助天。是之謂真人。」郭注：「與化爲體者也。」「泰然而任之也。」同篇又曰：「同則無好也，化則無常也。」郭注：「無物不同，則未嘗不適；未嘗不適，何好何惡哉！」「同於化者，唯化所適，故無常也。」了然於生死變化之道，不以喜怒好惡爲懷，所謂無心而任化，即與化爲體，這便是神釋詩闡述的自然主義。

〔一三〕盡：玉篇：「盡，終也。」後漢書卷八四皇甫規妻傳：「速盡爲惠。」

【集說】

形影神三首集中體現了陶淵明的哲學觀與人生觀，歷來論淵明思想者，無不注重研討其思想内涵，但在理解方面分歧很大。陳仁子、馬璞、黄文焕、沃儀仲等人以爲此詩主旨是强調立善。陳仁子輯文選補遺卷三十六：「生必有死，惟立善可以有遺愛，人胡爲不自竭於爲善乎？謂酒能消憂，比之此更爲劣爾。觀淵明此語，便是孔子朝聞道夕死，孟子修身俟命之意，與無見於道，留連光景以酒消遣者異矣。」馬璞陶詩本義卷二：「其中得酒、立善、委運三層，惟一立善而已。」黄文焕陶詩析義卷二引沃儀仲曰：「晉人喜放達，立善兩字，重複提醒，足爲名教干城。若徒以縱酒風味見誇，恐竹林七賢，尚與五柳先生同牀異夢。」有人則認爲形影神三首體現的是道家思想。何焯義門讀書記：「末篇言縱欲足以伐生，求名猶爲願外，但委運以全吾神，則死而不亡，與天地俱永也。」吴瞻泰陶詩彙注卷二：「『委運』二字，是三篇結穴，『縱浪』四句，正寫委運之妙歸于自然。」近人陳寅恪别創新解，稱形影神詩爲「新自然説」：「淵明之思想爲承襲魏晉清談演變之結果及依據其家世信仰道教之自然説而創改之新自然説。惟其爲主自然説者，故非名教説，并以自然與名教不相同。但其非名教之意僅限於不與當時政治勢力合作，而不似阮籍、劉伶輩之佯狂任誕。蓋主新自然説者不須如主舊自然説之積極抵觸名教也。又新自然説不似舊自然説之養此有形之生命，或别學神仙，惟求融合精神與運化之中，則與大自然爲一體。因其如此，既無舊自然説形骸物質之滯累，自不致與周孔入世之名教説有所觸礙。故淵明之爲人實外儒而内道，捨釋迦而宗天師者也。推其造詣所極，殆與千年後之道教採取禪宗學説以改進其教義者，頗有近似之處。然則就其舊義革新，『孤明先發』而論，實爲吾國中古時代之大思想家，豈僅文學品節居古今之第一流，爲世所共知者而已哉！」

九日閒居〔一〕 并序

余閒居，愛重九之名。秋菊盈園，而持醪靡由〔二〕。空服九華〔三〕，寄懷於言。

世短意常多〔四〕，斯人樂久生〔五〕。日月依辰至，舉俗愛其名〔六〕。露淒暄風息，氣澈天象明。往燕無遺影，來雁有餘聲。酒能祛百慮〔七〕，菊解制頹齡〔八〕，如何蓬廬士，空視時運傾〔九〕！塵爵恥虛罍〔一〇〕，寒華徒自榮〔一一〕。斂襟獨閒謡〔一二〕，緬焉起深情〔一三〕，棲遲固多娱〔一四〕，淹留豈無成〔一五〕？

【校記】

持醪靡由　曾本云，一作「時醪靡至」。湯本、汲古閣本同。

九華　「九」，蘇寫本作「其」。

意常多　「常」，曾本、蘇寫本、湯本、汲古閣本作「恒」。

氣澈　「澈」，陶本原校：「一作『徹』。」曾本、汲古閣本云，一作「清」，又作「潔」。按，和郭主簿詩其二：「天高風景澈。」作「澈」是。

往燕　「往」，曾本、汲古閣本云，一作「去」。

酒能祛百慮　「能」，曾本、汲古閣本云，一作「常」。「祛」，曾本、汲古閣本云，一作「消」。

菊解　「解」，陶本原校：「焦本云，宋本作『解』。一作『爲』，非。」曾本作「爲」，云，宋本作「解」。蘇寫本、湯本、李本作「爲」。蘇寫本云，一作「解」。汲古閣本云，一作「爲」。

多娱　「娱」，曾本、汲古閣本云，一作「虞」。按，娱，樂也，作「娱」是。

【箋注】

〔一〕九日：指農曆九月九日重陽節，古時有採菊風俗。西京雜記卷三：「九月九日，佩茱萸，食蓬餌，飲菊花酒，令人長壽。菊花舒時，并採莖葉，雜黍米釀之。至來年九月九日始熟，就飲焉。故謂之菊花酒。」崔寔四民月令：「九月九日，可採菊華。」王羲之雜帖：「九日當採菊不？至日欲共行也。」宋傳載：「嘗九月九日無酒，出宅邊菊叢中坐久，值弘送酒至，即便就酌，醉而後歸。」據詩序「持醪靡由」等語，則此詩可能作于王弘任職江州刺史期間。王弘於晉義熙十四年（四一八）至宋元嘉三年（四二六）爲江州刺史，凡八年。此詩暫繫於義熙十四年作。楊勇陶淵明集校箋（以下省作楊勇）云：「此詩殆爲六十二歲作。時宋帝已篡位，而淵明緬懷寄慨，惓思故朝之情亦深切矣。」然楊譜又定此詩作於宋文帝元嘉元年淵明六十歲時。顯然前後矛盾。至於「惓思故朝之情」，詩中實無由得見。

〔二〕持醪靡由：謂無從飲酒。醪，濁酒。靡，無。

〔三〕空服：有花無酒，故曰空服。九華：指秋菊。九，金之成數，金，秋意也。

〔四〕「世短」句：湯注：「班固幽通賦『道悠長而世短』。」李注：「古詩云：『人生不滿百，常懷千歲憂。』而淵明以五字盡之，曰『世短意常多』。」東坡曰『意長日月促』，則倒轉陶句耳。」黄文焕陶詩析義卷二：「所謂意多者，愛重九之意耳。與『人生不滿百，常懷千歲憂』不同。」按，意多，指所須所欲之多。世説新語言語：「郗太尉拜司空，語同坐曰：『平生意不在多，值世故紛紜，遂至台鼎。』」郗鑒「平生意不在多」之意，與此詩「世短意常多」句意相反，然「意多」所指則同。故黄説不確。又，文選陸機弔魏武帝文「何命促而意長」，與「世短意長多」同。

〔五〕久生：漢書卷六三武五子傳：「王自歌曰：『欲久生兮無終，長不樂兮安窮。』」列子楊朱篇：「孟孫陽問楊朱曰：『有人于此，貴生愛身，以蘄不死，可乎？』曰：『理無不死。』『以蘄久生，可乎？』曰：『理無久生。……況久生之苦乎？』」

〔六〕「日月」二句：曹丕九日與鍾繇書：「歲往月來，忽復九月九日。九爲陽數，而日月並應，俗嘉其名，以爲宜于長久。」辰，徐仁甫古詩別解卷六：「按：書堯典：『曆象日月星辰。』注：『辰，日月所交會之地。』『日月依辰至』，謂日月依其地而交會，以至重九也。」

〔七〕百慮：泛指種種雜念。陸機大暮賦：「收百慮而長逝。」釋慧遠大智論鈔序：「或闢百慮於同相而不分。」

〔八〕「菊解」句：言菊能制止人的衰老，可以延年。曹丕九日與鍾繇書：「至于芳菊，紛然獨榮。……輔體延年，莫斯之貴。」傅玄菊花賦：「掇以纖手，承以輕巾，揉以玉英，納以朱脣。服之者長壽，食之者通神。」頹齡，衰年。謝靈運白石巖下徑行田詩：「舊業橫海外，蕪穢積頹齡。」伏系之秋懷賦：「豈微物之足懷，傷頹齡之告漸。」

〔九〕時運傾：指時光流逝。湯注：「『空視時運傾』，亦指易代之事。」其説非。

〔一〇〕「塵爵」句：語本詩小雅蓼莪：「缾之罄矣，惟罍之恥。」鄭玄箋：「缾小而盡，罍大而盈，言爲罍恥者。刺王不使富分貧，衆恤寡。」爵，酒器。虛罍，空罍。此句意謂爵蒙塵，罍虛置，持醪無由，遂至自恥也。

〔一一〕寒華：指秋菊。文選張景陽雜詩：「寒花發黄采。」吴注：「『空視時運傾』與『寒華徒自榮』，皆因無酒而發，正所謂『持醪靡由』也。原注謂指易代之事，失其指趣。」其説是。

〔一二〕斂襟：謂收斂心思。襟作襟懷解。上云「如何蓬廬士，空視時運傾」，心情頗爲不平，至此復歸平静，故曰斂襟。或釋爲端正衣襟，非是。

〔一三〕緬焉：超遠之意。

〔一四〕棲遲：游息。詩陳風衡門：「衡門之下，可以棲遲。」

〔一五〕淹留：停留，久留。楚辭九辯：「蹇淹留而無成。」此句反用其義，與癸卯歲十二月中作與從弟敬遠詩中「棲遲詎爲拙」句同意，皆肯定自己守拙田園。

【集評】

温汝能陶詩彙評卷二：「起五字包括無限，已領起通篇大意。沈確士謂比古詩『人生不滿百』二句，鍊得更簡更遒。予謂陶詩不事雕飾，何曾著意研鍊，而自爾淵雅含融，此陶之所不可及也。末言時運雖傾而游息多娱，與下『棲遲詎爲拙』同意。於閒散無聊之況而反得此逸興，一結寄託遥深，尤爲高絶。」

歸園田居五首〔一〕

少無適俗韻〔二〕，性本愛丘山。誤落塵網中〔三〕，一去三十年〔四〕。羈鳥戀舊林，池魚思故淵〔五〕。開荒南畝際，守拙歸園田〔六〕。方宅十餘畝，草屋八九間。榆柳蔭後簷，桃李羅堂前。曖曖遠人村〔七〕，依依墟里烟〔八〕。狗吠深巷中，鷄鳴桑樹顛〔九〕。户庭無塵雜，虛室有餘閒〔一〇〕。久在樊籠裏，復得返自然。

【校記】

歸園田居　陶本原校：「李注有六首二字。今從湯、焦、毛、黄、吴諸本，作五首。其江淹擬作一首，別附四卷之末。」曾本、蘇寫本、李本、汲古閣本題下有「六首」二字。又李注引韓子蒼曰：「田園六首，末篇乃序行役，與前五首不類，今俗本乃取江淹『種苗在東皋』爲末篇，東坡亦因其誤和之。陳述古本止有五首。予以爲皆非也。當如張相國本題爲雜詠六首。江淹雜擬詩頗似之，但『開徑望三益』此一句不類。」按，六首原有江淹雜擬詩「種苗在東皋」一篇，諸本均刪去，應作五首。韓子蒼所稱張相國本題爲雜詠六首，不類更甚。

適俗韻　「韻」，曾本、汲古閣本云，一作「願」。按，韻爲魏晉品藻人物常語，作「韻」是，參見注〔二〕。

三十年　各本皆同。至吴譜始疑其誤：「按太元癸卯，先生初仕爲州祭酒，至乙巳去彭澤而歸，才甲子一周，不應云『三十年』，當作『一去十三年』。」劉履選詩補注卷五謂「『三』當作『逾』，或在『十』字下。按靖節年譜，太元十八年起爲州祭酒，時年二十九，正合飲酒詩『投耒去學仕』，『是時向立年』之句。以此推之，至彭澤退歸，才十三年，此云『三十年』，誤矣」。顧譜、陶注謂「三」字乃「已」字之訛。按，淵明在仕途前後十年，顧、陶之説是。

戀舊林　「戀」，曾本、汲古閣本云，一作「眷」。

南畝　「畝」，陶本原作「野」。曾本、汲古閣本作「野」，云，一作「畝」。按，「南畝」乃淵明耕地之一，即癸卯歲始春懷古田舍詩「在昔聞南畝」之「南畝」，故作「畝」是。

草屋　「屋」，曾本云，一作「舍」。湯本、汲古閣本同。

後簷　「簷」，陶本原校：「宋本作『簷』，一作『園』，非。」曾本作「園」，云，一作「簷」。湯本、汲古閣本同。李本作「園」。

復得　「復」，曾本、汲古閣本云，一作「安」。

【箋注】

〔一〕據歸去來兮辭，淵明於晉安帝義熙元年乙巳（四〇五）十一月辭官歸田，則此詩當作於義熙二年丙午（四〇六），淵明時年三十八歲。詩其一自述「誤落塵網中，一去三十年」，與淵明仕宦年數不合，遂致學者歧見紛紜。王譜據「一去三十年」句，謂此詩作於太元十九年甲午（三九四），淵明正三十歲。然陶考駁之：「景文之意，以墮地爲塵網，故繫此詩於年三十，説近釋氏。先生胸中無此塵網，當以仕途言之。」以爲「塵網」當指仕途，其言甚是。張玉穀古詩賞析卷一三謂歸園田居五首作于州祭酒解歸時。但詩言「久在樊籠裏，復得返自然」，又言「久去山澤遊」，分明是長期仕宦後初歸田園時情景，與淵明作州祭酒少日即解歸的經歷不合。章炳麟手批陶淵明集以爲歸園田居詩作於淵明三十歲：「案靖節出仕未有三十年之久，此云『一去三十年』者，謂年已三十，方有回車之志耳，則辭官不過三十也。乙巳去職，以辛丑（四〇一）三十計之，此時年三十四，飲酒詩第十九首云：『是時向立年，志意多所恥。遂盡介然分，終死歸田裏。』亦可參考。」（卷二歸園田居眉批，轉引自藍若洪章炳麟手批陶淵明集研究，浙江學刊，二〇一四年第一期。下同）章氏説此詩作於淵明三十歲，乙巳歲去職，卻又説辛丑歲（四〇一）年三十，乙巳歲去職年三十四歲。顯然前後矛盾。究竟三十歲辭官，還是三十四歲去職耶？若如章氏説，辛丑歲淵明三十歲有「回車之志」，由牢籠回歸自然，緣何辛丑歲七月又赴假還江陵耶？梁譜疑此詩作於元興二年癸卯（四〇三），淵明三十二歲時。但據梁譜，元興二年春天淵明在江陵懷柴桑，作癸卯歲始春懷古田舍二首，而歸園田居第一首云「榆柳蔭後簷，桃李羅堂前」，時當在此年春夏之交。淵明緣何始春在江陵，春末從彼歸柴桑？梁譜對此語焉不詳。又據梁譜，元興三年（四〇四）淵明起復爲建威參軍。然此詩前言「誤落塵網」，後云「復返自然」，脱身仕途的輕鬆之感溢於言表。淵明何以歸田不足一年，匆匆再入樊籠？梁譜之説亦難取信。園田居：淵明在柴桑的舊宅。惲敬大雲山房文稿卷二靖節集書後：「歸田園詩言宅、言屋、言後園、言堂前，即柴桑宅也。」其説是。

〔二〕韻：氣韻，風度，性情。郗超答謝安詩：「我雖異韻，及爾同玄。」王羲之又與謝萬書：「以君邁往不屑之韻，而俯同羣辟。」謝混誡族子詩：「康樂誕通度，實有名家韻。」

〔三〕塵網：謂仕途。東方朔與友人書：「不可使塵網名韁拘鎖。」王譜謂此詩作於淵明三十歲時，蓋以「塵網」一語爲人出世。古譜亦云：「『誤落塵網』，猶云誤生塵世。」陶考謂王譜「以墮地爲塵網，故繫此詩於年三十，説近釋氏，淵明胸中無此。塵網當以仕途言之」。其説是。

〔四〕三十年：當作「已十年」。「三」爲「已」之譌。雜詩其十：「荏苒經十載，暫爲人所羈。」可知淵明在仕途前後十年。參見本書附録四陶淵明年譜簡編。

〔五〕「羈鳥」二句：文選潘岳秋興賦：「譬猶池魚籠鳥，有江湖山藪之思。」文選陸機贈從兄車騎詩：「孤獸思故藪，離鳥悲舊林。」

〔六〕守拙：指歸耕田園，乃自謙之詞，與世俗之機巧相對而言。

〔七〕曖曖：楚辭離騷：「時曖曖其將罷兮。」王逸注：「曖曖，昏昧貌。」詠貧士詩其一：「曖曖空中滅，何時見餘暉。」

〔八〕依依：依稀可辨貌。陳祚明采菽堂古詩選卷十三：「曖曖，依依，景色生動。」墟里：村落。謝靈運撰征賦：「覩生烟而知墟。」

〔九〕「狗吠」二句：吴師道吴禮部詩話：「古鷄鳴行：『鷄鳴高樹巔，狗吠深巷中。』陶公全用其語。」

〔一〇〕虚室：莊子人間世：「虚室生白。」「唯道集虚，虚者，心齋也。」淮南子俶真訓：「是故虚室生白。」高誘注：「虚，心也；室，身也；白，道也。」「虚室有餘閒」即自祭文「心有常閒」之義。

【集評】

惠洪冷齋夜話：「東坡嘗云：淵明詩初視若散緩，熟視有奇趣。如曰：『曖曖遠人村，依依墟里煙』，『狗吠深巷中，鷄鳴桑樹巔。』大率才高意遠，則所寓得其妙，如大匠運斤，無斧鑿痕。」

方東樹昭昧詹言卷四：「此詩縱横浩蕩，汪茫溢滿，而元氣磅礴。大含細入，精氣入而粗穢除。奄有漢魏，包孕衆勝，後來惟杜公有之。韓公較之，猶覺圭角鑱露，其餘不足論也。」

野外罕人事〔一〕，窮巷寡輪鞅〔二〕。白日掩荆扉，虚室絶塵想〔三〕。時復墟曲中〔四〕，披草共來往〔五〕。相見無雜言，但道桑麻長。桑麻日已長，我土日已廣。常恐霜霰至，零落同草莽。

【校記】

寡輪鞅　「寡」，曾本、汲古閣本云，一作「解」。蘇寫本云，一作「鮮」。按，「鮮」與「寡」同義，作「鮮」亦通，而「解」乃形誤。

虚室　曾本、汲古閣本云，「虚室」，一作「對酒」。焦本作「虚空」，云，一作「對酒」。

墟曲中　「曲中」，陶本原校：「焦本云，『曲中』，一作『里人』。」曾本、汲古閣本云，一作「墟里人」。

披草　「草」，陶本原校：「焦本云，『草』，一作『衣』。」曾本、汲古閣本云，一作「衣」。按，作「草」是，參見注〔五〕。

我土　「土」，曾本、汲古閣本云，一作「志」。蘇寫本作「志」。蔡寬夫詩話：「或以『土』爲『志』，于義亦兩通，未甚相遠。」按，前首云「開荒南畝際」，此言「我土日已廣」，正見開荒成績，作

「土」較勝。

【箋注】

〔一〕人事：後漢書卷三六賈逵傳：「此子無人事於外。」李賢注：「無人事，謂不廣交通也。」後漢書卷六三李固傳：「杜門不交人事。」歸去來兮辭：「嘗從人事，皆口腹自役。」飲酒詩其十六：「少年罕人事，游好在六經。」

〔二〕輪鞅：指車馬。鞅，馬頸上的皮帶。按，以上二句與飲酒詩其五「結廬在人境，而無車馬喧」同意。

〔三〕塵想：雜念。釋慧遠萬佛影銘：「是使塵想制於玄襟。」

〔四〕墟曲：猶「墟里」、「鄉村」。

〔五〕披草：撥草。披，分開。史記卷一五帝本紀：「披山通道。」索隱：「謂披山林草木而行以通道也。」温汝能陶詩彙評卷二：「『披草』一作『披衣』。據晉書卷九二袁宏傳：『披草求君，定交一面。』作『披草』是。」披草，意謂撥開草而行以通道。逯注謂草「指草衣」，則「披草」解爲「披草衣」，其説非。

【集説】

此詩實寫田園生活還是別有政治寄託，前人理解不一。劉履選詩補注卷五釋詩末二句云：「但恐天時變革，霜霰凋傷而零落同於草莽耳。蓋是時朝廷將有傾危之禍，故有是喻。然則靖節雖處田野而不忘憂國，於此可見矣。」方東樹昭昧詹言卷四則以爲此詩「『桑麻日以長』以下乃申續樂意耳。只就桑麻言，恐其零落，方見真意實在田園，非喻己也。」

【集評】

王夫之古詩評選卷四：「鍾嶸目陶詩出於應璩，爲古今隱逸詩人之宗，論者不以爲然，自非沈酣六義，宜不知此語之確也。平淡之於詩自爲一體。平者，取勢不雜，淡者，遺意不煩之謂也。陶詩於此固多得之，然豈獨陶詩爲爾哉？若以近俚爲平，無味爲淡，唐之元、白，宋之歐、梅，據此以爲勝場。」

種豆南山下，草盛豆苗稀〔一〕。晨興理荒穢〔二〕，帶月荷鋤歸〔三〕。道狹草木長，夕露霑我衣〔四〕。衣霑不足惜，但使願無違〔五〕。

【校記】

晨興　曾本云，一作「侵晨」。湯本、汲古閣本同。蘇寫本作「侵晨」。按，作「晨興」是，參見注〔二〕。

帶月　「帶」，曾本云，一作「戴」。湯本、汲古閣本同。

衣霑　曾本、汲古閣本云，一作「我衣」。

願無違　「無」，曾本、汲古閣本云，一作「莫」。

【箋注】

〔一〕「種豆」二句：李注：「漢書楊惲傳：田彼南山，蕪穢不治。種一頃豆，落而爲萁。」

〔二〕晨興：晨起。蔡邕蟬賦：「秋風肅以晨興。」漢書卷五六董仲舒傳：「夙寤晨興，憂勞萬民。」袁宏北征賦：「勁風晨興。」

〔三〕「帶月」句：温汝能陶詩彙評卷二：『「帶月」句，真而警，可謂詩中有畫。』

〔四〕「夕露」句：文選王粲從軍詩：「草露霑我衣。」

〔五〕「衣霑」二句：丁注：「陶詩程傳：草盛苗稀，荷鋤帶月，所謂開荒南野也。夕露霑衣，喻貧賤之來傷人也。蘇氏曰：『以夕露沾衣之故，而違其所願者多矣。』善哉言乎。」按，蘇軾以己被謫黄岡、惠州之感受，想象淵明夕露沾衣之心理，以至説陶公平生所願違者良多。此乃曲解淵明，豈是知音之言？而程傳云「夕露霑衣，喻貧賤之來傷人」，更不啻佛頭著糞。庚戌歲九月中於西田穫早稻詩云：「但願長如此，躬耕非所歎。」「夕露霑衣」雖不無辛苦，但豆苗日長，禍患不干，復得自然，願亦在其中，樂亦在其中。故淵明所説之願，乃安于田園，堅持躬耕之願。

【集評】

古詩歸卷九鍾伯敬曰：「幽厚之氣，有似樂府。儲、王田園詩妙處出此。浩然非不近陶，而似不能爲此一派，曰清而微遜其樸。」

久去山澤游，浪莽林野娱〔一〕。試攜子姪輩，披榛步荒墟〔二〕。徘徊丘隴間〔三〕，依依昔人居。井竈有遺處〔四〕，桑竹殘朽株〔五〕。借問採薪者，此人皆焉如〔六〕？薪者向我言，死没無復餘。一世異朝市〔七〕，此語真不虛。人生似幻化〔八〕，終當歸空無〔九〕。

【校記】

丘隴　「隴」，曾本、汲古閣本作「壠」，云，一作「隴」，又作「壟」。李本作「壠」。

遺處　「處」，曾本、汲古閣本云，一作「所」。

桑竹　「竹」，曾本、汲古閣本云，一作「麻」。

桑竹殘朽株　陶本原校：「焦本云，一作『樹木殘根株』。」曾本、汲古閣本云，一作「樹木殘根株」。

此語　「語」，曾本、汲古閣本云，一作「言」。

空無　「空」，曾本、汲古閣本云，一作「虛」。焦本云，一作「虛」，非。

【箋注】

〔一〕浪莽：何注：「莽，或作漭。浪漭，廣大貌。」丁注：「浪孟即孟浪也。莊子齊物論：『孟浪之言。』徐邈讀莽浪，蓋放曠之意。」集韻：「浪，孟浪，較略之言。」正字通：「浪，孟浪，輕率也。」蘇軾東坡詩之二：「荒田雖浪莽，高庳各有適。」據上可知，浪莽有二義：一爲廣大無邊貌，一爲放曠疏略之意。此句取義同蘇軾詩，謂林野廣大無邊。

〔二〕披榛：撥開叢木。文選趙至與嵇茂齊書：「披榛覓路。」文選孫綽游天台山賦：「披荒榛之蒙蘢。」李善注：「高誘淮南子注曰：『叢木曰榛。』」

〔三〕「徘徊」句：孫綽聘士徐君墓頌：「徘徊墟壠。」丘隴，墓地。雜詩其四：「百年歸丘壟。」王珣林法師墓下詩序：「高墳鬱爲荒楚，丘隴化爲宿莽。」

〔四〕「井竈」句：郭璞井賦：「獨星陳于丘墟兮，越百代而猶在。」此句似本郭璞賦。

〔五〕殘：集韻：「殘，餘也。」吕氏春秋權勳：「若殘豎子之類。」高誘注：「殘，餘也。」

〔六〕焉如：何往。文選向秀思舊賦：「形神逝其焉如。」張敏神女賦：「遥棄我其焉如？」

〔七〕「一世」句：丁注：「三十年爲一世。古者爵人於朝，刑人於市。言爲公衆之地，人所指目也。『一世異朝市』蓋古語，言三十年間，公衆指目之朝市，已遷改也。」朝市，亦作市朝。謝靈運撰征賦：「年月多歷，市朝已改。」文選謝朓和伏武昌登孫權故城詩李善注：「古出夏門行曰：『市朝易人，千載墓平。』」

〔八〕幻化：幻現變化。列子周穆王篇：「有生之氣，有形之狀，盡幻也。造化之所始，陰陽之所變者，謂之生，謂之死。窮數達變，因形移易者，謂之化，謂之幻。」「知幻化之不異生死也，始可以學幻矣。吾與汝亦幻也，奚須學哉？」梁簡文帝七召：「清歌雅舞，暫同於夢寐；廣厦高堂，俄成於幻化。」

〔九〕空無：佛家語，意謂寂滅。支遁詠懷詩：「廓矣千載事，消液歸空無。」郗超奉法要：「一切萬有終歸于無，謂之空無。」按，因「空無」爲佛家語，故前人或稱淵明精於釋理。淵明與慧遠爲方外交，與之交往的劉遺民、張野諸人乃蓮社高賢，淵明當不會不知釋理。然這并不意味着淵明以釋理看待人生。因列子已説過「幻化之不異生死」的話，而「無」更是老莊尊奉的「道」。東晉時佛教漸盛，釋理多吸收道家用語。因此，與其説詩末二句表明淵明精於釋理，還不如説是以老莊義理觀照人生。

【集評】

邱嘉穗東山草堂陶詩箋卷二：「前言桑麻與豆，此則耕種之餘暇，憑弔故墟，而歎其終歸於盡。『人生似幻化』二句真可謂知天地之化育者，與遠公白蓮社人見識相去何啻霄壤！」

悵恨獨策還〔一〕，崎嶇歷榛曲〔二〕。山澗清且淺，可以濯我足。漉我新熟酒〔三〕，隻鷄招近局〔四〕。日入室中闇，荆薪代明燭。歡來苦夕短，已復至天旭。

【校記】

山澗　曾本、汲古閣本云，一作「澗水」。蘇寫本作「澗水」。

可以　「可」，陶本原校：「各本作『遇』。焦本作『可』，云，一作『遇』，非。今從之。」曾本、汲古閣本作「遇」，云，一作「可」。按，孺子歌：「滄浪之水濁兮，可以濯我足。」作「可」是。

漉我　「漉」，曾本、汲古閣本云，一作「撥」，又作「掇」，又作「擠」。按，作「漉」是，參見注〔三〕。

近局　「局」，陶本原校：「各本作『局』。毛晉云，時本作『屬』。」曾本、汲古閣本云，一作「屬」。

代明燭　「代」，曾本、汲古閣本云，一作「繼」。

【箋注】

〔一〕策：扶杖。

〔二〕曲：偏僻之處。

〔三〕漉酒：以布濾酒。宋傳：「郡將候潛，值其酒熟，取頭上葛巾漉酒，畢，還復著之。」漉，液體滴瀝貌。史記卷一一七司馬相如列傳：「滋液滲漉，何生不育。」西京雜記卷四：「且筐且漉，載茜載齊。」

〔四〕近局：鄰曲；近鄰。局，廣雅疏證：「小爾雅：局，近也。」

【集評】

邱嘉穗東山草堂陶詩箋卷二：「前首悲死者，此首念生者，以死者不復還，而生者可共樂也。故耕種而還，濯足纔罷，即以斗酒隻鷄，招客爲長夜飲也。」

孫人龍纂輯陶公詩評註初學讀本卷一：「田家真景，令人悠然。」

遊斜川〔一〕并序

辛丑正月五日〔二〕，天氣澄和〔三〕，風物閑美〔四〕。與二三鄰曲，同遊斜川。臨長流，望曾城〔五〕，魴鯉躍鱗於將夕〔六〕，水鷗乘和以翻飛。彼南阜者，名實舊矣，不復乃爲嗟歎。若夫曾城，傍無依接，獨秀中皋〔七〕，遥想靈山〔八〕，有愛嘉名〔九〕。欣對不足，率爾賦詩。悲日月之遂往，悼吾年之不留，各疏年紀鄉里〔一〇〕，以記其時日。

開歲倏五十〔一一〕，吾生行歸休〔一二〕。念之動中懷，及辰爲兹遊。氣和天惟澄，班坐依遠流〔一三〕。弱湍馳文魴〔一四〕，閒谷矯鳴鷗〔一五〕。迥澤散游目〔一六〕，緬然睇曾丘〔一七〕。雖微九重秀，顧瞻無匹儔〔一八〕，提壺接賓侣，引滿更獻酬〔一九〕。未知從今去，當復如此不？中觴縱遥情〔二〇〕，忘彼千載憂。且極今朝樂，明日非所求〔二一〕。

【校記】

辛丑　「丑」，曾本云，一作「酉」。湯本、汲古閣本同。蘇寫本「丑」下有「歲」字。按，作「丑」是，參見注〔一〕。

澄和　「和」，曾本云，一作「穆」。湯本、汲古閣本同。

二三　蘇寫本作「一二」。

曾城　「曾」，曾本云，一作「層」。湯本、汲古閣本同。

魴鯉躍鱗於將夕　曾本云，一作「魴鱮躍鱗日將於夕」。汲古閣本同。按，辛丑歲七月赴假還江陵夜行塗口詩：「涼風起將夕。」鮑照贈古人馬子喬詩其六：「煙雨交將夕。」作「魴鯉躍鱗於將夕」是。

率爾　「爾」，曾本云，宋本作「共」，一作「共爾」。汲古閣本同。蘇寫本云，一作「共」。湯本云，宋本作「共」。

五十　「十」，陶本原作「日」。曾本、汲古閣本云，一作「日」。湯本作「日」，云，一作「十」。蘇寫本作「十」。按，作「十」是，今據改，參見注〔二〕。

及辰　「辰」，曾本、汲古閣本云，一作「晨」。

惟澄　「惟」，曾本、汲古閣本云，一作「唯」，又作「候」。

當復　「復」，曾本、汲古閣本云，一作「得」。

中觴　「觴」，陶本原校：「各本作『觴』，中觴，酒半也，焦本從宋本作『腸』，非。」曾本、蘇寫本、汲古閣本作「腸」。按，作「觴」是，參見注〔二〇〕。

【箋注】

〔一〕此詩作於晉安帝義熙十四年戊午（四一八），淵明五十歲時。斜川，其地未詳。宋人駱庭芝作斜川辨，謂淵明所居栗里，近廬山南麓「淵明醉石」；又據歸去來兮辭及游斜川詩中地貌，以爲序中「曾城」即落星寺，斜川臨彭蠡湖。張玉穀古詩賞析卷十三謂斜川在南康府。蔣薰評陶淵明集卷二則云：「序中南阜，舊注匡廬山，則曾城當在廬山北。」按，淵明居處數遷，皆距尋陽城不遠，疑斜川在廬山北。參見還舊居詩注及本書附録三陶氏宗譜中之問題。

〔二〕辛丑正月五日：此句異文最多，幾至不可校理。王譜從「辛丑」，謂淵明年三十七，詩云「開歲倏五十」，作「五日」是。吴譜從「辛酉」，云别本作「辛丑」者非是，又云「或疑是辛亥歲作」。古譜創淵明得年五十二歲説，故謂「辛丑」爲「乙丑」之譌，元嘉二年乙丑，淵明正五十歲。按，兩宋陶淵明集刻本正文皆作「辛丑」、「五十」，曾本、湯本、汲古閣本注云，一作「辛酉」，從無作「辛亥」或「乙丑」者。吴譜疑作「辛亥」及古譜作「乙丑」，不足爲訓。逯繫年則云：「原序應作辛酉。辛酉者，乃以干支字紀日。據陳垣二十史朔閏表，本年正月朔日正爲辛酉，與詩開歲之言合。詩序以五日爲辛酉，五字當誤。」逯氏謂辛酉二字乃干支紀日，發前人所未發。然逯本游斜川詩注云：「詩爲陶淵明五十歲時作。原序干支時日有竄誤，應作正月五日辛酉。」繫年既稱正月朔日爲辛酉，詩序中正月五日之「五」字當誤，詩注又説正月五日爲辛酉，可見逯氏立論之混亂。鄧譜謂詩序應作「辛丑正月五日」，辛丑爲干支紀日，東晉義熙十四年戊午（四一八）正月五日正爲辛丑，本年淵明五十歲。今從之。

〔三〕澄和：清朗暖和。

〔四〕風物：謂風光景物。文選殷仲文南州桓公九井作詩：「風物自淒緊。」

〔五〕曾城：山名。毛德琦廬山志、讀史方輿紀要卷八十四、同治星子縣志皆謂「曾城山，在縣西五里，一名烏石山」。駱庭芝則謂「曾城」即落星寺，位於廬山南麓彭蠡湖畔（見上）。曾國藩不以駱說爲然，據遊斜川詩序分析說：「淮南子：崑崙山有層城九重。陶公因目中所見之層城，而遥想崑崙之層城。觀上文『臨長流，望層城』句，當是斜川有山名層城，故愛其佳名，與崑崙同耳。駱庭芝云層城落星寺也。然云『獨秀中皋』，則指山非指寺矣。」（求闕齋讀書録卷六集一）曾氏之説甚中肯。逯注謂曾城指廬山之北的鄣山，證據之一是「晉廬山諸道人游石門詩云：『褰裳思雲駕，望崖想曾城。』目鄣山爲曾城，與此詩同」。按，淵明居處離柴桑城不遠，廬山志等所載之曾城山在廬山之南，與淵明居處相距太遠。故疑詩序所説之曾城亦在廬山之北，惟確切地點很難考定。逯注以爲鄣山即曾城，但詩序説，「彼南阜者，名實舊矣，不復乃爲嗟歎」。意謂此游不再歎美早已名聲遐邇的廬山。鄣山既爲廬山諸峯中的峻巒奇峯，故亦不在嗟歎之列。逯注不確。鄧安生重訂陶淵明年譜則以爲曾城指潯陽城：「案曾與層通，曾城爲魏晉人習語，其義有二，一指崑崙山上神仙所居處，一謂高城。」並舉世説新語載顧愷之詠荆州城云「遥望層城，丹樓如霞」等例爲證，謂「曾城當指潯陽城」。疑鄧説非是。因此詩序狀曾城「傍無依接，獨秀中皋」後，即「遥想靈山，有愛佳名」。若眺望者爲潯陽城，恐不會由高城而遥想神仙之居崑崙。詩又云：「雖微九重秀，顧瞻無匹儔。」意謂雖無崑崙之靈秀，但顧瞻四周之山巒，亦無與之相匹者。若曾城指高城，則「匹儔」二字便無所指。須曾城是山，且靈秀獨絶於他山，方可稱「顧瞻無匹儔」也。

〔六〕魴鯉躍鱗：潘岳西征賦：「華魴躍鱗，素鱮揚鬐。」魴鯉，泛指魚類。

〔七〕皋：澤邊高地。

〔八〕靈山：指崑崙曾城。湯注：「天問：崑崙縣圃，其尻安在？增城九重，其高幾里？」按，「遥想靈山」，同謝靈運登江中孤嶼詩：「想象崑山姿」句意相近。

〔九〕嘉名：淵明所望曾城的名稱與神仙所居的崑崙曾城相同，故云。

〔一〇〕疏：記。

〔一一〕開歲：猶始歲，始春。後漢書卷二八上馮衍傳：「開歲發春兮，百卉含英。」李賢注：「開、發，皆始也。」五十：謂五十歲。按，「五十」還是「五日」，自宋迄今，莫衷一是。蘇寫本作五十，蘇軾和斜川詩云：「雖過靖節年，未失斜川遊。」其子蘇過斜川集卷一小斜川詩引謂「今歲適在辛丑，而余年亦五十，蓋淵明與予同生於壬子歲」。可知東坡父子均以「開歲倏五十」爲是。馬永卿嬾真子卷一云：「世所傳五柳集，數本不同。謹按淵明乙丑生，至乙巳歲賦歸去來，是時四十一矣。今遊斜川詩，或云辛丑歲，則方三十七歲，或云辛酉歲，則已五十七，以詩云『開歲倏五十』皆非也。若云『開歲倏五日』，則正序所謂正月五日，言開歲倏忽五日耳。近得廬山東林舊本，作五日，宜以爲正。」據此，知東林寺本（卷數不詳，佚）作五日。邵康節手抄陶集本，也作「五日」。周必大文忠集卷一八跋向氏邵康節手寫陶靖節詩云：「康節先生蘊先天經世之學，顧獨手抄靖節詩集，是豈專取詞章哉！蓋慕其知道也……『開歲倏五十』或作『五日』，近歲祈寬謂『五十則與辛丑不合』，今康節直作『五日』，尚何疑焉？」然朱熹懷疑邵康節手抄陶詩是贋本：「向薌林家藏邵康節親寫陶詩一册……向家子弟攜來求跋，某細看亦不是康節親筆，疑熙、豐以後人寫，蓋贋本也。」（朱子語類卷一四〇）。可見邵康節手寫陶集作「五日」也不足據。然則究以何者爲是，尚需從此詩抒發的思想感情及詩的結構兩方面探究。首先，序云「悲日月之遂往，悼吾年之不留」，强烈流露出年壽將終的預感。此種情緒常見於淵明五十以後的詩文中，如與子儼等疏：「病患以來，漸就衰損；親舊不遺，每以藥石見救，自恐大分將有限也。」雜詩其六：「昔聞長老言，掩耳每不喜，奈何五十年，忽已親此事。求我盛年歡，一毫無復意。去去轉欲遠，此生豈再值。」雜詩其七：「弱質與運頽，玄鬢早已白。素標插人頭，前塗漸就窄。家爲逆旅舍，我如當去客。去去欲何之，南山有舊宅。」若依舊譜，辛丑年淵明三十七歲，正值壯年，雖難免有時光飄流的感歎，但尚無年命將至之虞。其次，序云「各疏年紀鄉里，以記其時日」。「辛丑正月五日」，爲記其時日；「開歲倏五十」，爲各疏年紀。若「五十」作「五日」，則既與序文正月五日重複，「各疏年紀」又無着落。再次，「開歲倏五十，吾生行歸休」，語意相連。因年屆五十，故有日月擲人、生命將終之感喟。如作「開歲倏五日」，則下句「吾生行歸休」的感慨就很難説通。梁譜謂「殊不知『開歲倏五日，吾生行歸休』，此二語如何能相連成意？慨歎于歲月擲人者，豈以日計耶？」其説頗近情理。游國恩陶潛年紀辨疑駁梁譜，謂「開歲倏五日，吾生行歸休」二語能相連成語，乃「普通的感慨」。其説未中肯綮。據以上數點，當作「五十」爲是。

〔一二〕歸休：莊子田子方：「生有所乎萌，死有所乎歸。」莊子刻意：「其生若浮，其死若休。」淮南子精神訓：「生，寄也；死，歸也。」淮南子俶真訓：「逸我以老，休我以死。」

〔一三〕班坐：列班而坐；依次而坐。班，班序；次序。後漢書卷一五來歙傳：「于是置酒高會，勞賜歙，班坐絶席，在諸將之右。」

〔一四〕湍：淮南子説山訓：「稻生于水，而不能生湍瀨之流。」高誘注：「湍，急水也。」

〔一五〕閒谷：幽静的山谷。矯：飛。孫綽游天台山賦：「哂夏蟲之疑冰，整輕翮而思矯。」李善注：「方言曰：『矯，飛也。』」

〔一六〕游目：謂目光流觀四方。楚辭離騷：「忽反顧以游目兮，將往觀乎四荒。」王羲之蘭亭集序：「所以游目騁懷，足以極視聽之娱。」

〔一七〕緬然：國語楚語上：「緬然引領南望。」韋昭注：「緬，猶邈也。」

〔一八〕「雖微」二句：意謂曾城山雖無崑崙曾城九重的秀美，但顧看此間亦無可比匹。微，論語憲問：「微管仲，吾其被髮左衽矣。」何晏集解：「微，無也。」匹儔：猶匹敵；匹比。楚辭王褒九懷危俊：「步余馬兮飛柱，覽可與兮匹儔。」阮籍大人先生傳：「邈無儔而獨立。」

〔一九〕引滿：滿觴而飲。何注：「漢書敘傳：『皆引滿舉白，談笑大噱。』」又，王羲之與謝萬書：「銜杯引滿。」獻酬：謂互相勸酒。

〔二〇〕中觴：猶中酒。

〔二一〕「且極」二句：何晏言志詩：「且以樂今日，其後非所知。」

【集評】

方宗誠陶詩真詮：「『氣和』八句，鍊字自然，寫景如畫。收四句『中觴縱遥情，忘彼千載憂，且極今朝樂，明日非所求』。全是素位而行、不願乎外之意，不可誤會爲曠達已也。」

日本近藤元粹評訂陶淵明集卷三：「彭澤雖承漢、魏骨法，至夫叙實情有從容深遠之妙，則前後無匹儔矣！後來獨有老杜學得焉，蓋陶、杜情懷相似乎？」

示周續之祖企謝景夷三郎〔一〕

負痾頹簷下，終日無一欣。藥石有時閒〔二〕，念我意中人。相去不尋常，道路邈何因〔三〕。周生述孔業，祖謝響然臻〔四〕。道喪向千載〔五〕，今朝復斯聞。馬隊非講肆，校書亦已勤。老夫有所愛，思與爾爲鄰。願言誨諸子，從我潁水濱〔六〕。

【校記】

示周續之祖企謝景夷三郎　曾本、蘇寫本、湯本、汲古閣本作「示周掾祖謝」。曾本、湯本、汲古閣本云，一作「示周續之祖企謝景夷三郎，時三人共在城北講禮校書」。汲古閣本又云，「夷」，又作「仁」。

終日無一欣　曾本、汲古閣本云，一作「終無一處欣」。

道路　「道」，汲古閣本作「遊」。

邈何因　「何」，曾本、汲古閣本云，一作「無」，又作「所」。蘇寫本云，一作「無」。焦本云，一作「無」，非。

斯聞　「聞」，汲古閣本作「文」。

願言誨諸子　曾本、汲古閣本云，一作「客」，一作「勉諸生」，一作「但願還渚中」。蘇寫本作「願君謝諸子」，云，一作「願言誨諸子」。

【箋注】

〔一〕周續之：續之（三七七——四二三）字道祖，雁門廣武人。入廬山，與劉遺民、陶淵明謂之尋陽三隱。考宋書卷九三周續之傳：後江州刺史劉柳荐之劉裕，辟爲太尉掾。續之不尚節峻，頗從之遊。劉裕北伐，世子居守，迎續之館於安樂寺，延入講禮，月餘，復還山。蓮社高賢傳又載：劉裕即帝位後，曾問周續之：「身爲處士，時踐王廷，何也？」答曰：「心馳魏闕者，以江湖爲桎梏；情致兩忘者，市朝亦巖穴耳。」故時號「通隱先生」。祖企、謝景夷兩人無考。蕭傳：「刺史檀韶苦請續之出州，與學士祖企、謝景夷三人，共在城北講禮，加以讎校，所住公廨，近於馬肆。是故淵明示其詩云：『周生述孔業，祖謝響然臻。馬隊非講肆，校書亦已勤。』」又通鑑卷一一七晉紀三九載：義熙十二年八月，劉裕北征，「以世子義符爲中軍將軍，監太尉留府事」，「時檀韶還江州刺史」。宋書卷四五檀韶傳亦曰：韶於義熙十二年（四一六）爲江州豫州之西陽、新蔡二郡諸軍事、江州刺史。據上可知，周續之爲劉義符講禮及應檀韶之請，於城北講禮校書，必前後之事也。此詩當作於義熙十二年。王譜繫本詩於宋武帝永初元年庚申（四二〇），誤。

〔二〕閒：同「間」。國語晉語：「且夫閒父之愛，而嘉其貺。」韋昭注：「閒，離也。」淮南子俶真訓：「則醜美有閒矣。」高誘注：「閒，遠也。」藥石有時閒，言有時遠離藥石，即不服藥。

〔三〕「相去」二句：淵明堅持隱居，與周續之等「通隱先生」居近實遠，故云。尋常：文選張華鷦鷯賦：「翔集尋常之內。」李善注：「應劭曰：八尺曰尋，倍尋曰常。」

〔四〕響然臻：謂應聲而至。臻，至。文選孔融薦禰衡表：「羣士響臻。」李善注：「響臻，如應而至也。孫卿子曰：下之和上，譬響之應聲也。」晉書卷一〇恭帝紀：「恭帝詔曰：『東平開府，奇士響臻，濟濟之盛，朕有欽焉。』」

〔五〕道喪：支遁釋迦文佛像讚并序：「道喪人亡。」文選江淹雜詩：「道喪涉千載。」李善注：「莊子繕性：『世喪道矣，道喪世矣，世與道交相喪也。』司馬彪曰：『世皆異端喪道，道不好世，故曰喪耳。』」

〔六〕「從我」句：蔣薰評陶淵明集卷三：「其言從我潁水，蓋招之也。」潁水濱，相傳是古代高士許由、巢父避世之處。水經注：「潁水，出潁川陽城縣西北少室山。」「高士傳：『許由遁耕于中嶽潁水之陽，箕山之下，終身無經天下色。堯又召爲九州長，由不欲聞之，洗耳於潁水。』」

【集評】

李公煥箋注陶淵明集卷二引趙泉山曰：「按靖節不事覲謁，惟至田舍及廬山遊觀，舍是無他適。續之自社主遠公順寂之後，雖隱居廬山，而州將每相招引，頗從之遊，世號通隱。是以詩中引箕、潁之事微譏之。」

温汝能陶詩彙評卷二：「是時三人皆講禮校書，周續之已入廬山，會刺史檀韶苦請出州，在城外講禮，所住公廨復近馬隊，故靖節姑示以己之安閑，中則抑揚其詞以深規之，末用冷諷，語雖詼諧，意本肫切，古人交誼不苟，於斯可見。」

章炳麟手批陶淵明集：「讀此詩見靖節之志，蓋非獨淡乎榮位，亦不欲養徒取名也。周生講禮，遠公結社，皆不欲往者，老子所謂『不上賢，使民不争』。」（示周續之祖企謝景夷三郎詩眉批）

乞　食〔一〕

飢來驅我去，不知竟何之。行行至斯里，叩門拙言辭〔二〕，主人解余意，遺贈副虚期〔三〕。談諧終日夕〔四〕，觴至輒傾杯。情欣新知歡，言詠遂賦詩。感子漂母惠，愧我非韓才〔五〕。銜戢知何謝〔六〕，冥報以相貽〔七〕。

【校記】

飢來　「飢」，陶本原校：「何校宣和本作『飢』。各本作『饑』。」澍按説文，飢、饑義别。穀不熟爲饑。飢，餓也。當以作『飢』爲是。」焦本作「饑」。按，古饑饉字作「饑」，飢餓字作「飢」，此應作「飢」。

我去　「去」，曾本云，一作「出」。蘇寫本、湯本、汲古閣本同。

解余意　「解」，陶本原校：「各本作『解』。湯本及何校宣和本作『諧』。」蘇寫本云，一作「諧」。曾本、汲古閣本作「諧」，云，一作「解」。

副虛期　陶本原作「豈虛來」。曾本、汲古閣本同，云，一作「副虛期」，又作「豈虛期」。逯本云，按「期」字「副」字皆後人妄改。先改「來」爲「期」，不辭，遂又改「豈」爲「副」。按，作「副虛期」是，參見注〔三〕。

談諧　曾本、汲古閣本云，一作「諧語」。湯本云，「諧」一作「語」。蘇寫本、李本作「談話」。按，作「談諧」是，參見注〔四〕。

觴至　「至」，曾本、汲古閣本云，一作「舉」。

傾杯　「杯」，曾本、汲古閣本云，一作「巵」。

新知歡　「歡」，曾本作「勸」，云，一作「歡」。湯本、汲古閣本同。

言詠　曾本云，一作「興言」。湯本、汲古閣本同。

非韓才　陶本原校：「汲古閣、綠君亭本作『賢才』，非。」曾本、汲古閣本云，一作「韓才非」。蘇寫本作「韓才非」。

銜戢　曾本云，一作「戴人」。「戢」，汲古閣本云，一作「戴」。

【箋注】

〔一〕據有會而作詩，淵明於元嘉三年（四二三）時，備受飢餒之苦。乞食詩當與有會而作詩同時作。

〔二〕拙言辭：猶笨嘴拙舌。釋慧遠答桓玄書：「辭拙寡聞。」方宗誠陶詩真詮：「『叩門』句，極善形容。」

〔三〕副虛期：古注：「漢書禮樂志：『正人足以副其誠。』師古曰：『副，稱也。』淮南子俶真訓：『虛室生白。』高誘注：『虛，心也。』『遺贈副虛期』，謂稱心之所期望也。」按，古注是。又，晉書卷三七司馬休之傳：「來言虛懷期物。」「虛期」義同「虛懷期物」。晉書卷五一皇甫謐傳：「副聖朝之虛心。」宋書卷四二王弘傳：「肅正風規，誠副虛期。」摩訶僧祇律卷二：「大家利其財重，故遣我來以副先期。」

〔四〕談諧：猶諧談，謂合洽之談。答龐參軍詩：「談諧無俗調。」

〔五〕「感子」二句：史記卷九二淮陰侯列傳：「信釣於城下，諸母漂，有一母見信飢，飯信，竟漂數十日。信喜，謂漂母曰：『吾必有以重報母。』」

〔六〕銜戢：猶感戴。戢，藏。

〔七〕冥報：謂死後報答於冥冥之所。竺僧朗答南燕主慕容德書：「冥報有所歸。」戴逵答周居士難釋疑論：「然後分命可審，不祈冥報耳。」丁注：「如韓厥之夢、杜回之躓是也。」「言感其惠而藏之於心，生前愧無以謝，惟當圖報於身後而已。」黄文焕陶詩析義卷二：「『冥報』二字憤甚。淮陰能輔漢滅項，乃能報漂母。不然竟漂之恩，亦何繇報哉！板蕩陸沉之歎，寄託於此。生不能伸志於世上，乃死欲伸志於地下，尚可得乎？果何物可貽哉！『貽』字泠甚。東坡以爲真欲報謝主人，哀其口頰，抑何誤也。」何焯義門讀書記靖節詩釋「銜戢」二句曰：「胸中亦將以有爲也，冥報相貽，則不事二姓，以遺逸終焉之志，亦已久矣。」按，黄氏謂冥報是欲「伸志於地下」，何氏謂「不事二姓」，皆屬無稽之談。又，或謂「冥報」是指佛教的自然報應論，其説亦非。陳寅恪陶淵明之思想與清談之關係云：「或疑陶公乞食詩『冥報以相貽』之句與釋氏之説有關，不知老人結草之物語實在佛教入中國之前。」其説是。

【集説】

前人對於此詩有種種理解。一是視作淵明晚年貧而乞食的真實寫照。如蘇軾東坡題跋卷二書淵明乞食詩後云：「淵明得一食，至欲以冥謝主人，此大類丐者口頰也，哀哉哀哉！」温汝能陶詩彙評卷二云：「此詩非設言也。因飢求食，是貧士所有之事，特淵明胸懷，視之曠如，固不必諱言之耳。起二句諧甚、趣甚，以下求食得食，因飲而欣，因欣而生感，因感而思謝，俱是實情實景。」一是以爲乃「設言」，即有寄託之作。如陶必銓萸江詩話云：「此詩寄慨遥深，著眼在『愧非韓才』一語。借漂母以起興，故題曰乞食，不必真有叩門事也。志不能遂，而欲以死報，精衞填海之意見矣。」又云：「此詩與述酒讀書諸篇，皆故國舊君之思，不但乞食非真，即安貧守道亦非詩中本義。」一是稱此詩乃游戲之作。如黄廷鵠評注詩冶卷十一云：「『談諧終日夕』、『情欣新知歡』，非真乞食也。蓋借給園行徑，以寫其玩世不恭耳。」一是以爲此詩是謝絶檀道濟饋贈而作。章炳麟手批陶淵明集云：「此詩見意在『感子漂母惠，愧我非韓才』，蓋欲卻檀道濟饋贈而作也。若云誠乞食者，則二語非其分際矣。且漂母之惠，本由中發，非因淮陰乞食而來也。」（乞食詩眉批）一是謂乞食詩作於淵明早年，托言行乞得贈，實是一首渴望從政的干謁詩。魏正申陶淵明評傳受他人啓發，謂此詩作於淵明「十九歲年末，或二十歲初」，作者受「淝水之戰」勝利的影響，產生輔助明君而成大事業之想，渴望得人舉薦而儘早入仕。按，稱乞食詩以行乞得贈爲喻，是首干謁詩，純屬莫須有之臆説。晉傳云：「潛少懷高尚，博學善屬文，穎脱不羈，任真自得，爲鄉鄰之所貴。」五柳先生傳自況：「閒靜少言，不慕榮利。」歸園田居詩云：「少無適俗韻，性本愛丘山。」魏正申卻説淵明早年爲「淝水之戰」的勝利所激動，到處奔走，企望得到他人的舉荐而從政。淵明百世高士，何以爲淺人曲解如此，真可悲也哉！上述諸説，當以第一説爲是。據淵明晚年所作詠貧士詩，已至「傾壺絶餘瀝，闚灶不見煙」的窘境。有會而作詩亦云：「常善粥者心，深念蒙袂非。」可見淵明晚年飢寒竟至行乞，當有其事。

諸人共遊周家墓柏下〔一〕

今日天氣佳，清吹與鳴彈〔二〕。感彼柏下人〔三〕，安得不爲歡。清歌散新聲〔四〕，緑酒開芳顔。未知明日事，余襟良以殫〔五〕。

【校記】

嗚彈　「彈」，曾本、汲古閣本云，一作「蟬」。

散新聲　「散」，曾本云，一作「發」，蘇寫本、汲古閣本同。

緑酒　「緑」，曾本、汲古閣本云，一作「時」。

余襟　「襟」，曾本、汲古閣本云，一作「襟」。按，贈長沙公詩：「款襟或遼，音問其先。」作「襟」是。

【箋注】

〔一〕陶注：「晉書周訪傳：陶侃微時，丁艱將葬。家中忽失牛，遇一老父謂曰，前岡見一牛，眠山汙中，其地若葬，位極人臣矣。又指一山云，此亦其次，當出二千石。言訖不見。侃尋牛，得之，因葬其處，以所指别山與訪。訪父死，葬焉，果爲刺史。自訪以下三世，爲益州四十一年，如其所言云。周、陶世姻，此所遊或即訪家墓也。」

〔二〕清吹：管樂器。嗚彈：弦樂器。

〔三〕柏下人：謂墓中人。古人墓上植柏，漢書東方朔傳：「柏者，鬼之廷也。」

〔四〕清歌：陸機應嘉賦：「詠南榮之清歌。」抱朴子知止：「輕體柔聲，清歌妙舞。」新聲：指六朝流行的清商俗樂，與古代的雅樂不同。樂府詩集卷六十一雜曲歌辭題云：「自晉遷江左，下逮隋唐，德澤寖微，風化不競，去聖愈遠，繁音日滋。豔曲興于南朝，胡音生于北俗，哀淫靡曼之辭，迭作並起，流而忘反，以至陵夷。原其所由，蓋不能制雅樂以相變，大抵多溺于鄭衛，由是新聲熾而雅音廢矣。」新聲音調清越，所用樂器爲絲竹，故前云「清吹與鳴彈」。

〔五〕襟：襟懷，胸懷。殫：廣韻：「殫，盡也。」淮南子說山訓：「池中魚爲之殫。」高誘注：「殫，盡也。」

【集評】

王夫之古詩評選卷四：「筆端有留勢。如此篇章豈不賢於『方宅十餘畝，草屋八九間』乎？亦賴『余襟良已殫』五字爲風雅砥柱，不然，輕佻圓麗，曹鄴之長伎耳。」

邱嘉穗東山草堂陶詩箋卷二：「此詩翻盡丘墓生悲舊案，末二句益見素位之樂，雖曾點胸襟，不過爾爾。」

蔣薰評陶淵明詩集卷二：「通首言游樂，只第三句一點周墓，何等活動簡便。若俗手，則下許多感慨語，自謂灑脱，翻成沾滯。」

怨詩楚調示龐主簿鄧治中〔一〕

天道幽且遠〔二〕，鬼神茫昧然〔三〕。結髮念善事〔四〕，僶俛六九年〔五〕。弱冠逢世阻〔六〕，始室喪其偏〔七〕。炎火屢焚如，螟蜮恣中田〔八〕。風雨縱横至，收斂不盈廛〔九〕。

夏日長抱飢，寒夜無被眠。造夕思鷄鳴，及晨願烏遷〔一〇〕。在己何怨天〔一一〕，離憂悽目前〔一二〕。吁嗟身後名，于我若浮煙〔一三〕。慷慨獨悲歌，鍾期信爲賢〔一四〕。

【校記】

龐主簿　陶本「簿」字下有「遵」字。陶本原校：「諸本或無『遵』字。」今從諸本删。

六九年　「六九」，曾本云，一作「五十」。蘇寫本、湯本、汲古閣本同。

屢焚如　「如」，曾本、汲古閣本云，一作「和」。蘇寫本作「和」。

盈廛　「廛」，蘇寫本作「厘」。按，作「廛」是，參見注〔九〕。

長抱飢　曾本、汲古閣本云，一作「抱長飢」。李本、焦本作「抱長飢」，焦本又云，一作「長抱飢」。

願烏遷　「烏」，曾本、汲古閣本云，一作「景」。

在己何怨天　曾本、汲古閣本云，一作「在己何所怨」。

離憂悽目前　曾本、汲古閣本云，一作「天愛悽目前」。

慷慨　曾本、汲古閣本云，一作「慨然」。

獨悲歌　「獨」，曾本云，一作「激」。蘇寫本、汲古閣本同。

【箋注】

〔一〕怨詩楚調：王僧虔技録：楚調曲有白頭吟行、泰山吟行、梁甫吟行、東武琵琶吟行、怨詩行。龐主簿：龐遵，字通之，爲淵明故友。宋書卷六四裴松之傳：宋元嘉三年，分遣大使巡行天下，「司徒主簿龐遵使南兗州」。宋傳：「潛嘗往廬山，(王)弘令潛故人龐通之齎酒具，於半道栗里邀之。」可知龐遵即龐通之。主簿：官名。漢代中央及郡縣官署均置此官，以典領文書，辦理事務。魏晉以後，漸爲統兵開府之大臣幕僚中的重要僚屬。鄧治中：事蹟不詳，治中，官名，漢代置治中從事史，爲州刺史的助理。詩云「僶俛六九年」，則此詩作於永初三年壬戌(四二二)，淵明年五十四歲。

〔二〕天道：此指主宰人類吉凶禍福的法則。左傳昭公十八年：「子産曰：『天道遠，人道邇，非所及也。』」張華永懷賦：「嗟夫天道，幽昧差錯。」

〔三〕茫昧：桓玄沙汰衆僧教：「夫神道茫昧，聖人之所不言。」世説新語文學注引桓玄王孝伯誄叙：「天道茫昧，孰測倚伏？」文選謝莊宋孝武宣貴妃誄：「茫昧與善，寂寥餘慶。」吕向注：「茫昧，幽暗。」

〔四〕結髮：即束髮。古時男子行冠禮，開始束髮，以示成年。文選王粲詠史詩：「結髮事明君。」

〔五〕僶俛：亦作僶勉，文選潘岳悼亡詩：「僶俛恭朝命，迴心反初役。」文選陸機文賦：「在有無而僶俛，當淺深而不讓。」李善注：「毛詩曰：『何有何無，僶俛求之。』僶俛，猶勉强也。」

〔六〕弱冠：古時男子二十歲成人而行冠禮，體猶未壯，故曰「弱冠」。禮記曲禮：「人生二十曰弱冠。」左思詠史詩：「弱冠弄柔翰。」

〔七〕始室：指三十歲。禮記内則：「三十而有室，始理男事。」喪其偏：指喪妻。詩小雅鴻雁：「哀此鰥寡。」毛傳：「無妻曰鰥，偏喪曰寡。」左傳襄公二十七年：「齊崔杼生成及彊而寡，娶東郭姜。」杜預注：「偏喪曰寡。」淵明三十歲時喪妻，後續娶翟氏。吴譜、古譜言淵明三十有悼亡之戚，其説是。王譜則謂淵明二十歲時「失妾」。陶考以爲淵明二十喪偶，又據顔誄「居無僕妾」一語，指出王譜非是，而「始室」即爲元配之妻。梁譜亦稱王譜失妾之説非，然又謂淵明二十喪妻，「甫結婚即喪偶」，「續娶或即在喪偶之年」。王、陶、梁三家（湯注、李注亦同）因將「弱冠」、「始室」理解爲順接，即弱冠時始有室，旋又喪偶，故主淵明二十喪妻之説。吴、古二家則以「弱冠」、「始室」爲對文，即弱冠遭世阻，始室又喪偶，故主三十喪妻之説。今從之。

〔八〕「炎火」二句：詩小雅大田：「去其螟螣，及其蟊賊，無害我田穉。田祖有神，秉畀炎火。」毛傳：「炎火，盛陽也。」螟蜮，即螟螣，食禾苗的害蟲。吕氏春秋任地篇：「又無螟蜮。」高誘注：「蜮或作螣。食心曰螟，食葉曰蜮。」恣，恣肆；放縱。按，吴注：「公詩有戊申歲六月中遇火，此云『屢焚如』，則失火非一矣。」吴釋「炎火」爲火災，非。

〔九〕廛：詩魏風伐檀：「不稼不穡，胡取禾三百廛兮。」毛傳：「一夫之居曰廛。」不盈廛，指所收糧食不足維持一家人生活。

〔一〇〕「造夕」二句：烏遷：指太陽西下。烏，古代傳説日中有三足烏，故稱日爲烏。何

注：「以飢寒故，願日夜之速也。」王叔岷云：「案飲酒之十六：『披褐守長夜，晨鷄不肯鳴。』正見陶公之『思鷄鳴』也。」

〔一一〕「在己」句：論語憲問：「不怨天，不尤人。」

〔一二〕離：楚辭九歌山鬼：「思公子兮徒離憂。」史記管蔡世家：「無離曹禍。」索隱：「離即罹。罹，被也。」淮南子氾論訓：「離者必病。」高誘注：「離，遭也。」

〔一三〕「吁嗟」二句：飲酒其十一：「雖留身後名，一生亦枯槁。死去何所知，稱心固爲好。」雜詩其四：「百年歸丘壟，用此空名道。」自祭文：「匪貴前譽，孰重後歌。」凡此皆可作「吁嗟」二句注脚。按，温汝能陶詩彙評卷二：「没世而名不稱，夫子疾之。人無身後名，是直與草木同腐耳。淵明不過一時感慨，發爲此語，非真謂身後之名不足重也。」其説似未達淵明本意。尋繹詩意，是説天道幽遠，鬼神茫昧，雖從少至老常念善事，現世的痛苦却糾纏若此，身後名不可療飢，不可禦寒，於我又有何益。淵明早年固然有追求聲名不朽的念頭，但真僞莫辨的污濁社會與飢寒交迫的人生痛苦，早已粉碎了「君子疾没世而名不稱」的理想。晚年的淵明浸染道家思想日深，追求現世的歡樂和稱心，何嘗有意顧惜身後空名哉。

〔一四〕鍾期：鍾子期，伯牙之知音。列子湯問篇：「伯牙鼓琴，志在登高山。鍾子期曰：『善哉！峩峩兮若泰山。』志在流水。鍾子期曰：『洋洋兮若江河。』」此以鍾期喻龐、鄧兩人。邱嘉穗東山草堂陶詩箋卷二：「又題明謂示龐主簿、鄧治中，則所謂『鍾期信爲賢』者，即指二人而言。

公意謂吾不圖後世名，所賴當吾世而知我者有二君耳，是以己之慷慨悲歌自託於伯牙之善彈，而以知音望龐、鄧如鍾子期也。」此説是。

【集評】

蔡正孫精刊補注東坡和陶詩話云：「炎火螟蜮、風雨縱横之語，特言其遭世屯難，而焚傷蠹蝕，飄蕩無定，所以惄如調飢，耿耿不寐，至於朝夕不寧。然吾亦但知守在己，而初無怨尤之心，而何敢有所變渝而徒慕虚名哉！此意惟吾心獨知之，他人所不知也，故題其詩曰『楚調』，是豈治世之音歟？」

陶澍陶靖節集注引趙泉山曰：「集中惟此詩，歷叙平素多艱如此。而一言一字，率直致而務紀實也。」

蔣薰評陶淵明詩集卷二：「公年五十餘作此詩，追念前此，飢寒坎坷，發爲悲歌，惟龐、鄧如鍾期可與知己道也。身後之名，自量終不容没，然亦何救於目前哉！嗟嗟！天道悠遠，鬼神茫昧，能無怨否耶？」

答龐參軍〔一〕 并序

三復來貺〔二〕，欲罷不能。自爾鄰曲，冬春再交，欵然良對〔三〕，忽成舊遊。俗諺云，數面成親舊〔四〕，況情過此者乎？人事好乖〔五〕，便當語離，楊公所歎〔六〕，豈惟常悲。吾抱疾多年，不復爲文，本既不豐〔七〕，復老病繼之。輒依周禮往復之義〔八〕，且爲别後相思之資。

相知何必舊，傾蓋定前言〔九〕。有客賞我趣，每每顧林園。談諧無俗調，所説聖人篇。或有數斗酒，閒飲自歡然。我實幽居士，無復東西緣。物新人惟舊〔一〇〕，弱毫多所宣〔一一〕。情通萬里外，形跡滯江山〔一二〕。君其愛體素〔一三〕，來會在何年。

【校記】

歘然　「歘」，曾本、湯本、汲古閣本作「款」。

俗諺　「諺」，陶本原作「談」。陶本原校：「各本作『諺』。湯本云，一作『談』。何校宣和本作『談』。今從之。」曾本云，一作「談」。湯本、汲古閣本同。今據各本改。

親舊　曾本云，或無「舊」字。湯本、汲古閣本同。

況情過此者乎　「況」字下曾本云，一本又有「其」字。湯本、汲古閣本同。

楊公　「公」，曾本云，一作「翁」。湯本、汲古閣本同。

爲文　「爲」，曾本、湯本云，一作「屬」。汲古閣本同。

復老病繼之　「復」，曾本、汲古閣本云，一本「復」作「兼茲」。

周禮　「禮」，陶本原校：「各本作『孔』。湯本云，一作『禮』。何校宣和本作『禮』，今從之。」曾本作「孔」，云，一作「禮」。湯本、汲古閣本同。蘇寫本云，一作「孔」。按，「往復之義」見于禮記曲禮，作「禮」是。

何必舊　「舊」，曾本云，一作「旦」。湯本、汲古閣本云，一作「早」。逯本云，「旦」是「早」之壞字。按，逯説是。

㪷酒　「㪷」，陶本原校：「『㪷』同『斗』，作『斟』，非。」曾本云，一作「斟」。湯本、汲古閣本同。蘇寫本作「斗」。

人惟舊　曾本云，一作「惟人舊」。汲古閣本同。

多所宣　「多」，曾本、汲古閣本作「夕」。按，「夕」是「多」之壞字。

情通　「通」，陶本原校：「何校宣和本作『懷』。」曾本云，宋本作「懷」。汲古閣本同。蘇寫本云，一作「懷」。

滯江山　曾本、汲古閣本云，一作「江山前」。

君其　「其」，曾本、汲古閣本云，一作「期」。

【箋注】

〔一〕此詩與四言答龐參軍詩同作於景平元年（四二三）。四言答龐參軍詩云：「昔我云别，倉庚載鳴；今也遇之，霰雪飄零。」據此可知本詩作於此年春天，四言一首作於冬天。其時，龐爲衛將軍王弘參軍。參見四言答龐參軍詩注。

〔二〕三復：指再三展讀。貺：賜物。此指龐之贈詩。左傳昭公六年：「不敢求貺。」杜預注：「貺，賜也。」

〔三〕欵：「欵」爲「款」之俗字。廣雅釋詁：「款，誠也。」謝靈運還舊園作見顔范二中書詩：「曾是反昔園，語往實款然。」慧皎高僧傳卷七釋僧鏡傳：「陳郡謝靈運，以德音致欵。」

〔四〕數面：幾次見面。王羲之雜帖：「想安西以至，能數面不？」

〔五〕人事好乖：言事情常常背棄人意。

〔六〕楊公所歎：指各自東西的離别。楊公：指楊朱。淮南子説林訓：「楊子見逵路而哭之。」高誘注：「道九達曰逵，憫其别也。」潘尼送盧景宣詩：「楊朱焉所哭，歧路重别離。」王彪之與諸兄弟方山别詩：「路歧楊感悼。」朱自清評古直陶靖節詩箋定本曰：「楊公所歎，只是歧路的代詞。」其説是。

〔七〕本：指體質。不豐：瘦弱之意。

〔八〕往復之義：禮記曲禮：「禮尚往來。往而不來非禮也，來而不往亦非禮也。」

〔九〕傾蓋：史記卷八三魯仲連鄒陽列傳：「諺曰：有白頭如新，傾蓋如故。」索隱：「按，家語：『孔子遇程子於途，傾蓋而語。』又志林云：『傾蓋者，道行相遇，軿車對語，兩蓋相切，小欹之，故曰傾也。』」

〔一〇〕「物新」句：書盤庚上：「人惟求舊，器非求舊，惟新。」

〔一一〕弱毫：指毛筆。宣：通。此指寫信以通音問。

〔一二〕「情通」二句：意謂形跡雖爲山河所隔，情誼却可萬里相通。文選盧子諒答魏子悌詩：「理以精神通，匪曰形骸隔。」文選陸雲答兄機詩：「神往同逝感，形留悲參商。」皆與本詩「情通」二句意近。

〔一三〕體素：體質。三國志吴書吕岱傳：「時年八十，然體素精勤，躬親王事。」增壹阿含經卷四〇：「舍利弗言：『體素無患，唯苦頭痛。』」

【集評】

邱嘉穗東山草堂陶詩箋卷二：「此篇足見陶公善與人交處，『談諧』數語既敬且和，『情通萬里外』數語，又期以從要不忘之誼。序中所謂依周禮往復之義者，豈虚語哉！」

温汝能陶詩彙評卷二：「陶公小序，多雅令可誦。序中起數語，何等纏綿，令人神往。至其與人款接，往往於贈答之什，自有一種深摯不可忘處，此古人所以不可企也。」

方宗誠陶詩真詮：「『談諧無俗調，所説聖人篇』，淵明志在聖人，故每結想在黄、唐、羲、農、先師、六經，此其本領，與他放達者不同。」

五月旦作和戴主簿〔一〕

虚舟縱逸棹〔二〕，回復遂無窮。發歲若俛仰〔三〕，星紀奄將中〔四〕。南窗罕悴物〔五〕，北林榮且豐。神淵寫時雨〔六〕，晨色奏景風〔七〕。既來孰不去〔八〕，人理固有終〔九〕。居常待其盡〔一〇〕，曲肱豈傷沖〔一一〕。遷化或夷險〔一二〕，肆志無窊隆〔一三〕。即事如已高〔一四〕，何必升華嵩〔一五〕。

【校記】

若俛仰　「若」，陶本原作「始」。陶本原校：「汲古閣本、緑君亭本作『止』。」曾本作「始」，云，一作「若」。湯本、汲古閣本同。按，作「若」是，今據改。

南窗罕悴物　陶本原作「明兩萃時物」。陶本原校：「湯本作『南窗罕悴物』。」此從焦本、吴本、何校宣和本。「南窗」，曾本、汲古閣本云，一作「明兩」。「罕悴」，曾本、汲古閣本云，一作「萃時」。按，此句多作「南窗罕悴物」。今據改，參見注〔五〕。

神淵　曾本、汲古閣本云，一作「萍光」。蘇寫本作「萍光」，云，一作「神淵」。逯本據歲時雜詠作「神萍」。

有終　陶本原作「不終」。各本皆作「有終」。按，作「有終」是，今據改，參見注〔九〕。

待其盡　「待」，蘇寫本作「殆」。按，作「待」是，參見注〔一〇〕。

已高　「已」，陶本原校：「湯本作『以』，云，一作『已』。」曾本、汲古閣本作「以」，云，一作「已」。

【箋注】

〔一〕五月旦：五月一日。戴主簿：事迹不詳。方東樹昭昧詹言謂此詩作於「辛丑隆安五年，公時三十七歲，作鎮軍參軍。」王瑤、逯欽立謂當作於義熙九年癸丑。逯注：「據晉書天文志，自南斗十二度至須女七度爲星紀，於辰在丑。知星紀爲丑年。陶生平值丑年者，一爲隆安五年辛丑，時年三十七歲；一爲義熙九年癸丑，時年四十九歲；一爲宋元嘉二年乙丑，時年六十一歲。陶與江州官吏往來，率在義熙年間，故知星紀指癸丑年。」按，從此詩表現的思想感情推測，大體可定爲歸田後作。故繫此詩於義熙九年（四一三）較爲合理。

〔二〕虛舟：空舟，輕捷之舟。此喻日月運行之疾速。莊子列禦寇：「巧者勞而知者憂，無能者無所求，飽食而遨游，汎若不繫之舟，虛而遨游者也。」莊子山木：「方舟而濟於河，有虛船來觸舟。」文選謝靈運游赤石進帆海詩：「溟漲無端倪，虛舟有超越。」

〔三〕發歲：開歲。楚辭九章思美人：「開春發歲兮，白日出之悠悠。」俛仰：同俯仰，低頭抬頭之間，指時間短暫。莊子在宥：「其疾俛仰之間而再撫四海之外。」阮籍詠懷詩：「去此若俯仰。」王羲之蘭亭集序：「俯仰之間，已爲陳迹。」此句意謂開歲至今速若俯仰之間。

〔四〕星紀：星次名，十二次之一，與十二辰之丑相對應，二十八宿中之斗、牛二宿屬之。此泛指日月。左傳襄公二十八年：「歲在星紀，而淫於玄枵。」杜預注：「星紀在丑，斗牛之次。」奄：奄忽，遽然。中：當中，正中。此句言奄忽之間，一年已快過去一半。

〔五〕悴物：謂憔悴衰敗之物。按此句陶本從焦本、吳本、何校宣和本作「明兩萃時物」。明兩出於易離：「明兩作離，大人以繼明照于四方。」孔穎達正義：「曰明兩作離者，離爲日，日爲明。今有上下二體，故云明兩作離也。」本謂離卦䷝離下離上，爲兩明前後相續之象。後以明兩指帝王，頌揚其明照四方。文選謝宣遠張子房詩：「明兩燭河陰，慶霄薄汾陽。」又謝靈運擬魏太子鄴中集詩王粲：「不謂息肩願，一旦值明兩。」明兩，皆喻明君。可見晉宋詩篇中之「明兩」，一般用其象徵意義。若此句作「明兩」，則作「日光」解，與當時作風不合。又，「時物」一詞既不見于篇什，且與後面「神淵寫時雨」之「時雨」意若重複。陶詩雖不刻意雕章琢句，但饒有圓潤流轉之美。作「南窗罕悴物」較「明兩萃時物」更有韻味。近見王叔岷陶淵明詩箋證稿從曾集本「南窗罕悴物」，並云此句與下句對言，較自然。其説與鄙意合。

〔六〕神淵：猶天淵，天河。曹植七啓：「觀游龍于神淵。」寫：同瀉。時雨：曹植畫贊湯禱桑林：「皇靈感應，時雨以零。」顧愷之鳳賦：「興八風而降時雨。」黃文煥陶詩析義卷二：「雨景微濛，上障天光，澄淵清徹，雨脚雨點，絲絲倒現，是時雨被神淵描寫也。」按，黃氏釋神淵爲地上之「澄淵」，寫爲「描寫」之寫，頗具主觀想象，亦佳。

〔七〕奏：説文：「奏，進也。」景風：夏風，自南方來。史記卷二五律書：「景風居南方，景者，言陽氣道竟，故曰景風。」文選曹丕與朝歌令吳質書：「蕤賓紀時，景風扇物。」李善注：「易通卦驗曰：夏至則景風至。」

〔八〕「既來」句，謂有生必有死。來去，喻生死。

〔九〕「人理」句：終，指死。列子天瑞：「生者，理之必終者也。」皇甫謐篤終論：「玄晏先生以爲存亡天地之定制，人理之必至也。」張華壯士篇：「人物稟常格，有始必有終。」

〔一〇〕「居常」句：説苑雜言：「孔子見榮啓期，問曰：『先生何樂也？』對曰：『夫貧者，士之常也；死者，民之終也。處常待終，當何憂乎？』」莊子田子方：「萬物亦然，有待也而死，有待也而生。吾一受其成形，而不化以待盡，效物而動，日夜無隙，而不知其所終。」謝靈運登石門最高頂：「居常以待終。」居常，既指處貧，亦指委運造化。

〔一一〕曲肱：此謂貧困。論語述而：「飯蔬食，飲水，曲肱而枕之，樂亦在其中矣。」晉書卷八七涼武昭王傳：「幼希顏子曲肱之榮。」沖：虚，指道。

〔一二〕遷化：一作化遷。此指順應自然而變化之意。按，「化遷」一詞在陶淵明集中常出現，如連雨獨飲詩：「形體憑化遷。」始作鎮軍參軍經曲阿作詩：「聊且憑化遷。」歲暮和張常侍詩：「憔悴由化遷。」夷：平坦。險：險阻。晉書卷九一范弘之傳：「夷險以之。」曹攄答趙景猷詩：「道有夷險。」

〔一三〕肆志：謂放縱情志。後漢書卷二八下馮衍傳：「恬然肆志。」窊隆：見命子詩注。

〔一四〕即事：就事，觸事。

〔一五〕華嵩：華山和嵩山，傳説中得道升仙之處。

【集評】

邱嘉穗東山草堂陶詩箋卷二：「此詩因時節之變遷，而感及於人事存忘進退之理，雖天道有盈虚，而此心確乎其不可拔，非夫知命不惑而有潛龍之德者，其孰能之！」

方宗誠陶詩真詮：「『既來孰不去，人理固有終，居常待其盡，曲肱豈傷沖』四句，得孟子『殀壽不貳，修身以俟之』之意。『遷化或夷險，肆志無窊隆，即事如已高，何必升華嵩』四句，得依乎中庸，無入而不自得之意。」

連雨獨飲〔一〕

運生會歸盡，終古謂之然〔二〕。世間有松喬〔三〕，於今定何間〔四〕？故老贈余酒〔五〕，乃言飲得仙〔六〕。試酌百情遠，重觴忽忘天〔七〕。天豈去此哉〔八〕，任真無所先〔九〕。雲鶴有奇翼，八表須臾還〔一〇〕。自我抱兹獨，僶俛四十年〔一一〕。形骸久已化，心在復何言〔一二〕。

【校記】

連雨獨飲　曾本云，一作「連雨人絶獨飲」。湯本、汲古閣本同。

何間　「間」，陶本原校：「從何校宣和本作『間』」。言松喬亦同歸于盡也。湯、焦、何、毛諸本作『聞』，亦通。言松喬如尚在世間，亦不得聞也。張自烈、吴瞻泰本作『闕』，非。」曾本、汲古閣本云，一作「聞」。湯本作「間」，焦本作「闕」。按，作「間」是，因押韻。

天豈去此哉　陶本原校：「汲古閣本作『天際去此幾』。」曾本、汲古閣本云，一云「天際去此幾」。蘇寫本作「天際去此幾」，云，一作「天豈去此哉」。

雲鶴　「鶴」，曾本、汲古閣本云，一作「鴻」。

自我　「自」，曾本、汲古閣本云，一作「顧」。蘇寫本作「顧」。

形骸久已化　曾本、汲古閣本云，云「形體憑化遷」，又云「形神久已死」。

心在　曾本、汲古閣本云，一作「在心」。

【箋注】

〔一〕據詩中「僶俛四十年」句，知本詩作于晉義熙四年（四〇八），淵明四十歲時。

〔二〕「運生」二句：言有生必有死，自古如此。與五月旦作和戴主簿詩：「既來孰不去，人理固有終」二句同意。歸盡，歸去來兮辭：「聊乘化以歸盡。」盡，指死。終古，亘古；永久。楚辭九歌禮魂：「春蘭兮秋菊，長無絶兮終古。」陸機歎逝賦：「經終古而常然。」

〔三〕松喬：赤松子、王喬，傳説中的仙人。據神仙傳，赤松子是神農時雨師。王喬是周靈王太子晉，好吹笙，作鳳凰鳴，游伊洛之間，道士浮丘公接上嵩高山。

〔四〕定：魏晉時語，義爲「究竟」。世説新語言語：「卿云艾艾，定是几艾？」晉書卷九二伏滔傳：「爲人作父如此，定何如也？」

〔五〕故老：老人。漢書卷三〇藝文志：「不知則闕，問諸故老。」

〔六〕「乃言」句：古注：「經傳釋詞曰：『乃，異之之詞也。』」直按：世之求仙者，如嵇叔夜輩，方且以酒爲深讎，曰醴醪鬻其腸胃，曰旨酒服之短祚。今故老反以飲酒爲能得仙，故異之也。」

〔七〕重觴：猶再觴，即連飲。忘天：莊子天地：「忘乎物，忘乎天，其名爲忘己。忘己之人，是之謂入於天。」郭象注：「天物皆忘，非獨忘己，復何有哉？」按，「試酌」二句，上句言忘物，下句言忘己。魏晉人喜酒，認爲酒能引人入勝地。淵明對酒中趣更有獨到領悟，將之歸結到「忘天」。重觴之際，百情頓遠，俗慮皆消，天即是人，人即是天，物我皆忘也。

〔八〕「天豈」句：意謂天即任真，天即自然。莊子在宥：「廣成子之謂天矣！」郭象注：「天，無爲也。」莊子盜跖：「抱其天乎！」成玄英疏：「天，自然也。」

〔九〕「任真」句：言無有先於任真者。任真，即冥合自然。古注：「莊子齊物論郭象注：任自然而忘是非者，其體中獨任天真而已。」又王胡之答謝安詩：「長短任真，乃合其至。」按，老子二十五章：「人法地，地法天，天法道，道法自然。」在道家學說中，莫大於「法自然」。「任真無所先」，正契合道家學說的核心。

〔一〇〕「雲鶴」二句：雲鶴指仙。仙乘鶴，遨游八表，須臾而還。

〔一一〕「自我」二句：獨，謂獨志。莊子天地：「畢滅其賊心而皆進其獨志，若性之自爲，而民不知其所由然。」郭象注：「故其賊心自滅，獨志自進，教成俗易，悶然無迹，履性自爲而不知所由，皆云我自然矣。」獨志，指率性自爲，順應自然之志。「抱兹獨」，意同上面所説的「任真」，亦即齊物論郭注「體中獨任天真而已」。此二句承上文，意謂神仙駕鶴須臾八表，我却知其虚假而不慕，獨抱任真之志，勉力四十年而不變。

〔一二〕「形骸」二句：莊子齊物論：「其形化，其心與之然，可不謂大哀乎？」莊子知北游：「古之人，外化而内不化。」成玄英疏：「古人純樸，合道者多，故能外形隨物，内心凝静。」盧諶時興詩：「形變隨時化。」心在，指任真之志不變。按，「形骸」二句本於莊子義，言外形雖隨時而化，内心却凝静不化。方宗誠陶詩真詮謂「形骸」二句「得克己復禮，欲浄理存之意，與老莊之學不同」。其説非。

【集評】

黄文焕陶詩析義卷二引沃儀仲曰：「他作談生死，猶是彭殤齊化之達觀，獨此云忘天任真，形化心在，誠有不隨生存、不隨死亡者。一生本領，逗洩殆盡。」

馬璞陶詩本義卷二：「五月旦作和戴主簿一首以『居常待其盡』一句爲結穴，此篇以『任真無所先』一句爲結穴，淵明一生大本領，此二句可以盡之。」

方東樹昭昧詹言卷四：「不過言人生必死，世無仙人，不如飲酒，而用意用筆俱回曲深峻。天者，自然而已，任真則亦同於天。曰『忘』，曰『無所先』，皆筆之曲也。『天豈去此』，言天非遠，即吾心是，但任真即天矣。雲鶴，仙也，雖可羨而吾不願顧。獨抱任真自然之心，久與天忘，乃衍上文，意不必求仙也。起四句本是古人陳言，看他折洗翻用入妙。」

移居二首〔一〕

昔欲居南村〔二〕，非爲卜其宅〔三〕。聞多素心人〔四〕，樂與數晨夕〔五〕。懷此頗有年〔六〕，今日從兹役〔七〕。弊廬何必廣，取足蔽牀席。鄰曲時時來，抗言談在昔〔八〕，奇文共欣賞，疑義相與析。

【校記】

移居二首　陶本原作「移居」。陶本原校：「李注有『二首』字。」今據李本補。

懷此　「此」，曾本、汲古閣本云，一作「兹」。

弊廬　「弊」，陶本原作「敝」。曾本作「弊」。汲古閣本、蘇寫本、湯本、李本同。按，飲酒詩其十六：「弊廬交悲風。」晉書卷五五夏侯湛傳：「抑因子大夫之忝在弊室也。」作「弊」是，今據改。

抗言　「抗」，曾本、汲古閣本云，一作「話」。

共欣賞　「共」，陶本原校：「何校宣和本作『互』。」曾本、汲古閣本云，一作「互」。按，三國志吴書張温傳：「更相表裏，共爲腹背。」世説新語文學：「桓南郡與殷荆州共談，每相攻難。」「丞相與殷共相往反，其餘諸賢，略無所關。」「相」、「共」常對舉。飲酒詩其九：「且共歡此飲。」作「共」是。

相與析　「析」，曾本、汲古閣本云，一作「斥」。按，析，辨析也。後漢書卷二八上桓譚傳：「數從劉歆、揚雄辨析疑異。」晉書卷四三樂廣傳：「尤善談論，每以約言析理。」謝靈運答王衛軍問辨宗論書：「詞微理析，莫不精究。」世説新語文學：「身今日當與君共談析理。」作「析」是。

【箋注】

〔一〕淵明之上京舊居於戊申歲（四〇八）六月中遇火，暫栖身於門前水濱舫舟之上，不久徙居西廬。至義熙十一年乙卯（四一五），移居尋陽負郭之南村。關於淵明移居之年，有義熙四年、義熙六年、義熙七年之説。丁譜謂義熙四年戊申歲舊宅既燬後，移居南村，有移居詩。楊譜同。李注戊申歲六月中遇火詩云：「靖節舊宅，居於柴桑縣之柴桑里。至是屬回禄之變，越後年徙居南里之南村。」又李注和劉柴桑詩云：「靖節自庚戌歲徙居南村。」古譜亦謂移居在義熙六年庚戌（四一〇）。王瑶注、逯繫年謂移居在義熙七年辛亥（四一一）。鄧譜據與殷晉安別詩，謂殷晉安爲殷隱，非指殷景仁，其作太尉劉裕參軍移家東下在義熙十二年（四一六）春。該詩云「去歲家南里」，則知移居當在義熙十一年（參見與殷晉安別詩注）。按，淵明移居之年及此詩所叙情事，同與殷晉安別詩直接有關。自李公煥以來均由考證與殷晉安別詩之作年，進而確定淵明移居之年。然舊注皆先以爲殷晉安是殷景仁，再據景仁作劉裕太尉參軍時間，確定移居詩作年。因前提不對，得出的結論皆誤。

〔二〕南村：即與殷晉安别詩「去歲家南里」之南里，或因其地在尋陽城南郊，故稱南里、南村。古譜詳考陶淵明集及誄傳，舉凡十證，謂「南村實在尋陽負郭」。其説可信。

〔三〕卜其宅：古注：「左傳昭公三年：『諺云，非宅是卜，惟鄰是卜。』」杜預注：「卜良鄰。」

〔四〕素心人：心地真純之人。素，莊子天地：「素逝而恥通於事。」成玄英疏：「素，真也。」文選顏延之陶徵士誄：「長實素心。」李善注：「鄭玄曰：凡物無飾曰素。」按，晉傳：「其鄉親張野及周旋人羊松齡、龐遵等或有酒要之，或要之共至酒坐。」與殷晉安别詩云：「遊好非少長，一遇盡殷勤。」據此可知「素心人」當指張野、羊松齡、殷隱輩。

〔五〕數：親近，常常。左傳文公十六年：「無日不數於六卿之門。」杜預注：「數，不疏。」孔子家語賢君：「故夫不比於數而比於疏。」注：「數，近。」晉書卷八三王雅傳：「孝武帝深加禮遇，雖在外職，侍見甚數。」晉書卷七九謝萬傳：「汝爲元帥，諸將宜數接對。」王羲之諸從帖：「諸從並數有問，粗平安。唯修載在遠，音問不數。」數晨夕，即朝夕親近。正應上句卜良鄰之意。黄文焕陶詩析義卷二：「數，屈指互數也。從前之晨夕，作何虚度；從後之晨夕，作何生活。」王瑶注、逯注皆訓數爲「計算」，不確。

〔六〕「懷此」句：淵明於義熙四年遇火後徙居西廬，大約不久便欲移居南村。然至義熙十一年方遂此願，故曰「懷此頗有年」。「頗有年」意謂甚有年，當不止二三年，此亦可證舊注淵明移居之年不可信。

〔七〕兹役：指移居事。役，吕氏春秋貴生：「夫耳目鼻口，生之役也。」高誘注：「役，事也。」

〔八〕抗言：高談。嵇康管蔡論：「遂乃抗言率衆，欲除國患。」

【集評】

古詩歸卷九鍾惺曰：「二詩移居，意重求友，其不苟不必言，亦想見公和粹坦易，一種近人處。」

方東樹昭昧詹言卷四：「移居二首，只是一任清真，而吐屬雅令，句法高秀。」

春秋多佳日，登高賦新詩。過門更相呼，有酒斟酌之〔一〕。農務各自歸，閒暇輒相思。相思則披衣，言笑無厭時。此理將不勝〔二〕，無爲忽去兹。衣食當須紀〔三〕，力耕不吾欺〔四〕。

【校記】

披衣　「披」，曾本、汲古閣本云，一作「拂」。

須紀　「紀」，曾本云，一作「幾」。湯本、汲古閣本同。焦本作「幾」，云，一作「紀」，非。

不吾欺　陶本原校：「何校宣和本作『吾不欺』，焦本同。」「不吾」，曾本、汲古閣本云，一作「吾不」。按，焦本作「不吾欺」。

【箋注】

〔一〕斟酌：謂酌酒。文選蘇子卿詩：「我有一罇酒，欲以贈遠人，願子留斟酌，叙此平生親。」文選班固西都賦：「陳輕騎以行炰，騰酒車以斟酌。」

〔二〕理：猶道理，事理，情理。魏晉常語。晉書卷七九謝尚傳：「王導問謝尚：『聞君能作鴝鵒舞，一坐傾想，寧有此理不？』」晉書卷五二華譚傳：「或問譚曰：『諺言人之相去，如九牛毛，寧有此理乎？』」世説新語規箴：「遠公曰：『桑榆之光，理無遠照。』」徐仁甫古詩别解卷六：「『此理』之『理』，當作『里』。『昔欲居南村』，李公焕注栗里也，則『此里』，即指栗里可知。昔人不解虛詞『將』字，因改『里』爲『理』耳。」「則此『此里將不勝』，謂此移居之栗里豈不勝過原居乎？」古注：「理勝蓋晉人常語。晉書庾亮傳：『舅所執理勝。』又袁喬傳：『以理勝爲任。』又孫盛傳：『詣浩談論，至暮忘飡，理竟不定。』理不勝，猶理不定也。」按，徐仁甫謂「此理」之「理」，當作「里」，指栗里，其説牽强。古注謂「理」指清言之「理」，恐亦不確。此理，指詩前面所寫與鄰里交往之樂中悟出的事理。將不，猶言豈不。勝，美好。

〔三〕紀，經營。

〔四〕不吾欺：不欺吾。此句猶一分勞作一分收獲之意。

【集評】

劉履選詩補注卷五：「靖節素願易足，不必充廣。惟衣食當經紀者，亦必力耕以自給焉。此與世俗懷居之士擇取便安，務求完美者，不可同年語矣。」

陶必銓萸江詩話：「先生每及治生，不作放浪一流，此其紹長沙之勤慎，異晉士之玄虚歟？」

方宗誠陶詩真詮：「移居第一首『素心』即淡泊寧静之意。第二首『此理將不勝，無爲忽去兹』二句，有大舜若將終身之趣。收一句『衣食當須紀，力耕不吾欺』，盡人事人理，與曠達不同。」

蔣薰評陶淵明詩集卷二：「直是口頭語，乃爲絶妙詞。極平淡，極色澤。」

日本近藤元粹評訂陶淵明集卷二：「古樸而其中豐腴，是陶詩之所以不可企及。」

和劉柴桑〔一〕

山澤久見招〔二〕，胡事乃躊躇？直爲親舊故〔三〕，未忍言索居〔四〕。良辰入奇懷，挈杖還西廬〔五〕。荒塗無歸人，時時見廢墟。茅茨已就治〔六〕，新疇復應畬〔七〕。谷風轉凄薄〔八〕，春醪解飢劬〔九〕。弱女雖非男，慰情良勝無〔一〇〕。栖栖世中事〔一一〕，歲月共相疏〔一二〕。耕織稱其用，過此奚所須〔一三〕。去去百年外，身名同翳如〔一四〕。

【校記】

挈杖　「挈」，曾本、汲古閣本云，一作「策」。

見廢墟　「見」，曾本、汲古閣本云，一作「有」。

春醪　「春」，曾本、汲古閣本云，一作「嘉」。

飢劬　「飢」，焦本作「饑」。

良勝無　「良」，曾本、汲古閣本云，一作「殊」。

【箋注】

〔一〕劉柴桑：指彭城人劉程之，曾爲柴桑令，隋書卷三五經籍志有劉遺民集五卷，録一卷，老子玄譜一卷。陶考於元熙二年庚申條下云：「又考世説注引何法盛晉中興書：『劉驎之，一字遺民。』驎之即桃花源記中南陽劉子驥，晉書有傳。是遺民之號，不獨程之。二劉孰曾爲柴桑令，無考，未審先生所酬，是程之抑子驥也。」按，世説新語棲逸記劉驎之隱于陽岐，荆州刺史桓沖徵爲長史。桃花源記記太元中，劉驎之欲尋桃花源，不久，病卒。則驎之卒于太元間，無從與淵明交往，劉柴桑非劉驎之明矣。又，劉程之之事跡，見於蓮傳、蕭傳、唐釋元康肇論疏、廣弘明集等。蓮傳載：「劉程之字仲思，彭城人，漢楚元王之後。妙善老莊，旁通百氏。少孤，事母以孝聞。自負才，不預時俗，初解褐爲府參軍。謝安、劉裕嘉其賢，相推薦，皆力辭。」「劉裕以其不屈，乃旌其門曰『遺民』。於義熙六年卒，春秋五十九。」釋元康肇論疏：「廬山遠法師作劉公傳云：劉程之，字仲思，彭城人。漢楚元王裔也。承積慶之重粹，體方外之虚心。百家淵淡，靡不過目；精研佛理，以期盡妙。陳郡殷仲文，譙郡桓玄，諸有心之士，莫不崇拭。禄尋陽柴桑，以爲入山之資。未旋幾時，桓玄東下，格稱永始。逆謀始，劉便命孥，考室林藪。義熙公侯咸辟命，皆遜辭以免。九年，太尉劉公知其野志沖邈，乃以高尚人望相禮，遂其初心，居山十有二年卒。有説云：入山之後，自謂是國家遺棄之民，故改名遺民也。」廣弘明集卷二七釋慧遠與隱士劉遺民書注云：「彭城劉遺民以晉太元中除宜昌、柴桑二縣令。值廬山靈邃，足以往而不返。遇沙門慧遠，可以服膺。丁母憂，去職入山，遂有終焉之志，於西林澗北別立禪坊，養志閑處，安貧不營貨利。是時閑退之士輕舉而集者若宗炳、張野、周續之、雷次宗之徒咸在會焉。遺民與羣賢遊處，研精玄理，以此永日。」「在山一十五年，自知亡日，與衆別已，都無疾苦，至期西面端坐，斂手氣絶，年五十有七。」以上記載，當以慧遠所作劉公傳爲可信。桓玄於元興二年（四〇三）十二月簒晉稱楚，改元永始，劉程之即於此時隱居廬山，居山十二年，則劉於義熙十一年（四一五）卒。蓮傳謂劉遺民卒于義熙六年（四一〇），不確。關于此詩作年，説法不一。王譜「永初元年庚申（四二〇）」條云，此年有和劉柴桑詩、酬劉柴桑詩。又云：「初自西廬移南村，有移居詩云：『聞多素心人，樂與數晨夕。』又云：『過門更相呼，有酒斟酌之。』遷居殆爲遺民之徒。尋還西廬，度相距亦不遠，與遺民更相酬酢，不改賞文析義之時。」李注：「爾雅曰：出三歲曰畬。靖節自庚戌遷居南村，已再稔矣。今秋穫後，復應畬也。」據李注推算，此詩作於義熙八年壬子（四一二）。顧譜謂此詩作於義熙六年庚戌（四一〇）。丁譜謂酬劉柴桑、和劉柴桑二詩作於義熙十年甲寅，依據是慧遠結白蓮社在義熙十年，劉遺民撰同誓文，淵明與遠公爲方外交。王瑶注謂作於義熙五年：「按，義熙四年（四〇八）陶宅遇火，故曰『就治』。畬，指第三年理新出，而淵明於義熙二年開荒南野，則此詩當作於義熙五年（四〇九)。」逯繫年同王瑶注。李華陶淵明酬和劉柴桑詩繫年定此詩作於義熙七年辛亥(四一一),其説主要據庚戌歲九月中於西田穫早稻詩,謂淵明於義熙五年移居西廬,耕於西田,至義熙七年辛亥春,恰是躬耕西田三歲之始,故曰「新疇復應畬」。(見陶淵明新論)按,王譜以爲和酬劉柴桑二詩作于永初元年(四二〇),可明確斷其非,因劉柴桑早在五年前的義熙十一年即已辭世。歸去來兮辭曰:「將有事於西疇。」西田既又稱西疇,則淵明躬耕西田決非始於義熙六年,至遲當不晚于作歸去來兮辭的義熙元年(四〇五)。西田是熟田,亦非「新疇復應畬」之新田。爾雅釋地:「田一歲曰菑。」郭璞注:「今江東呼初耕地反草爲菑。」若庚戌歲始耕「新疇」西田,則僅殺草的初耕地當年豈能穫早稻?可見,李説難以取信。據歸園田居詩「開荒南畝際」,「我土日已廣」等語,知淵明於義熙二年(四〇六)在南畝旁開墾新田。本詩「新疇復應畬」之新疇,蓋指南畝旁之新田。爾雅釋地:「三歲曰畬。」自義熙二年至五年,已滿三年,正是新田應畬之時。故此詩作於義熙五年己酉(四〇九)之春,淵明舊居失火之明年。王瑶注是。

〔二〕招:説文:「招,手呼也。」楚辭惜誦:「有招禍之道。」王逸注:「招,召也。」廣雅釋詁二:「招,呼也。」文選左思招隱詩:「杖策招隱士,荒塗横古今。」

〔三〕直:但,止。魏晉常語,世説新語言語:「吾無所憂,直是清虚日來,滓穢日去耳。」

〔四〕索居:離羣獨處。禮記檀弓上:「吾離羣而索居。」鄭玄注:「索,猶散也。」摯虞答杜育詩:「老夫灌灌,離羣索居。」按,以上四句以委婉口氣説明不從劉遺民招請的原因。方東樹昭昧詹言卷四：「起四句注言劉招公入社，而公不往。甚淺甚陋。此皆謂劉初仕而今還也。」其說非。

〔五〕西廬：王譜永初元年條下據和劉柴桑、酬劉柴桑、移居諸詩，以爲淵明「初自西廬移南村」，「尋還西廬，度相距亦不遠」。何注：「指上京之舊居。」丁注駁何注，謂「此乃指自上京移居之南村而言。」按，此詩中西廬何指，對于淵明徙居事頗有關係。考陶淵明集，上京舊居稱「舊居」、「舊宅」、「故居」。如悲從弟仲德詩：「銜哀過舊宅。」阻風於規林詩：「計日望舊居。」還舊居詩：「履歷周故居。」據此，何注謂西廬指上京之舊居，其說並無根據。南村亦稱南里，而淵明移居南村在義熙十一年（四一五）（參見移居詩注）。故西廬決非位於南村，竊以爲西廬乃舊居和南村之外的又一居所。淵明舊宅於義熙四年燬後，暫居門前水濱舫舟之上，然此終非久長之計，或重整舊宅，或另徙他處，此理所必然者也。悲從弟仲德詩云「銜哀過舊宅」，既曰「過」，說明淵明作該詩時已不在舊宅。還舊居詩云「疇昔家上京，六載去還歸。今日始復來，惻愴多所悲」。亦可證淵明上京故居燬後移居他處，多年後始還舊宅，並非修葺而住止義熙十一年移居南村時。合移居、還舊居等詩觀之，王譜「初自西廬移南村」一語可取，唯西廬不指上京舊居，且距上京較遠，故離舊居後多年不復至。據詩中「茅茨已就治，新疇復應畬，谷風轉淒薄，春醪解飢劬」等語，淵明自舊居徙居西廬當在義熙五年春，六載後再自西廬移居南村。

〔六〕茅茨：漢書卷六二司馬遷傳：「茅茨不翦。」顏師古注：「屋蓋曰茨。茅茨，以茅覆屋也。」帛道猷與竺道壹書：「茅茨隱不見。」按，此就治之茅茨，指徙居之西廬，非謂去年六月燒燔之上京舊居。

〔七〕新疇：新田。畬：爾雅釋地：「田，一歲曰菑，二歲曰新田，三歲曰畬。」

〔八〕谷風：詩小雅谷風：「習習谷風，維風及雨。」鄭玄箋：「東風謂之谷風。」文選陸機赴洛道中作詩：「谷風拂脩薄。」逯注：「詩經邶風谷風：『習習谷風，以陰以雨。』言夫妻關係之變，詩用此義。」按，本詩「谷風」句是寫實，逯注非。

〔九〕劬：疲勞。詩邶風凱風：「母氏劬勞。」

〔一〇〕「弱女」二句：有三説：一説弱女喻薄酒。李注引趙泉山曰：「以弱女喻酒之醨薄，飢則濡枯腸，寒則若挾纊，曲盡貧士嗜酒之常態。」沈德潛古詩源卷八：「弱女非男，喻酒之薄也。」古注：「魏志徐邈傳：『平日醉客，謂酒清者爲聖人，濁者爲賢人。』世説新語術解：『桓公有主簿，善別酒。好者謂青州從事，惡者謂平原督郵。』魏晉人每好爲酒品目，靖節亦復爾爾。」一説指劉柴桑以無男爲憾。吴注：「王棠曰：柴桑有女無男，潛心白業，酒亦不欲，想必以無男爲恨，故公以達者之言解之。」方東樹昭昧詹言卷四駁沈德潛云：「弱女句或劉本無男，乃見真妙。而沈德潛以爲喻酒之薄，無論陶公無此險薄輕儇筆意，而於詩亦氣脈情景俱澆漓矣。」一説指淵明弱女，楊恪年譜：「和劉柴桑詩云『弱年雖非男，慰情良勝無』，公蓋未有子，先得女也。」（見金程宇高麗大學所藏精刊補注東坡和陶詩話及其價值，載文學遺産二〇〇八年五期）錢謙益己丑元日試筆詩二首之二：「淵明弱女咿嚘候，孺仲賢妻涕淚餘。」（有學集秋槐詩文集）陶注則持執中態度，謂「趙以弱女爲比，王則賦也，説並通，兩存之」。按，以上數説，當以第一解較勝。據陳舜俞廬山記，劉遺民臨終前，「命子雍積土爲墓，勿用棺槨」。廣弘明集卷二七釋慧遠與隱士劉遺民書注略同。可見劉并非有女無男。至於牧齋之意尤不確。淵明責子詩明言有五男兒。

〔一一〕栖栖：忙碌不安貌。論語憲問：「丘何爲是栖栖者與？」

〔一二〕「歲月」句：陶注引何焯曰：「共相疏，我棄世，世亦棄我也。」

〔一三〕「耕織」二句：與和郭主簿詩「營己良有極，過足非所欽」二句同意。

〔一四〕翳如：隱没。

【集評】

蔣薰評陶淵明詩集卷二：「酬和劉柴桑二詩，情真趣適。雖寄世中，却游人外。潯陽三隱。如遺民乃知己，非續之可比也。」

陳祚明采菽堂古詩選卷十三：「真率淋漓，以爽筆抒達旨，此陶公所爲擅場，如此詩乃真漢人。」

温汝能陶詩彙評卷二：「陶公本傳，時周續之入廬山，事釋慧遠，彭城劉遺民亦遯跡荒山，淵明又不應徵命，謂之潯陽三隱。時遺民招淵明廬山結白蓮社，淵明雅不欲預名社列，但時復往還於廬阜間，故詩中起數語云云。以下直抒胸臆，毫無粘着。陶詩真曠，其品格固高出於晉人，亦非唐人所能及也。」

方宗誠陶詩真詮：「『耕織稱其用，過此奚所須，去去百年外，身名同翳如』。得君子居易以俟命之義。素位而行，不願乎外，利念名念掃除浄盡，豈可以曠達目之？」

酬劉柴桑〔一〕

窮居寡人用〔二〕，時忘四運周〔三〕。櫚庭多落葉，慨然知已秋。新葵鬱北墉〔四〕，嘉穟養南疇。今我不爲樂，知有來歲不〔五〕？命室攜童弱〔六〕，良日登遠遊〔七〕。

【校記】

櫚庭　「櫚」，陶本原校：「焦本作『空』，云，一作『櫚』，非。」曾本、汲古閣本云，一作「門」，又作「空」，或作「櫩」。逯注：「案，紹興本作閭。」按，説文：「閭，里門也。」作「空」亦佳。

知已秋　「知已」，陶本原校：「一作『已知』。」焦本作「已知」。

北墉　「墉」，陶本原作「牗」。曾本云，一作「牗」。蘇寫本、汲古閣本同。按，文選陸機園葵詩：「幸蒙高墉德，玄景蔭素蕤。」李善注：「爾雅曰：『牆謂之墉。』」作「墉」是。

養南疇　「養」，陶本原校：「焦本作『眷』，云，一作『養』，非。」曾本、汲古閣本云，一作「卷」，又作「眷」。蘇寫本作「卷」。

良日登遠遊　「日」，曾本、汲古閣本云，一作「曰」。按，「曰」乃形誤。「登」，陶本原作「發」。

今據各本改。

【箋注】

〔一〕歷來注家多以爲此詩與和劉柴桑詩同作於義熙五年（四〇九）。據詩中描寫的居室環境，很可能是遇火前所作。詩云：「命室攜童弱。」釋名釋長幼：「十五曰童。」正字通：「童，男十五以下謂之童子，童，獨也，言未有室家也。」史記卷一五帝本紀：「弱而能言。」索隱：「弱謂幼弱時也。」「潘岳有哀弱子篇，其子未七旬曰弱。」淵明止酒詩云：「大歡止稚子。」責子詩云：「阿舒已二八。」則此詩作年當在責子詩前，與止酒詩相近。今暫繫於義熙三年丁未（四〇七）。

〔二〕人用：猶人行。用，行事，行動。詩邶風雄雉：「不忮不求，何用不臧。」

〔三〕四運周：謂四時周環回復。曹植朔風詩：「四氣代謝，懸景運周。」潘岳在懷縣作詩：「春秋代遷逝，四運紛可喜。」鮑照歲暮悲詩：「日夜改運周。」

〔四〕葵：葵菜。詩豳風七月：「七月烹葵及菽。」

〔五〕「今我」二句：漢樂府瑟調曲西門行：「今日不作樂，當待何時。」古詩：「今日尚不樂，當復待何時？」蘇軾東坡題跋卷二書淵明酬劉柴桑詩：「陶彭澤云：『今我不爲樂，知有來歲不？』此言真可爲惕然也。」

〔六〕室：妻。此指繼室翟氏。禮記曲禮上：「三十有壯，有室。」鄭玄注：「有室，有妻也。」

〔七〕登：詩大雅崧高：「登是南邦。」毛傳：「登，成也。」按，秀溪陶氏族譜謂「良日登遠遊」

是指丙辰（義熙十二年）冬，淵明與翟氏攜幼子佟還宜豐。其説不可信，參見本書附録三陶氏宗譜中之問題。

【集評】

蔣薰評陶淵明詩集卷二：「此詩只説自己窮愁行樂，絶無酬答語，故知陶、劉相契在形迹外。」

吴瞻泰陶詩彙注卷二：「此詩是靖節樂天之學。」

和郭主簿二首〔一〕

藹藹堂前林〔二〕，中夏貯清陰〔三〕。凱風因時來，回飈開我襟〔四〕。息交遊閒業〔五〕，卧起弄書琴〔六〕。園蔬有餘滋〔七〕，舊穀猶儲今。營己良有極，過足非所欽〔八〕。舂秫作美酒，酒熟吾自斟。弱子戲我側，學語未成音。此事真復樂，聊用忘華簪〔九〕。遥遥望白雲，懷古一何深〔一〇〕。

【校記】

和郭主簿二首　陶本無「二首」二字。陶本原校：「李本有『二首』字。」今據李本補。

堂前林　「前」，曾本云，一作「北」。

貯清陰　「貯」，曾本、汲古閣本云，一作「復」，又作「駐」，又作「佇」。蘇寫本云，一作「復」。

我襟　「襟」，曾本、汲古閣本云，一作「心」。

息交遊閒業　陶本原作「息交逝閒臥」。今據各本改。「交」，曾本云，一作「友」，又云，一作「息交逝閒臥」，「逝」一作「誓」。汲古閣本同。

臥起　陶本原作「坐起」。今據曾本、蘇寫本、湯本、李本改。曾本云，一作「坐起」，「坐起」，一作「起坐」。汲古閣本同。

戲我側　「側」，曾本、汲古閣本云，一作「前」。

【箋注】

〔一〕郭主簿：事蹟不詳。據命子詩，淵明長子儼約生於太元十九年甲午（三九四）；又據責子詩「阿舒已二八」，「通子垂九齡」，可知幼子佟少長子儼八歲，生於元興元年壬寅（四〇二）。詩云「弱子戲我側，學語未成音」。弱子指幼子佟，未成音乃二三歲光景，則此詩約作於元興二年癸卯（四〇三），淵明三十五歲時，其時因母喪居憂。

〔二〕藹藹：文選束皙補亡詩：「瞻彼崇丘，其林藹藹。」李善注：「藹藹，茂盛貌。」湛方生懷春賦：「桑藹藹而敷榮。」

〔三〕中夏：仲夏。貯：説文：「貯，積也。」

〔四〕「凱風」二句：凱風，爾雅釋天：「南風謂之凱風。」詩邶風凱風：「凱風自南，吹彼棘薪。」回飇：回風。飇，本作「猋」，也作「飆」、「飇」。爾雅釋天：「猋風暴雨總至。」鄭玄注：「回風爲猋。」文選潘岳在懷縣作詩：「涼飈自遠集，輕襟隨風吹。」陶詩本此二句。

〔五〕息交：謂停止交游。歸去來兮辭：「請息交以絶游。」遊：遊心。閒業：指棋琴書畫等藝技。丁注：「閒業，當爲六藝，即下所謂弄書琴也。此即論語游於藝之意。」

〔六〕卧起：湯注：「蘇武傳：『卧起操持。』」弄書琴：晉書卷九四戴逵傳：「與琴書爲友。」

〔七〕餘滋：多味。滋，美味。禮記月令：「薄滋味。」郭璞山海經圖讚白莕：「食之辟穀，味有餘滋。」

〔八〕「營己」二句：嵇康養生論：「耕而爲食，蠶而爲衣，衣食周身，則餘天下之財。猶渴者飲河，快然以足，不羡洪流，豈待積斂然後乃富哉？」按，此詩「營己」二句、和劉柴桑詩「耕織稱其用，過此奚所須」二句、雜詩其八「豈期過滿腹，但願飽粳糧」二句，均申道家富莫大于知足之義。

〔九〕華簪：喻富貴顯赫。簪用來固冠，仕宦者用之。文選左思招隱詩：「聊欲投吾簪。」

〔一〇〕「遥遥」二句：朱自清評古直陶靖節詩箋定本：「按莊子天地篇：華封人謂堯曰：『夫聖人鶉居而鷇飲，鳥行而無彰。天下有道，則與物皆昌。千歲厭世，去而上仙，乘彼白雲，至於帝鄉。三患莫至，身無常殃，則何辱之有！』懷古也許懷的是這種乘白雲至帝鄉的人。」按，歸去來兮辭云：「富貴非我願，帝鄉不可期。」淵明明言「帝鄉不可期」，朱説不確。「遥遥」二句乃實寫詩人遥望白雲、悠想遠古之狀。劉履選詩補註卷五謂此詩「末言遥望白雲，深懷古人之高迹，其意遠矣。」其説是。

【集評】

劉履選詩補注卷五：「此詩雖因和人，而直寫己懷。但據見在不爲過求，而目前所接莫非真樂，是則世之榮利，豈有可動其中者哉！末言遥望白雲，深懷古人之高迹，其意遠矣。」

王夫之古詩評選卷四：「寫景浄，言情深，乃不負爲幽人之作。」

邱嘉穗東山草堂陶詩箋卷二：「此陶公自述其素位之樂，真不以貧賤而有慕於外，不以富貴而動於中者，豈矯情哉！」

和澤周三春，清涼素秋節〔一〕。露凝無游氛〔二〕，天高肅景澈〔三〕。陵岑聳逸峰〔四〕，遥瞻皆奇絶。芳菊開林耀〔五〕，青松冠巖列〔六〕。懷此貞秀姿，卓爲霜下傑。銜觴念幽人〔七〕，千載撫爾訣〔八〕。檢素不獲展，厭厭竟良月〔九〕。

【校記】

和澤周三春　「澤」，曾本、汲古閣本云，一作「風」。「周」，曾本、汲古閣本云，一作「同」。按，曹植贈王粲詩：「重陰潤萬物，何懼澤不周。」周易繫辭上韓康伯注：「至變者，體一而無不周。」鮑照蒜山被始興王命作詩：「勞農澤既周。」作「周」是，周，遍也。

清涼素秋節　陶本原校：「何校宣和本作『華華涼秋節』。」曾本、汲古閣本作「華華涼秋節」，云，一作「清涼華秋節」，又作「清涼素秋節」。逯本從曾本作「華華涼秋節」，注云：「華華原當作垂垂，華、垂舊書形近易訛。垂垂，漸漸。言漸近涼秋節氣。」按，逯注非。作「清涼素秋節」是，參見注〔一〕。

肅景澈　「肅」，陶本原校：「各本作『風』，何校宣和本、汲古閣本、緑君亭本作『肅』，今從之。」曾本、汲古閣本作「風」，云，一作「肅」；「澈」一作「冽」。蘇寫本、湯本、李本、焦本作「風」。按，作「肅」、「澈」是，參見注〔三〕。

陵岑　「陵」，曾本、汲古閣本云，一作「凌」，又作「峻」。

霜下傑　「霜」，蘇寫本作「山」，云，一作「霜」。按，蘇彦秋夜長：「金菊吐翹以凌霜。」「霜下傑」即爲「凌霜」之姿，故作「霜」是。

檢素　「檢」，曾本、汲古閣本云，一作「儉」。

良月　「良」，曾本、汲古閣本云，一作「終」。

【箋注】

〔一〕素秋節：文選張華勵志詩：「星火既夕，忽焉素秋。」李善注：「爾雅曰：『秋爲白藏，故云素秋。』」陸機秋詠詩：「肅肅素秋節，湛湛濃露凝。」文選劉琨重贈盧諶詩：「朱實隕勁風，繁英落素秋。」

〔二〕游氛：飄動着的霧氣。文選潘岳秋興賦：「游氛朝興，槁葉夕殞。」

〔三〕肅景：肅殺之景，指秋景。文選張翰雜詩：「龍蟄暄氣凝，天高萬物肅。」李善注：「毛詩曰：『九月肅霜。』毛萇曰：『肅，縮也。霜降而收縮萬物也。』尸子曰：『西方爲秋，秋，肅也。』」按，「露凝」二句與張翰詩意相近。逯注：「風景，當作夙景。蓋音近誤肅，形訛爲風。夙景，早晨景象。」其說非。

〔四〕陵岑：高嶺。

〔五〕「芳菊」句：文選潘岳秋興賦：「菊揚芳於崖澨。」文選江淹雜詩：「時菊耀巖阿，雲霞冠秋嶺。」李善注：「潘安仁河陽詩：『時菊耀秋華。』」

〔六〕「青松」句：冠，覆蓋。張衡東京賦：「結雲閣，冠南山。」郭璞蜜蜂賦：「青松冠谷。」謝萬蘭亭詩：「修竹冠岑。」

〔七〕幽人：指隱士。

〔八〕撫：持，把握。爾：指松菊。一説指幽人。方東樹昭昧詹言卷四：「爾即指幽人也。解者謂指松菊，則於下文勢不通矣，因松菊以興起幽人耳。」按，此説非，上句既已言及幽人，若此句「爾」作幽人解，文意重複。陶注：「蓋謂千載幽人，無不抱此松菊之操，撫之而志節益堅，以今準古，亦猶是也。」其說是。訣：訣要，方法。引申爲要道、法則。列子説符篇：「衛人有善數者，臨死以訣喻其子。」謝朓和蕭中庶直石頭詩：「方追隱淪訣，偶解金丹要。」一説「訣」義爲「訣別」。黃文煥陶詩析義卷二：「千載之内幽人不可見，但與此霜傑永訣耳！」張玉穀古詩賞析卷十三：

「千載撫爾訣，謂訣别之久，幾如千載也。」古注亦釋「訣」爲别。按，若釋「訣」爲「訣别」，則「千載」句義不可曉。此詩下半首極讚松菊，黄氏稱淵明「與此霜傑永訣」，大誤。

〔九〕「檢素」二句：意謂得不到對方（指郭主簿）信札，於清秋月明之夜，厭厭寡歡。厭厭：濡弱不振貌。阮籍大人先生傳：「亭亭在須臾，厭厭將復隆。」世説新語品藻：「廉頗、藺相如雖千載上死人，懔懔恒如有生氣。曹蜍、李志雖見在，厭厭如九泉下人。」檢素，謂檢點書信。不獲展，謂不通音訊。一説檢素爲「自檢平素」。陶注：「自檢平素，有懷莫展，厭厭寡緒，其誰知之乎？」此説亦通。

【集評】

黄文焕陶詩析義卷二引沃儀仲曰：「天高景徹，乃可遥瞻，信筆皆工於體物。」

蔣薰評陶淵明詩集卷二：「二詩前自述，言閒業之樂；後懷人，動銜觴之思。和言不獨酬答，亦有次第。」

於王撫軍座送客〔一〕

秋日淒且厲，百卉具已腓〔二〕。爰以履霜節〔三〕，登高餞將歸〔四〕。寒氣冒山澤〔五〕，游雲倏無依〔六〕，洲渚四緜邈〔七〕，風水互乖違〔八〕。瞻夕欣良讌，離言聿云悲〔九〕。晨鳥暮來還，懸車斂餘暉〔一〇〕。逝止判殊路〔一一〕，旋駕悵遲遲。目送回舟遠，情隨萬化遺〔一二〕。

【校記】

王撫軍座　「座」，陶本原作「坐」。曾本、汲古閣本云，一作「座上」。今據曾本、汲古閣本改。

秋日　「秋」，曾本、湯本、汲古閣本皆作「冬」。李本、焦本作「秋」。李本又云，集本作「冬」，傳寫之誤。按，作「秋」是，參見注〔二〕。

倏無依　「倏」，曾本、汲古閣本云，一作「永」。

四綿邈　「四綿」，陶本原作「四緬」。曾本作「思綿」，云，一作「四緬」。湯本、汲古閣本同。按，緬邈與綿邈均有遥遠之意。文選左思吴都賦：「島嶼綿邈，洲渚馮隆。」李善注：「綿邈，廣遠貌。」廣雅：「緬邈，遠也。」然緬邈含有幽遠而瞻望弗及之意，如文選潘岳寡婦賦：「遥逝兮逾遠，緬邈兮長乖。」桓玄與釋慧遠書勸罷道：「夫神道緬邈。」此詩「洲緒四綿邈」句可能從吴都賦化來，故作「綿邈」較勝。

欣良讌　「欣」，陶本原校：「一作『欲』。非。」曾本作「欲」，云，一作「欣」。湯本、汲古閣本同。李本作「欲」。

離言　「言」，陶本原作「筵」。各本皆作「言」。今據改。

晨鳥暮來還　曾本、汲古閣本云，一作「晨鷄總來歸」。

懸車　「車」，陶本原校：「一作『崖』。湯本作『車』。」曾本、汲古閣本云，一作「崖」。蘇寫本作「崖」，云，一作「車」。按，作「車」是，參見注〔一〇〕。

逝止　「逝」，曾本作「遊」，云，一作「逝」。湯本、汲古閣本同。焦本云，一作「遊」，非。按，作「逝」是，參見注〔一〕。

回舟遠　「遠」，曾本云，一作「往」。湯本、汲古閣本同。

【箋注】

〔一〕王撫軍，江州刺史王弘，時爲撫軍將軍。宋武帝永初元年庚申（四二〇）秋，王弘於尋陽溢口送客，邀淵明在座。淵明即席賦此詩。關於此詩之作年及王撫軍所送之客爲誰，歷來有異說，參見【集説】。

〔二〕「百卉」句：詩小雅四月：「秋日淒淒，百卉俱腓。」毛傳：「腓，病也。」

〔三〕履霜節：下霜季節，指九月。履霜，行於霜上。詩魏風葛屨：「糾糾葛屨，可以履霜。」詩豳風七月：「九月肅霜。」

〔四〕「登高」句：楚辭九辯：「登山臨水兮送將歸。」

〔五〕冒：文選曹植公讌詩：「朱華冒緑池。」李善注：「毛萇詩傳曰：『冒，覆也。』」

〔六〕游雲：行雲也。文選成公綏嘯賦：「飄游雲於泰清，集長風乎萬里。」

〔七〕洲渚：水中陸地。爾雅釋水：「水中可居者曰洲，小洲曰渚。」

〔八〕乖違：相背。干寶山亡論：「寒暑乖違。」鮑照代邽街行詩：「親好久乖違。」

〔九〕離言：離別之言。聿：語助詞，無義。漢書卷三六劉向傳引小雅角弓：「見晛聿消。」顔師古注：「聿，辭也。」

〔一〇〕懸車：指太陽。吴注：「淮南子天文訓：『日出于暘谷，至于悲泉，爰止其女，爰息其馬，是謂懸車。』」又，阮籍詠懷詩：「懸車在西南。」陸雲歲暮賦：「顧懸車而日昃。」

〔一一〕逝：謂行者。止：謂留者。文選陸機文賦：「雖逝止之無常，固崎錡而難便。」李善注：「逝止，由去留也。」葛洪抱朴子對俗：「其逝止或異，何也。」判殊路：判然異途。文選潘岳秋興賦：「苟趣舍之殊塗兮。」吴注：「汪洪度曰：逝，指庾與謝也。一被徵，一爲豫章太守，皆宋武帝時出仕之人，所謂逝也。己獨閒居，所謂止也，殊路從此判然，安知税駕何日哉。微露其意，妙在不覺。」

〔一二〕萬化：此指天地萬物之變化。嵇康難張遼叔宅無吉凶攝生論：「故能獨觀於萬化之前。」按，陶詩中「化」、「大化」、「萬化」、「化遷」有兩義，一指天地萬物之變化，一指生命自始至終之變化。遺：孔子家語五刑：「長幼無序而遺敬讓。」注：「遺，忘也。」淮南子主術訓：「必遺天下之大數。」高誘注：「遺，失也。」

【集説】

此詩作年及王撫軍所送之客爲誰，歷來有異説。丁譜繫於義熙十四年戊午（四一八）。梁譜、傳譜同。顧譜繫于元熙元年己未（四一九）。李注、陶注謂此詩作于宋武帝永初二年辛酉（四二一）。李注：「按年譜，此詩宋武帝永初辛酉秋作也。宋書：『王弘字休元，爲撫軍將軍、江州刺史，庾登之爲西陽（今黄州）太守，被徵還，謝瞻爲豫章（今洪州）太守，將赴郡，王弘送至湓口（今尋陽之湓浦），三人於此賦詩叙别。是必休元邀靖節預席餞行，故文選載謝瞻即集别詩，首章紀座間四人。』」陶注引李注後加按語云：「今文選瞻序僅紀三人，無先生名字，豈宋本有之，今本奪去耶？通鑒永初二年，謝瞻爲豫章太守，則此詩決當作於是歲，明年則瞻死矣。」解釋文選謝宣遠詩序所記只有王弘、庾登之、謝瞻自己三人，没有淵明名字，可能是宋本有，而今本脱落了。古譜「永初二年辛酉」條亦有與陶注同樣的懷疑，説：「李注殆全襲選注，但此詩所紀，止休元、登之、及瞻自己，李云四人，誤也。」王瑶注、逯繫年皆以爲作于永初二年（四二〇）。李辰冬陶淵明評論謂此詩作于元嘉元年（四二四），並稱李注不確，文選謝宣遠王撫軍庾西陽集别時爲豫章太守庾被徵還東詩與陶淵明于王撫軍座送客詩不是一時之作。又説淵明所送客非謝瞻與庾登之，而是龐參軍，證據如下：「上邊講陶、龐的再遇是在冬季，這首詩的背景是冬季；陶、龐是『龐爲衛軍參軍從江陵使上都過尋陽』時（見四言答龐參軍序）再見的，而龐氏『爲衛軍使江陵又從江陵使上都』（據陶澍考），這是回上都，所以詩説：『登高餞將歸……』，『目送回舟遠』，也祇有與龐參軍離别纔足以説：『離言聿云悲……逝止判殊路，旋駕悵遲遲。』」（李辰冬陶淵明評論三版，臺北，一九九一年。）方祖燊陶淵明王弘與陶潛詳考宋書庾登之傳、謝瞻傳及有關史料，以爲「庾登之由西陽太守入爲太子庶子，可能是在晉恭帝元熙元年冬十二月或宋武帝永初元年（四二〇）秋八月後，義符剛立爲宋太子或皇太子的時候。陶潛詩的起句，若是『冬日淒且厲』，那就是元熙元年；若是『秋日淒且厲』，那就是永初元年，都跟歷史相合，可以説得通。若是永初二年，反而不好解説了。」鄧譜據方氏考證，謂此詩首句當作「秋日」，淵明詩作于永初元年九月。

按，上述諸説，以方祖燊、鄧譜所説可信。今補證如下：文選卷二〇謝宣遠王撫軍庾西陽集別時爲豫章太守庾被徵還東一首，李善注：「沈約宋書曰：『王弘爲豫州之西陽、新蔡諸軍事、撫軍將軍、江州刺史。庾登之爲西陽太守，入爲太子庶子。』集序曰：『謝還豫章，庾被徵還都，王撫軍送至湓口南樓作。』」李善又注：「瞻時爲豫章太守。」證以謝宣遠詩，淵明於王撫軍座送客詩所寫，即王弘邀淵明餞送謝瞻和庾登之之事。古譜、李辰冬以爲謝瞻詩所紀，只是休元、登之及瞻自己，而李注云「首章紀座間四人」爲誤。王叔岷則説：「謝詩『方舟新舊知』，李善注：『舊知，庾也。』新知，蓋爲陶公。則謝詩所紀，實休元、登之、陶公及瞻自己四人。」王氏所言乃據文選胡刻本。謝詩「方舟新舊知」句，文選六臣注本、古詩紀、古詩鏡諸本均作「方舟析舊知」。胡氏考異卷四王撫軍庾西陽集別詩「方舟新舊知」句下注：「袁本、茶陵本『新』作『析』是。」故「新」當作「析」。李善注這一句説：「舊知，庾也。」若作「新」，李善不會不注。這可證明李善所見，即是「方舟析舊知」。析，分開，離散也。由此看來，王氏據「方舟新舊知」句稱「新知」爲陶公就有問題。而陶考、古譜説文選謝宣遠詩序止記王弘、庾登之、謝瞻自己三人，無淵明名字，李注不確。這是符合事實的。

謝詩序確實僅記三人，詩中「舊知」指王撫軍、庾西陽，則謝詩與淵明於王撫軍座送客詩是否同記一事？王撫軍送客，别筵間有否淵明？以上兩點遂成疑問。鄙意以爲謝詩雖不記淵明之名，但兩詩同記一事仍有可能。蓋二詩所記皆是王撫軍送客，則王撫軍餞送謝瞻、庾登之時，邀淵明預席並非一無可能。至於謝詩僅記三人，不記淵明，因爲王撫軍、庾西陽乃是「舊知」，而淵明雖爲王撫軍所邀，終究是隱士，又是初識，不記也不是不合情理。反觀淵明之作，詩題僅記王撫軍，詩中止寫别離之意，毫不涉及席間客人。因謝、陶兩人初交，非是「舊知」，況「逝止判殊路」，仕隱殊途。故鄙意以爲謝詩止記三人，不及淵明，此疑問猶可解釋。

據宋書卷二武帝紀、資治通鑒卷一一九，元熙元年十二月，宋王劉裕世子義符爲太子，永初元年八月，立太子義符爲皇太子。可知庾登之被徵入都時間，或在元熙元年十二月，或在永初元年八月之後。此詩首二句説：「秋日淒且厲，百卉具已腓。」「秋」雖或作「冬」，然此二句由詩小雅四月「秋日淒淒，百卉俱腓」變化而來，下又接以「爰以履霜節」，「履霜節」指九月（詩豳風七月：「九月肅霜。」），由此大體可確定此詩作於秋日，且必在永初元年八月後。又宋書卷五六謝瞻傳載，永初二年，瞻在郡遇疾，其弟謝晦聞疾奔往。後瞻疾篤還都，高祖以晦禁旅，不得去宿，使瞻居於晉南郡公主婿羊賁故第，瞻臨終遺晦書云云，可證瞻卒於京都城郊。永初二年秋天，瞻未有實際上也不可能有從都赴豫章事。故此詩作于永初元年秋天無疑。而永初二年之説，既與庾登之被徵入都時間不合，亦與謝瞻遇疾至卒的情事不合也。

至於李辰冬謂王撫軍送客之客乃龐參軍，此說既與史實不符，亦與他本人的考證牴牾。據宋書卷三武帝紀：永初三年（四二二）春正月，「撫軍將軍、江州刺史王弘進號衛將軍、開府儀同三司、太子詹事」。宋書卷四二王弘傳同。故可確定，於王撫軍座送客詩當作于永初三年之前，王弘在尋陽，爲撫軍將軍，江州刺史。李氏既稱王弘于永初三年入朝，龐參軍乃作王弘衛軍參軍，又說淵明四言答龐參軍詩作于宋文帝元嘉元年（四二四），與於王撫軍座送客詩同時作。然不論永初三年或元嘉元年，王弘已入朝進號衛將軍，何來王撫軍在尋陽送龐參軍之事？李氏又說龐參軍即是宋傳中王弘欲識淵明，乃令故人龐通之齎酒于半道栗里要之的那個龐通之。此說誤甚。龐參軍是淵明結識僅二年的新交，而龐通之乃淵明「故人」，非是一人。李氏又說：「龐通之既齎酒具半道栗里要之，一定得有藉口，很有可能就是聲言王弘給他餞行，所以王弘來『亦無忤也』。」愈說愈離奇，不可采信。

【集評】

許學夷詩源辨體卷六：「靖節詩有王撫軍座送客一首，句法工煉，與靖節不類，疑晉宋諸家所爲。又五月旦作，意雖類陶，而語不類。飲酒末篇，語意俱類，至『若復不快飲，空負頭上巾』，又疑附會。」

丁福保陶淵明詩箋註卷二引程穆衡曰：「庾入朝，謝赴郡，王還治，皆逝者也。止者斯旋，篤可矣，復何悵爲。雖然，於此而不動念者，非人情也。聖人必無非人情之事，此老莊、吾道之别也。若夫舟既遠而此情猶不遺，尚得爲人乎？我見朱軒繡轂，帳飲餞歸者，不過亦如游雲晨鳥，同爲萬化之一耳。縱化忽及我，而我自能遺化，斯善於觀化焉。」

方東樹昭昧詹言卷四：「此僅於詞足盡意，而綿邈清綺，一往真味，景與情俱帶畫意。起四句叙題；『寒氣』四句地；『瞻夕』四句時；收四句情。」

與殷晉安別〔一〕并序

殷先作晉安南府長史掾〔二〕，因居尋陽，後作太尉參軍〔三〕，移家東下，作此以贈。

遊好非少長〔四〕，一遇盡殷勤。信宿酬清話〔五〕，益復知爲親。去歲家南里〔六〕，薄作少時鄰〔七〕。負杖肆遊從〔八〕，淹留忘宵晨。語默自殊勢〔九〕，亦知當乖分〔一〇〕。未謂事已及，興言在茲春。飄飄西來風，悠悠東去雲。山川千里外，言笑難爲因〔一一〕。良才不隱世〔一二〕，江湖多賤貧〔一三〕。脱有經過便〔一四〕，念來存故人〔一五〕。

【校記】

與殷晉安別　陶本於題下原有「景仁名鐵」四字。李本同。今删。

少長　陶本原校：「何校宣和本作『少長』。各本作『久長』。」「少」，曾本、汲古閣本作「久長」，云，一作「少」。焦本作「久長」，云，一作「少」，非。按，作「少」是，參見注〔四〕。

盡殷勤　「盡」，曾本、汲古閣本云，一作「定」。

東去　曾本、汲古閣本云，一作「歸東」。

良才　曾本云，一作「才華」。蘇寫本、湯本、汲古閣本同。

【箋注】

〔一〕舊説皆以爲殷晉安指殷景仁。此説始於吴譜。吴譜義熙七年辛亥條云：「按宋書武帝紀，此年改授太尉。又按殷景仁傳，爲宋武帝太尉行參軍。則所謂殷晉安，即景仁也。先生方避世，而景仁乃就辟，故其詩云：『語默自殊勢，亦知當乖分。』又言『興言在茲春』，則此詩在春月作。」後李本於詩題下書「景仁名鐵」四字，殆從吴譜所致。然檢現存宋本，皆無「景仁名鐵」四字。繼之顧譜、陶考、梁譜、古譜、逯繫年及古今注家，皆謂殷晉安即宋書、南史有傳之殷景仁，或謂本詩作於義熙六年，或謂作於義熙七年，或謂作於義熙八年，其異蓋源於劉裕加太尉及殷景仁作劉毅後軍參軍時間的考訂之不同。至鄧譜一反舊説，以爲殷晉安指蓮傳所載之晉安太守殷隱；本詩序文「殷先作晉安南府長史掾」一語中之晉安，乃晉安太守之省文；南府乃南中郎將軍府之省文，義熙中孟懷玉曾以南中郎將、江州刺史鎮尋陽；長史指南中郎將府的長史；掾指南中郎將府的曹掾。殷一身而三任，即以南中郎將府的長史領晉安太守兼曹掾。鄧譜又據孟懷玉於義熙十一年卒于江州任所，謂殷晉安作太尉參軍移家東下在義熙十二年春。按，鄧譜考證精密，發千百年未發之覆，今從之。考宋書卷六三殷景仁傳，景仁歷任劉裕太尉行參軍等職，從未任過晉安太守，此亦反證殷晉安非殷景仁。又，南中郎將常開府江州。文選任昉齊竟陵文宣王行狀：「宋鎮西晉熙王、南中郎邵陵王並鎮盆口。」李善注：「邵陵殤王友，字仲賢，明帝第七子也，年五歲，出爲南中郎將，江州刺史、邵陵王。」資治通鑑卷一百二十七：「南中郎二十年少，能建如此大事，豈復可量。」胡三省注：「時武陵王駿爲南中郎將，江州刺史。」蓮傳張野傳載：「州舉秀才，南中郎府功曹，州治中，徵拜散騎常侍，俱不就。」皆可證「南府」即江州南中郎將府之省文。丁注引陶詩程傳，以爲「晉安南府」指晉安郡之南郡。非是。

〔二〕晉安：殷隱作晉安郡太守，此以地名稱其官職。據宋書卷三六州郡志，晉安郡乃晉武帝太康三年（二八二）分建安郡立，隸屬江州。長史：軍府的主要僚屬。宋書卷三九百官志上：「晉初凡位從公以上，置長史、西閣、東閣祭酒、西曹、東曹掾、户曹、倉曹、賊曹屬各一人。」掾：分曹治事的屬吏。

〔三〕太尉：指劉裕。據宋書卷二武帝紀中、資治通鑑卷一一六，安帝義熙七年辛亥（四一一）三月，劉裕始受太尉。

〔四〕「遊好」二句：李注：「懶真子云：其意云，吾與子非少時長久遊從也。但今一相遇，故定交耳。」遊好，友好也。南史卷一五徐君蒨傳：「朋從遊好，莫得見之。」少長，指少時長久從遊。

古注：「晉書袁喬傳：『與將軍遊處少長。』」按，此二句意近答龐參軍詩：「相知何必舊，傾蓋定前言。」

〔五〕信宿：連宿二夜。詩豳風九罭：「公復不歸，于女信宿。」毛傳：「再宿曰信。宿，猶處也。」酬：應對。清話：高雅的言談。按，魏晉人好以「清」字論人、論事。如清言、清貴人、清峻、清通之類。

〔六〕「去歲」句：指淵明義熙十一年移居南村。參見移居詩注。

〔七〕薄：迫也；近也。左傳成公十六年：「楚師薄於險。」杜預注：「薄，迫也。」薄作，猶近作。

〔八〕遊從：同遊相隨。

〔九〕語默：指仕隱、出處。易繫辭上：「君子之道，或出或處，或語或默。」命子詩：「時有語默。」殊勢：情勢異樣。裴頠崇有論：「默語殊塗。」按，殷晉安作劉裕參軍，此爲「語」；淵明躬耕農畝，此爲「默」。二人殊趣，故云。

〔一〇〕乖分：分離，義同「乖別」、「乖離」。亦作「分乖」。曹植朔風詩：「昔我同胞，今永乖別。」謝靈運嶺表賦：「外内乖隔。」文選盧諶與司空劉琨書：「分乖之際，咸可歎慨。」

〔一一〕因：廣雅釋詁三：「因，親也。」難爲因，即難爲親。

〔一二〕良才：指殷隱。

〔一三〕賤貧：淵明自指。吴菘論陶：「深情厚道，絶無譏諷意。『良才不隱世』，並不以殷之出爲卑；『江湖多賤貧』，亦不以己之處爲高。各行其志，正應『語默自殊勢』句，真所謂『肆志無汙隆』也。」

〔一四〕脱：或然之詞，猶言「設使」、「假若」。晉書卷六六陶侃傳：「脱有異志，則荆州無東門矣。」晉書卷九五陳訓傳：「脱如來言，當相薦拔。」

〔一五〕存：存問，勞問。曹操短歌行：「越陌度阡，枉用相存。」

【集評】

邱嘉穗東山草堂陶詩箋卷二：「此與前於王撫軍座送客詩皆專就交情上説得纏綿愷切，非如贈羊長史、和郭主簿、張常侍諸篇吐露本志。然上篇云『逝止判殊路』，此篇云『語默自殊勢』，則公之處己待人，亦不苟然者矣。」

陳祚明采菽堂古詩選卷一三：「殷先作晉臣，與公同時；後作宋臣，與公殊調。篇中語極低徊，朋友仍敦，而異趣難一也。結句妙，用意忠厚。」

方東樹昭昧詹言卷四：「序則真序，情則真情。此人公不重之以爲道義交，所謂『故者無失其爲故』也。一語不假借，亦無諷譏輕慢。青天白日，分寸不溢，公所以爲修詞立誠，爲有道之言也。情詞芊綿真摯，後惟韓、杜二公有之。」

贈羊長史〔一〕 并序

左軍羊長史，銜使秦川，作此與之。

愚生三季後〔二〕，慨然念黄虞〔三〕。得知千載外，正賴古人書。賢聖留餘跡，事事在中都〔四〕。豈忘游心目，關河不可踰。九域甫已一〔五〕，逝將理舟輿〔六〕。聞君當先邁，負痾不獲俱〔七〕。路若經商山〔八〕，爲我少躊躇〔九〕。多謝綺與用〔一〇〕，精爽今何如〔一一〕？紫芝誰復採，深谷久應蕪〔一二〕。駟馬無貰患，貧賤有交娱〔一三〕。清謡結心曲〔一四〕，人乖運見疎〔一五〕。擁懷累代下，言盡意不舒〔一六〕。

【校記】

贈羊長史　陶本於題下注有「松齡」二字。李本同。按，「松齡」二字當爲讀者所注，非作者自注，今删。

作此與之　曾本、蘇寫本、湯本、汲古閣本於「之」字下注「羊名松齡」四字。按，此亦非作者原注，今删。

千載外　「外」，陶本原作「上」。陶本原校：「各本作『外』。」曾本云，一作「上」。湯本、汲古閣本同。今據曾本、湯本、汲古閣本改。

正賴　「正」，曾本作「上」，云，一作「政」。湯本、汲古閣本同。按，正：止也，僅也。晉宋人常語，亦作「政」。世説新語言語：「正賴絲竹陶寫，但恒恐兒輩覺，損歡樂之趣。」世説新語自新：「平原不在，正見清河。」李注：「山谷云：『正賴古人書，蓋當時語，或作上賴，甚失語意。』」山谷之説是。

在中都　「在」，曾本、汲古閣本云，一作「有」。

已一　曾本、汲古閣本云，一作「尔去」，又作「一邑」。蘇寫本作「尔去」。

不獲　「不」，曾本、汲古閣本云，一作「弗」。

綺與角　「角」，曾本作「角」，云，一作「園」。湯本、李本作「角」。蘇寫本、汲古閣本云，一作「園」。

久應蕪　「久」，曾本、汲古閣本云，一作「又」。

人乖　「乖」，陶本原校：「各本作『乖』，焦本、何本作『乘』，非。」曾本作「乘」，蘇寫本、李本、汲古閣本同。湯本作「乖」。按，作「乖」是，參見注〔一五〕。

擁懷　「擁」，曾本、汲古閣本云，一作「唯」，又作「歡」。

【箋注】

〔一〕羊長史即是晉傳所載與淵明交往之羊松齡。吴譜義熙十三年丁巳條下云：「是歲劉裕平關中，松齡以左軍長史銜使秦川。」吴未指明左軍是誰。劉履選詩補注云：「義熙十三年，太尉劉裕伐秦，破長安，送秦主姚泓詣建康受誅。時左將軍朱齡石遣長史羊松齡往關中稱賀，而靖節作此詩贈之。」歷來注家均沿劉説，謂左軍是朱齡石。逯繫年始謂左軍乃檀韶：「檀韶自去年八月以左將軍爲江州刺史，坐鎮尋陽，今遣羊長史銜使秦川，向劉裕稱賀，故曰左軍長史。」「據宋書朱齡石傳，『十二年北伐』，朱齡石『遷左將軍，配以兵力，守衛殿省。十四年，以齡石持節督關中諸軍事、右將軍、雍州刺史』。知朱爲左將軍乃在建康守衛殿省，如遣使往關中稱賀，必不發自尋陽，陶無由贈之以詩。劉謂羊爲朱齡石長史，乃臆斷耳。」李華陶淵明贈羊長史詩左將軍考（見陶淵明新論）駁逯之「左將軍乃檀韶」説，謂朱齡石受劉裕倚重，當裕北伐時，與劉穆之共謀内外諸事，故左軍長史羊松齡往關中祝賀，必由朝廷遣使，地方長官無此權限也。又稱羊往關中，當溯江而上經尋陽，淵明得以作詩贈之云云。按，細較歧見，竊以爲逯欽立之説得其實。理由有三：晉傳既然稱羊松齡爲「周旋人」，則羊必在尋陽，或常在尋陽，如此方能與淵明游處。若羊作朱齡石參軍，遠在建康，豈能與淵明常相周旋？此其一。逯稱朱齡石遣使往關中稱賀，必不發自尋陽。這條理由也很堅實。劉裕北伐，取徐州、洛陽，至長安。從建康遣使關中，走這條陸路最便捷。要是溯江而上經尋陽，再經漢水北上，受風水影响，曠時費日。因此，羊作檀韶長史，必發自尋陽。此其二。若謂檀韶乃江州刺史，不可能派人往關中祝捷，此又不然。宋書卷七三顔延之傳載：「義熙十二年，高祖北伐，有宋公之授，府遣一使慶殊命，參起居，延之與同府王參軍俱至洛陽。」劉裕于義熙十二年八月率大軍北伐，十月至洛陽。此時左將軍檀韶正任江州刺史。去年派顏延之往洛陽慶賀劉裕的宋公之授，今年派羊長史往關中稱賀長安大捷，皆檀韶一人所爲。可見，地方官員遣使賀劉裕屬尋常事。何況，此時的朝廷名存實亡，劉裕即朝廷。此其三。合此三者看來，逯欽立謂羊作左將軍檀韶長史，較可信。

〔二〕三季：指夏、商、周三代之末。漢書敘傳下：「三季之後，厥事放紛。」顏師古注：「三季，三代之末也。」

〔三〕黄虞：黄帝、虞舜。

〔四〕事事：徐仁甫古詩别解卷六：「事事謂每事。古詩爲焦仲卿妻作：『事事四五通』，謂每事四五通也。」中都：指西晉都城洛陽。晉室南渡以後，稱西晉爲中朝。世説新語容止劉孝標注引江左名士傳：「永和中，劉真長、謝仁祖共商略中朝人士。」晉書目録：「中朝四帝，都洛陽五十四年。」晉書卷六一周顗傳：「顗在中朝時，能飲酒一石。」

〔五〕九域：即九州，泛指全國。漢書卷二一下律曆志一下：「祭典曰：共工氏伯九域。」甫：始也。按，張芝陶淵明傳論稱淵明「有興趣于『九域甫已一』的功勞」，實爲誤解。淵明興趣所在，不過是中州大地上的聖賢餘迹，尤對商山四皓深表敬意。劉裕統一南北之功，實並不在作者眼裏也。

〔六〕逝將：詩魏風碩鼠：「逝將去女，適彼樂土。」鄭箋：「逝，往也。」將，助詞。理舟輿：整治車船。桓玄南游衡山詩序：「理檝將游於衡嶺。」

〔七〕「聞君」二句：李注：「原詩意，靖節初欲從松齡訪關洛，會病，不果行也。」古注：「負痾蓋遜詞。」按，劉裕收復關洛，淵明是否欲訪游心目，已不可考。然據贈羊長史詩意，淵明可能有北行打算，故以李注較勝。

〔八〕商山：又名商阪、地肺山、楚山。在今陝西商縣東南。秦末，東園公等四人隱居於此，號「商山四皓」。

〔九〕躊躇：亦作踟躕，不行貌，駐足。陌上桑：「五馬立踟躕。」習鑿齒與謝安書：「每省家舅，縱目檀谿，念崔、徐之交，未嘗不撫膺躊躇，惆悵終日矣。」

〔一〇〕綺與甪：吴注：「三輔舊事：漢惠帝爲四皓立碑，一曰東園公，二曰甪里先生，三曰綺里季，四曰夏黄公。」按，「甪」亦作「角」，音路。史記卷五五留侯世家作「角里先生」。

〔一一〕精爽：精魂。左傳昭公二十五年：「心之精爽，是爲魂魄。」曹植平原懿公主誄：「魂神遷移，精爽翱翔。」左思悼離贈妹詩：「伏思成疚，結在精爽。」

〔一二〕「紫芝」二句：吴注：「古今樂録：四皓隱居，高祖聘之不出，作歌曰：漠漠高山，深谷逶迤。奕奕紫芝，可以療疾。唐虞世遠，吾將安歸。駟馬高蓋，其憂甚大。富貴之畏人兮，不如貧賤之肆志。」紫芝，靈芝之一種。淮南子説山訓：「紫芝生於山，而不能生於盤谷之上。」

〔一三〕「駟馬」二句：説文：「賒，貰買也。」「貰，貸也。」漢書卷一上高祖本紀上：「常從王媪、武負貰酒。」顔師古注：「貰，賒也。」是貰、賒二字同義同音。賒字後有久遠義。至魏晉六朝常交賒連文。交，接也，引申爲近。易大有：「厥孚交如。」王弼注：「交，接也。」交賒，義猶近遠。嵇康養生論云：「嗜好常在耳目之前，所希在數十年之後，又恐兩失，内外猶豫，心戰於内，物誘於外，交賒相傾，如此復敗者。」交賒相傾，猶言近遠相傾。交謂嗜好常在眼前，賒謂所希在數十年之後。葛洪抱朴子至理：「豈能棄交修賒，抑遺嗜好，割目下之近欲，修難成之遠功哉？」交，謂近欲；賒，謂遠功。此詩言「駟馬無貰患」，意謂雖不見遠患，但有近憂也，亦即四皓歌「駟馬高蓋，其憂甚大」。言「貧賤有交娱」，意謂雖栖遲衡門，却有近娱也，亦即四皓歌「富貴之畏人兮，不如貧賤之肆志」。此二句是淵明婉勸羊長史，值此世代將易之際，當與綺、角游耳。

〔一四〕清謡：指四皓所作歌。心曲：内心深處。文選劉楨贈徐幹詩：「思子沉心曲。」

〔一五〕人乖：指人與世乖。宋書卷六七謝靈運傳：「事乖人間，幽栖窮巖，外緣兩絶。」或釋「人乖」謂不可復見商山四皓。方東樹昭昧詹言卷四：「言四皓清謡，久結我之心曲，但運乖不得一見其人。」逯注：「人乖，古人不可再見。」其説不確。「人乖」句與和劉柴桑詩「歲月共相疏」句意相近。

〔一六〕「擁懷」二句：言懷此感慨於累代之下，言雖有盡，心中感情却不能舒展。聞人倓古詩箋卷六：「劉裕平關中，越三年即受晉禪。陶公此詩，念黄虞，謝綺角，蓋致慨於晉宋之間也。言雖易盡，意奚能舒乎？」温汝能陶詩彙評卷二：「靖節不幸，遭逢易代，往往有懷莫吐，徒望古而興悲。讀此篇末句，可以窺其志矣。」

【集評】

湯漢注陶靖節先生詩卷二：「天下分崩，而中州賢聖之跡，不可得而見。今九土既一，則五帝之所連，三王之所争，宜當首訪，而獨多謝於商山之人，何哉？蓋南北雖合，而世代將易，但當與綺、甪游耳。遠矣深哉！」

秦朝釪消寒詩話：「陶淵明贈羊長史自注云：『長史銜使秦川，作此與之。』蓋宋武帝劉裕取關中時也。時裕尚爲晉臣，功業日盛，有篡奪之勢，才智之士争趨之。此詩『愚生三季後，慨然念黄虞』，即夷、齊采薇歌也。下半『路若經商山，爲我少躊躇，多謝綺與甪，精爽今何如？』漢祖得天下以正，而四皓尚不臣之，晉宋之交，權臣竊柄，顧可出乎？其意微而顯矣。韓退之送董邵南序意亦同。」

方東樹昭昧詹言卷四：「此題難於劉太尉贈盧諶，彼可以明目張膽正説，故雄傑宏放；此不能明説，故伊鬱隱迷。其文法之妙，與太史公六國表同工。覺顏北使洛如嚼蠟，如牛負物行深泥，費力而索然無復生氣。陶詩當以此爲冠卷。」

歲暮和張常侍〔一〕

市朝悽舊人〔二〕，驟驥感悲泉〔三〕。明旦非今日〔四〕，歲暮余何言。素顏斂光潤〔五〕，白髮一已繁。闊哉秦穆談，旅力豈未愆〔六〕。向夕長風起〔七〕，寒雲没西山。冽冽氣遂嚴〔八〕，紛紛飛鳥還。民生鮮長在，矧伊愁苦纏〔九〕。屢闕清酤至，無以樂當年。窮通靡攸慮〔一〇〕，顦顇由化遷。撫己有深懷，履運增慨然〔一一〕。

【校記】

歲暮　「暮」，蘇寫本作「莫」。

冽冽　陶本原校：「各本作『厲厲』。焦本作『冽冽』。何校宣和本同。」曾本作「厲厲」，云，一作「冽冽」。蘇寫本、汲古閣本同。按，作「冽冽」較勝，參見注〔八〕。

靡攸慮　「攸」，曾本云，一作「欣」。湯本，汲古閣本同。蘇寫本作「欣」，云，一作「攸」。

【箋注】

〔一〕此詩作於義熙十四年（四一八）冬。詩云：「屢闕清酤至，無以樂當年。」參以九日閒居詩序：「秋菊盈園，而持醪靡由。」則本詩與九日閒居詩同年作。張常侍：疑爲張野族子張詮。蓮傳載：「張詮字秀碩，野之族子也。尚情高逸，酷嗜典墳，雖畊鋤，猶帶經不釋。朝廷徵爲散騎常侍，不起。」後入廬山依遠公，宋景平元年（四二五）卒，春秋六十五。按，歷來注家皆謂張常侍指張野，因據蓮傳，野曾徵聘爲散騎常侍。陶注亦謂張常侍爲張野，但又疑「野以義熙十四年卒，題不應云和。詳味詩意，亦似有哀挽之詞，或和當作悲。又，野族子張詮，亦徵常侍，或詮有挽野之作，而公和之耶？」陶所疑頗合理。詩中「市朝悽舊人」、「明旦非今日」、「民生鮮長在」等語，雖不能據此遽斷爲哀挽張野，但確有慨歎故舊零落之意。

〔二〕市朝：此指公衆聚集之所，非作「官場」解。周禮地官鄉師：「凡四時之徵令有常者，以木鐸徇於市朝。」孫詒讓正義：「市謂國中及郊野之市，朝謂鄉師治事之朝。市朝，衆人所聚。」史記卷七五孟嘗君列傳：「日暮之後，過市朝者掉臂而不顧。」司馬貞索隱：「謂市之行位有如朝列，因言市朝耳。」謝靈運撰征賦：「年月多歷，市朝已改。」文選鮑照代結客少年場行詩：「日中市朝滿，車馬若川流。」陸機門有車馬客行詩：「親友多零落，舊齒皆彫喪。市朝互遷易，城闕或丘荒。」此詩「市朝悽舊人」句，與陸機詩意相近。

〔三〕騄驥：湯注：「騄驥，言白駒之過隙也。」悲泉：日入處。淮南子天文訓：「日至悲泉，是謂懸車。」此句言光陰疾速。

〔四〕「明旦」句：意謂今日尚爲人，明日或已入鬼録。與挽歌詩「昨暮同爲人，今旦在鬼録」意同，極言人生無常。

〔五〕素顔：猶素臉，謂人面白嫩。王褒責髯奴文：「無素顔可依，無豐頤可怙。」張華感婚詩：「素顔發紅華，美目流清揚。」

〔六〕「闊哉」二句：闊，迂闊。旅力，同「膂力」。傅毅迪志詩：「旅力靡及。」三國志魏志典韋傳：「形貌魁梧，旅力過人。」愆，消失。陸機百年歌：「精爽頗損膂力愆。」陶注：「尚書秦誓言：

『番番良士，旅力既愆，我尚有之。』此反其語，故以秦穆之談爲闕，言老無能爲也。」

〔七〕長風：文選宋玉高唐賦：「長風至而波起兮。」文選左思吴都賦：「習御長風。」劉淵林注：「長風，遠風也。」

〔八〕冽冽：詩小雅大東：「有冽氿泉。」毛傳：「冽，寒意也。」玉篇：「冽，寒氣也。」陸機感時賦：「寒冽冽而寝興。」文選左思雜詩：「秋風何冽冽，白露爲朝霜。」

〔九〕「民生」二句：民生，人之本性。生，通「性」。書君陳：「惟民生厚，因物有遷。」孔傳：「言人之自然之性敦厚。」文選班固幽通賦：「惟天地之無窮兮，鮮生民之晦在。」李善注引曹大家曰：「鮮，少也。晦，亡幾也。」常在，猶常存，長壽。矧伊：見勸農詩注。此二句意謂人本來就少有長壽者，況乃種種愁苦之牽纏不已。曹植游仙詩云：「人生不滿百，歲歲少歡娱。」與此二句意同。

〔一〇〕靡攸慮：無所慮。

〔一一〕履運：指經歷時運。運，運行，流轉。莊子天道：「天道運而無所積，故萬物成。」成玄英疏：「運，動也，轉也。」文選謝宣遠於安城答靈運詩：「履運傷荏苒，遵途歎緬邈。」謝靈運歸塗賦：「經塗履運。」

【集說】

關於本篇意旨，前人多以爲抒寫晉宋易代之感。劉履選詩補注卷五云：「按晉史義熙十四年十二月，宋公劉裕弑安帝於東堂而立恭帝。靖節和此歲暮詩，蓋亦適當其時，而寄此意焉。首言市朝者舊之人，莫不相爲悲悽，而其乘馬亦有悲泉懸車之感。且謂明旦已非今日，予復何言，其意深矣。中謂長風夕起，寒雲没山，猛氣嚴而飛鳥還者，以喻宋公陰謀弑逆之暴，而能使人駭散也。篇末又言窮通死生皆不足慮，但撫我深懷而踐此末運，能不慨然而增憤激焉。」邱嘉穗東山草堂陶詩箋卷二稱九日閒居詩「雖坐視晉亡而不能救，猶以命自安，而有養晦待時之意，此則直激於義，而歎膂力之既愆，不可復以有爲矣」。吴瞻泰陶詩彙註卷二亦謂此詩「起結明説易代」。古注謂：「市朝悽舊人，明指禪革。」另一種意見則認爲此詩傷感時光易逝。孫人龍纂輯陶公詩評注初學讀本謂此詩「即白駒過隙意」。方東樹昭昧詹言卷四云：「大致因歲暮而感流年之速，己之將老死也。」

【集評】

温汝能陶詩彙評卷二：「此篇音節悲古，起結尤感歎欲絶。蓋人生境遇無常，撫己慨然，正非淵明所獨。惟淵明當日之懷有難以告人者，故其觸景增慨，比他人爲獨深也。」

方東樹昭昧詹言卷四：「大致因歲暮而感流年之速、己之將老死也，而精深沈至，不淺滑平顯，一起一結尤深。起言人代易速，觀於市朝而見舊人之多亡，其速如驟驥之趨於悲泉。以下句形上句，爲『歲暮』起端也。今又當暮，則己又將速亡，素顔闊哉。虚實反正，開合言之。『向夕』四句，正寫歲暮，『民生』遥接，而以闕酒爲題之正實，其味彌深。又就無酒轉下，言窮通憔悴，死皆不惜，但別有慨耳，『撫己』雙收，言本自有深懷，而觸歲暮又增慨耳。試思其言意下落，用意精深，章法文法，曲折頓挫，變化不可執著，徒以白道爲學陶者，豈足知之。」

和胡西曹示顧賊曹〔一〕

蕤賓五月中〔二〕，清朝起南颸〔三〕，不駛亦不遲〔四〕，飄飄吹我衣。重雲蔽白日〔五〕，閑雨紛微微〔六〕。流目視西園，曄曄榮紫葵〔七〕。於今甚可愛，奈何當復衰〔八〕。感物願及時，每恨靡所揮〔九〕。悠悠待秋稼，寥落將賒遲〔一〇〕。逸想不可淹〔一一〕，猖狂獨長悲〔一二〕。

【校記】

重雲　「重」，曾本、汲古閣本云，一作「寒」。逯本云，「寒」字當是「重」之異文。

曄曄　湯本作「奕奕」。按，作「曄曄」是，參見注〔七〕。

奈何當復衰　陶本原作「當奈行復衰」。曾本、汲古閣本云，「當」，一作「後」；又云，一作「當奈行復衰」。蘇寫本云，「當」，一作「行」。湯本云，一作「當奈行復衰」。今據各本改。

賒遲　「賒」，曾本、汲古閣本云，一作「奢」。

逸想　「想」，曾本、汲古閣本云，一作「相」。

【箋注】

〔一〕胡西曹、顧賊曹：兩人生平事跡不詳。西曹、賊曹，州官名。西曹主吏及選舉事，賊曹主捕盜賊事。此詩大致作於淵明晚年。詩云：「感物願及時，每恨靡所揮。」可知此時淵明常無酒可飲。又云：「悠悠待秋稼，寥落將賒遲。」説明淵明又乏糧。宋傳謂淵明「嘗九月九日無酒，出宅邊菊叢中坐久，值弘送酒至，即便就酌，醉而後歸」。王弘任江州刺史始於義熙十四年，故暫繫此詩於該年作。楊譜以爲此詩作於元興二年（四〇三）癸卯五月，「晉室將衰未亡之際」，並以比興釋之：「詩云『重雲蔽白日』，又曰『曄曄榮紫葵』，皆指晉室而言。又曰『當奈行復衰』，其時大臣飛揚，中央權力淪喪，故有行復衰之感。」按，此詩確有感物而多憤慨之辭，但以爲是感晉室將衰而發，恐未必也。

〔二〕蕤賓：指仲夏五月。禮記月令：「仲夏之月，律中蕤賓。」白虎通五行：「五月謂之蕤賓。蕤者下也，賓者敬也。言陽氣上極，陰氣始起，故賓敬之也。」

〔三〕飈：説文：「飈，涼風也。」謝朓在郡卧病呈沈尚書詩：「珍簟清夏室，輕扇動涼飈。」

〔四〕「不駛」句：謂風吹不疾不徐。駛，集韻：「駛，疾也。」仲長統佚詩：「春雲爲馬，秋風爲駟。按之不遲，勞之不疾。」湛方生風賦：「亦有飄泠之氣，不疾不徐。」

〔五〕「重雲」句：古詩十九首：「浮雲蔽白日。」

〔六〕閑雨：小雨。閑，可訓爲「緩」、「慢」。文選曹植七啓：「雍容閑步。」李周翰注：「閑，緩也。」微微：小也。書顧命：「眇眇予末小子。」孔傳：「言微微我淺末小子。」漢書卷七三韋玄成傳：「微微附庸，自我招之。」

〔七〕曄曄：光輝燦爛貌。鍾會菊花賦：「芳菊始榮，紛葩曄曄。」文選潘岳寡婦賦：「榮華曄其始茂兮。」

〔八〕當：經傳釋詞：「當，猶將也。」「史記魏公子列傳曰：『公子當何面目立天下乎？』又留侯世家曰：『橫絶四海，當可奈何？』當字並與將同義。」按，漢詩平調曲有長歌行，前六句寫園中葵：「青青園中葵，朝露待日晞。陽春布德澤，萬物生光輝。常恐秋節至，焜黄華蕊衰。」本篇「流目」四句寫紫葵，與長歌行意近。

〔九〕揮：指揮觴。參見時運詩注。

〔一〇〕寥落：文選謝朓京路夜發詩：「曉星正寥落。」李善注：「寥落，星稀之貌也。」此謂莊稼稀落之貌。賒遲：猶緩遲。晉書卷六七郗超傳：「雖如賒遲，終亦濟克。」

〔一一〕逸想：謂超俗出羣之想。淹：集韻：「淹，留也。」左傳宣公十二年：「二三子無淹久。」杜預注：「淹，留也。」

〔一二〕猖狂：縱恣迷妄。此形容情懷激烈。淮南子俶真訓：「萬民猖狂，不知東西。」

【集評】

邱嘉穗東山草堂陶詩箋卷二：「此詩賦而比也。蓋晉既亡於宋，如重雲蔽日而陰雨紛紛，獨公一片赤心如紫葵向日，甚爲可愛，而又老至，不能及時收穫，漸當復衰，此公之所以感物而獨長悲也。」

悲從弟仲德

銜哀過舊宅，悲淚應心零〔一〕。借問爲誰悲，懷人在九冥〔二〕。禮服名羣從〔三〕，恩愛若同生〔四〕。門前執手時，何意爾先傾〔五〕。在數竟未免〔六〕，爲山不及成〔七〕。慈母沉哀疚，二胤纔數齡〔八〕。雙位委空館〔九〕，朝夕無哭聲。流塵集虛坐〔一〇〕，宿草旅前庭〔一一〕。階除曠遊迹〔一二〕，園林獨餘情。翳然乘化去〔一三〕，終天不復形〔一四〕。遲遲將回步，惻惻衿涕盈〔一五〕。

【校記】

仲德　蘇寫本作「敬德」。

同生　陶本原校：「吴本作『平生』，非。」

在數　「數」，曾本作「毁」，云，一作「數」。湯本、汲古閣本同。按，作「數」是，參見注〔六〕。

未免　「未」，曾本作「不」，云，一作「未」。湯本、汲古閣本同。蘇寫本作「不」。

二胤　陶本原作「允」，蓋避清世宗諱，今據各本改。

雙位　「位」，曾本作「泣」，云，一作「位」。湯本、汲古閣本同。按，作「位」是，「泣」乃形訛，參見注〔九〕。

旅前庭　「旅」，曾本云，一作「依」。蘇寫本、湯本、汲古閣本同。按，作「旅」是，參見注〔一二〕。

衿涕盈　陶本原作「悲襟盈」。曾本作「悲襟盈」，云，一作「衿涕盈」。蘇寫本、汲古閣本同。按，作「衿涕盈」是，今據改。參見注〔一五〕。

【箋注】

〔一〕「悲淚」句：言悲淚隨哀痛之心而零落。孔雀東南飛：「零淚應聲落。」

〔二〕九冥：義同「九泉」。阮瑀七哀詩：「冥冥九泉室，漫漫長夜臺。」

〔三〕禮服：指喪服的禮制。參見贈長沙公詩注。羣從：謂從兄弟輩。晉書卷四九阮咸傳：「羣從昆弟，莫不以放達爲行。」

〔四〕同生：一母所生之兄弟姊妹稱同生。文選曹植贈白馬王彪詩：「奈何念同生。」李善注：「左氏傳曰：『鄭罕、駟、豐同生。』杜預曰：『罕，子皮；駟，子皙；豐，公孫段也。三家本同母兄弟也。』」丁注：「詩言以禮經上五服之親疏而論，則爲從弟。若論恩愛，則等於同胞。」

〔五〕傾：傾世，棄世。詩大雅蕩：「大命以傾。」王粲游覽詩：「年命將西傾。」

〔六〕在數：猶天數之内。數，命數；定數，即不可避免的必然性。支遁神無形論：「有形便有數，有數則有盡。」羅含更生論：「萬物有數。」「有形者不得無數，是則人物有定數。」

〔七〕「爲山」句：謂仲德未能成就功業。論語子罕：「譬如爲山，未成一簣。」晉書卷七七殷浩傳：「遂令爲山之功，崩於垂成。」

〔八〕二胤：指仲德二子。胤，後代。

〔九〕雙位：指仲德夫婦的靈位。位，鬼神的靈位。禮記喪服：「爲位而哭。」空館：空室。文選潘岳懷舊賦：「今九載而一來，空館閴其無人。」傅咸螢賦：「潛空館之寂寂兮，意遥遥而靡寧。」

〔一〇〕虚坐：指爲死者而設的非飲食之座。禮記曲禮：「虚坐盡後。」疏：「虚坐盡後者，凡坐各有其法，虚，空也，空謂非飲食坐也。」文選潘岳寡婦賦：「奉虚坐兮肅清，愬空宇兮曠朗。」

〔一一〕宿草：隔年之草。禮記檀弓上：「朋友之墓，有宿草而不哭焉。」孔穎達疏：「宿草，陳根也。」旅：後漢書卷一光武紀：「至是野穀旅生。」李賢注：「不因播種而生，故曰旅。」

〔一二〕曠：書皋陶謨：「無曠庶官。」孔傳：「曠，空也。」遊迹：指人迹。

〔一三〕乘化去：隨造化而去，指死。

〔一四〕終天：終古，永久。文選潘岳哀永逝文：「今奈何兮一舉，邈終天兮不反。」李善注：「今云終天不返，長逝之辭。」復形：猶再生。曹植武帝誄：「千代萬乘，曷時復形。」

〔一五〕惻惻：傷心貌。文選潘岳寡婦賦：「情惻惻而彌甚。」文選謝靈運道路憶山中詩：「悽悽明月吹，惻惻廣陵散。」衿涕盈：涕淚滿襟。祭從弟敬遠文：「執筆涕盈。」劉楨贈徐幹詩：

「涕下與衿連。」文選陸機赴洛詩：「佇立慨我歎，寤寐涕盈衿。」

【集評】

陳祚明采菽堂古詩選卷一四：「其情頗真切，特多弱句，如『悲淚應心零』、『何意爾先傾』、『園林獨餘情』之類，皆不健。公詩真率，每嫌體弱。是時諸家皆務矜琢，琢則遠自然，然自成其古；率則近自然，然每流於弱。」

温汝能陶詩彙評卷二：「陶詩類多古樸，臻於自然，若此篇與上和胡西曹二作中，如『不駛亦不馳』，『每恨靡所揮』、『在數竟未免，爲山不及成』等句，似屬急猝成章，不甚經意；即按之體格，亦屬集中别調，非陶本色。陳評摘其一二率語，謂近於弱，似也。要之論古人詩，須於性情品格中求之，徒於字句間或一二篇什指瑕摘疵，則古人真面目未爲得也，而況以論陶詩哉！」

陶淵明集卷之三

詩五言

始作鎮軍參軍經曲阿作〔一〕

弱齡寄事外〔二〕，委懷在琴書〔三〕。被褐欣自得〔四〕，屢空常晏如〔五〕。時來苟冥會〔六〕，宛轡憩通衢〔七〕。投策命晨裝〔八〕，暫與園田疏。眇眇孤舟逝〔九〕，綿綿歸思紆〔一〇〕。我行豈不遥，登降千里餘〔一一〕。目倦川塗異〔一二〕，心念山澤居。望雲慚高鳥，臨水愧游魚〔一三〕。真想初在襟〔一四〕，誰謂形迹拘。聊且憑化遷〔一五〕，終返班生廬〔一六〕。

【校記】

經曲阿作　各本無「作」字。陶本從文選。又，此詩曾本編在庚子歲五月中從都還阻風於規林二首後。

常晏如　「常」，曾本、汲古閣本云，一作「恒」。

冥會　「冥」，曾本、汲古閣本云，一作「宜」，又作「且」。文選作「宜」。按，作「冥」是，「宜」乃形訛，參見注〔六〕。

宛轡　陶本原校：「各本作『婉孌』。此從文選作『宛轡』。」曾本、蘇寫本、李本、汲古閣本皆作「婉孌」。曾本云，一作「踠轡」。汲古閣本同。

晨裝　「裝」，陶本原校：「文選作『旅』。」

園田　曾本、汲古閣本云，一作「田園」。

孤舟逝　「逝」，文選作「遊」。胡克家文選考異云：「逝，往也，遊但傳寫之誤。」按，作「逝」是。

登降　「降」，陶本原校：「各本作『陟』。此從文選。」曾本、汲古閣本作「陟」，云，一作「降」。按，登降、登陟於義皆通，參見注〔一二〕。

川塗異　曾本、汲古閣本云，一作「修塗永」。「川」，陶本原校：「文選作『修』。」

初在襟　曾本云，一作「在襟懷」。蘇寫本、汲古閣本同。

終返　「返」，陶本原作「反」。今據各本改。

【箋注】

〔一〕始作：指初就軍職。梁譜據顔誄「初辭州府三命」一語，謂「先生未嘗就州職也，本詩言

『始作』，正謂始仕耳」。按，「始作」義與「始仕」有別，王瑤釋「始作」爲「初就軍職」。其説是也。「始作鎮軍參軍」意謂初作鎮軍參軍，非謂始仕作鎮軍參軍。宋傳叙淵明仕宦經歷云，起爲州祭酒，復爲鎮軍、建威參軍。」可知淵明作鎮軍參軍在作州祭酒之後，非是「始仕」。鎮軍：鎮軍將軍之簡稱，指劉裕，參見【集説】。參軍：軍府之幕僚。曲阿：地名，在今江蘇丹陽，西晉屬毗陵郡，距京口東南數十里。世説新語言語劉孝標注引太康地記：「曲阿本名雲陽，秦始皇以有王氣，鑿北阬山以敗其勢，截其直道，使其阿曲，故曰曲阿也。吴還爲雲陽，今復名曲阿。」據詩中「眇眇孤舟逝」、「登降千里餘」等語，淵明此次赴京口，可能先走水路，後由陸路經曲阿。

〔二〕弱齡：指年輕時代。謝靈運辭禄賦：「荷賞延之渥恩，在弱齡而覃惠。」事外：謂人事之外。文選李善注：「晉中興書：簡文詔曰：『會稽王英秀玄虛，神栖事外。』」王胡之贈庾翼詩：「相望事外。」按，古直陶靖節年歲考證謂「弱齡」指二十歲，並證以飲酒詩其十六：「少年罕人事，游好在六經」及與子儼等疏「少學琴書，偶愛閒静」等語，以爲淵明二十歲時任州祭酒。其實，本篇「弱齡寄事外」以下四句與飲酒詩其十六、與子儼等疏及歸園田居其一「少無適俗韻，性本愛丘山」等語，均追憶從前閒居時宅心事外。「弱齡」泛指青少年時期，不能遽定爲即二十歲。例如陶淵明撰五孝傳中的庶人孝傳贊，記孝子殷陶年十二，「孝於其親，而智勇並彰乎弱齡」，則十二歲亦屬「弱齡」。朱自清陶淵明年譜中之問題稱古氏釋「弱年」「似亦太鑿」，其説是。此外，亦不可定此詩即作於「弱齡」。

〔三〕委懷：猶遺懷，寄懷。

〔四〕被褐：即披褐。褐，説文：「褐編枲衣，一曰粗衣。」老子七十章：「是以聖人被褐懷玉。」文選左思詠史詩：「被褐出閶闔，高步追許由。」飲酒詩其十六：「披褐守長夜。」讀史述九章魯二儒：「被褐幽居。」

〔五〕屢空：指經常空匱貧乏。文選李善注：「論語先進：回也其庶乎，屢空。」吴師道吴禮部詩話：「五柳先生傳：『短褐穿結，簞瓢屢空。』何晏注論語，以空爲『虚無』，意本莊子，前儒多從之。朱子以回、賜屢空、貨殖對言，故以空匱釋之。今此以『被褐』對『屢空』。又飲酒第十二首：『顏生稱爲仁，榮公言有道，屢空不獲年，長飢至於老。』以『屢空』對『長飢』，朱子之意正與之合。」

晏如：漢書卷一四諸侯王表：「高后女主攝位，而海内晏如。」顏師古注：「晏如，安然也。」

〔六〕時來：文選盧諶答魏子悌詩：「遇蒙時來會，聊齊朝彦迹。」李善注：「言富貴榮寵，時之暫來也。漢書：蒯通曰：『時乎時，不再來。』」晉書卷九九桓玄傳：「遇時來之會。」釋慧遠大智論鈔序：「若達開塞之有運，時來非有遇。」冥會：自然而來，不求自至。王胡之贈庾翼詩：「余與夫子，自然冥會。」康僧淵代答張君祖詩：「精靈感冥會，變化靡不經。」晉書卷八九涼武昭王傳：「非相期之所會，諒冥契而來同。」此二句正釋「冥會」之義。

〔七〕宛轡：文選李善注：「宛，屈也。言屈長往之駕於通衢之中。」「通衢喻仕路也。」按，因各本作婉孌，或疑淵明始作鎮軍參軍時曾攜家小赴任。然通考陶淵明集，淵明未曾攜家累赴職。

此説非。

〔八〕投策：棄杖。文選李善注：「七命曰：『夸父爲之投策。』」

〔九〕眇眇：楚辭九章悲回風：「路眇眇之默默。」洪興祖楚辭補注：「眇眇，遠也。」曹植九愁賦：「獨眇眇而泛舟。」

〔一〇〕紆：鬱結不解。文選張衡四愁詩：「何爲懷憂心煩紆。」李善注：「楚辭曰：『志紆鬱其難釋。』王逸曰：『紆，屈也。』」文選趙至與嵇茂齊書：「尋歷曲阻，沈思紆結。」

〔一一〕登降：蔡邕述行賦：「率陵阿以登降兮。」郭璞山海經圖讚巫咸：「採藥靈山，隨時登降。」一作登陟。登陟爲魏晉習語，陟即登也。世説新語棲逸：「許掾好游山水，而體便登陟。」謝惠連汎南湖至石帆詩：「登陟若踐涉。」

〔一二〕「目倦」句：言千里跋涉，山川異色，目亦爲之倦。吳淇六朝選詩定論卷十一：「此處見有使鎮軍之勢者，有畏鎮軍之威者，漸漸已成豐沛之勢矣，故以爲異也。」其説非。

〔一三〕「望雲」二句：文選李善注：「言魚鳥咸得其所，而己獨遺其性也。」郭遐周贈嵇康詩：「俯察淵魚游，仰觀雙鳥飛。厲翼太清中，徘徊於丹池。欽哉得其所，令我心獨違。」此六句可釋本篇「望雲」二句。

〔一四〕真想：指委運自然之思想。義同飲酒詩其五「此中有真意」之「真意」。

〔一五〕化遷：此指萬物變化。「聊且憑化遷」，即姑且委運任化之意，與前「時來苟冥會」句相應。

〔一六〕班生廬：文選李善注：「班固幽通賦：『終保己而貽則，里上仁之所廬。』」

【集説】

此詩題中的鎮軍將軍是誰？歷來有兩説：一曰劉裕，一曰劉牢之。前説始自李善注：「臧榮緒晉書曰：宋武帝行鎮軍將軍。」繼有馬端臨文獻通考：「裕起兵討桓玄，誅之，爲鎮軍將軍，淵明參其軍事。未幾，遷建威參軍，見裕有異志，乃求爲彭澤令。」葉夢得亦疑淵明曾仕劉裕（見吴譜隆安五年條下引）。吴譜始疑淵明非從劉裕：「按裕元興元年爲建威參軍，三年行鎮軍將軍，與此先後歲月不合，先生亦豈從裕辟者？善注引用，非是。」方東樹昭昧詹言卷四以爲此鎮軍既非劉裕，亦非桓玄。後説始自陶考：「考晉書百官志，有左右前後軍將軍，左右前後四軍爲鎮衛軍。王恭、劉牢之皆爲前將軍正鎮衛軍，即省文曰鎮軍，亦奚不可。」「今爲反復推尋，先生始作參軍，實在己亥，鎮軍實爲牢之。」梁譜亦謂鎮軍乃劉牢之：「然元興三年，先生實參劉敬宣之建威將軍幕，而庚子、辛丑間先生在鎮軍幕時，劉裕亦僅官參軍，則此鎮軍非裕甚明。」「考其時鎮京口者，自太元十五年庚寅至隆安二年戊戌九月爲王恭，自戊戌九月至元興元年壬寅三月爲劉牢之。先生庚子、辛丑兩年皆在鎮軍幕，則主將必牢之無疑。」「然何以解於鎮軍之名，考是時牢之軍號，爲鎮北將軍。鎮軍或鎮北之譌耳。」古譜同陶考、梁譜。朱自清陶淵明年譜中之問題辨析諸家之説，尤力駁陶考之誤：「東晉爲鎮軍將軍者，郗愔以後，至裕始見此號，其時又在乙巳（四〇五）淵明棄官之前，則淵明之仕裕，豈不信而有徵耶？」「陶澍靖節先生爲鎮軍建威參軍辨以隆安三年己亥（三九九）至義熙元年乙巳（四〇五），當還舊居詩之『六載』。謂其所以知參軍不始庚子（四〇〇）而始己亥者，以庚子從都還詩有『久游戀所生』及『一欣侍温顔，再喜見友于』等語，若其年始出，五月即還，是離家不過數旬，安得云『久游』，而一再欣喜若渴耶？時劉牢之以鎮北將軍開府鎮京口。其不稱『鎮北』而稱『鎮軍』者，晉書王恭傳載都督以『北』爲號者累有不祥，恭表讓軍號（平北將軍）而實惡其名。牢之正當恭之後，而『鎮北』適有時忌；淵明爲其僚佐，不稱『鎮北』而稱『鎮軍』，正禮所謂從俗從宜云云。然據晉書安帝紀，牢之爲鎮北將軍，實在隆安四年庚子（四〇〇）。陶考於是改定其説，謂己亥牢之爲前將軍，東討孫恩於會稽，淵明從之。而晉書職官志有左右前後軍將軍，左右前後四軍爲鎮衛軍。牢之爲前將軍，正鎮衛軍，即省文曰『鎮軍』，亦奚不可云云。……按是年牢之爲前將軍，討孫恩，見宋書武帝紀。晉書安帝紀作輔國將軍；次年始以前將軍爲鎮北將軍。吴士鑑、劉承幹晉書斠註十引丁國鈞晉書校文一云：『以牢之傳考之，則進號前將軍在破孫恩後，此紀所書官號爲得其實，宋書誤。』然則己亥（三九九）牢之不爲前將軍矣。抑『左右前後四軍爲鎮衛軍』一語亦誤。按晉書職官志『五校』條下有云『後省左軍右軍前軍後軍爲鎮衛軍』，意即省併爲一軍；陶考引此，截去『後省』二字，義便大異。」

按，朱説可取。茲鈎稽有關史料，以證其説。一、東晉孝武帝太元年間作鎮軍將軍者有郗愔、王藴、王薈，此三人作鎮軍時，淵明尚年輕，不可能參其軍事。二、晉書卷一〇安帝紀載：隆安三年（三九九）十一月，孫恩陷會稽，「遣衛將軍謝琰、輔國將軍劉牢之逆擊，走之」。許嵩建康實録卷一〇亦載，隆安三年十一月劉牢之爲輔國將軍。宋書卷一武帝紀則稱其時劉牢之爲前將軍。考晉書卷八四劉牢之傳，牢之與謝琰擊賊屢勝，「進拜前將軍，都督吴郡諸軍事」。牢之還鎮京口，孫恩復入會稽，「牢之進號鎮北將軍」。晉書卷一〇安帝紀載，隆安四年十一月「前將軍劉牢之爲鎮北將軍」。綜上可知，隆安三年十一月時，劉牢之實爲輔國將軍，破孫恩後才進號前將軍，其時必在隆安四年（四〇〇）。陶考沿宋書武帝紀致誤。即如陶考和古譜，亦無鎮衛軍省稱「鎮軍」之理，因爲既然鎮軍將軍省稱「鎮軍」，豈又有鎮北將軍或鎮衛軍省稱「鎮軍」？凡此，益證陶考之誤。三、晉書卷一〇安帝紀：元興三年（四〇四）三月，「壬戌，桓玄司徒王謐推劉裕行鎮軍將軍，徐州刺史，都督揚、徐、兖、豫、青、冀、幽、并八州諸軍事，假節」。宋書卷一武帝紀則謂元興三年，推劉裕爲「領軍將軍」。宋書卷一校勘記云：「太平御覽一二八引徐爰宋書、魏書島夷劉裕傳、建康實録並作『鎮軍將軍』。宋虪宋書考論云：『領軍與都督刺史異職，晉書及宋本紀同卷後進位侍中詔皆作「鎮軍將軍」，則都督刺史高號也。』當從之。」又，晉安帝反正後，殷仲文抗表自解，稱「鎮軍臣裕，匡復社稷」（見文選殷仲文解尚書表）。據此，劉裕於元興三年三月任鎮軍將軍確鑿無疑。四、宋書卷一武帝紀載，元興三年四月，桓玄西逃，劉裕衆軍進據尋陽，都督江州諸軍事。晉書卷一〇安帝紀載，元興三年五月，督護馮遷斬桓玄於貊盤洲。淵明入鎮軍將軍劉裕幕府，最有可能在元興三年四五月間。不久，即有公事東下赴京口。從隆安五年（四〇一）冬母孟氏卒居憂在家，約二年半時間，至此復出。或據服闋三年之古義，以爲淵明不可能作劉裕參軍。此又不然也。據晉書卷二一禮志下，太元十八年太常車胤上書，武陵王和梁王所生母喪，均依詔服大功九月，「古禮今制，並無居廬三年之文」。可見喪禮已不完全遵循古制。又，戴謐喪遇閏月議引春秋傳曰：「三年之喪，其實二十五月。」（通典一百）所以，淵明復出爲劉裕參軍，繼而又爲劉敬宣建威參軍，實與禮制無礙。五、除劉裕、劉牢之二説外，清人周濟謂鎮軍將軍指武陵王遵。其晉略「彙傳七隱逸」謂淵明「隆安四年爲武陵王遵鎮軍參軍，移家東下，父喪去位」。考晉書卷六四司馬遵傳，元興三年二月劉裕等舉義旗後，遵總攝萬機，加侍中、大將軍，移入東宫。義熙元年（四〇五）三月安帝反正，更拜太保。許嵩建康實録卷一一亦載：元興三年「夏四月戊子，帝推晉武陵王遵爲大將軍，承制，居東宫」。可證武陵王遵從未任過鎮軍將軍之職。包世臣藝舟雙楫卷一書韓文公下篇譏周濟「説尤鑿空」。誠然。又，周濟謂淵明隆安四年「移家東下」，乃沿吴譜「挈家居京師」之説。「父喪去位」云云更不足辨。淵明父早喪，命子詩已言及。

【集評】

羅大經鶴林玉露卷五：「士豈能長守山林，長親蓑笠，但居市朝軒冕時，要使山林蓑笠之念不忘，乃爲勝耳。淵明赴鎮軍參軍詩曰：『望雲慚高鳥，臨水愧游魚。真想初在襟，誰謂形迹拘。』似此胸襟，豈爲外榮所點染哉！」

徐師曾詩體明辨卷一引王元美曰：「此詩以見潛之出非本心。」

温汝能陶詩彙評卷三：「孔明初出茅廬，便有歸耕南陽之想；淵明始作參軍，便有終返故廬之志，其胸懷一而已。至於一返一不返，時勢不同，所遭各異也。」

庚子歲五月中從都還阻風於規林二首〔一〕

行行循歸路，計日望舊居。一欣侍温顔〔二〕，再喜見友于〔三〕。鼓棹路崎曲，指景限西隅〔四〕。江山豈不險，歸子念前塗。凱風負我心〔五〕，戢枻守窮湖。高莽眇無界〔六〕，夏木獨森疏〔七〕。誰言客舟遠，近瞻百里餘。延目識南嶺〔八〕，空歎將焉如〔九〕。

【校記】

庚子歲五月中從都還阻風於規林二首　陶本無「二首」二字，云，李本有「二首」二字。今據補。此詩曾本編在始作鎮軍參軍經曲阿作詩之前。

温顔　「顔」，陶本原校：「各本作『顔』，何校宣和本作『清』。」曾本云，一作「清」。蘇寫本、汲古閣本同。

西隅　「西」，曾本云，一作「四」。蘇寫本、汲古閣本同。按，作「西」是，參見注〔四〕。

戢枻　「枻」，曾本、汲古閣本云，一作「世」。按，作「枻」是。

識南嶺　「識」，曾本云，一作「城」。蘇寫本、汲古閣本同。按，作「識」是，「城」乃形訛。

【箋注】

〔一〕庚子歲：晉安帝隆安四年（四〇〇）。時淵明爲桓玄僚佐，因公務從京都建康還江陵，塗經尋陽省親，爲大風阻於規林。至于淵明因何事在都，又緣何從都還，前人有異説。王譜謂此詩「當是參鎮軍，銜命自京都上江陵，故在始作鎮軍參軍經曲阿詩後」。以爲淵明作鎮軍參軍，奉命從京都使江陵。吴譜謂淵明於庚子歲作鎮軍參軍，至五月，「乃挈家居京師」，並以還舊居詩「疇昔家上京」之句證其説。然淵明爲何就辟鎮軍參軍之初不挈家赴京，而在不數月後從都還柴桑挈家居京師？且本詩其一云：「一欣侍温顔，再喜見友于。」其二云：「久遊戀所生，如何淹在兹。」細審詩意，淵明家住柴桑，故吴譜挈家之説實不可信。陶考以爲此時淵明在京口作劉牢之鎮軍參軍，「庚子五月，請假回里，塗必由建康，故有從都還阻風規林詩，懷所生而念友于，遂留潯陽踰年」。朱自清陶淵明年譜中之問題則稱「淵明何以在都，其事難知」。逯繫年以爲陶之奉使爲桓玄上疏請討孫恩。以上諸説，以逯説較勝。據晉書卷一〇安帝紀，隆安三年（三九九）十一月，孫恩陷會稽。隆安四年（四〇〇）四月，孫恩犯浹口。又據晉書卷九九桓玄傳：「屢上疏求討孫恩，詔輒不許。其後恩逼京師，玄建牙聚衆，外託勤王，實欲觀釁而進，復上疏請討之。」疑淵明或許於隆安四年爲桓玄上疏入都；事畢，還尋陽省親，阻風於規林。規林：古地名，在今安徽宿松縣境内。宿松縣志卷末「補遺」：「規林後爲規林司，今歸林灘廢司故址，縣南一百里外，屬歸林莊，晉彭澤宰陶潛遺跡在。」

〔二〕温顔：指生母。王譜謂淵明父在柴桑，故云「一欣侍温顔」，又云「久遊戀所生」。意謂「温顔」指淵明父。又楊恪年譜：「公年二十九爲祭酒，時親老家貧，公母固無恙，而祭妹程氏文乃有『慈妣早世，我年二六』等語，大相牴牾。皆公奉繼母歟？」蓋楊恪不悟「慈妣早世」之慈妣乃「慈考」之誤，以致懷疑「温顔」爲繼母。作於此詩之前的命子詩已稱其父爲「仁考」，則此詩之「温顔」必爲淵明生母無疑。所謂淵明父或繼母之疑皆非。

〔三〕友于：謂兄弟。書君陳：「友于兄弟。」

〔四〕指景：潘岳寡婦賦：「獨指景而心誓兮，雖形存而志隕。」文選謝靈運九日從宋公戲馬臺集送孔令詩：「弭棹薄枉渚，指景待樂闋。」李善注：「指景，指日也。」限：説文：「限，阻也。」引申爲「滯留」。

〔五〕凱風：爾雅釋天：「南風謂之凱風。」詩邶風凱風：「凱風自南，吹彼棘心。」吴注：「此詩爲歸省而作，急於到家，偏爲風阻。此則風不由人，故曰『凱風負我心』。」一説指母恩。陶注：「此先生歸省孟夫人也。先生孟府君傳云：『淵明先親，君之第四女，凱風寒泉之思，實鍾其心。』」方宗誠陶詩真詮：「觀淵明此詩及孟府君傳，所用『凱風』皆指母言。」按，此説襲漢儒關於凱風詩之解釋，意爲母恩在心，非是。

〔六〕高莽：高高的野草。方言十：「莽，草也，南楚曰莽。」眇：遠。

〔七〕森疏：樹木茂密扶疏貌。謝靈運山居賦：「猗蔚溪澗，森疎崖巘。」

〔八〕南嶺：廬山中一高峰。慧遠廬山記略：「其山大嶺凡有七重，圓基周回，垂五百里。……其南嶺臨宫亭湖，下有神廟，即以宫亭爲號。」「自託此山二十三載，再踐石門，四遊南嶺。」酈道元水經注廬江水：「南嶺即彭澤西天子鄣也。峰磴險峻，人迹罕至。」據上可知，南嶺是廬山南部一險峰，東臨鄱陽湖。

〔九〕焉如：何往。參見歸園田居詩其四注。

自古歎行役〔一〕，我今始知之！山川一何曠〔二〕，巽坎難與期〔三〕。崩浪聒天響〔四〕，長風無息時。久遊戀所生〔五〕，如何淹在兹〔六〕。静念園林好，人間良可辭。當年詎有幾〔七〕，縱心復何疑〔八〕。

【箋注】

〔一〕行役：謂因公務在外跋涉。詩魏風陟岵：「嗟，予子行役，夙夜無已。」

〔二〕「山川」句：陸雲爲顧彦先贈婦往返詩：「山海一何曠。」曠，廣廓。

〔三〕巽坎：指風水。易説卦：「巽爲木，爲風。」「坎爲水，爲溝瀆。」難與期：難與約定。阮籍詠懷詩：「揖讓長離别，飄颻難與期。」「巽坎難與期」，猶言風波難預料也。

〔四〕聒天：震天。

〔五〕「久遊」句：漢樂府長歌行：「遊子戀所生。」所生，指淵明母孟氏。

〔六〕「如何」句：王粲七哀詩：「何爲久留茲。」

〔七〕當年：壯年。墨子非樂上：「將必使當年，因其耳目之聰明，股肱之畢强，聲之和調，眉之轉朴。」孫詒讓閒詁：「王云：『當年，壯年也。』當有盛壯之義。」

〔八〕縱心：謂放任情懷。古注：「張衡歸田賦：『苟縱心於物外，焉知榮辱之所如。』」又，嵇康贈兄秀才入軍詩：「貴在肆志，縱心無悔。」

【集評】

吴瞻泰陶詩彙注卷三引趙泉山曰：「二詩皆直叙歸省意。」

何孟春注陶靖節集卷三：「朱熹嘗書此詩與一士子云：能參得此一詩透，則今日所謂舉業，與夫他日所謂功名富貴者，皆不必經心可也。」

黄文焕陶詩析義卷三：「不決辭人間，則他日又將復出矣！暫得妙，園林何嘗非人間，然較之朝市，則天上也，非人間也。」

辛丑歲七月赴假還江陵夜行塗口〔一〕

閒居三十載〔二〕，遂與塵事冥。詩書敦宿好〔三〕，林園無世情。如何捨此去，遥遥至南荆。叩枻新秋月，臨流别友生〔四〕。涼風起將夕〔五〕，夜景湛虚明。昭昭天宇濶〔六〕，皛皛川上平〔七〕。懷役不遑寐，中宵尚孤征。商歌非吾事〔八〕，依依在耦耕〔九〕。投冠旋舊墟〔一〇〕，不爲好爵縈〔一一〕。養真衡茅下〔一二〕，庶以善自名〔一三〕。

【校記】

塗口　陶本原校：「各本作『塗中』。此從文選李善注。」按，作「塗口」是，參見注〔一〕。

遂與　「遂」，曾本、汲古閣本云，一作「遠」。

世情　陶本原校：「各本作『俗情』。此從文選。」「世」，曾本、汲古閣本作「俗」，云，一作「世」。按，李善注：「纏子：董無心曰：『無心，鄙人也，不識世情。』」祭從弟敬遠文：「心遺得失，情不依世。」蓮傳慧遠法師傳：「師以世情難割。」作「世情」較勝。

南荆　「南」，陶本從文選作「西」。陶本原校：「李善注：『西荆州也，時京都在東，故謂荆州爲西也。』各本作『南』，非。」按，文選嵇康琴賦：「進南荆，發西秦。」夏侯湛離親詠：「剖符兮南荆，辭親兮遐征。」曹攄贈王弘遠詩：「採石他山，攻璞南荆。」謝靈運撰征賦：「鄭憑威於南荆。」可見晉宋時仍稱荆州爲南荆，故作「南荆」是，今據改。

新秋月　六臣本文選作「親月船」。

别友生　「别」，曾本、汲古閣本云，一作「引」。

尚孤征　「尚孤」，曾本、汲古閣本云，一作「向南」。

舊墟　「墟」，曾本云，一作「廬」。蘇寫本、汲古閣本同。

好爵縈　「縈」，文選作「榮」。

【箋注】

〔一〕辛丑歲：晉安帝隆安五年（四〇一）。是年，淵明已爲桓玄僚佐。此事前人有異説，今從朱自清説。參見【集説】。赴假還江陵：陶考：「意必以事使江陵，路出潯陽，事畢，便道請假歸視。其辭簡，猶曰『赴假還自江陵』云爾。」按，陶考增一「自」字，意謂自江陵還潯陽，并以赴假爲假歸。其説不確。詩云「如何捨此去，遥遥至南荆」，「懷役不遑寐，中宵尚孤征」。明是由潯陽往江陵。赴假，謂銷假赴職。還，指假還。晉書卷九二顧愷之傳：「仲堪在荆州，愷之嘗因假還，仲堪特以布帆借之。至破冢，遭風大敗。愷之與仲堪牋曰：『地名破冢，真破冢而出。行人安穩，布帆無恙。』還至荆州，人問以會稽山川之狀。」世説新語自新「陸機赴假還洛」之「還」，亦指假滿由吴還洛。古譜釋赴假爲「急假」，曰：「『假』與『赴假』，其間有別。『假』，常假。晉書：『徐邈並吏假還』，是其例。『赴假』，急假。世説：『陸機赴假還洛』，是其例。」朱自清陶淵明年譜中之問題駁古直云：「此文見自新篇，云：『陸機赴假還洛，輜重甚盛。』此寧類『急假』耶！抑機吴人，若云假還，何得向洛耶！足知『赴假』當即今言銷假意；淵明正是銷假赴官，乃有『投冠』、『養真』等語耳。」按，朱説是。詩題辛丑歲七月赴假還江陵夜行塗口，意謂辛丑歲七月假滿，由尋陽赴江陵任職，夜行至塗口作此詩。至於該年何月回尋陽休假及在家時日，已不可考矣。塗口：在今湖北安陸縣。李善注引江圖：「自沙陽縣下流一百一十里至赤圻，赤圻二十里至塗口也。」輿地紀勝卷六六鄂州塗口下注云：「在江夏南，水路五十里，一名金口，陶潛有塗口詩。」

〔二二〕閒居：後漢書卷三四梁竦傳：「大丈夫居世，生當封侯，死當廟食。如其不然，閒居可以養志，詩書足以自娛，州郡之職，徒勞人耳。」文選曹植雜詩：「閒居非吾志，甘心赴國憂。」按，陶詩數用「閒居」一詞，其義皆與仕宦相對。如飲酒詩其十：「恐此非名計，息駕歸閒居。」詠貧士詩其一：「閒居非陳厄，竊有慍見言。」述酒詩：「朱公練九齒，閒居離世紛。」雜詩其十：「閒居執蕩志，時駛不可稽。」扇上畫贊：「英哉諸子，稱疾閒居。」三十載：李注：「是時，淵明年三十七，中間除癸巳爲州祭酒，乙未距庚子參鎮軍事，三十載家居矣。」梁譜主淵明得年五十六歲說，舉凡八證，第五證即本詩「閒居三十載」一語，謂「是年正三十歲也。辛酉年先生五十歲，既有詩題及詩句爲證，實爲無上權威之資料，而逆溯至辛丑，正三十歲」。古譜主淵明得年五十二歲說，故云「計其閒居止有二十載耳，三十當爲二十之誤也，二三形近易誤」。逯繫年太元十八年癸巳條下云：「陶本年二十九歲，仕上京閒居，爲州祭酒，少日自解歸。至三十五歲始爲桓玄幕僚，其間賦閒六年，故三十七歲所寫辛丑歲七月赴假還江陵夜行塗口云：『閒居三十載，遂與塵事冥。』十字當是二字之訛。三二，六年，與陶事迹合。若作三十，第一，陶年三十七，而曰三十載與塵事冥，則七歲時已絕塵緣，不合理。第二，陶二十九歲作祭酒，距三十七僅八年，亦不符三十之數。」按，梁、古、逯三説皆非。依梁譜，安帝隆安二年戊戌（三九八），淵明二十七歲，始作鎮軍參軍，至隆安五年辛丑（四〇一）淵明三十歲時，已在軍幕首尾四年。「閒居」之義既與仕宦相對，則梁氏「三十載正三十歲」之説便與其「二十七歲已就軍職」的結論相矛盾，也可證明辛丑歲淵明必不止三十歲。至于古譜，與淵明生平牴牾之處甚多，故常改字以證己説，更不足論。各本皆作「三十載」，並無異文。逯注亦近妄改。其實，三十載是約言初仕江州祭酒前閒居時日之久，並不是實數。又，朱自清陶淵明年譜中之問題云：「『閒居』而從落地計之，殊嫌未安也。」若以「三十載」爲約數釋之，則朱氏疑問亦可解決。

〔三〕「詩書」句：文選李善注：「左氏傳：趙衰曰：『郄縠悦禮樂而敦詩書。』」又，蔡邕郭有道碑：「禮樂是悦，詩書是敦。」三國志吴書陸績傳：「幼敦詩書。」敦，易艮：「敦艮，吉。」孔穎達疏：「敦，厚也。」

〔四〕友生：朋友。詩小雅常棣：「雖有兄弟，不如友生。」成公綏嘯賦：「于是延友生，集同好。」

〔五〕「涼風」句：文選王粲從軍詩：「日夕涼風發。」

〔六〕昭昭：楚辭九歌雲中君：「靈連蜷兮既留，爛昭昭兮未央。」王逸注：「昭昭，明也。」

〔七〕皛皛：文選李善注：「説文：通白曰皛皛，皛皛，明也。」

〔八〕商歌：淮南子道應訓：甯戚困窮，欲干齊桓公，「飯牛車下，望桓公而悲，擊牛角而疾商歌」。此以商歌喻干禄。

〔九〕依依：思慕貌。王珉祭徐聘士文：「係佇靈宇，乃情依依。」耦耕：兩人並肩而耕。論語微子：「長沮、桀溺耦而耕。」

〔一〇〕投冠：猶掛冠，喻棄官。舊墟：謂故鄉。

〔一一〕好爵：高官厚禄。文選李善注：「易：『我有好爵，吾與爾縻之。』」縻：牽掛。逯注：「晉書夏侯湛傳：『好爵見縻。』」

〔一二〕養真：謂涵養其本真之性。文選李善注：「曹子建辨問曰：『君子隱居以養真也。』」又，夏侯湛抵疑：「玄白沖虛，仡爾養真。」按，真即自然，爲道家最重要的觀念。莊子漁父：「真者，所以受於天也，自然不可易也。故聖人法天貴真，不拘於俗。」莊子應帝王：「其知情信，其德甚真。」

〔一三〕庶：庶幾，差不多。論語先進：「子曰：回也，其庶乎。」善自名：謂善于保持自己的名聲，非指以善爲名。善乃「善于」之善，非「盡善盡美」之善。

【集説】

淵明是否仕桓玄？前人説法不一。吴譜引葉夢得云：「淵明隆安庚子從都還，明年赴假還江陵。荆州刺史自隆安三年桓玄襲殺殷仲堪，即代其任，至於篡未别授人。淵明之行在五年，豈嘗仕於玄耶？」葉疑淵明曾仕桓玄。吴譜不同意葉説，謂淵明未嘗居江陵，故未仕於玄。陶考謂淵明於隆安三年己亥（三九九）爲劉牢之鎮軍參軍，第二年隆安四年庚子（四〇〇）五月，由京口請假回里，路經建康，故有從都還阻風於規林詩，故淵明未曾仕桓玄。朱自清陶淵明年譜中之問題謂「淵明固嘗仕玄，蓋無庸諱，惟所仕何官則不可知矣」。按，考晉書卷一〇安帝紀、資治通鑑，隆安二年戊戌（三九八）十月，殷仲堪等盟於尋陽，推桓玄爲盟主。隆安三年己亥十二月，桓玄襲殺荆州刺史殷仲堪。隆安四年庚子三月，桓玄「表求領荆、江二州。詔以玄爲都督荆、司、雍、秦、梁、益、寧七州諸軍事，荆州刺史」。「玄上疏固求江州，于是進玄督八州及揚、豫八郡諸軍事，復領江州刺史」。淵明既於隆安五年辛丑（四〇一）七月赴假還江陵，則其時爲桓玄僚佐當不容置疑。至于何時入玄幕府，則尚須探索。據庚子歲五月中從都還阻風於規林詩，可知淵明於隆安四年已爲桓玄奔走。該詩云「久遊戀所生」，則仕玄必在本年之前，方合「久遊」。隆安二年，淵明正值生子喪妻，不大可能入桓玄幕府。隆安三年末，桓玄襲殺殷仲堪，荆、江二州入玄之手。資治通鑑載，玄至江陵，「荆州人士無不詣玄」，頗有民望所歸之氣象。此時，淵明離喪妻已過一年，且淵明外祖父孟嘉生前受桓玄之父桓温賞識，當過他的參軍和長史，而淵明本人壯年亦有遠志，故極有可能於隆安三年十二月仕玄，開始繼江州祭酒之後的仕宦經歷。又按，陶考因不信淵明曾仕桓玄，又不解詩題「赴假還江陵」，故謂淵明去年庚子歲五月從都請假回里，遂留潯陽踰年，至今年辛丑歲正月遊斜川後，不久又入都免假，至七月有江陵之役，「自都往江陵，必由潯陽，故有赴假還江陵詩」。陶考前曰「赴假還自江陵」，此又曰由尋陽往江陵，立説混亂至極。陶考又疑淵明往江陵是

「奉詔止桓玄入都」。淵明此時作朝廷何官，而能奉詔止玄耶？朱自清稱其爲「不根之論」，宜哉。然古譜却信陶考之揣度，並進而謂其時「王事孔亟」，故詩題特著「夜行」二字；又謂陶氏田宅坟墓在江陵，兄弟宗族多留居，而母妹其時亦在彼地，「所以言還，示不忘本」云云。其説更不足信也。考晉書卷六六陶侃傳：侃於咸和七年（應是九年）六月疾篤，上表遜位曰：「臣父母舊葬，今在尋陽。」而侃墓在長沙縣南，未聞陶侃田宅坟墓在江陵。淵明程氏妹固在武昌，其母孟氏及宗族兄弟皆在尋陽，此由庚子歲五月中從都還阻風於規林詩可證。古氏解淵明江陵之行，與陶考同屬不根之論。

【集評】

蔣薰評陶淵明詩集卷三：「篇中澹然恬退，不露懟激，較之楚騷，有静躁之分。」

邱嘉穗東山草堂陶詩箋卷二：「此與上經曲阿、阻風二詩，皆作客思歸之意。公自謂性愛閒静，不慕榮利，於此詩起結數語，尤可想見。」

方宗誠陶詩真詮：「『詩書敦宿好，園林無世情』。『養真衡茅下，庶以善自名。』淵明念念不忘詩書，不忘善，與莊列之學不同。」

癸卯歲始春懷古田舍二首〔一〕

在昔聞南畝〔二〕，當年竟未踐〔三〕。屢空既有人，春興豈自免〔四〕。夙晨裝吾駕，啓塗情已緬〔五〕。鳥弄歡新節〔六〕，泠風送餘善〔七〕。寒竹被荒蹊，地爲罕人遠〔八〕。是以植杖翁〔九〕，悠然不復返。即理愧通識〔一〇〕，所保詎乃淺〔一一〕。

【校記】

癸卯歲始春懷古田舍二首　陶本無「二首」二字。陶本原校：「李本有『二首』字。」今據各本補。

鳥弄歡新節　曾本云，一作「鳥弄新節令」。又云：「令」，一作「泠」。汲古閣本同。

泠風送餘善　陶本原校：「焦、毛諸本云，一作『鳥弄新節令，風送餘寒善。』」曾本、汲古閣本云，一作「風送余寒善」。「泠」，曾本、李本、汲古閣本、湯本作「泠」。焦本作「泠風送餘善」，云，一作「風送餘寒善」。按，作「泠風送餘善」是，參見注〔七〕。

寒竹　「竹」，曾本云，一作「草」。湯本、汲古閣本同。蘇寫本作「草」，云，一作「竹」。

罕人　「罕」，曾本云，一作「幽」。蘇寫本、汲古閣本同。

乃淺　曾本云，一作「成淺」。蘇寫本、汲古閣本同。

【箋注】

〔一〕此詩作於晉安帝元興二年癸卯（四〇三）。王譜因有淵明居京師六年之説，故謂此詩是「自江陵歸柴桑，復適京都，宅憂居家，思湓城，故有懷古田舍」。並謂癸卯歲十二月中作與從弟敬遠詩亦作於京都，所謂「在都亦當是處野」。方東樹昭昧詹言卷四謂淵明此時：「猶爲鎮軍參軍，故曰懷也。每首中間，正寫田舍數語，末交代出古之兩人，而以己懷緯其事。惟未得歸，故作羨慕詠歎，所謂懷也。」其説與王譜相近，皆以爲在官懷古，非爲實寫。陶考駁王譜，謂淵明未嘗有挈眷居京師事，否定居京都思溢城之説，稱：「平疇良苗，即事多欣，乃田家實景，即寢跡衡門，邈與世絶，亦豈在京師語耶？」陶考是。梁譜因持淵明僑居江陵六年之説，故謂此詩是「在江陵懷柴桑之作」。其説亦非。按，隆安五年辛丑（四〇一）冬，淵明母喪離職，自江陵回尋陽居憂，至元興三年甲辰（四〇四），復出爲劉裕鎮軍參軍。這二首詩即作於居憂期間。詩云：「夙晨裝吾駕，啓塗情已緬。」「秉耒歡時務，解顔勸農人。平疇交遠風，良苗亦懷新。」「日入相與歸，壺漿勞近鄰。」皆實情實景，非虚擬懸想。又，吴譜誤解「在昔聞南畝，當年竟未踐」二句，以爲「此年方有事於田疇」。又據飲酒詩其十九「投耒去學仕」一語，斷定淵明「始踐南畝，決非癸卯歲」，集本作「癸卯」乃誤，將此詩繫於太元十六年辛卯條下。顧譜從吴譜，亦謂「癸卯」當作「辛卯」。其實，此詩「在昔」二句是説癸卯歲之前未曾耕種過「南畝」那塊土地，不能理解爲此年才開始農田勞作。且取校各本，「癸卯」二字並無異文。吴譜似是而非。懷古田舍：陶考：「古人文簡語倒，當是於田舍中懷古也。觀詩中稱顔子、丈人、先師可見。王氏似以舊居爲古，則於文爲不辭。」張玉穀古詩賞析卷一三謂「古田舍，舊田舍也」。其説亦本王譜。逯注則訓「懷」爲「來」，「懷古田舍」即「來古田舍，或回故田舍」。味其意似亦與王譜同，將舊居稱作故田舍。其實，田舍乃田中簡陋房舍，以便農事，無所謂古不古，不能與舊居等量齊觀。

〔二〕南畝：詩豳風七月：「饁彼南畝。」南畝本泛指農田，然此詩之「南畝」與歸園田居詩其一「開荒南畝際」之「南畝」同，當指淵明所有的某一處耕地。

〔三〕未踐：未到，指未嘗去耕種。

〔四〕春興：義同「春作」，謂春耕。

〔五〕緬：超遠。張華朽社賦：「意有緬然，輒爲之賦。」

〔六〕弄：也作「哢」，鳥鳴。陸機行思賦：「翳緑葉而弄音。」

〔七〕泠風：莊子逍遥遊：「夫列子御風而行，泠然善也。」莊子齊物論：「泠風則小和。」吕氏春秋任地：「子能使子之野盡爲泠風乎？」高誘注：「泠風，和風，所以成穀也。」謝靈運初往新安至桐廬口詩：「既及泠風善。」餘：豐富飽和之意，與和郭主簿詩其一「園蔬有餘滋」之「餘」字同義。

〔八〕「地爲」句：言土地因人迹罕至而變得偏遠。

〔九〕植杖翁：論語微子：「子路從而後，遇丈人以杖荷蓧。子路問曰：『子見夫子乎？』丈人曰：『四體不勤，五穀不分，孰爲夫子？』植其杖而芸。」

〔一〇〕即理：就事理的認識。即，詩衞風氓：「來即我謀。」鄭玄箋：「即，就也。」通識：謂通達有見識者。古注：「魏晉之際，所謂通字，從後論之，每不爲佳號。晉書傅玄傳：『魏文慕通達，而賤守節。』干寶晉紀總論：『行身者以放濁爲通，而賤守節。』」世説新語德行篇注引王隱晉書：『露醜惡，同禽獸，甚者名之爲通，次者名之爲達。』陶公所謂通識，蓋即此流也，故云愧之也。」按，「通」、「通識」、「通達」等語，爲魏晉品題人物時所常用，如世説新語賞譽：「劉尹每稱王長史云：『性至通而自然有節。』」郭璞注山海經序：「足爲通識瑰儒。」王羲之遺謝萬書：「所謂通識，正自當隨事行藏，乃爲遠耳。」上述「通」或「通識」皆爲佳號。然亦有人以任達放濁、不顧行檢爲通達高遠。淵明「愧通識」，實含有不屑爲此輩「通識」之意。

〔一一〕「所保」句：莊子列禦寇：「善哉觀乎！女處己，人將保女矣。」郭象注：「保者，聚守之謂也。」淮南子氾論訓：「循性保真，無變於己。」張華招隱詩：「隱士託山林，遁世以保真。」孫楚樂毅贊：「棲遲一丘，以保皓素。」按，淵明所保，當是隱居保生、樂道保真之類，黄文煥陶詩析義卷三謂所保乃「節義身名」。不確。

【集評】

古詩歸卷九鍾惺曰：「幽生於樸，清出於老，高本於厚，逸原於細，此陶詩也。讀此等作，當自得之。」

吴瞻泰陶詩彙注卷三：「題曰懷古田舍，故二首俱是懷古之論。前首荷蓧丈人，次首沮、溺，皆田舍之可懷者也。古來唯孔、顔安貧樂道，不屑耕稼，然而邈不可追，則不如實踐隴畝之能保其真矣。篇中隱寓四古人，各相反照，悠然意遠，不唯章法低昂起伏，並可知古人鑄題之妙。」

先師有遺訓，憂道不憂貧〔一〕。瞻望邈難逮〔二〕，轉欲志長勤。秉耒歡時務〔三〕，解顔勸農人〔四〕。平疇交遠風，良苗亦懷新〔五〕。雖未量歲功〔六〕，即事多所欣〔七〕。耕種有時息，行者無問津〔八〕。日入相與歸，壺漿勞近鄰〔九〕。長吟掩柴門，聊爲隴畝民。

【校記】

遺訓　曾本、汲古閣本云，一作「成誥」。

瞻望　曾本、汲古閣本云，一作「仰瞻」。

志長勤　「志」，陶本原作「心」。陶本原校：「湯本、焦本作『患』。各本作『志』。」曾本、湯本、汲古閣本作「患」。曾本、汲古閣本云，一作「思」，又作「志」。蘇寫本作「思」。按，阮籍詠懷詩：「猗歟上世士，恬淡志安貧。」葛洪抱朴子金丹：「志欲投名山以修斯道。」榮木詩：「志彼不舍。」作「志」是。作「思」于義亦通，若作「患」，則與上下文義相乖，非是。陶本作「心」，未言所據，亦非。今據李本改。

歡時務　「歡」，曾本、汲古閣本云，一作「力」。蘇寫本作「力」。

耕種　「種」，曾本、汲古閣本云，一作「者」。蘇寫本作「者」，云，一作「種」。

日入　曾本、汲古閣本云，一作「田人」。按，擊壤歌：「日出而作，日入而息。」作「日入」是，「田人」乃形訛。

隴畝民　「民」，曾本、汲古閣本云，一作「人」。按，各本皆作「民」，「人」乃避諱字。

【箋注】

〔一〕「憂道」句：論語衛靈公：「君子謀道不謀食。耕也，餒在其中矣。學也，禄在其中矣。君子憂道不憂貧。」

〔二〕瞻望：仰望。棗嵩贈杜方叔詩：「瞻望弗及。」孫綽三日蘭亭詩序：「仰瞻羲唐，邈已遠矣。」

〔三〕秉：持也。耒：農具。時務：指應時農活，此謂春耕。丁注：「後漢書章帝紀：『方春東作，宜及時務。』」

〔四〕解顔：猶開顔。丁注：「列子黄帝篇：『自吾之事夫子，五年之後，夫子始得解顔而笑。』」又，羊徽答丘泉之詩：「俛冑時暇，解顔舒誠。」

〔五〕「平疇」二句：懷新，聞人琰古詩箋：「言其生意已盎然也。」蘇軾東坡題跋云：「非古之耦耕植杖者，不能道此語；非世之老農，不能識此語之妙。」沈德潛古詩源卷九：「昔人問詩經何句最佳，或答曰『楊柳依依』。此一時興到之言，然亦實是名句。倘有人問陶公何句最佳，愚答云：『平疇交遠風，良苗亦懷新。』亦一時興到也。」

〔六〕量：估量，預計。歲功：謂一年農事收穫。王符潛夫論愛日篇：「歲功既虧，天下豈無受其飢者乎？」宋書卷四二王弘傳：「宜早督田畯，以要歲功。」庚戌歲九月中於西田穫早稻詩：

「歲功聊可觀。」

〔七〕即事：猶接事。此指勞動時所見景物。五月旦作和戴主簿詩：「即事如已高。」

〔八〕問津：問路。津，渡口。論語微子：「長沮、桀溺耦而耕，使子路問津也。」

〔九〕壺漿：以壺盛漿。此指酒。孟子梁惠王下：「簞食壺酒，以迎王師。」晉書卷七一王鑒傳：「壺漿不贍。」

【集評】

劉履選詩補注卷五：「古人處畎畝之中，躬耕樂道，非若後世徒爲豐積者比。靖節自辛丑歲七月於鎮軍幕赴假還後，日以耕稼自樂。及賦此詩，乃以『懷古』名題，意有在矣。其言聖人憂道不憂貧，而我瞻望遠不易及者，蓋猶有飢餒之累，不免務爲農作，而轉欲忘其長勤也。然既能忘其勤勞，且耕且種，即事歡欣如此，其於憂貧也復何有哉！觀其日入而歸，壺漿相勞之後，而又長吟以掩柴門，則其氣象悠然，有非言語可得而形容者矣。」

黄文焕陶詩析義卷三引沃儀仲曰：「寄託原不在農，借此以保吾真。『聊爲隴畝民』，即簡兮『萬舞』之意，所謂醉翁意不在酒也。若無此意，便是一田舍翁，不復有所保矣，且曷云懷古。」

王夫之古詩評選卷四：「通首好詩，氣和理勻，亦靖節之僅遘也。『鳥弄歡新節，泠風送餘善』，自然佳句，不因排撰矣。陶此題凡二作，其一有云：『平疇交遠風，良苗亦懷新。』爲古今所共欣賞。『平疇交遠風』，信佳句矣！『良苗亦懷新』，乃生入語。杜陵得此，遂以無私之德，横被花鳥；不競之心，武斷流水。不知兩間景物關至極者，如其涯量亦何限，而以己所偏得非分相推，良苗有知，寧不笑人之曲訣哉！通人於詩，不言理而理自至，無所枉而已矣。」

癸卯歲十二月中作與從弟敬遠〔一〕

寢迹衡門下〔二〕，邈與世相絶。顧盼莫誰知，荆扉晝長閇〔三〕。淒淒歲暮風，翳翳經日雪〔四〕，傾耳無希聲，在目皓已潔〔五〕。勁氣侵襟袖，簞瓢謝屢設〔六〕，蕭索空宇中〔七〕，了無一可悦〔八〕！歷覽千載書，時時見遺烈〔九〕。高操非所攀，謬得固窮節〔一〇〕。平津苟不由〔一一〕，棲遲詎爲拙〔一二〕。寄意一言外，兹契誰能別〔一三〕。

【校記】

癸卯歲　湯本、李本無「歲」字。

顧盼　「盼」，曾本、湯本、李本、汲古閣本作「眄」。

荆扉晝長閇　曾本云，一作「荆門終日閉」。蘇寫本、汲古閣本同。按，閇與閉義同，參見注〔三〕。

淒淒　曾本、汲古閣本云，一作「慘慘」。

經日雪　「日」，曾本、湯本、汲古閣本云，一作「夕」。蘇寫本作「夕」。焦本作「夕」，云，一作

「日」，非。

皓已潔　「皓」，曾本、汲古閣本云，一作「浩」。「潔」，曾本、汲古閣本作「結」。李本云，「潔」或作「結」。焦本同。按，庾肅之雪贊：「皓雪其霏。」羊孚雪贊：「遇象能鮮，即潔成暉。」李顒雪賦：「不昧其潔。」作「皓」、「潔」是。

謬得　「謬」，陶本原校：「焦本云，宋本作『謬』，一作『深』，非。何校宣和本亦作『謬』。」各本皆作「深」。曾本、蘇寫本云，宋本作「謬」。汲古閣本云，一作「謬」。按，晉書卷九一范弘之傳：「下官輕微寒士，謬得廁在俎豆。」作「謬」是。

不由　「由」，曾本、汲古閣本云，一作「申」。按，作「由」是，參見注〔二〕。

【箋注】

〔一〕敬遠：淵明從弟。敬遠母與淵明母爲姊妹，皆孟嘉女。義熙七年（四一一）敬遠卒，淵明有祭從弟敬遠文。陶注引豫章書云：「孟嘉以二女妻陶侃子茂之二子，一生淵明，一生敬遠。」秀溪陶氏族譜謂孟嘉以二女妻陶回，生子三：「長曰注；次曰淵明；三曰敬遠，承繼胞弟延爲後。」然詩題明言「從弟敬遠」，可見秀溪陶氏族譜不可信。參見本書附録三陶氏宗譜中之問題。又，潛山陶氏族譜謂陶茂長子陶定「生子曰進遠，居栗里」。定山陶氏宗譜謂陶茂三子陶實「生子敬遠，敬遠生綗，綗生九相公」。記載有異，未知孰是。丁注引程穆衡曰：「時先生居憂，敬遠與先生同居，其母與先生母又姊妹也。敬遠能甘貧遺世，讀書躬耕，稱先生同志。詩中所陳，蓋兩人共之，故作此以相貽美而慰之也。後此八年卒，而爲祭敬遠文曰：『每憶有秋，我將其刈。與汝偕行，舫舟同濟。三宿水濱，樂飲川界。』是先生躬耕，敬遠實與同志而相樂也。」

〔二〕寢迹：止迹，息迹。此指隱居。寢，漢書卷二二禮樂志：「漢典寢而不著。」顔師古注：「寢，息也。」

〔三〕「荆扉」句：顔延之贈王太常僧達詩：「側周幽人居，郊扉常晝閉。」按，此句與歸去來兮辭「門雖設而常關」句同意。

〔四〕翳翳：陰暗不明貌。曹毗霖雨詩：「翳翳四區昏。」歸去來兮辭：「景翳翳以將入。」

〔五〕「傾耳」二句：王念孫王文簡公遺文云：「無希聲當作希無聲。希無聲與皓已潔對文。希即無聲，皓即已潔，以希形容無聲，以皓形容已潔。老子：聽之不聞名曰希。河上公注：無聲曰希。」逯注：「按：顔延年贈王太常：『蓄寶每希聲，雖秘猶彰徹。』希聲已爲當時詩人常語。無即希聲，皓即已潔，不必倒文。」逯注是。釋慧遠遊廬山詩：「希聲奏羣籟，響出山溜滴。」此二句描繪暮雪之輕盈潔白，頗爲後人稱賞。如羅大經鶴林玉露卷五：「淵明雪詩云：『傾耳無希聲，在目皓已潔。』只十字，而雪之輕盈潔白盡在是矣，後來者莫能加也。」沈德潛古詩源卷八：「淵明詠雪，未嘗不刻劃，却不似後人黏滯。」愚於漢人得二語，曰『前日風雪中，故人從此去』。於晉人得二語，曰『傾耳無希聲，在目皓已潔』。於宋人得一語，曰『明月照積雪』。爲千古詠雪之式。」按，世説新語言語記道壹道人經吴中遇雪，諸道人問在道所經。壹公曰：「風霜固所不論，乃先集其慘澹；郊邑正自飄瞥，林岫便已皓然。」「郊邑」二句可與淵明「傾耳」二句匹美。晉人真善詠雪也。

〔六〕簞瓢：論語雍也：「賢哉回也。一簞食，一瓢飲，在陋巷，人不堪其憂，回也不改其樂。」曹植大司馬曹休誄：「好彼蓬樞，甘此瓢簞。」謝：以辭相告曰謝。集韻：「謝，一曰告也。」

〔七〕空宇：空室。楚辭劉向九歎怨思：「閔空宇之孤子兮，哀枯楊之冤雛。」文選左思詠史詩：「寥寥空宇內，所講在玄虛。」

〔八〕了無：全無，竟無。晉人習語。嵇康答張遼叔釋難宅無吉凶攝生論：「了無日也。」陸雲與兄平原書：「然了無所識。」

〔九〕遺烈：遺業。漢書卷七三韋賢傳：「洋洋仲尼，視我遺烈。」顔師古注：「烈，業也。」文選左思詠史詩：「四賢豈不偉，遺烈見篇籍。」

〔一〇〕固窮：論語衛靈公：「君子固窮，小人窮斯濫矣。」

〔一一〕平津：坦塗，大道。此喻入仕門徑。晉書卷六六陶侃傳：「逵曰：『卿欲仕郡乎？』侃曰：『欲之，困于無津耳！』」一説平津指西漢平津侯公孫弘。李注：「漢元朔中，武帝詔封公孫弘爲平津侯。」據上下詩意，李注不確。由：循隨，遵從。文選王粲從軍詩：「蹊徑無所由。」

〔一二〕栖遲：游息。指隱居。詩陳風衡門：「衡門之下，可以栖遲。」漢書卷一〇〇敘傳上：「栖遲於一丘，則天下不易其樂。」詎爲拙：文選潘岳閒居賦序：「昔通人和長輿之論余也，固謂拙於用多。稱多則吾豈敢，言拙信而有徵。」淵明不以栖遲爲拙，與潘岳「拙於用多」之意同，蓋源于道家的「無爲無不爲」及「無用爲大用」之説。若進一步聯繫時局，則「栖遲詎爲拙」及前「謬得固窮節」云云，極有可能是有感而發。據晉書卷九九桓玄傳、晉書卷一〇安帝紀，元興元年壬寅（四〇二）二月，桓玄東下，攻陷京師，自爲侍中、丞相、録尚書事；又自稱太尉，總攬朝政，改元大亨。元興二年癸卯（四〇三）十二月三日，桓玄篡晉，稱楚，改元永始。貶晉安帝爲平固王，十二日，遷之尋陽。又，蓮傳慧遠法師傳載，桓玄篡晉，曾邀慧遠出山從俗，遭拒絶。凡此，淵明不會不知。陶必詮萸江詩話云：「是年十一月，桓玄稱帝。著眼年月，方知文字之外，所具甚多。」其説良是。

〔一三〕「寄意」二句：釋慧遠廬山出修行方便禪經統序：「冥契於昔，功在言外。」契，合也。此作「體會」、「領悟」解。古注：「言惟敬遠能明玆契也。」丁注：「一言，謂固窮也。」王叔岷云：「案莊子天道篇：『意之所隨者，不可以言傳也。』外物篇：『言者所以在意也，得意而忘言。』『一言』，似指『栖遲詎爲拙』句。」按，王説較深刻。此二句顯用魏晉玄學「得意忘言」之説。「一言」爲「栖遲詎爲拙」，言外之意乃在堅持不去，守志不移。而我之體悟，誰能辨之？言外之意是唯敬遠能知我也。

【集評】

黄文煥陶詩析義卷三：「無一可悦，俯首自歎。時見遺烈，昂首自命。非所攀，又俯首自遜。苟不由，又昂首自尊。章法如層波疊浪。」

陳祚明采菽堂古詩選卷十三：「起四句，一句一意，一意一轉，曲折盡致，全得子卿『骨肉緣枝葉』章法，而無揣摹之迹。」

延君壽老生常談：「『淒淒歲暮風，翳翳經日雪，傾耳無希聲，在目皓已潔』。自是詠雪名句。下接云『勁氣侵襟袖，簞瓢謝屢設』，接得沈著有力量。又云『高操非所攀，謬得固窮節。平津苟不由，棲遲詎爲拙』，想見作者之磊落光明，傲物自高。每聞人稱陶公恬淡，固也；然試想此等人物，如松柏之耐歲寒，其勁直之氣與有生俱來，安能不偶然流露於楮墨之間！」

乙巳歲三月爲建威參軍使都經錢溪〔一〕

我不踐斯境，歲月好已積〔二〕。晨夕看山川，事事悉如昔。微雨洗高林，清飈矯雲翮〔三〕。眷彼品物存，義風都未隔〔四〕。伊余何爲者，勉勵從兹役。一形似有制〔五〕，素襟不可易〔六〕。園田日夢想，安得久離析〔七〕。終懷在歸舟，諒哉宜霜柏〔八〕。

【校記】

義風　曾本、汲古閣本云，一作「在義」。

伊余　曾本云，一作「余亦」。湯本、汲古閣本同。

夢想　曾本、汲古閣本云，一作「想夢」。

離析　「析」，曾本云，一作「拆」。蘇寫本、湯本、汲古閣本同。焦本作「柝」。按，作「析」是，參見注〔七〕。

歸舟　「歸」，陶本原作「壑」。陶本原校：「從何校宣和本作『壑』。各本作『歸』，云，一作『壑』。」曾本、蘇寫本、湯本、汲古閣本云，一作「壑」。按，雜詩其五：「壑舟無須臾，引我不得住。」「壑舟」喻時光流逝。此若作「壑舟」，于義難通，當從各本作「歸舟」。

宜霜柏　「宜」，曾本云，一作「負」。蘇寫本、湯本、汲古閣本同。

【箋注】

〔一〕此詩作於晉安帝義熙元年乙巳（四〇五），時淵明爲建威將軍劉敬宣參軍。參見【集説】。錢溪：陶注：「胡三省通鑑注：新唐書地理志：『宣州南陵縣有梅根監錢官。』宋書：『陳慶軍至錢溪，軍于梅根。』蓋今之梅根港也。以有置錢監，故謂之錢溪。」

〔二〕好：甚，很。積：累積。宋書卷六三殷景仁傳：「日月頻積。」

〔三〕矯雲翮：高飛之鳥。文選揚雄解嘲：「矯翼厲翮。」矯，舉也。雲翮，雲中之高鳥。

〔四〕「眷彼」二句：品物，萬物。都，全。隔，絶。古注：「易乾彖傳：『雲行雨施，品物流形。』文言曰：『利物足以和義。』又曰：『知終始之可與存義也。』直案：『眷彼品物』二句，當本此義。『義風未隔』，即孔疏所謂『品類之物流布成形，各得亨通無所壅蔽也。』」王瑶、楊勇、王叔岷皆從古注。逯注：「二句是説喜愛此地人品事物還存在，正義風尚没有改變。」按，孔穎達疏易「雲行」二句曰：「言乾能用天之德，使雲氣流行，雨澤施布，故品類之物，流布成形，各得亨通，無所壅蔽。」疏易文言「利物」一句曰：「言君子利益萬物，使物各得其宜，足以和合於義，法天之利也。」此詩「品物」一句，確與周易有關；但「義風」一句，似與周易無關。考魏晉時「義風」一詞，皆指崇尚節義之風，例石崇大雅吟：「仁格宇宙，義風遐暢。」文選劉琨勸進表：「義風既暢，則遐方企踵。」晉書卷六七温嶠傳：「士稟義風，人感皇澤。」文選顔延年陽給事誄：「人知慕節，河汴之間有義風矣。」張銑注：「義風，節義之風也。」此詩中的「義風」，也指崇尚節義之風，而與易文言「利物足以和義」無涉。義熙元年二三月間，晉安帝由荆州東還京師，桓玄餘黨基本被肅清，舊物得以光復，正是義風激揚之時，淵明雖心懷田園，但終究「士稟義風」，勉力爲王事奔波。故「義風都未隔」一句，可看作淵明對於時局的一種感受。

〔五〕「一形」句：形，形體。古注：「淮南子原道訓：『以神爲主者，形從而利；以形爲制者，神從而害。』又詮言訓：『有形而制於物。』」此句即歸去來兮辭「口腹自役」、「心爲形役」之意。

〔六〕素襟：本義爲無文飾之衣襟，後轉用以喻本心。文選王僧達答顔延年詩：「崇情符遠迹，清氣溢素襟。」李善注：「聲類曰：『襟，交領也。』」李周翰注：「素，本也。清淑之氣，自盈於本心。」

〔七〕離析：分離。論語季氏：「邦分崩離析，而不能守也。」王朗與鍾繇書：「曷爲一旦離析，以至於歸而不反乎？」謝靈運南樓中望所遲客詩：「路阻莫贈問，云何慰離析。」

〔八〕諒：善也，美也。霜柏：喻君子。論語子罕：「歲寒，然後知松柏之後凋也。」莊子德充符：「受命於地，唯松柏獨也，在冬夏青青。」此句贊美霜柏不凋，借以自勵。

【集說】

建威將軍爲何人？或曰劉懷肅，或曰劉敬宣，或曰劉裕。吳譜於義熙元年乙巳條下云：「三月，建威將軍劉懷肅討振，斬之，天子乃還京師。是年，懷肅以建威將軍爲江州刺史。先生實參建威軍事，從討逆黨於江陵。有使都經錢溪詩，蓋自江陵以使事如建業。」周濟晉略「彙傳七隱逸」亦謂淵明爲劉懷肅建威參軍。吳瞻泰陶詩彙注以爲建威將軍可能是劉敬宣：「考宋書懷肅傳，其年爲輔國將軍，無建威之說。惟晉書卷八四劉牢之傳云，劉敬宣與諸葛長民破桓歆於芍坡，遷建威將軍、江州刺史，鎮尋陽。宋書卷四七劉敬宣傳所載亦同，實安帝元興三年甲辰，則公爲敬宣建威參軍，未可知也。」陶考謂吳譜蓋據晉書，「然懷肅雖亦號建威將軍，而時爲淮南、歷陽二郡太守，非江州刺史。江州刺史則敬宣以建威將軍爲之，鎮尋陽，已先在甲辰三月，先生爲江州柴桑人，得佐本州戎幕，且素參牢之軍事，敬宣爲牢之子，與先生世好，其特辟先生，有由也」。斷定建威將軍爲劉敬宣。

按，劉懷肅任建威將軍，見晉書卷一〇安帝紀：義熙元年，「三月，桓振復襲江陵，荆州刺史司馬休之奔於襄陽。建威將軍劉懷肅討振，斬之。」資治通鑑卷一一四所載同。又晉書卷九九桓玄傳：「玄故將劉統、馮稚等聚黨四百人，襲破尋陽城，（劉）毅遣建威將軍劉懷肅討平之。」據資治通鑑，此事在元興三年五月。劉敬宣爲建威將軍、江州刺史，見晉書卷八四劉敬宣傳。宋書卷四七劉敬宣傳所載同。據上可知，劉懷肅任建威將軍一事僅見於晉書，宋書卷四七劉懷肅傳只説他於義熙元年爲輔國將軍。或晉書誤記也未可知。而劉敬宣爲建威將軍晉書、宋書記載一致，當無疑問。據資治通鑑卷一一三，劉敬宣爲江州刺史時在安帝元興三年（四〇四）四月。義熙元年三月，安帝反正，敬宣徵拜冠軍將軍、宣城内史，領襄城太守。其事見晉書卷八四劉敬宣傳。宋書本傳稱其「自表解職」。自元興三年四月至義熙元年三月，敬宣任建威將軍前後約一年。陶澍以爲淵明使都當是奉賀復位，或並爲劉敬宣上表求解職，古譜從之。朱自清陶淵明年譜中之問題稱「其説殊嫌過巧」，然亦未可排斥有此可能。又，建威將軍其人，除劉懷肅、劉敬宣外，還有劉裕之説。宋人牟巘陵陽集卷一九日詩序云：「陶公再爲建威參軍，劉裕幕府也。」按，劉裕爲建威將軍時在元興二年癸卯（四〇三）。元興三年（四〇四）二月，劉裕始舉兵討桓玄時爲建武將軍。事詳晉書卷一〇安帝紀。元興二年，淵明正母喪居憂在家，有癸卯歲始春懷古田舍詩及癸卯歲十二月中作與從弟敬遠詩爲證。牟巘之説誤。

關於淵明入建威幕府時間，大致有元興三年及義熙元年兩説。陶考主前説，梁譜、古譜同。逯繫年主後説。朱自清則曰「不可知」。按，元興三年三月，劉裕進號鎮軍將軍，淵明不久即入鎮軍幕府。其時，劉敬宣爲建威將軍。淵明不可能在作鎮軍參軍同時入建威幕府。考歸去來兮辭序叙家貧境況後云：「親故多勸余爲長吏，脱然有懷，求之靡途。會有四方之事，諸侯以惠愛爲德，家叔以余貧苦，遂見用於小邑。」文中「小邑」，當指江州刺史、建威將軍府尋陽。諸侯指劉敬宣。義熙元年三月,「會有四方之事」,即敬宣欲上表解職,淵明既爲陶侃之後,又曾爲劉裕參軍,且此時正「耕植不足以自給」,故敬宣特示以「惠愛」,辟爲參軍,遣其奉表使都。據此,淵明入建威幕府時間,以逯繫年較得其實。

還舊居〔一〕

疇昔家上京〔二〕,六載去還歸〔三〕。今日始復來,惻愴多所悲。阡陌不移舊,邑屋或時非。履歷周故居〔四〕,鄰老罕復遺。步步尋往迹,有處特依依〔五〕。流幻百年中〔六〕,寒暑日相推。常恐大化盡〔七〕,氣力不及衰〔八〕。撥置且莫念〔九〕,一觴聊可揮〔一〇〕。

【校記】

家上京　「家」,曾本云,一作「居」。蘇寫本、汲古閣本同。「上京」,陶本原校:「緑君亭本云,一作『上荆』。」

六載　「六」,曾本云,一作「十」。湯本、汲古閣本同。

特依依　「特」,曾本、汲古閣本云,一作「時」。

相推　「推」,曾本云,一作「追」。湯本、汲古閣本同。按,易繫辭下:「日往則月來,月往則日來。日月相推而歲成焉。寒往則暑來，暑往則寒來，寒暑相推而歲成焉。」文選陸機寡婦賦：「四節運而推移。」干寶山亡論：「故天有四時，日月相推，寒暑迭代，其轉運也。」推，推移，推遷。作「推」是。

撥置　「撥」，曾本云，一作「廢」。蘇寫本、湯本、汲古閣本同。按，作「撥」是。參見注〔九〕。

且莫　曾本云，一作「旦暮」。蘇寫本、汲古閣本同。

可揮　「可」，曾本、汲古閣本云，一作「一」。

【箋注】

〔一〕此詩作年很難確定。一說義熙元年（四〇五），一說義熙七年（四一一），一說義熙十三年（四一七），一說永初二年（四二一），一說永初三年（四二二）。據詩中「常恐大化盡，氣力不及衰」二句，疑作於淵明近五十歲時。今暫繫於義熙十三年丁巳（四一七），淵明年四十九歲。舊居：前人說法不一。一說在宜豐。樂史太平寰宇記引圖經云：「淵明始家宜豐，後徙柴桑。宜豐，今新昌也。」一說在九江府西南九十里柴桑山。樂史太平寰宇記卷一一一「江州德化縣」條云：「柴桑山近栗里原，陶潛此中人。」又云：「陶公舊宅在州西南五十里柴桑山。」明嘉靖九江府志云：「柴桑縣在郡西南九十里，土名楚城鄉。」一說在南康府城西七里玉京山，亦名上京。李注引南康志云：「近城五里地，名上京，亦有淵明故居。」桑喬廬山記事引名勝志云：「南康城西七里爲玉京山，亦名上京，有淵明故居，其詩曰『疇昔家上京』，即此。」陶考亦以爲上京山在廬山之南，面臨鄱陽湖，山有淵明舊居。一説在京師建康。鄧安生陶淵明還舊居詩及其事迹新探（以下簡稱新探）謂淵明曾寓居京師，此詩作於義熙元年乙巳歲三月奉劉敬宣之命使都以後，「舊居」即指昔日所居京師之宅。按，以上數説，考之史傳及淵明詩文，當以九江柴桑爲正，其舊居在九江府西南約二十里鶴問湖附近，今八里湖一帶。參見本書附録三陶氏宗譜中之問題。

〔二〕上京：尋陽城附近一地名，當在廬山之北。一説在廬山之南。朱子語録云：「廬山南有淵明故迹，曰上京，淵明集作京，今土人作荆。江中有一盤石，石上有痕，云淵明醉卧其上，名淵明醉石。」南康志、名勝志、吴師道吴禮部詩話皆謂上京在南康城西，距城不遠。然查慎行云：「朱子在南康與嘉彦書云：『前日出山，在上京坡遇雨，巾屐沾濕。』據此，則上京乃坡名也。」大明一統志五十二「南康府星子縣」條云：「玉京山，在府西七里，晉陶潛詩『疇昔家上京』，即此。」據上可見，自宋至明，上原、上京、上荆、上京坡、玉京山，説已各異。逯欽立陶淵明里居資料評述稱上京在山南之説不可信。其説良是。或謂「上京」指京師建康，同四言答龐參軍詩「作使上京」之「上京」。李長之以五點理由，推論「上京」指京師建康，淵明曾居京師無疑（詳見李長之陶淵明傳論，天津人民出版社，二〇〇七年）。鄧譜亦稱：「上京，京師也。舊譜或以爲地名，或以爲里居名，或以爲江陵，皆不足據。」並謂淵明寓居京師當在太元二十年乙未（三九五）。王譜、吴譜、毛晉並謂淵明家居京師六年。陶考已詳辨其非。按，李長之、鄧譜謂淵明曾寓居京師，或有此可能。蓋淵明早年有大志，且母老子幼，求仕以救貧；叔父陶夔又在京師作官，可以援助。但是否一定居京師六年之久，仍須進一步探索。若淵明確有寓居京師求仕之事，揆之事理，必居於市朝，不會居於鄉下，與鄰老爲伍。又李長之、鄧譜稱淵明寓居京師並不帶家眷。但太元二十年乙未（三九五）至隆安四年庚子（四〇〇）此六年中，次子俟、三子份、四子佚相繼出生。此又作何解？隆安二年（三九八），淵明三十歲，前妻亡。此時他在京師還是在柴桑？淵明既不以妻子自隨，則前妻必死在柴桑。淵明是否要從京師赴柴桑守喪？庚子歲五月中從都還阻風於歸林詩云：「行行循歸路，計日望舊居。一欣侍温顔，再喜見友于。」可知淵明舊居在柴桑，母孟夫人與妻小及兄弟皆在彼地。此詩中之「舊居」，當是還舊居詩中之「舊居」。若淵明確有寓居京師六年之事實，則淵明歷經生數子、喪妻等接踵而至的家庭變故，在時間和空間上都是難於應付的。又，梁譜據毛氏緑君亭本云「一作上荆」，稱「上京」乃後人附會，而「上荆」指荆州，淵明「家於荆州即江陵者六年」。其説一是根據辛丑歲七月赴假還江陵夜行塗口詩，謂詩題於江陵言「還」；二是根據祭程氏妹文「昔在江陵，重罹天罰」二句。按，梁譜實謬。辛丑歲淵明由江陵往尋陽休假，七月假滿還江陵。尋陽乃故居所在，江陵爲仕宦之處，豈可只注意「還江陵」三字而無視「赴假」二字？且詩云：「詩書敦夙好，園林無世情。如何捨此去，遥遥至南荆。」「投冠旋舊墟，不爲好爵縈。養真衡茅下，庶自善自名。」稍加體會，即知淵明家居尋陽。辛丑歲冬月陶母卒，淵明固然在江陵，但並非攜家居該地，其母實卒于柴桑，故隨即回尋陽居憂。依梁譜，安帝隆安二年戊戌（三九七）淵明作劉牢之鎮軍參軍，至元興二年癸卯（四〇三）自江陵還柴桑，首尾六年一直居江陵。然作鎮軍參軍，爲何移家江陵？此點連梁氏也説「不可解」，如何取信于人？

〔三〕六載：説法不一，當指隆安三年己亥（三九九）至義熙元年乙巳（四〇五）。參見【集説】。

〔四〕履歷：脚步所至。

〔五〕「步步」二句：往迹：猶陳迹。謝靈運撰征賦：「尋履往迹。」有處：指有「往迹」之處。特：漢書卷一上高帝紀上：「毋特俱死。」文穎曰：「特，獨也。」

〔六〕流幻：流動變化。百年：指人之一生。百非實數。自祭文：「樂天委分，以至百年。惟此百年，夫人愛之。」

〔七〕大化：此指人自生至死之變化。

〔八〕「氣力」句：古注：「禮記檀弓下：『五十無車者，不越疆而吊人。』鄭玄注：『氣力始衰。』」又，禮記王制：「五十始衰。」陸雲與楊彦明書：「行向衰。」鄧安生新探謂此詩作于淵明三十九歲時，與「氣力不及衰」的説法相合。按，不及衰固然有必不及五十歲之意，但三十九歲就常恐化盡，氣力速衰，這終究與「五十始衰」之説不合，難以令人信服。

〔九〕撥置：撥，擺撥。置，棄置。世説新語政事：「望卿擺撥常務，應對玄言，那得方低頭看此書邪？」劉琨扶風歌：「棄置勿重陳。」

〔一〇〕揮：此指振去餘酒。文選蘇武詩：「淚下不可揮。」李善注：「爾雅曰：『揮，竭也。』」

郭璞曰：『揮，振去水，亦爲竭。』」

【集説】

關於本詩「六載去還歸」一句，歷來研究者多所探索，大致有以下幾種説法：一説爲隆安四年庚子（四〇〇）至義熙元年乙巳（四〇五），凡六年。韓子蒼云：「以淵明傳及詩考之，自庚子歲始作建威參軍，由參軍爲彭澤令，遂棄官歸，是歲乙巳，凡爲吏者六歲，故云『六載去還歸』。」吳譜：「先生以庚子歲作鎮軍參軍，乙巳歲去彭澤，不復仕，故還舊居詩云：『疇昔家上京，六載去還歸。』自庚子至乙巳，凡六年。」牟巘陵陽集卷一二仇山邨詩集序亦同此説。鄧安生新探云：「陶淵明自隆安四年庚子離都而去，至義熙元年乙巳三月奉建威將軍劉敬宣之命再次使都，前後共六年時間。還舊居詩説：『疇昔家上京，六載去還歸。』時間與此相合。」一説爲隆安三年己亥（三九九）至元興三年甲辰（四〇四），凡六年。如陶考謂「六載」、「今日」乃「明乙巳以前，去來靡定。從甲辰逆數至己亥正六載」。一説淵明身在仕途共六年。逯繫年謂淵明在仕途先後共六年，「故五十歲作還舊居云：『疇昔家上京，六載去還歸。』謂六年中身在仕途，來去不定也」。一説指元興三年甲辰（四〇四）至義熙六年庚戌（四一〇）。古譜定淵明移居南村在庚戌年，由此年上溯甲辰，正滿六載，爲「疇昔家上京」之年；並謂淵明乙巳歲由栗里舊居遷往上京，此六載中，栗里尚時往還；由上京遷往南村後，越十載始重來栗里舊居，頓覺人民城郭一時皆非，故愴然而悲。朱自清欣賞此説「最爲近之」。一説爲義熙七年辛亥（四一一）至義熙十三年丁巳（四一七）。如王瑤謂義熙七年淵明始遷居南村，後移尋陽，「如此則作此詩時離別舊居爲六年，與『六載去還歸』句符合，也和詩中所描寫的景物變化的情形相合」。

按，以上諸說，以陶考「明乙巳以前，去來靡定」二語較爲可取。據庚子歲五月中從都還阻風於規林詩，淵明很有可能于去年即隆安三年（三九九）冬爲桓玄僚佐，後歷經母喪居家、劉裕鎮軍參軍、劉敬宣建威參軍、彭澤令，至義熙元年乙巳（四〇五）十一月棄官歸故里，來去不定，首尾七年，實整整六年。義熙四年戊申（四〇八）遇火之前，淵明一直家於上京舊居，唯有乙巳之前六年中來去不定。至義熙十三年丁巳（四一七）還舊居時，距遇火之年將近十載，故有邑屋非舊，鄰老罕遺之感，不禁憶及乙巳之前奔波仕途六載中去來舊居的經歷。古譜謂淵明舊居在栗里，其地距尋陽西南九十里；乙巳歲始自柴桑遷居上京，其地在南康府西玉京山前。考栗里之名，始見于宋傳：「潛嘗往廬山，（王）弘令潛故人龐通之齎酒具，於半道栗里要之。」蕭傳記載同。據此，栗里位於淵明晚年居所至廬山的半道上。栗里在廬山南，其地有淵明舊居之說始於宋，見于樂史太平寰宇記。陳舜俞廬山記亦謂淵明所居栗里。朱熹跋顏魯公栗里詩謂廬山南之栗里有陶公醉石。其說實不可信。試想，若栗里固在距尋陽城西南九十里之楚城鄉，王弘豈能邀之？此外，古氏所謂乙巳歲始自柴桑遷居上京之說亦不可信。歸去來兮辭作於乙巳歲十一月，其中「三徑就荒，松菊猶存，攜幼入室，有酒盈樽」數句寫其居所。若謂此是上京新居，則何來「三徑就荒」之景象？若謂此是栗里舊居，則何苦捨此「有酒盈樽」之故宅？細繹陶淵明集，乙巳歲前後淵明未有遷居之舉。

庚子歲五月中從都還阻風於規林詩其二「計日望舊居」之舊居，歸園田居詩其一「方宅十餘畝，草屋八九間」之園田居處，還舊居詩之舊居，實指同一舊宅。又，王譜謂淵明舊居在柴桑，吴譜謂在尋陽。據晉書卷一五地理志下：「安帝義熙八年，省尋陽縣入柴桑縣，柴桑仍爲郡。」江西通志卷四：「柴桑縣初屬武昌郡，永興初屬尋陽郡，咸和中爲尋陽郡治。」可見，柴桑縣治即尋陽郡治，王譜、吴譜所説實一。鄧譜謂淵明曾寓居京師六年。從阻風於規林詩來看，有此可能。但短時棲身之所，稱舊居似乎不妥。況詩寫時移世變的景象，爲農村常見的變故，京師建康恐不會有不移舊之阡陌。又細味詩意，「疇昔」二句寫多年前往來舊居之情事，「今日」二句寫今日始還舊居之心情，「疇昔」與「今日」之間尚有一段時間間隔，亦即「六載去還歸」與「今日始復來」非指同時之同一行爲。若去舊居僅六載，恐不會有邑屋非舊、鄰老罕遺之變故之速。又逯繫年太元十八年癸巳條謂「陶五十歲時又還居上京閒居」，「直至終老，未再他徙。顔延之陶徵士誄云：『元嘉四年月日，卒於尋陽之某里。』即此上京閒居」。然考移居詩大寫與素心人結鄰之樂，並稱「此理將不勝，無爲忽去兹」。依逯繫年，淵明義熙七年移居南村，何故短短三年，便違其初衷，又舉家徙居頽廢不可睹之上京舊居？況讀還舊居詩，實難發現有徙居意。故逯説不可取。參諸史傳及陶淵明集，淵明始居尋陽城附近之上京，義熙四年戊申歲遇火，次年暫居西廬（參見和劉柴桑詩注），義熙十一年移居尋陽負郭之南村（又名南里），元嘉四年卒於其處，即顔誄所稱之「某里」也。

【集評】

邱嘉穗東山草堂陶詩箋卷三：「陶公諸感遇詩，都説到極窮迫處，方以一句撥轉，此所以爲安命守義之君子也，而章法特妙。」

戊申歲六月中遇火〔一〕

草廬寄窮巷，甘以辭華軒〔二〕。正夏長風急，林室頓燒燔。一宅無遺宇，舫舟蔭門前〔三〕。迢迢新秋夕，亭亭月將圓〔四〕。果菜始復生，驚鳥尚未還。中宵竚遥念，一盼周九天〔五〕。總髮抱孤介〔六〕，奄出四十年〔七〕。形迹憑化往〔八〕，靈府長獨閑〔九〕。貞剛自有質，玉石乃非堅〔一〇〕。仰想東户時，餘糧宿中田〔一一〕。鼓腹無所思〔一二〕，朝起暮歸眠。既已不遇兹，且遂灌我園。

【校記】

長風急　「急」，曾本、汲古閣本云，一作「至」。湯本云，一作「生」。

果菜　「菜」，曾本、蘇寫本、湯本、汲古閣本云，一作「藥」。

抱孤介　「介」，陶本原校：「何校宣和本作『介』。焦本云，宋本作『介』。一作『念』，非。」曾本、汲古閣本作「念」，云，一作「諸孤念」，又作「介」。蘇寫本作「念」，云，一作「諸孤」。李本作「念」。

四十年　「四」，曾本、汲古閣本云，一作「門」。

自有　「自」，曾本、汲古閣本云，一作「在」。

無所思　曾本、汲古閣本云，一作「且無慮」。

灌我園　「我園」，陶本原校：「各本作『西園』。從湯本、焦本、何校宣和本作『我園』。」李本作「西園」。

【箋注】

〔一〕戊申歲：指晉義熙四年（四〇八）。此年遇火之宅即柴桑城附近的上京舊居。李注：「靖節舊宅居於柴桑縣之柴桑里，至是屬回禄之變，越後年，徙居於南里之南村。」戊申：陶考引江州志作戊午。按，古譜創淵明得年五十二歲之説，據該譜，戊申歲淵明三十三歲，顯與詩云「奄出四十年」不合。爲彌縫其説，古氏巧辯遇火在戊午（四一八）而非戊申。然詩題「戊申歲」各本從無異文，江州志所據陶淵明集未知爲何本，豈可憑一孤證而否定各本耶？

〔二〕華軒：阮籍詠懷詩：「屣履詠南風，緼袍笑華軒。」詠二疏詩：「華軒盈道路。」

〔三〕「一宅」二句：一宅，指歸園田居詩所寫之「草屋八九間」。舫舟，併舟。舫，與方同。丁注引陶詩程傳云：「『舫舟蔭門前』者，謂如張融權牽小舟爲住室也。」王叔岷云：「似謂草屋數間焚燬之後，空餘牆壁蔭蔽門前，如舫舟耳。八九間，故以併舟爲喻。」按，王説離奇。此二句指淵明遇火後，可能暫栖於門前併舟上。

〔四〕亭亭：文選張衡西京賦：「狀亭亭以苕苕。」薛綜注：「亭亭，高貌也。」袁宏北征賦：

「月亭亭而虚昇。」謝靈運夜發石關亭詩：「亭亭曉月映，泠泠朝露滴。」

〔五〕九天：謂八方極遠之處。呂氏春秋有始：「中央曰鈞天，東方曰蒼天，東北曰變天，北方曰玄天，西北曰幽天，西方曰顥天，西南曰朱天，南方曰炎天，東南曰陽天。」是謂九野，也即九天。

〔六〕總髮：見榮木詩注。孤介：文選顔延之拜陵廟作詩：「幼壯困孤介，末暮謝幽貞。」李善注：「介，特也。」

〔七〕奄出：倏然超出。奄，廣韻：「奄，忽也，遽也。」王羲之雜帖：「庾新婦入門未幾，豈圖奄至此禍。」梁譜云：「集中紀年詩有戊申歲六月中遇火一首，中有『總髮抱孤介，奄出四十年』之語，似是年已逾四十。然則與辛丑三十、辛酉五十諸文相矛盾矣。竊謂此『十』字乃『九』字之譌。集中稱十二爲『二六』，十五爲『三五』，五十四爲『六九』，所在多有。此文亦以『四九』代三十六耳。『奄出四九年』，謂剛過三十六歲也。譌作『十』者，或由刓損，或由傳鈔臆改耶？」按，梁氏創淵明得年五十六歲説，爲自圓其説，揣測「十」字乃「九」字之譌，其説不可訓。且各本皆作「四十」，僅曾本、汲古閣本云，一作「門」，而「門」於文爲不辭，故作「四十」無庸置疑。

〔八〕「形迹」句：莊子大宗師郭象注：「故無所避就，而與化俱往也。」

〔九〕靈府：心神也。莊子德充符：「不可以入於靈府。」成玄英疏：「靈府者，精神之宅，所謂心也。」淮南子俶真訓：「是故聖人託其神於靈府。」此句即自祭文「心有常閑」之義。按，淮南子原道訓：「外與物化，而内不失其情。」淮南子人間訓：「得道之士，外化而内不化。」「形迹憑化往」，即形迹外與物化；「靈府長獨閑」，即内不失情。此二句正是「外化而内不化」之意。

〔一〇〕「貞剛」二句：言己稟性貞剛。王粲車渠椀賦：「體貞剛而不撓。」曹植鶡賦：「體貞剛之烈性。」質，稟性，本性。楊勇云：「自謂貞剛之質，堅於玉石也。」王叔岷云：「書僞胤征：『火炎崑岡，玉石俱焚。』遇火，玉石俱焚，故曰『非堅』也。」

〔一一〕「仰想」二句：淮南子繆稱訓：「昔東户季子之世，道路不拾遺，耒耜餘糧，宿諸畞首。」高誘注：「東户季子，古之人君。」

〔一二〕鼓腹：飽暖而悠閒自得貌。莊子馬蹄：「夫赫胥氏之時，民居不知所爲，行不知所之，含哺而熙，鼓腹而遊，民能已此矣。」成玄英疏：「鼓腹而遨游，將童子無别。」潘尼後園頌：「鼓腹巖穴。」

【集評】

蔣薰評陶淵明詩集卷三：「他人遇此變，都作牢騷愁苦語，先生不着一筆，末僅仰想東户，意在言外，此真能靈府獨閑者。」

鍾秀編陶靖節紀事詩品卷二寧静：「靖節此詩當與挽歌三首同讀，纔曉得靖節一生學識精力有大過人處。其於死生禍福之際，平日看得雪亮，臨時方能處之泰然，與强自排解、貌爲曠達者，不翅有霄壤之隔。」

己酉歲九月九日〔一〕

靡靡秋已夕〔二〕，淒淒風露交。蔓草不復榮，園木空自凋。清氣澄餘滓〔三〕，杳然天界高。哀蟬無留響〔四〕，叢雁鳴雲霄。萬化相尋繹〔五〕，人生豈不勞。從古皆有沒，念之中心焦〔六〕。何以稱我情，濁酒且自陶〔七〕。千載非所知，聊以永今朝〔八〕。

【校記】

園木　「木」，曾本、汲古閣本云，一作「林」。蘇寫本作「林」，云，一作「木」。

清氣　「氣」，曾本、汲古閣本云，一作「光」。按，釋慧遠遊廬山詩：「崇巖吐清氣。」作「氣」是。

杳然　「杳」，曾本、汲古閣本云，一作「遥」。

哀蟬　「哀」，曾本、汲古閣本云，一作「衰」。蘇寫本作「衆」。

留響　「留」，各本皆作「歸」。曾本、汲古閣本云，「歸」，一作「留」。焦本云，一作「歸」，非。按，作「留」是，參見注〔四〕。

叢雁　「叢」，曾本作「燕」，云，一作「叢」。湯本、汲古閣本同。焦本云，一作「燕」，非。

尋繹　「繹」，陶本原作「異」。陶本原校：「各本作『繹』。從何校宣和本作『異』。」曾本、汲古閣本云，一作「異」。按，作「繹」是，據各本改。

中心　「中」，曾本云，一作「令」。湯本、汲古閣本同。

且自陶　「且」，曾本、汲古閣本云，一作「思」。

【箋注】

〔一〕己酉歲：晉義熙五年（四〇九）。

〔二〕靡靡：詩王風黍離：「行邁靡靡。」毛傳：「靡靡，猶遲遲也。」陸機思歸賦：「歲靡靡而薄暮。」

〔三〕滓：污穢。文選馬融長笛賦：「澡雪垢滓。」

〔四〕留響：遺響，餘音。文選張載七哀詩：「寒蟬無餘音。」釋慧遠萬佛影銘：「扣誠發響，留音停岫。」留響義同留音。吴注引王棠曰：「『哀蟬無留響』，妙在『留』字。皆静察物理之言。」温汝能陶詩彙評卷三：「『留響』，有作『歸響』者，究不及『留』字之妙也。」陶考：「知此時宋公不臣之節已形，先生詩中『哀蟬』、『叢雁』及『念之心焦』等句，蓋亦有爲而言歟？」按，「哀蟬」及下句「叢雁」皆實寫秋景，陶説非。

〔五〕萬化：此指天地萬物之變化。參見於王撫軍座送客詩注。尋繹：抽引不絶。漢書卷八九黄霸傳：「吏民見者，語次尋繹。」顏師古注：「繹，謂抽引而出也。」按，此句取義莊子田子方：「且萬化而未始有極也。」言萬物變化，若抽引而綿綿不絶也。馬璞陶詩本義卷三云：「言此秋之時，乃萬化相尋所至。」其説不確。楊勇云：「此言天地間一切，皆相尋可化爲異物也。」也不確。

〔六〕「從古」二句：淵明有時對生死問題頗爲達觀，如神釋詩説：「縱浪大化中，不喜亦不懼，應盡便須盡，無復獨多慮。」連雨獨飲詩説：「運生會歸盡，終古謂之然。」挽歌詩其一説：「有生必有死，早終非命促。」但其實並非全無生死之感。魯迅魏晉風度及文章與藥及酒之關係一文説淵明「也不能忘掉死」，其説良是。

〔七〕自陶：自樂。禮記檀弓下：「人喜則斯陶，陶斯詠。」

〔八〕永：同「詠」，歌唱。詩小雅白駒：「縶之維之，以永今朝。」

【集評】

邱嘉穗東山草堂陶詩箋卷三：「此詩亦賦而興也，以草木凋落，蟬去雁來，引起人生皆有没意，似説得甚可悲。末四句忽以素位不願外意掉轉，大有神力。章法之妙，與詠貧士次首同。」

鍾秀編陶靖節紀事詩品卷二寧静：「此詩純是静字意境，而程子詩有句云：『春深晝永簾垂地，庭院無風花自飛。』唐子西有句云：『山静似太古，日長如小年。』亦道得静字，意境亦脱化。明王陽明龍潭獨坐有句云：『幽人月出每孤往，棲鳥山空時一鳴。』亦非静者不能見得静中境界。然此猶皆空摹静字意境，乃是既静之後，自然流露而出，究不若靖節之静察物理，似尤爲靠實也。」

庚戌歲九月中於西田穫早稻〔一〕

人生歸有道〔二〕，衣食固其端。孰是都不營，而以求自安〔三〕。開春理常業，歲功聊可觀〔四〕。晨出肆微勤〔五〕，日入負耒還。山中饒霜露，風氣亦先寒〔六〕。田家豈不苦，弗獲辭此難。四體誠乃疲，庶無異患干〔七〕。盥濯息簷下，斗酒散襟顏〔八〕。遥遥沮溺心，千載乃相關〔九〕。但願常如此，躬耕非所歎。

【校記】

有道　「道」，曾本云，一作「事」。蘇寫本、汲古閣本同。

其端　「其」，曾本、汲古閣本云，一作「無」。

孰是　「孰」，曾本云，一作「執」。蘇寫本、汲古閣本同。按，釋慧遠遊廬山詩：「孰是騰九霄，不奮沖天翮。」作「孰」是，「執」乃形訛。

開春　曾本云，一作「春事」。蘇寫本、汲古閣本同。

負耒　「耒」，陶本原校：「焦本云，一作『禾』，非。」曾本作「禾」，云，一作「耒」。湯本、汲古閣本同。蘇寫本作「耒」，云，一作「負禾」。

弗獲　「獲」，曾本、汲古閣本作「穫」，云，一作「獲」。

誠乃　「乃」，曾本云，一作「已」。湯本、汲古閣本同。

庶無　「庶」，蘇寫本、汲古閣本作「交」。

異患　曾本、汲古閣本云，一作「我患」。

盥濯　「濯」，曾本、汲古閣本云，一作「灌」。按，濯，洗也。作「濯」是。

襟顔　「襟」，陶本原校：「焦本云，一作『劬』，非。」曾本作「襟」，云，一作「劬」，又作「矜」，又作「襟」。汲古閣本同。蘇寫本、湯本、李本作「襟」。按，諸人共遊周家墓柏下：「余襟良已殫。」乙巳歲三月爲建威參軍使都經錢溪：「素襟不可易。」作「襟」是。

但願常　「常」，各本作「長」。

【箋注】

〔一〕庚戌歲：晉義熙六年（四一〇）。

〔二〕歸：歸宿，趨向。易繫辭下：「天下同歸而殊塗。」道：可訓爲規律、法則。莊子在宥：「何謂道？有天道，有人道。無爲而尊者，天道也；有爲而累者，人道也。」此言人生有道之「道」，義近莊子所説的人道。人道有爲有累，必有待方可生存，而衣食居於人道之首。按，丁注謂人生有道之「道」爲「生財之道」，古注以爲指「所謂不義而富且貴，于我如浮雲也」。皆與詩意不合。

〔三〕「孰是」二句：丁注：「經傳釋詞：孰亦訓爲何。越語曰：『孰是君也而可無死乎？』言有君如是，何可不爲之死也。論語八佾篇曰：『是可忍也，孰不可忍也。』吕氏春秋知接篇曰：

『孰之壤壤也，可以爲之葬之也。』兩之字，皆訓爲是；孰字並與何同義。按，據此知孰，何也。是，爲衣食之代名詞。詩言何可衣食都不營，而以求自安乎？」而，經傳釋詞：「而猶乃也。詩杕杜曰：『期逝不至，而多爲恤。』言乃多爲憂也。鄉射禮曰：『而錯。』乃錯也。」經傳釋詞又曰：「乃，異之之詞也。」自安，支遁與桓玄書論州符求沙門名籍：「索然不知何以自安？」

〔四〕歲功：參見癸卯歲始春懷古田舍詩其二注。

〔五〕肆：爾雅釋言：「肆，力也。」文選張衡東京賦：「瞻仰二祖，厥庸孔肆。」李善注：「綜曰：肆，勤也。」肆微勤，猶言勤于農務。後漢書卷五三周燮傳：「下有陂田，常肆勤以自給。」

〔六〕風氣：指風土氣候。淮南子墬形訓：「中央四達，風氣之所通，雨露之所會也。」漢書卷二八下地理志下：「凡民函五常之性，而其剛柔緩急，音聲不同，係水土之風氣，故謂之風。」

〔七〕異患：意外之禍患。干：干犯，衝犯。國語晉語五：「河曲之役，趙孟使人以其乘車干行。」韋昭注：「干，犯也。」陶注：「『四體』二語，即龐德公率妻子躬耕隴畝，而曰世人皆貽以危，我獨貽以安也。」

〔八〕襟顔：襟懷和容顔。逯注：「襟，寒戰。」非。按，此句即以酒解顔及濁酒自陶之意。

〔九〕「遥遥」二句：言已與千載之前的隱士長沮、桀溺之心相契。沮、溺，參見辛丑歲七月赴假還江陵夜行塗口詩注。

【集説】

有人以爲此詩以沮、溺自況，感慨晉、宋易代也。黄文焕陶詩析義卷三云：「屢言沮、溺以自況，所處之時運同也。感歎晉衰，胸中有故。」陶必詮萸江詩話云：「是年六月，宋武受黄鉞，當於言外會其微意。」章炳麟手批陶淵明集則云：「沮、溺、荷蓧皆靖節所深契，則仕隱不爲易代也。愚者見談黄、綺便以避秦相傳，從道子、國寶遊，有愈于宋公耶？」（庚戌歲九月中于西田穫早稻眉批）以爲淵明讚美沮、溺、黄、綺，與晉、宋易代無關。

【集評】

李公煥箋註陶淵明集卷三引思悦曰：「觀此詩知靖節既休居，惟躬耕自資，故蕭德施曰：『安道苦節，不以躬耕爲恥。』」

沈德潛古詩源卷九：「移居詩曰：『衣食終須紀，力耕不吾欺。』此云『人生歸有道，衣食固其端』，又云『貧居依稼穡』。自勉勉人，每在耕稼，陶公異於晉人如此。」

邱嘉穗東山草堂陶詩箋卷三：「陶公詩多轉勢，或數句一轉，或一句一轉，所以爲佳。余最愛『田家豈不苦』四句，逐句作轉，其他推類求之，靡篇不有，此蕭統所謂『抑揚爽朗，莫之與京』也。他人不知文字之妙全在曲折，而顧爲平鋪直叙之章，非贅則複矣。」

方宗誠陶詩真詮：「陶公高於老、莊，在不廢人事人理，不離人情，只是志趣高遠，能超然於境遇形骸之上耳。」

丙辰歲八月中於下潠田舍穫〔一〕

貧居依稼穡〔二〕，戮力東林隈〔三〕。不言春作苦〔四〕，常恐負所懷。司田眷有秋〔五〕，寄聲與我諧。飢者歡初飽，束帶候鳴鷄〔六〕。揚檝越平湖，汎隨清壑迴。鬱鬱荒山裏，猿聲閑且哀〔七〕。悲風愛静夜，林鳥喜晨開。曰余作此來，三四星火頹〔八〕。姿年逝已老，其事未云乖。遥謝荷蓧翁〔九〕，聊得從君栖〔一〇〕。

【校記】

依稼穡　曾本云，一作「事耕稼」。蘇寫本、湯本、汲古閣本同。「依」，焦本云，一作「事」，非。

常恐　「常」，曾本、汲古閣本云，一作「當」。

候鳴鷄　「候」，曾本、湯本、汲古閣本云，一作「俟」。

鬱鬱　曾本云，一作「皭皭」。湯本、汲古閣本同。按，鬱鬱，茂盛貌。古詩十九首：「鬱鬱園中柳。」文選左思詠史詩：「鬱鬱澗底松。」皭皭，廣雅釋訓：「皭皭，白也。」作「鬱鬱」是。

静夜　曾本、汲古閣本云，一作「夜静」。

【箋注】

〔一〕丙辰歲：晉義熙十二年（四一六）。潠：水涌也。一切經音義五：「水溢曰潠。」

〔二〕稼穡：史記卷四七孔子世家：「良農能稼而不能爲穡。」王肅曰：「種之爲稼，斂之爲穡。」

〔三〕戮力：書湯誥：「聿求元聖，與之戮力。」孔穎達疏：「戮力，猶勉力也。」漢書卷一上高帝紀：「臣與將軍戮力攻秦。」顏師古注：「戮力，并力也。」東林：地名，即廬山的東林。都昌西源陶氏宗譜、潯陽陶氏宗譜皆稱淵明祖父陶茂「居江州尋陽東林。」可能淵明祖上置田産於此。隈：隅，旁邊。

〔四〕春作：春日耕作。禮記樂記：「春作夏長，仁也；秋斂冬藏，義也。」

〔五〕司田：主管農事的官吏。管子小匡：「臣不如甯戚，請立爲大司田。」有秋：謂秋收。

〔六〕「束帶」句：古注：「秦嘉贈婦詩：『束帶待雞鳴。』」

〔七〕閑：廣韻：「閑，大也。」此作「嚮亮」解。

〔八〕三四：丁注：「三四謂十二年也。陶公乙巳歸田，至丙辰適爲十二年。」星火：古代星名，亦稱大火，與二十八宿相配爲氐、房、心三宿。爾雅釋天：「大火謂之大辰。」「大辰，房、心、尾也。」書堯典：「日永星火，以正仲夏。」詩豳風七月：「七月流火。」頹：落。此指星火西流。晉書卷五一皇甫謐傳：「大火西頹。」

〔九〕謝：漢書卷四〇周勃傳：「使人稱謝：『皇帝敬勞將軍。』」顏師古注：「謝，告也。」荷蓧翁：古代隱士。論語微子：「子路從而後，遇丈人，以杖荷蓧。」

〔一〇〕聊：詩邶風泉水：「聊與之謀。」毛傳：「聊，願也。」

【集評】

古詩歸卷九鍾惺曰：「陶公山水朋友詩文之樂，即從田園耕鑿中一段憂勤討出，不別作一副曠達之語，所以爲真曠達也。」又曰：「儲光羲、王維田家詩，情事真樸，從陶公田園等詩中出。偶然作意言高遠，從飲酒諸詩中出。」

陳祚明采菽堂古詩選卷一三：「世所愛陶詩，乃自歸園田居至此十數首耳，徒以中有景物可玩，意又甚明，遂以爲佳。他若飲酒、貧士等詩，便已不解。擬古、雜詩，意更難測，忽而莫知。顧此十許首，何足見陶公哉！」

飲酒二十首〔一〕并序

余閒居寡歡，兼比夜已長〔二〕，偶有名酒，無夕不飲。顧影獨盡，忽焉復醉〔三〕。既醉之後，輒題數句自娱；紙墨遂多，辭無詮次〔四〕。聊命故人書之，以爲歡笑爾。

衰榮無定在，彼此更共之〔五〕。邵生瓜田中，寧似東陵時〔六〕。寒暑有代謝〔七〕，人道每如兹。達人解其會，逝將不復疑〔八〕。忽與一觴酒，日夕歡相持。

【校記】

飲酒二十首　陶本原無「二十首」三字，今據各本補。「二十」，焦本誤作「三十」。

比夜　「比」，曾本云，一作「秋」。湯本、汲古閣本同。

不飲　「飲」，曾本、汲古閣本云，一作「傾」。

輒題　「輒」，曾本、汲古閣本云，一作「與」。

無定在　「在」，曾本云，一作「所」。蘇寫本、汲古閣本同。按，作「在」是，參見注〔五〕。

代謝　「代」，曾本、汲古閣本云，一作「換」。按，作「代」是。

解其會　「會」，曾本云，一作「趣」。蘇寫本、汲古閣本同。按，作「會」是，參見注〔八〕。

相持　曾本、汲古閣本云，一作「相遲」，又作「自持」。蘇寫本作「自持」。

【箋注】

〔一〕據此詩序「兼比夜已長」，「既醉之後，輒題數句自娱」及詩中「秋菊有佳色」，「凝霜殄異類」，「被褐守長夜」等語，可知這一組詩作於同一年的秋冬之際。關於飲酒詩的作年，大致有六種説法：一、元興二年癸卯（四〇三）説。吴譜元興二年癸卯條下云：「内一篇上云『是時向立年』，下云『亭亭復一紀』。又别篇云『行行向不惑』，是年三十九矣。」陶考、逯繫年亦主此説。二、元興三年甲辰（四〇四）説。王譜元興三年甲辰條下云：淵明爲州祭酒當在壬辰（三九二）、癸巳（三九三）時，所謂「投耒去學仕」。詩云「冉冉星氣流，亭亭復一紀」。至是得十二年。三、義熙十年甲寅（四一四）説。古譜據飲酒詩其十六「行行向不惑」句，謂此詩作於淵明三十九歲時。四、義熙二年丙午（四〇六）説。北京大學中國文學史教研室選註魏晉南北朝文學史參考資料云：「從詩的内容看來，應當是在彭澤歸園田之後，這時歸隱不久，所以第九首中才會寫到田父勸他出仕之事。茲定此詩於晉安帝義熙二年（四〇六），時陶淵明四十二歲。」五、義熙十一年乙卯（四一五）說。鄧安生陶淵明飲酒詩新探據宋書卷七三顔延之傳、晉書卷六一劉喬傳附劉柳傳、晉書卷一〇安帝紀、宋書卷四七孟懷玉傳等考證，以爲飲酒詩是顔延之爲劉柳後軍功曹，住尋陽與淵明結鄰時所作，時在義熙十一年秋季。又稱詩序中的「故人」主要應指顔延之。這一點頗有新意。六、義熙十二三年說。湯注：「彭澤之歸，在義熙元年乙巳，此云復一紀，則賦此飲酒，當是義熙十二三年間。」王瑶注從湯注，繫此詩於義熙十三年丁巳（四一七）。按，丙辰歲八月中於下潠田舍穫詩云：「曰余作此來，三四星火頹。」飲酒詩其十九云：「冉冉星氣流，亭亭復一紀。」淵明歸田在義熙元年乙巳，十二年爲一紀，則飲酒詩當作於義熙十二年丙辰。據宋書卷七三顔延之傳：「義熙十二年，高祖北伐，有宋公之授，府遣一使慶殊命，參起居，延之與同府王參軍俱奉使至洛陽，道中作詩二首，文辭藻麗，爲謝晦、傅亮所賞。」晉書卷一〇安帝紀、宋書卷二武帝紀中載，劉裕於義熙十二年率大軍北伐，十月至洛陽。據上可知，義熙十二年六月劉柳卒後，延之仍留江州，故得以在這年十月或稍後奉使至洛陽。因此飲酒詩可能作于義熙十二年秋，延之奉使至洛陽之前。劉履選詩補注卷五：「靖節退歸之後，世變日甚，故每每得酒，飲必盡醉，賦詩以自娱。此昌黎韓氏所謂『有託而逃焉』者也。」陶必銓萸江詩話：「此二十首當是晉、宋易代之際，借飲酒以寓言。驟讀之不覺，深求其意，莫不中有寄託。」

〔二〕比夜：近幾夜。比，近來。

〔三〕「顧影」二句：温汝能陶詩彙評卷二：「『顧影』二句，直繪出飲酒之神，偏淵明道得出，其妙處尤在『獨』字、『忽』字也。」

〔四〕詮次：次序。

〔五〕「衰榮」二句：言衰榮二者不會固定不變，彼此互相替代。定在，義同定止，常定。莊子至樂郭象注：「歡養之實，未有定在。」晉書卷七四桓沖傳：「事與時遷，勢無常定。」更，儀禮大射：「更爵洗。」鄭玄注：「更，易也。」漢書卷五七上司馬相如傳：「昆弟諸公更謂王孫曰」，顏師古注：「更，互也。」

〔六〕「邵生」二句：史記卷五三蕭相國世家：「邵平者，故秦東陵侯。秦破，爲布衣，貧，種瓜長安城東。瓜美，故世俗謂之東陵瓜。」寧：何。經傳釋詞：「寧，猶『何』也。易繫辭傳曰：『寧用終日』是也。」或謂淵明自比邵平。何焯義門讀書記陶靖節詩謂淵明：「先世宰輔，故以邵平自比。」「邵平可遊蕭相之門，淵明何妨飲王弘之酒。在我皭然不滓，則衰榮各適而不相疑也。」邱嘉穗東山草堂陶詩箋卷三亦云：「陶公昔爲晉參軍、縣令，今則退而閒居、飲酒，故以邵平事自比。」按，詩用邵平事不過是印證「衰榮無定在」，也暗喻晉宋即將易代。淵明何嘗視昔參軍、縣令爲榮，今閒居、飲酒爲衰耶？何、邱之説不僅曲解詩意，也曲解了淵明。

〔七〕「寒暑」句：成公綏天地賦：「陰陽協氣而代謝，寒暑隨時而推移。」陸雲歲暮賦：「寒與暑其代謝兮，年冉冉其將老。」

〔八〕「達人」二句：達人，淵明自喻。解會：義同解悟，魏晉常語。嵇叔良魏散騎常侍步兵校尉東平相阮嗣宗碑：「投芒刀之穎於有解之會。」支遁大小品對比要鈔序：「尋其妙會。」逝將，見贈羊長史詩注。感士不遇賦：「彼達人之善覺，乃逃祿而歸耕。」即達人所解之會。

【集評】

何谿汶竹莊詩話卷四引黄山谷云：「淵明此詩，乃知阮嗣宗當歛衽，何況鮑、謝諸子耶。詩中不見斧斤，而磊落清壯，惟陶能之。」

吴瞻泰陶詩彙注卷三引汪洪度曰：「二十首總冒，却從達觀説起，可見非胸次豁達，不得輕言飲酒也。」

方東樹昭昧詹言卷四：「言不必攖情無常無定之衰榮，惟知其古今皆若此，故但飲酒可也。以衰爲主，以榮陪説，其理乃顯。起筆峥嶸飛動，後四句明明正説。昔人云：讀杜詩，當作一部小經書讀。余謂陶詩亦然。但何必云小也。」

積善云有報〔一〕，夷叔在西山〔二〕。善惡苟不應，何事立空言〔三〕？九十行帶索〔四〕，飢寒況當年〔五〕。不賴固窮節，百世當誰傳。

【校記】

在西山　「在」，曾本、汲古閣本云，一作「飢」。

立空言　陶本原校：「各本作『空立言』，從汲古閣本作『立空言』。」曾本、汲古閣本作「空立言」，云，一作「立空言」。湯本、蘇寫本、李本、焦本作「空立言」。按，曹丕折楊柳行：「王喬假虚辭，赤松垂空言。」文選盧諶覽古詩：「秦人來求市，厥價徒空言。」李善注：「史記高祖本紀：『漢王曰：空言虚語。』」作「立空言」稍勝。

況當年　「況」，曾本云，一作「抱」。蘇寫本、汲古閣本同。

【箋注】

〔一〕「積善」句：易坤文言：「積善之家，必有餘慶；積不善之家，必有餘殃。」詩大雅抑：「無言不儲，無德不報。」老子七十九章：「天道無親，常與善人。」報，報應。

〔二〕夷叔：伯夷、叔齊，商孤竹君二子，因互讓君位，逃去。周滅商後，義不食周粟，隱於首陽山，采薇而食，後餓死。事見史記卷六一伯夷列傳。西山：即首陽山。

〔三〕事：經籍籑詁：「事，用也。老子『治人事天』。」又，戰國策燕策：「安事死馬。」

〔四〕九十：指古代隱士榮啓期。帶索：以繩索爲衣帶，喻貧。列子天瑞載：孔子遊於太山，見榮啓期行乎郕之野，鼓琴而歌。孔子問其何樂？榮啓期答曰有三樂，其三謂行年九十。詠貧士詩其三：「榮叟老帶索，欣然方彈琴。」

〔五〕「飢寒」句：此句承上，言榮啓期行年九十尚以貧爲樂，何況飢寒中之壯年者。當年，壯年也。庚子歲五月中從都還阻風於規林詩其二：「當年詎有幾，縱心復何疑。」此句意謂壯年者更應處貧猶樂。

【集評】

沈德潛古詩源卷九：「伯夷傳大旨已盡此。末二句馬遷所云亦各從其志也。」

邱嘉穗東山草堂陶詩箋卷三：「此詩前四句作勢反起，後四句收轉本意，一翻一覆如時文之故作波瀾，而後乃正解也。」

方宗誠陶詩真詮：「飲酒第二首『不賴固窮節，百世當誰傳』，言夷叔、榮叟所以傳百世者，以有固窮節耳，非謂夷叔等欲傳而後固窮也。懼後人誤會，故第三篇復將名駁去。」

道喪向千載〔一〕，人人惜其情〔二〕。有酒不肯飲，但顧世間名。所以貴我身〔三〕，豈不在一生。一生復能幾，倏如流電驚〔四〕。鼎鼎百年内〔五〕，持此欲何成。

【校記】

道喪　「喪」，曾本云，一作「衰」。蘇寫本、汲古閣本同。按，作「喪」是，參見注〔一〕。

但顧　「但」，曾本、汲古閣本云，一作「惟」。「顧」，陶本原校：「一作『願』。」

倏如流電驚　陶本原校：「緑君亭本云，一作『倏忽若沉星』。」曾本云，一作「倏忽若沉星」。蘇寫本、汲古閣本同。

鼎鼎　陶本原校：「一作『訂訂』。」曾本、汲古閣本云，一作「訂訂」。

【箋注】

〔一〕道：指上古淳和之世的無爲之道。古注：「莊子繕性：世喪道矣，道喪世矣；世與道交相喪也。」又，郭璞注山海經序：「道之所在，俗之所喪。」

〔二〕惜其情：吝惜情欲，即不肯任情之意。吕氏春秋情欲：「故耳之欲五聲，目之欲五色，口之欲五味，情也。」有酒當飲，乃合人情。不肯飲，故曰「惜情」。

〔三〕貴我身：莊子田子方：「知身貴於隸也，貴在於我而不失於變。」韓非子愛臣：「萬物莫如身之至貴也。」列子楊朱篇：「故智之所貴，存我爲貴。」文選謝靈運述祖德詩：「達人貴自我。」

〔四〕「倏如」句：倏，倏忽，迅疾。流電，閃電。李康遊山序：「蓋人生天地之間也，若流電之過户牖，輕塵之栖弱草。」

〔五〕鼎鼎：一説義用禮記檀弓上：「鼎鼎爾則小人。」鄭玄注：「謂大舒。」孔穎達正義曰：「若吉事鼎鼎爾，不自嚴敬，則如小人然。形體寬慢也。」聞人倓古詩箋卷六：「此言『鼎鼎』，取寬慢之意。百年自速，而人意自寬慢。『持此欲何成』，『此』字指『但顧世間名』。或以『鼎鼎』爲薪火不傳意，殊覺杜撰。宋陸游詩：『百歲常鼎鼎』，『新春鼎鼎來』。亦似未得陶公本意。」一説爲擾攘貌。古注：「鼎鼎，禮記鄭箋謂大舒，此非其義，疑當訓爲擾攘貌。」按，據詩意，鼎鼎義近蹉跎，即虛度光陰之意。曹植贈白馬王彪詩：「百年誰能持。」此詩「鼎鼎」二句似本曹植詩。

【集説】

此詩旨意是及時立名還是及時行樂？前人有異説。劉履選詩補注卷五云：「此言大道久喪，情欲日滋，當世之人，不肯適性保真，而徒戀惜世榮，殊不知一生之內，倏如電之過目，今乃舒緩怠惰，不自速悟，持此以往，欲何所成而垂名乎？蓋不特以之諷人，亦以自警焉爾。」何焯義門讀書記陶靖節詩云：「『有酒不肯飲』，直是有人不肯做之託詞耳。百年幾何，奈何不及時自立也？」劉、何皆主及時立名。方東樹昭昧詹言卷四則云：「言由於不悟大道，故惜情顧名，而不肯任真，不敢縱飲，不知及時行樂。此即身後名不如生前一杯酒，與上篇似相背，然惟其能固窮，是以能忘憂而飲酒，固是一串意，非相背也，不可以文害義也。此即神釋之意，注説及何義門解，皆失之滯，書生之見。」按，此詩言世間名不足惜，當任情縱飲，方東樹所言是。此詩表現出來的思想和作風，同魏晉不少名士相仿佛。世説新語任誕載：時人謂張翰：「卿可縱適一時，不爲身後名耶？」答曰：「使我有身後名，不如即時一杯酒。」晉書卷七二郭璞傳：郭璞嗜酒好色，時或過度，干寶誡之曰：「此非適性之道也。」璞曰：「吾所受有本限，用之恒恐不得盡，卿乃憂酒色之爲患乎！」而淵明和劉柴桑詩：「去去百年外，身名同翳如。」酬劉柴桑詩：「今我不爲樂，知有來歲不？」飲酒詩其七：「嘯傲東軒下，聊復得此生。」飲酒詩其二十：「若復不快飲，空負頭上巾。」其指歸皆在蔑彼世名，任情肆志，及時行樂。

栖栖失羣鳥〔一〕，日暮猶獨飛。徘徊無定止，夜夜聲轉悲。厲響思清遠〔二〕，去來何依依。因值孤生松，斂翮遥來歸。勁風無榮木，此蔭獨不衰。託身已得所，千載不相違。

【校記】

厲響思清遠，去來何依依　曾本云，一作「厲響思清晨，遠去何所依」。蘇寫本、汲古閣本同。「何依依」，曾本、汲古閣本云，又作「求何依」。焦本作「厲響思清晨，遠去何所依」，又云：「晨」，一作「遠」非。一作「去來何依依」。

因值　「因」，李本作「自」。

遥來歸　「遥」，曾本、汲古閣本云，一作「更」，又作「終」。蘇寫本云，一作「終」。

勁風　「勁」，曾本、汲古閣本云，一作「動」。

此蔭　「蔭」，蘇寫本作「廕」。

獨不衰　「獨」，曾本、汲古閣本云，一作「交」。按，鮑照松柏篇：「松柏受命獨，歷代長不衰。」作「獨」是。

不相違　「不」，曾本、汲古閣本云，一作「莫」。

【箋注】

〔一〕栖栖：忙碌不安貌。論語憲問：「丘何爲是栖栖者歟？」

〔二〕厲響：枚乘柳賦：「蜩螗厲響。」文選曹植洛神賦：「聲哀厲而彌長。」李善注：「厲，急也。」陸機幽人賦：「指千秋以厲響。」習鑿齒與釋道安書：「鸞響厲乎八冥。」清遠：魏晉六朝品藻人物常語。嵇康家誡：「其立身當清遠。」世説新語賞譽：「康子紹，清遠雅正。」世説新語言語：「會稽賀生，體識清遠，言行以禮。」詩品：「嵇康詩託喻清遠，良有鑒裁。」此句中「清遠」，寫鳥之高遠之志。古注：「凡厲急之聲皆必清遠。」其説非。

【集説】

邱嘉穗東山草堂陶詩箋卷三謂「陶公自彭澤解綬，真如失羣之鳥，飛鳴無依。」其説不確。關於此詩命意，李注引趙泉山曰：「此詩譏切殷景仁、顔延之輩附麗於宋。」孫人龍纂輯陶公詩評註初學讀本卷二否定趙説，稱此詩「自寫其高致耳」。温汝能陶詩彙評卷三亦謂「至譏切殷、顔輩，似非正旨。」

結廬在人境〔一〕，而無車馬喧。問君何能爾？心遠地自偏〔二〕。採菊東籬下，悠然見南山〔三〕。山氣日夕佳，飛鳥相與還。此中有真意〔四〕，欲辨已忘言〔五〕。

【校記】

能爾　「爾」，曾本云，一作「爲」。蘇寫本、汲古閣本同。

悠然　曾本、汲古閣本云，一作「時時」。

見南山　「見」，曾本、汲古閣本云，一作「望」。文選作「望」。按，作「見」是，參見注〔三〕。

日夕佳　「佳」，曾本、汲古閣本作「嘉」。

此中　「中」，曾本、汲古閣本作「還」，云，一作「中」。蘇寫本、湯本作「中」，云，一作「還」。

已忘言　「已」，曾本云，一作「忽」。蘇寫本、汲古閣本同。

【箋注】

〔一〕結廬：猶構廬。結，構也。文選揚雄解嘲：「結以倚廬。」李善注：「應劭曰：漢律：『以爲親行三年服，不得選舉，結爲倚廬，以結其心。』」

〔二〕「心遠」句：謂寄心渺遠，則自會覺得住地偏僻。以上四句頗有理趣，向爲後人稱賞。范正敏遁齋閒覽：「王荆公在金陵作詩，多用淵明詩中事，至有四韻詩全使淵明詩者。且言其詩有奇絶不可及之語，如『結廬在人境，而無車馬喧。問君何能爾？心遠地自偏』。由詩人以來無此句也。然則淵明趨向不羣，詞彩精拔，晉宋之間，一人而已。」按，「心遠地偏」之義乃屬魏晉玄學之范疇。魏晉隱逸之風極盛，玄學改變了隱居乃逃於江海之上以避世之舊觀念，指導人們不執着於外在形迹，而去追求心境之超然無累。倘内心超脱，則隱於市朝與隱於巖穴無異。如王康琚反招隱詩云：「小隱隱陵藪，大隱隱朝市。」周續之亦稱：「情致兩忘者，市朝亦巖穴耳。」不難發現，「心遠地偏」之義，正是魏晉隱士追求的「勝義」。

〔三〕「採菊」二句：蘇軾東坡題跋卷二題淵明飲酒詩後：「『採菊東籬下，悠然見南山。』因採菊而見山，境與意會，此句最有妙處。近歲俗本皆作『望南山』，則此一篇神氣都索然矣。」晁補之鷄肋集卷三三題陶淵明詩後：「東坡云陶淵明意不在詩，詩以寄其意耳。『採菊東籬下，悠然望南山』，則既採菊又望山，意盡於此，無餘蘊矣，非淵明意也。『採菊東籬下，悠然見南山』，則本自採菊，無意望山，適舉首而見之，故悠然忘情，趣閑而累遠，此未可於文字精粗間求之。」吴曾能改齋漫録卷三：「東坡以淵明『採菊東籬下，悠然見南山』，無識者以『見』爲『望』，不啻碔砆之與美玉。然余觀樂天效淵明詩有云：『時傾一尊酒，坐望東南山』，然則流俗之失久矣。惟韋蘇州答長安丞裴説有云：『採菊露未晞，舉頭見南山。』乃知真得淵明詩意，而東坡之説爲可信。」王國維人間詞話：「『採菊東籬下，悠然見南山』，無我之境也。」南山：廬山。王瑶注：「相傳服菊可以延年，採菊是爲了服食。詩經上説，『如南山之壽』，南山是壽考的徵象。」按，王瑶謂採菊是爲服食，良是。然釋「南山」非是。顔誄云：「尋陽陶淵明，南岳之幽居者。」南岳，當指廬山。又，庾亮翟徵君贊：「卒於尋陽之南山。」太元十六年，江州刺史王凝之集中外僧徒八十八人，在廬山翻譯佛經，出三藏集阿毗曇心經序云：「其年冬，於南山精舍，提婆自執胡經，先譯本文。」九江府志：「廬山在府城南二十五里，古稱南障山。」凡此，皆可證南山指廬山。此外，「悠然」句後緊承「山氣」二句，描繪所見實景，則前面之南山，顯然不是意念中「壽考的徵象」。

〔四〕真意：指委運自然之意趣。按，蘇軾稱「採菊東籬下，悠然見南山」爲淵明談理之詩，知道之言（見葛立方韻語陽秋）。此詩中的「真意」便是「理」與「道」，然又絶非抽象之哲理，而是新鮮生動之意趣。

〔五〕「欲辨」句：莊子齊物論：「辨也者，有不辨也。」「夫大道不稱，大辨不言。」莊子外物：「言者所以在意，得意而忘言。」莊子知北遊：「夫知者不言，言者不知，故聖人行不言之教。」按，王弼易略例明象章曰：「盡意莫若象，盡象莫若言。」「言者所以明象，得象而忘言。象者所以存意，得意而忘象。」「是故存言者非得象者也，存象者非得意者也。」「忘象者乃得意者也，忘言者乃得象者也。」此詩是運用魏晉玄學「得意忘言」之説的典型例子。「採菊」四句爲所見之象。「象者所以存意」，由採菊而見山中夕景之佳，悟出其中「真意」。然「忘象者乃得意者也，忘言者乃得象者也」。既已得意，即可忘象忘言，故曰「此中有真意，欲辨已忘言」。

【集説】

張九成曰：「此即淵明畎畝不忘君之意也。」（李注卷三引）章炳麟手批陶淵明集不以張九成之説爲然，曰：「靖節高隱之士，固不樂爲宋臣，亦非眷念晉室，乃云『畎畝不忘君』，荒矣。」（飲酒其五眉批）

【集評】

王士禛古學千金譜：「通章意在『心遠』二字，真意在此，忘言亦在此。從古高人只是心無凝滯，空洞無涯，故所見高遠，非一切名象之可障隔，又豈俗物之可妄干。有時而當静境，静也，即動境亦静。境有異而心無異者，遠故也。心不滯物，在人境不虞其寂，逢車馬不覺其喧。籬有菊則采之，采過則已，吾心無菊。忽悠然而見南山，日夕而見山氣之佳，以悦鳥性，與之往還，山花人鳥，偶然相對，一片化機，天真自具，既無名象，不落言詮，其誰辨之？」

温汝能陶詩彙評卷三：「淵明詩類多高曠，此首尤爲興會獨絶，境在寰中，神遊象外，遠矣。得力在起四句，奇絶妙絶，以下便可一直寫去，有神無迹，都於此處領取，俗人反先賞其採菊數語何也。至結二句則愈真愈遠，語有盡而意無窮，所以爲佳。」

行止千萬端〔一〕，誰知非與是〔二〕。是非苟相形〔三〕，雷同共譽毁〔四〕。三季多此事〔五〕，達士似不爾〔六〕。咄咄俗中愚〔七〕，且當從黄綺〔八〕。

【校記】

達士　「士」，曾本云，一作「人」。湯本、汲古閣本同。

俗中愚　「愚」，陶本原校：「焦本云，宋本作『愚』，一作『惡』，非。」各本皆作「惡」。曾本、汲古閣本云，一作「愚」。

【箋注】

〔一〕行止：指人們的出處趣舍。千萬端：嵇康卜疑：「人情萬端。」

〔二〕「誰知」句：莊子齊物論：「物無非彼，物無非是。」「彼亦一是非，此亦一是非，果且有彼是乎哉？果且無彼是乎哉？」淮南子齊俗訓：「不知世之所謂是非者，不知孰是孰非。」

〔三〕相形：老子二章：「長短相形，高下相傾。」淮南子齊俗訓：「短修相形。」

〔四〕雷同：禮記曲禮上：「毋剿説，毋雷同。」鄭玄注：「雷之發聲，物無不同時應者。」漢書卷三六劉歆傳：「雷同相從，隨聲是非。」譽毀：即毀譽。古注：「楚辭九辯：『世雷同而炫耀兮，何毀譽之昧昧。』又，王沈釋時論：『姻黨相扇，毀譽交紛。』葛洪抱朴子對俗：『憂喜毀譽不爲累。』」

〔五〕三季：參見贈羊長史詩注。此事：指是非不分，雷同毀譽之事。吴注引王棠曰：「此事是何事，口不説出，蓋指從宋諸臣。」其説非。

〔六〕達士：熊遠因災異上疏：「從容爲高妙，放蕩爲達士。」不爾：魏晉習語。晉書卷四九光逸傳：「君子仁愛，必不爾也。」晉書卷六七郗超傳：「不爾，便燒之。」

〔七〕咄咄：表示驚訝的歎詞。世説新語黜免：「殷中軍被廢，在信安，終日恒書空作字。揚州吏民尋義逐之，竊視，唯作『咄咄怪事』四字而已。」俗中愚：賈誼鵩鳥賦：「愚士繫俗兮，窘若囚拘。」

〔八〕黄綺：商山四皓中的夏黄公與綺里季。參見贈羊長史詩注。

【集説】

湯漢注陶靖節先生詩卷三：「此篇言季世出處不齊，士皆以乘時自奮爲賢，吾知從黄、綺而已，世俗之是非譽毀，非所計也。」

蔣薰評陶淵明詩集卷三：「先生知是非者也，雖爲雷同人語，晉、宋之交，能無咄咄。」

邱嘉穗東山草堂陶詩箋卷三：「此必當時仕宋者反議公之退隱爲非，如淳于髡之譏孟子以名實，孟子答以三子同歸於仁，公此詩亦然。」

方東樹昭昧詹言卷四：「本齊物論，言心不遠者，但見是非紛紜而不能已於言。以承上文忘言而足之如此。」

秋菊有佳色，裛露掇其英〔一〕。汎此忘憂物〔二〕，遠我遺世情〔三〕。一觴雖獨進，杯盡壺自傾。日入羣動息〔四〕，歸鳥趨林鳴。嘯傲東軒下〔五〕，聊復得此生〔六〕。

【校記】

秋菊　「秋」，曾本云，一作「霜」。汲古閣本同。

遺世情　「遺」，陶本原校：「文選作『達』。一作『違』。」曾本云，一作「達」。按，孫綽遊天台山賦：「非夫遺世翫道。」作「遺」是。

雖獨進　「雖」，曾本、汲古閣本云，一作「聊」。焦本云，一作「聊」，非。

趨林鳴　「趨」，汲古閣本作「趣」。按，「趨」同「趣」。

【箋注】

〔一〕裛：通「浥」，文選謝靈運入彭蠡湖口詩：「浥露馥芳蓀。」李善注：「説文曰：『浥，濕也。』」掇：拾起，可引申爲摘取。英：指菊花。楚辭離騷：「朝飲木蘭之墜露兮，夕餐秋菊之落英。」

〔二〕汎：説文：「汎，浮貌。」可訓爲浸泡。孫思邈千金月令：「重陽之日，必以肴酒，登高眺遠，爲時讌之遊賞，以暢秋志。酒必采茱萸甘菊以泛之，既醉而還。」（説郛卷六九上）潘尼秋菊賦：「汎流英於清醴，似浮萍之隨波。」忘憂物：指酒。曹操短歌行：「何以解憂，唯有杜康。」形影神詩：「酒云能消憂。」逯注：「忘憂物，指菊。」非。按，據本詩及九日閒居詩：「酒能祛百慮，菊解制頽齡」二句看來，淵明雖不信神仙長生，並説「衛生每苦拙」，但並不排斥服菊酒以希延年的養生之道，偶或亦作「衛生之舉」。

〔三〕「遠我」句：與連雨獨飲詩「試酌百情遠」句同意。

〔四〕羣動：運動着的萬物。文選李善注：「杜育詩曰：『臨下覽羣動。』」又，李顒雷賦：「應厲風以相薄兮，包羣動而爲長。」

〔五〕嘯傲：舒嘯而傲然自得之貌。文選李善注：「郭璞遊仙詩：『嘯傲遺俗羅。』」嘯，撮口發聲，以宣泄情志。

〔六〕「聊復」句：吴注：「東坡曰：『靖節以無事爲得此生，則凡役於物者，非失此生耶？』」復，此有失而復得之意。離開田園謂之失，辭官歸隱，謂之復得。

【集評】

李公焕箋注陶淵明集卷三引定齋曰：「自南北朝以來，菊詩多矣，未有能及淵明之妙，如『秋菊有佳色』，他花不足當此一佳字。然通篇寓意高遠，皆由菊而發耳。」

邱嘉穗東山草堂陶詩箋卷三：「此詩言對菊飲酒至暮，遺世而自得也。蓋菊之晚芳，亦公所自比歟。故下篇遂以松次之。公和郭主簿云：『芳菊開林耀，青松冠巖列，懷此貞秀姿，卓爲霜下傑。』固知松菊皆三徑中得意之物，宜其於詩文中再三及比。」

青松在東園，羣草没其姿。凝霜殄異類〔一〕，卓然見高枝。連林人不覺，獨樹衆乃奇。提壺撫寒柯，遠望復何爲〔二〕。吾生夢幻間，何事紲塵羈〔三〕。

【校記】

没其姿　「其」，陶本原校：「一作『奇』。」曾本、汲古閣本云，一作「奇」。李本作「奇」。

凝霜　「凝」，曾本云，一作「晨」。蘇寫本、汲古閣本同。按，楚辭九章悲回風：「漱凝霜之雰雰。」文選陸機園葵詩：「嚴霜有凝威。」文選張景陽雜詩：「凝霜竦高木。」湛方生秋夜：「露凝結而爲霜。」作「凝霜」是。

連林　「連」，曾本云，一作「叢」。蘇寫本、汲古閣本同。

乃奇　「奇」，陶本原校：「一作『知』。」曾本云，一作「知」。蘇寫本、汲古閣本同。

撫寒柯　「撫」，陶本原作「挂」。陶本原校：「何本云，一作『撫』。」曾本作「挂」，云，一作「撫」，蘇寫本、汲古閣本同。湯本、李本、焦本作「挂」。按，歸去來兮辭：「撫孤松而盤桓。」作「撫」較勝，今據改。

復何爲　陶本原作「時復爲」。湯本、焦本同。曾本作「時復爲」，云，一作「復何爲」。蘇寫本、汲古閣本同。按，作「復何爲」是，參見注〔二〕。

【箋注】

〔一〕殄：廣雅釋詁：「殄，絶也。」論衡論死：「殄者，死之比也。」

〔二〕「遠望」句：陶注：「此倒句，言時復爲遠望也。」按，曹植精微篇：「怨女復何爲。」傅玄雲中白子高行：「長與天地並，復何爲，復何爲。」上句寫提壺撫松，神凝於彼，此句正謂何必再遠望外慕。陶注不確。

〔三〕紲塵羈：爲塵世羈絆。紲，説文：「紲，繫也。」左傳僖公二十四年：「臣負羈紲，從君巡於天下。」杜預注：「羈，馬羈。紲，馬韁。」孔穎達正義：「説文云：『羈，馬絡頭也。』又曰：『馬紲紲繫也。』」潘尼逸民吟：「寵辱弗榮，誰能羈紲。」世説新語傷逝：「王濬沖曰：自嵇生夭、阮公亡以來，便爲時所羈紲。」

【集評】

洪邁容齋三筆：「其飲酒詩二十首中一篇云：『青松在東園，衆草没其姿。凝霜殄異類，卓然見高枝。連林人不覺，獨樹衆乃奇。』所謂孤松者是已，此意蓋以自況也。」

胡小石手批靖節先生集：「屈原愛香草，每言蘭蕙。陶公於草木中乃獨愛松，曰『勁風無榮木，此蔭獨不衰』，曰『連林人不覺，獨樹衆乃奇』（飲酒），曰『懷此貞秀姿』（和郭主簿），曰『景翳翳以將入，撫孤松而盤桓』（歸去來兮辭）。」

清晨聞叩門〔一〕，倒裳往自開〔二〕。問子爲誰與〔三〕？田父有好懷。壺漿遠見候〔四〕，疑我與時乖〔五〕。繿縷茅簷下〔六〕，未足爲高栖〔七〕。一世皆尚同〔八〕，願君汩其泥〔九〕。深感父老言，稟氣寡所諧〔一〇〕。紆轡誠可學〔一一〕，違己詎非迷〔一二〕。且共歡此飲，吾駕不可回。

【校記】

誰與　「與」，李本、焦本作「歟」。

一世　「一」，曾本云，一作「舉」。湯本、汲古閣本同。蘇寫本作「舉」。

寡所諧　「寡」，曾本云，一作「少」。蘇寫本、汲古閣本同。

不可回　「回」，蘇寫本作「迴」。

【箋注】

〔一〕此詩當爲有人勸淵明出仕而作。顏誄：「有詔徵著作郎，稱疾不到。」宋傳：「義熙末，徵著作佐郎，不就。」吴譜據此將此詩繫於義熙十四年戊午（四一八）。顧譜、丁譜、楊譜、梁譜同。陶考謂「亦不必定其十四年」。所言較通達。按，蕭傳云：「時周續之入廬山事釋慧遠，彭城劉遺民亦遁迹匡山，淵明又不應徵命，謂之『尋陽三隱』。後刺史檀韶苦請續之出州，與學士祖企、謝景夷三人，共在城北講禮，加以讎校。所住公廨，近於馬隊。是故淵明示其詩云云。」考晉書卷一〇安帝紀、宋書卷四七孟懷玉傳、宋書卷四五檀韶傳，義熙十一年（四一五）江州刺史孟懷玉卒於任所。繼任者劉柳，卒於義熙十二年（四一六）六月。八月，左將軍檀韶爲江州刺史。又宋書卷九三周續之傳謂劉柳曾薦周於高祖，不久辟爲太尉掾，不就。據上可知，淵明不就著作佐郎可能與周續之不應太尉掾同時，時在義熙十一二年間。

〔二〕倒裳：詩齊風東方未明：「東方未明，顛倒衣裳。」此用其意，言急忙迎客，來不及穿好衣裳。

〔三〕子：指田父。

〔四〕壺漿：參見癸卯歲始春懷古田舍詩其二注。

〔五〕疑：淮南子氾論訓：「當此之時，有立武者見疑。」高誘注：「疑，怪也。」與時乖：與世不合。伏羲與阮嗣宗書：「形性㑷張，動與世乖。」釋慧遠答桓玄書沙門不應敬王者論：「此理之與世乖。」

〔六〕繿縷：同「藍縷」。方言：「楚人謂貧人衣破醜敝爲藍縷。」支遁上書告辭哀帝：「繿縷畢世。」

〔七〕高栖：高隱。王珣祭徐聘士文：「藏器高栖，確爾特立。」謝靈運山居賦：「盡高栖之意。」

〔八〕尚同：曹羲至公論：「朋友忽義，以雷同爲美。」顔誄：「依世尚同。」一世尚同，即謂世俗以雷同爲美。據晉書卷九八桓温傳，温上疏陳便宜七事，第一事即是「朋黨雷同，私議沸騰」。可見「一世皆尚同」乃東晉污濁風氣的真實情況。

〔九〕汩：同「淈」。説文：「淈，濁也。」楚辭漁父：「聖人不凝滯于物，而能與世推移。世人皆濁，何不淈其泥而揚其波？」

〔一〇〕稟氣：稟性，生性。王充論衡氣壽：「人之稟氣，或充實而堅强，或虚劣而軟弱。」釋慧遠答桓玄書沙門不應敬王者論：「咸稟氣於兩儀，受形於父母。」此句言稟性與世俗不合，即歸園田居詩「少無適俗韻」及與子儼等疏「性剛才拙，與物多忤」之意。

〔一一〕紆轡：回車，喻違反素襟而出仕。

〔一二〕違己：違背本心。歸去來兮辭：「心爲形役，違己交病。」

【集評】

吴菘論陶：「『深感父老言』以下，『紆轡誠可學』，作一開；『違己詎非迷』，作一闔；『且共歡此飲』，再一開；『吾駕不可回』，再一闔，抑揚盡致。」

陶必銓萸江詩話：「此必當時顯有以先生不仕宋而勸駕者，故有『不足爲高栖』云云。結語斬然，中有不忍言，特不可明言耳。」

方東樹昭昧詹言卷四：「又幻出人物來，校之就物言，更易託懷抱矣。此詩夾叙夾議，託爲問答，屈子漁父之指。注謂時必有人勸公出仕者，是也。收句完好。」

在昔曾遠遊，直至東海隅，道路迥且長，風波阻中塗〔一〕。此行誰使然，似爲飢所驅〔二〕。傾身營一飽，少許便有餘〔三〕。恐此非名計〔四〕，息駕歸閒居〔五〕。

【校記】

阻中塗 「阻」，曾本、蘇寫本、焦本云，一作「起」。

飢所驅 「飢」，焦本作「饑」。

【箋注】

〔一〕「在昔」四句：此四句究竟追述淵明哪一次行役？前人有異説。劉履選詩補注云：「淵明於晉安帝元興三年甲辰，爲鎮軍將軍劉裕參軍，經曲阿赴丹徒。『在昔』二句似追述其事。」王瑶注從劉説。陶注則謂指淵明參劉牢之軍事，此詩追述從討孫恩至東海。逯注謂「指阻風於規林等事」。以上諸説，以劉履説較勝。淵明未曾參劉牢之軍事，可參見始作鎮軍參軍經曲阿作詩注及【集説】。又陶考以爲「在者」以下六句追賦從劉牢之馳驅海隅一事，時在隆安三年己亥（三九九）十一月；而謂詩末「恐此非名計，息駕歸閒居」二句，乃追賦隆安四年庚子（四〇〇）五月請假回尋陽事，並稱淵明留尋陽踰年，至隆安五年辛丑（四〇一）七月有江陵之役。味其意，似以「息駕歸閒居」當庚子年五月之請假回里。然綜觀全詩，明明追述由仕途退歸田園，「息駕」一句，只能作辭官歸隱解。陶考稱「息駕歸閒居」爲「乞假」，不妥。至于逯注將「風波阻中塗」當庚子歲五月阻風規林事，亦不確。詩言「直至東海隅」，顯然由尋陽往建康；而阻風於規林詩題云「從都還」，乃由建康回尋陽。可見本篇「風波阻中塗」非指庚子歲阻風於規林事。東海隅：指曲阿縣，其地在晉時屬南東海郡，距海不遠。枚乘七發寫吴客往觀濤於廣陵之曲江，「江水逆流，海水上潮」。文選郭璞江賦：「表神委於江都，混流宗而東會。」李善注引漢書曰：「廣陵國有江都縣，東會于海。」唐詩人李頎詩云：「揚州郭裏見潮生。」凡此皆可見唐之前大江在揚州附近入海。曲阿位於長江南岸，北對廣陵，亦近海。唐以後沙漲，長江入海口東移。後人或不明滄海桑田之變，遂誤以爲陶詩中「東海隅」指今浙東沿海一帶。

〔一二〕「此行」二句：言爲貧而仕。飲酒詩其十九：「疇昔苦長飢，投耒去學仕」二句可與此印證。

〔三〕「傾身」二句：與和郭主簿詩「營己良有極，過足非所欽」二句同意。

〔四〕名計：名，釋名釋言語：「名，明也，名實使分明也。」胡小石手批靖節先生集：「『恐此非名計』，檀弓：『子夏喪其子，而喪其明。』冀州從事郭君碑云：『卜商號咷，喪子失名。』是『名』與『明』通。詩本借『名』爲『明』。此云『名計』，猶言『明計』矣。」按，胡説是。名計，猶良策也。「恐此非名計」，意謂奔波仕途，恐非良策。

〔五〕息駕：停止車駕，喻辭官。閒居：此指隱逸，即辛丑歲七月赴假還江陵夜行塗口詩「閒居三十載」之閒居。逯注：「閒居，陶淵明住宅。」非。

【集評】

李公焕箋注陶淵明集卷三引趙泉山曰：「此篇述其爲貧而仕。」

邱嘉穗東山草堂陶詩箋卷三：「此直賦其辭彭澤而歸來之本意。」

顔生稱爲仁〔一〕，榮公言有道〔二〕。屢空不獲年〔三〕，長飢至于老〔四〕。雖留身後名，一生亦枯槁〔五〕。死去何所知，稱心固爲好〔六〕。客養千金軀，臨化消其寶〔七〕。裸葬何必惡〔八〕，人當解意表〔九〕。

【校記】

長飢　「飢」，焦本作「饑」。

至于老　「于」，曾本云，一作「營」。蘇寫本、汲古閣本同。

客養　「客」，曾本、汲古閣本云，一作「各」，又作「容」。蘇寫本云，一作「容」。焦本云，一作「各」，非。

臨化消其寶　曾本、汲古閣本云，一作「臨死鎮真寶」。「臨」，曾本云，一作「幻」。蘇寫本、汲古閣本同。

意表　曾本、汲古閣本作「其表」，云，一作「意表」。蘇寫本云，一作「其表」。按，作「意表」是，參見注〔九〕。

【箋注】

〔一〕顔生：孔子弟子顔回。論語雍也：「回也，其心三月不違仁。」

〔二〕榮公：榮啓期。參見飲酒詩其二注。

〔三〕屢空：論語先進：「回也，其庶乎，屢空。」不獲年：不得長壽。年，年壽。史記卷六七仲尼弟子列傳：「回年二十九，髮盡白，蚤死。」讀史述九章七十二弟子：「回也早夭，賜獨長年。」此句應上「顔生爲仁」。

〔四〕「長飢」句：言榮公年九十，仍以索爲帶，飢寒至老。此句應上「榮公有道」。以上四句即飲酒詩其二「善惡不相應」之喟嘆。

〔五〕枯槁：指人容色憔悴。楚辭漁父：「顏色憔悴，形容枯槁。」莊子徐無鬼：「兵革之士樂戰，枯槁之士宿名。」按，「雖留」二句意同杜甫丹青引詩「但看古來盛名下，終日坎壈纏其身」。

〔六〕稱心：謂任情適意。時運詩：「人亦有言，稱心易足。」晉書卷七七蔡謨傳：「才不副意，略不稱心。」

〔七〕臨化：臨死。化，此指死。寶：老子六十九章：「輕敵幾喪吾寶。」河上公注：「寶，身也。」呂氏春秋先己：「凡事之本，必先治身，嗇其大寶。」高誘注：「大寶，身也。」蘇軾書淵明飲酒詩後：「寶不過軀，軀化則寶亡矣。人言靖節不知道，吾不信也。」

〔八〕裸葬：漢書卷六七楊王孫傳：「及病且終，先令其子曰：『吾欲裸葬，以反吾真，必亡易吾意。死則爲布囊盛尸，入地七尺，既下，從足引脱其囊，以身親土。』」皇甫謐篤終論亦贊同裸葬乃「反真之理」，並云：「故桓司馬石椁，不如速朽。季孫璵璠，比之暴骸。文公厚葬，春秋以爲華元不臣。楊王孫親土，漢書以爲賢于秦始皇。」

〔九〕意表：意之外，即言外之意。莊子天道郭象注：「其貴恒在意言之表。」三國志魏書荀彧傳注引何劭荀粲傳：「今稱立象以盡意，此非通于意外者也。繫辭焉以盡言，此非言乎繫表者也。斯則象外之意，繫表之言，固蘊而不出矣。」又，解意爲魏晉常語。晉書卷四三樂廣傳：「客豁然意解，沈疴頓愈。」按，漢書卷六七楊王孫傳載：王孫將終，遺令裸葬。其子欲默而不從，難違父命；欲從之，心又不忍，乃就教王孫友人祈侯。祈侯與王孫書，以爲若死者有知，裸葬是猶戮尸地下將裸見先人，吾所不取。且孝經曰，爲之棺槨衣衾，亦聖人之遺制，云云。王孫報祈侯書云：吾之裸葬，將矯世之厚葬風氣。且死者乃終生之化，物各反其真。「反真冥冥，亡形亡聲，乃合道情」。王孫之子既難從父命，祈侯又以爲王孫裸葬不合聖人之遺制，皆以裸葬爲惡。淵明言「客養千金軀，臨化消其寶」，乃贊同王孫裸葬以矯世之厚葬風氣的用心，故謂「裸葬何必惡」，人當解王孫裸葬之意表者也。

【集説】

關於此詩意旨，前人多以爲身名兩破之，而以稱心爲貴。如湯漢注陶靖節先生詩卷三：「顏、榮皆非希身後名者，正以自遂其志耳。保千金之軀者，亦終歸於盡，則裸葬亦未可非也。或曰，前八句言名不足賴，後四句言身不足惜，淵明解處，正在身名之外也。」吴瞻泰陶詩彙注卷三引王棠曰：「顏、榮以名爲寶，客以千金軀爲寶，總不若稱心爲寶也。」温汝能陶詩彙評則曰：「篇中言身名不足惜，不過世人之見；反言之以自寫其一時達趣云爾，不然，飲酒之餘，身名不惜，何以爲靖節哉。」

長公曾一仕，壯節忽失時。杜門不復出，終身與世辭〔一〕。仲理歸大澤，高風始在茲〔二〕。一往便當已〔三〕，何爲復狐疑。去去當奚道，世俗久相欺。擺落悠悠談〔四〕，請從余所之。

【校記】

杜門　「杜」，曾本、汲古閣本云，一作「松」。蘇寫本作「松」。按，杜門：閉門，塞門。漢書卷五七上司馬相如傳：「卓王孫恥之，爲杜門不出。」蔡邕汝南周勰碑：「乃託疾杜門靜居。」晉書卷九四氾騰傳：「門一杜，其可開乎！」作「杜門」是，「松」乃形訛。

始在兹　「始」，陶本原校：「焦本云，一作『如』，非。」曾本云，一作「如」。蘇寫本、汲古閣本同。

【箋注】

〔一〕「長公」四句：史記卷一〇二張釋之傳：「其子曰張摯，字長公。官至大夫，免。以不能取容當世，故終身不仕。」壯節，壯烈節操。三國志魏書臧洪傳：「有勇氣壯節。」丁注：「壯節，謂壯年時節。」疑非是。失時，指與世相違。

〔二〕「仲理」三句：仲理，指東漢楊倫。後漢書卷七九上儒林傳：楊倫「爲郡文學掾，更歷數將，志乖於時，以不能人間事，遂去職，不復應州郡命。講授大澤中，弟子至千餘人。」始，論語泰伯：「師摯之始。」何晏集解：「始，猶首也。」

〔三〕一往：指歸隱。

〔四〕悠悠談：謂道路流言。晉書卷六五王導傳：「悠悠之談，宜絶智者之口。」晉書卷四九謝鯤傳：「然悠悠之言，實未達高義。」

【集評】

邱嘉穗東山草堂陶詩箋卷三：「此又借古人仕而歸者，以解其辭彭澤而歸隱之本懷。」

陶必銓萸江詩話：「此言義不當復出，卻不明言所以不出，結語可思。世俗悠悠，非榮則利，歧路之惑，多由此也。」

有客常同止〔一〕，趣舍邈異境〔二〕。一士常獨醉，一夫終年醒。醒醉還相笑，發言各不領。規規一何愚〔三〕，兀傲差若穎〔四〕。寄言酣中客，日没燭當秉。

【校記】

趣舍　陶本原作「取舍」。李本、焦本作「趣捨」。曾本、汲古閣本、蘇寫本作「取捨」。按，「趣舍」亦作「取舍」、「趨舍」。「舍」，同「捨」。

還相笑　「還」，曾本云，一作「遞」。蘇寫本、汲古閣本同。

差若　曾本、汲古閣本云，一作「嗟無」。

燭當秉　陶本原校：「一本『秉』作『炳』。」焦本云，宋本作『獨何炳』。」曾本、汲古閣本作「獨何炳」，云，一作「當秉」，又作「燭當炳」。蘇寫本作「燭可炳」，云，一作「獨何炳」。湯本云，一作「獨何炳」。按，「秉燭」亦作「炳燭」。文選曹丕與吴質書：「古人思炳燭夜遊，良有以也。」李善注：「古詩曰：『晝短苦夜長，何不秉燭遊。』秉或作炳。」

【箋注】

〔一〕同止：猶同居。蓮傳慧遠法師傳：「欲邀同止。」丁注引曾國藩曰：「晉宋間以同居爲同止。兩人同居，一醉一醒。淵明以醒者規規爲愚，而醉者傲兀差穎耳。」鄧安生陶淵明飲酒詩新探：「這首詩中的『醒者』和『常同止』的客，自然是指故人了，只有『醉者』才是詩人自況。」

〔二〕趣舍：指出處進退。潘岳秋興賦：「苟趣舍之殊塗兮，庸詎識其躁静。」邈異境：指境界全不相同。

〔三〕規規：莊子秋水：「子乃規規然而求之以察，索之以辯，是直用管闚天，用錐指地也，不亦小乎！」荀子非十二子：「瞡瞡然。」楊倞注：「瞡與規同，規規，小見之貌。」

〔四〕兀傲：魏晉時語，亦倒稱「傲兀」。葛洪抱朴子疾謬：「以傲兀無檢者爲大度，以惜護節操者爲澀少。」支遁詠懷詩：「傲兀乘尸素。」差若穎：較爲聰穎。差，尚，略。魏晉時習語。嵇康與山巨源絶交書：「至性過人，與物無傷，唯飲酒過差耳。」晉書卷九簡文帝紀：「謝安稱爲惠帝之流，清談差勝耳。」湯注：「醒者與世討分曉，而醉者頹然聽之而已。淵明蓋沈冥之逃者，故以醒爲愚，而以兀傲爲穎耳。」按，老子二十章云：「俗人昭昭，我獨昏昏；俗人察察，我獨悶悶。」淵明以醒者爲愚、醉者爲穎的看法，亦本道家。

【集評】

邱嘉穗東山草堂陶詩箋卷三：「陶公自以人醒我醉，正其熱心厭觀世事而然耳。要之，醒非真醒而實愚，醉非真醉而實穎。其箴砭世人處，卻仍以詼諧出之，故不覺其言之激也。」

馬璞陶詩本義卷三：「二客皆非世中之人，而淵明尤以醉者爲得，誠見世事之不足問，不足校論，惟當以昏昏處之耳。此淵明因取捨之殊而託意於飲酒也。」

温汝能陶詩彙評卷三：「篇中言醒者愚而醉差穎，或謂淵明嗜酒，故爲左袒之論。豈知其悲憤牢騷，不過寄意於酒，遂言之不覺近於謔耳。淵明豈真左袒醉人哉，善讀陶者當自得之。」

故人賞我趣，挈壺相與至。班荆坐松下〔一〕，數斟已復醉。父老雜亂言，觴酌失行次〔二〕。不覺知有我，安知物爲貴〔三〕。悠悠迷所留〔四〕，酒中有深味〔五〕。

【校記】

悠悠　曾本云，一作「咄咄」。蘇寫本、湯本、汲古閣本同。

所留　「留」，曾本云，一作「之」。蘇寫本、汲古閣本同。

有深味　曾本云，一作「固多味」。蘇寫本、湯本、汲古閣本同。

【箋注】

〔一〕班荆：左傳襄公二十六年：「班荆相與食。」杜預注：「班，布也，布荆坐地。」荆，樹枝雜草之類。

〔二〕「父老」二句：寫酒醉之後，言行失當之狀。亂，昏亂，迷亂。漢書卷七一于定國傳：「定國食酒至數石不亂。」

〔三〕「不覺」二句：言醉中不知有我，豈知外物爲貴。前句寫忘己，後句寫忘物，即寫飲酒時物我兩泯的精神狀態。行次，次序，輩行。

〔四〕悠悠：悠閑自在。留：方東樹昭昧詹言卷四：「留，止也，即指酒。」一説悠悠指世事，留爲留戀。張玉穀古詩賞析卷十三：「言世事悠悠，迷者多所留戀。」按，「悠悠」二句寫作者嗜酒及對酒的獨有會心，張説不確。

〔五〕「酒中」句：古注：「按本集孟府君傳：『明公但不得酒中趣爾。』靖節能得其趣，故覺深味醰醰矣。」

【集評】

馬墣陶詩本義卷三：「此首乃醉中之真趣，淵明之所樂，實以之處亂世者也。」

温汝能陶詩彙評卷三：「世人惟知有我，故不能忘物，物我之見存，則動多拘忌矣。淵明忘我更勝于齊物，其殆酒中聖者歟！」

貧居乏人工〔一〕，灌木荒余宅。班班有翔鳥〔二〕，寂寂無行跡〔三〕。宇宙一何悠，人生少至百〔四〕。歲月相催逼〔五〕，鬢邊早已白。若不委窮達，素抱深可惜。

【校記】

灌木　「灌」，曾本云，一作「卉」。蘇寫本、汲古閣本同。

一何悠　曾本云，一作「何悠悠」。蘇寫本、汲古閣本同。焦本作「何悠悠」，云，一作「一何悠」，非。

催逼　曾本云，宋本作「從過」。汲古閣本同。蘇寫本云，一作「從過」。焦本作「從過」，云，一作「催逼」，非。按，作「催逼」是，參見注〔五〕。

鬢邊　「鬢」陶本原作「髩」，今據各本改。

素抱　「抱」，曾本、汲古閣本云，一作「懷」。

【箋注】

〔一〕人工：猶人力，人爲。潘岳西征賦：「役鬼傭其猶否，況人力之所爲工。」謝靈運田南樹園激流植援詩：「寡欲不期勞，即事罕人工。」

〔二〕班班：絡繹不絕貌，盛多貌。後漢書五行志一：「車班班，入河間者，言上將崩，乘輿班班入河間迎靈帝也。」

〔三〕寂寂：落寞貌。左思詠史詩：「寂寂揚子宅，門無卿相輿。」曹攄答趙景猷詩：「寂寂閑處。」

〔四〕「人生」句：古詩十九首：「生年不滿百。」

〔五〕催逼：喻歲月流逝之速。陸機折楊柳行：「時逝恒若催。」雜詩其七：「日月不肯遲，四時相催迫。」

【集評】

黄文焕陶詩析義卷三：「窮達摇其慮，則素抱不能自主，肯委之度外，然後素抱不壞。」

方東樹昭昧詹言卷四：「此前四句只作即事興體，與下不相貫。以後却從空曠中得悟本趣，言若不委窮達，則多憂懼，是擾其素抱爲無益鄙懷，豈不可惜？」

少年罕人事，游好在六經〔一〕。行行向不惑〔二〕，淹留遂無成〔三〕。竟抱固窮節，飢寒飽所更〔四〕。弊廬交悲風，荒草没前庭〔五〕。披褐守長夜，晨鷄不肯鳴〔六〕。孟公不在兹〔七〕，終以翳吾情〔八〕。

【校記】

遂無成　「遂」，曾本、蘇寫本、湯本、汲古閣本皆作「自」，云，一作「遂」。

固窮　曾本作「窮苦」，云，一作「固窮」。焦本云，一作「自」。湯本、汲古閣本同。按，飲酒詩其二：「不賴固窮節，百世當誰傳。」癸卯歲十二月中作與從弟敬遠詩：「謬得固窮節。」作「固窮」是。

弊廬 「弊」陶本原作「敝」。曾本、湯本、汲古閣本、焦本皆作「弊」。按,作「弊」是,參見移居詩二首校記。

終以 「以」,曾本、汲古閣本云,一作「已」。

【箋注】

〔一〕游好:流連愛好。漢書卷三〇藝文志:「游文於六經之中,留意於仁義之際。」六經:詩、書、易、春秋、禮、樂。

〔二〕不惑:指四十歲。論語爲政:「子曰:吾十有五而志於學,三十而立,四十而不惑。」

〔三〕淹留:久留。楚辭九辯:「蹇淹留而無成。」無成:指學仕無成。祭從弟敬遠文:「余嘗學仕,纏綿人事,流浪無成。」按,以上二句追述漸近不惑之年,學仕無成的經歷。古注據「行行向不惑」句,謂此詩蓋淵明三十九歲作。其説非。

〔四〕飽:此爲「飽經」、「飽嘗」之「飽」。廣雅釋詁:「飽,滿也。」更:玉篇:「更,歷也。」史記卷一二三大宛列傳:「必更匈奴中。」索隱:「更,經也。」

〔五〕「弊廬」二句:邱嘉穗東山草堂陶詩箋卷三:「『悲風』比世亂,『荒草』比小人。劉裕弑零陵,天昏地黑,夾日無人,真如漫漫長夜、晨鷄不鳴之時。玩『悲風』、『荒草』、『長夜』、『晨鷄』等字,亦賦而比也。」陳祚明采菽堂古詩選卷一三:「『弊廬』二句真境。」按,劉裕弑零陵王在永初二年（四二一），邱說非，陳說是。

〔六〕「晨鷄」句：長夜難捱，故說晨鷄不鳴。怨詩楚調示龐主簿鄧治中詩：「造夕思鷄鳴。」可與此參看。

〔七〕孟公：東漢劉龔，字孟公。後漢書卷三〇上蘇竟傳：「龔字孟公，長安人，善論議，扶風馬援、班彪，並器重之。」丁注：「高士傳：張仲蔚，平陵人，博物善屬文，好詩賦，常居貧素，所處蓬蒿没人。時人莫識，惟劉龔知之。」「今陶公固窮有年，荒草没庭，處境與仲蔚相似，惜無知己如劉龔其人者，故有『孟公不在兹』之歎也。」按，詠貧士詩其六詠張仲蔚云：「舉世無知者，止有一劉龔。」可與本詩相參看。

〔八〕翳：隱蔽，遮蓋。

【集説】

李光地榕村詩選卷二：「退之以陶公未能平其心，蓋有託而逃者，且悲公之不遇聖人，無以自樂，而徒麴蘗之託，昏冥之逃也。其論正矣。然謂感激而未能平其心，則自古夷齊之侶，何獨不然。謂其無得於聖人而以酒自樂，則其視陶公已淺矣。觀飲酒詩第十六章、第二十章，恐公之希聖，不在韓公下也。此與阮籍輩奈何同日而語？其不曰樂聖而曰樂酒，則其寓言，固自有由。當晉宋易代之間，士罕完節，況公乃宰輔子孫，無所逃名乎？稍以才華著，便恐不免，況以德名自樹乎！隱居放言，而聖人有取焉，惟其時也。觀謝靈運亦以元勳之裔，縱其才氣，殺身於無名，則公之所處，合於聖人之道，超然尚矣。」

幽蘭生前庭，含薰待清風〔一〕。清風脱然至〔二〕，見别蕭艾中〔三〕。行行失故路〔四〕，任道或能通〔五〕。覺悟當念還，鳥盡廢良弓〔六〕。

【校記】

脱然　「然」，曾本云，一作「若」。蘇寫本、汲古閣本同。

任道或能通　曾本、汲古閣本云，一作「前道或能窮」。按，作「任道或能通」是。參見注〔五〕。

【箋注】

〔一〕「幽蘭」二句：言蘭之芳香有待清風發揚。晉書卷二三樂志下：「謀言協秋蘭，清風發其芳。」湯注：「蘭薰非清風不能别，賢者出處之致，亦待知者知耳。」

〔二〕脱然：詩召南野有死麕：「舒而脱脱兮。」鄭玄箋：「脱脱然舒。」淮南子精神訓：「脱然而喜矣。」高誘注：「脱，舒也。」列子黄帝篇：「今復脱然，是以又來。」

〔三〕蕭艾：雜草。楚辭離騷：「何昔日之芳草兮，今直爲此蕭艾也。」

〔四〕故路：喻守志田園的本懷。

〔五〕「任道」句：淮南子墜形訓：「唯知通道者，能原本之。」淮南子詮言訓：「原天命，治心術，理好憎，適情性，則治道通矣。」釋僧肇九折十演者開宗第一：「萬累多捐，故與道通。」按，此二句意同歸去來兮辭「實迷途其未遠，覺今是而昨非」，而近於後世「山重水複疑無路，柳暗花明又一村」之境界。由「失路」至「能通」，唯在「任道」。此道即自然之道。

〔六〕「鳥盡」句：史記卷九二淮陰侯列傳：「狡兔死，良狗亨；高鳥盡，良弓藏。」按，晉安帝隆安二年（三九八），殷仲堪、楊佺期等盟於尋陽，推桓玄爲盟主。第二年，桓玄刧襲殺殷、楊兩人。義熙八年（四一二），劉裕害兗州刺史劉藩、尚書左僕射謝混，討滅曾與他長期共患難的荆州刺史劉毅及南蠻校尉郗僧施。劉毅被殺後，前將軍諸葛長民對親近説：「昔年醢彭越，今年殺韓信，禍其至矣。」果然，義熙九年（四一三）三月，劉裕殺長民及其弟輔國將軍黎民、大司馬參軍幼民、從弟寧朔將軍秀之。這些「鳥盡弓藏」的新例證，當爲淵明耳聞目見。因此，詩末「覺悟」二句，決非泛泛而談歷史，更多的是針對現實而發。

【集評】

湯漢注陶靖節先生詩卷三：「淵明在彭澤日，有『悵然慷慨，深愧平生』之語，所謂『失故路』也。惟其任道而不牽於俗，故卒能回車復路云耳。鳥盡弓藏，蓋借昔人去國之語，以喻己歸田之志。」

王夫之古詩評選卷四：「真理真詩。淺人日讀陶集，至此種作，則全不知其所謂，況望其吟而賞之。説理詩必如此乃不愧作者，後來惟張曲江擅場。」

陶必銓萸江詩話：「非經喪亂，君子之守不見，寓意甚深。覺悟念還，傅亮、謝晦輩不知也。」

方東樹昭昧詹言卷四：「此必爲時事而發。然自古及今，聖賢所以立身涉世之全，量不過如此。」

子雲性嗜酒〔一〕，家貧無由得。時賴好事人，載醪袪所惑〔二〕。觴來爲之盡，是諮無不塞〔三〕。有時不肯言，豈不在伐國〔四〕。仁者用其心，何嘗失顯默〔五〕。

【校記】

是諮　「諮」，曾本、汲古閣本云，一作「語」。

【箋注】

〔一〕子雲：西漢揚雄，字子雲。

〔二〕「時賴」二句：漢書卷八七下揚雄傳：「家素貧，嗜酒，人希至其門。時有好事者，載酒肴從游學。」

〔三〕「是諮」句：言人來問必答，無不使之滿意而去。諮，問。塞，滿，引申爲滿足。三國志吴書周魴傳：「如是彼此俱塞，永無端原。」梁高僧傳卷七釋慧静傳：「有問無不酬，有酬無不塞。」

〔四〕「有時」二句：吴注：「漢書董仲舒傳：『魯君問柳下惠，吾欲伐齊何如？柳下惠曰：不可。歸而有憂色曰：吾聞伐國不問仁人，此言何爲而至我哉？』」

〔五〕顯：指顯言，説話。默：指守默不言。王符潛夫論實貢篇：「出處語默，各因其方。」一説，顯謂出仕，默謂隱居。胡小石手批靖節先生集：「袁宏三國名臣頌：『時方顛沛，則顯不如隱；萬物思治，則默不如語。』」以上二句意謂仁者用心，或顯或默，均不失定規。

【集評】

湯漢注陶靖節先生詩卷三：「此篇蓋託子雲以自況，故以柳下惠事終之。」

黄文焕陶詩析義卷三：「以子雲問奇事作引起，忽及柳下惠不肯言伐國，章法甚幻，結以不失顯默，自道生平脚跟。」

蔣薰評陶淵明詩集卷三：「不肯言伐國，隱然以劉宋比新莽，蓋難言之矣。」

陶澍注靖節先生集卷三：「載醪不卻，聊混迹於子雲；伐國不對，實希風于柳下。蓋子雲劇秦美新，正由未識不對伐國之義，必如柳下，方爲仁者之用心，方爲不失顯默耳。此先生志節皭然，即寓於和光同塵之内，所以爲道合中庸也。」

疇昔苦長飢，投耒去學仕。將養不得節〔一〕，凍餒固纏己。是時向立年〔二〕，志意多所恥。遂盡介然分〔三〕，拂衣歸田里。冉冉星氣流〔四〕，亭亭復一紀〔五〕。世路廓悠悠〔六〕，楊朱所以止〔七〕。雖無揮金事〔八〕，濁酒聊可恃。

【校記】

固纏己　「固」，曾本云，一作「故」。蘇寫本、湯本、汲古閣本同。

拂衣　曾本作「終死」，云，一作「拂衣」。蘇寫本、汲古閣本同。焦本作「拂衣」，云，一作『終死』，非。按，晉書卷六七郗超傳：「有能辭榮拂衣者。」文選殷仲文解尚書表：「拂衣高謝。」宋書卷九三王弘之傳：「至若王弘之拂衣歸耕。」作「拂衣」是。

楊朱所以止　陶本原校：「焦本云，一作『生』，非。」曾本、蘇寫本、汲古閣本云，一作「楊岐何以止」，又作「楊生所以止」。「所」，曾本、汲古閣本云，一作「疎」。

【箋注】

〔一〕將養：將與養同義。古注引淮南子原道訓：「是故聖人將養其神，而與道浮沉俛仰。」又，孫兆議蘇宇事：「孝子之情，猶不得將養父母。」節：節度，法度。荀子樂論：「飲酒之節，朝不廢朝，莫不廢夕。」不得節，猶不得法，歸去來兮辭序所謂「生生所資，未見其術」是也。

〔二〕向立年：指將近三十歲。論語爲政：「三十而立。」按，宋傳載，淵明「親老家貧，起爲州祭酒。不堪吏職，少日自解歸」。「是時」二句，正叙這段經歷。梁譜謂「向立年」指淵明乙巳歲辭官彭澤事。然依其説，淵明此時年三十四歲，顯與「向立年」不合。梁氏自知不通，又謂「乙巳歲棄官時雖已過三十，然自爲參軍以迄縣令皆投耒學仕時，故曰向立年」。前既稱向立年棄官，後又説向立年爲學仕時，梁氏難自圓其説矣。又，古注：「向立則未至立也。先生投耒在二十九歲。」古譜謂淵明辭官正三十歲。按，詩云「投耒去學仕」，投耒只能作出仕解。豈有二十九歲出仕，三十歲辭官之理耶？此爲古譜不足信之又一證。

〔三〕介然：耿介執着。漢書卷二一上律曆志：「介然有常，有似於士君子之行。」顔師古注：「介然，特異之意。」詠貧士詩其六：「介焉安其業。」戊申歲六月中遇火詩：「總髮抱孤介。」後漢書卷一三隗囂傳載方望辭謝隗囂書：「雖懷介然之節，欲潔去就之分，誠終不背其本，貳其志也。」分：猶節也，志也。文選潘岳金谷集作詩：「投分寄石友。」李善注：「分，猶志也。」「遂盡」二句，乃追述義熙元年歸田事。

〔四〕冉冉：楚辭離騷：「老冉冉其將至。」王逸注：「冉冉，行貌。」

〔五〕亭亭：文選長門賦：「荒亭亭而復明。」李善注：「亭亭，遠貌。」一紀：文選潘岳夏侯常侍誄：「疇昔之游，二紀于兹。」李善注：「孔安國尚書傳曰：『十二年曰紀。』」謝靈運撰征賦：「載十二年而謂紀。」按，一紀有二義，一謂十年，一謂十二年。證以丙辰歲八月中於下潠田舍穫早稻：「曰余作此來，三四星火頽」二句，此處一紀蓋指十二年無疑。

〔六〕悠悠：遥遠，無窮盡。詩唐風鴇羽：「悠悠蒼天，曷其有極。」

〔七〕楊朱：戰國時魏人。李注：「淮南子説林訓：『楊子見逵路而哭之。爲其可以南，可以北。』」

〔八〕揮金事：漢書卷七一疏廣傳載：宣帝時疏廣、疏受辭官歸里後，以皇帝所賜金帛，日與賓客宴飲作樂，費金甚多。詳見詠二疏詩注。按，陳祚明采菽堂古詩選卷一三云：「彼捉而擲之者何人耶？」聞人倓古詩箋卷六云：「揮金用景陽句，正與飲酒相關。陳祚明評云『彼捉而擲之者何人耶』，以華歆事解之，誤矣。」按張協詠史詩詠二疏事，有句云「揮金樂當年，歲暮不留儲」。聞氏所解是。

【集評】

方東樹昭昧詹言卷四：「言己幾託足於仕路之歧途，而幸得返。末二句以仕歸飲酒，用疏廣典，親切輓合題目，自然恰好。」

羲農去我久〔一〕，舉世少復真〔二〕。汲汲魯中叟〔三〕，彌縫使其淳〔四〕。鳳鳥雖不至〔五〕，禮樂暫得新〔六〕。洙泗輟微響〔七〕，漂流逮狂秦〔八〕。詩書復何罪，一朝成灰塵。區區諸老翁〔九〕，爲事誠殷勤〔一〇〕。如何絶世下〔一一〕，六籍無一親〔一二〕。終日馳車走，不見所問津〔一三〕。若復不快飲，空負頭上巾〔一四〕。但恨多謬誤，君當恕醉人〔一五〕。

【校記】

汲汲　曾本、汲古閣本云，一作「波波」。按，「波波」乃「汲汲」之形訛。

暫得新　「得」，曾本云，一作「時」。蘇寫本、汲古閣本同。

逮狂秦　「逮」，曾本、汲古閣本云，一作「待」。按，作「逮」是。

問津　「問」，曾本云，一作「憑」。蘇寫本、汲古閣本同。

但恨　「但」，曾本、汲古閣本云，一作「所」。

【箋注】

〔一〕羲農：伏羲氏和神農氏，傳説中的上古帝王。

〔二〕真：自然。莊子漁父：「真者，所以受于天也，自然不可易也。」莊子大宗師郭象注：「夫真者，不假於物而自然也。」

〔三〕汲汲：禮記問喪：「其往送也，望望然，汲汲然，如有追而弗及也。」孔穎達疏：「汲汲然者，促急之情也。」魯中叟：指孔子。

〔四〕彌縫：彌合，縫補。嵇康答張遼叔釋難宅無吉凶攝生論：「欲彌縫兩端。」陸雲與戴季甫書：「彌縫其闕。」

〔五〕「鳳鳥」句：論語子罕：「子曰『鳳鳥不至，河不出圖，吾已矣夫』！」

〔六〕「禮樂」句：史記卷四七孔子世家載：孔子之時，周室微而禮樂廢，詩書缺。孔子對魯太師説，吾自衛反魯，然後樂正，雅頌各得其所。

〔七〕洙泗：二水名，在今山東曲阜縣北。孔子曾設教於洙泗之間。禮記檀弓：「曾子謂子夏曰：吾與汝事夫子於洙泗之間。」微響：猶微言。漢書卷三〇藝文志：「昔仲尼没而微言絶，七十子喪而大義乖。」顔師古注：「精微要妙之言耳。」

〔八〕「漂流」句：言時間似河水日夜奔流，進入了暴秦時代。

〔九〕區區：吕氏春秋務大：「區區焉相樂也。」高誘注：「區區，得志貌也。」湯注：「似謂漢初伏生諸人，退之所謂羣儒區區修補者，劉歆移太常書亦可見。」

〔一〇〕爲事：指傳授六經。沈德潛古詩源卷九：「『爲事誠殷勤』五字，道盡漢儒訓詁。」

〔一一〕絶世：胡小石手批靖節先生集：「左傳哀公十五年：『大命隕墜，絶世於良。』杜注：『絶世，猶言棄世也。』」按，「絶世下」，謂漢世既絶之後。

〔一二〕「六籍」句：陳澧東塾雜俎卷三：「陶公時讀六籍者多矣，而以爲『無一親』，蓋書自書，我自我，則不親矣。『親』之一字，陶公示人以問津處也。」按，魏晉時儒學衰微，玄學興起。干寶晉紀總論云：「學者以老莊爲師，而黜六經。」周易雖爲六經之一，讀論語亦大有人在，但當時學風融儒於道，老莊與周孔並尚，六經已非本來面目。學者主得意忘言，以己意説經，甚至「六經注我」，離六經實遠矣。淵明所謂「六籍無一親」，意蓋指此。

〔一三〕「終日」二句：湯注：「不見所問津，蓋自況於沮溺，而歎世無孔子之徒也。」

〔一四〕頭上巾：頭上葛巾，可用來濾酒。宋傳載：淵明「取頭上葛巾漉酒，畢，還復著之。」

〔一五〕「但恨」二句：詩人故作醉語，以自掩飾。蘇軾東坡題跋卷二書淵明詩：「『但恨多謬誤，君當恕醉人。』此未醉時説也，若已醉，何暇憂誤哉？然世人言醉時是醒時語，此最名言。」

【集評】

葉夢得石林詩話卷下：「晉人多言飲酒，有至沉醉者，此未必意真在酒。蓋時方艱難，人各懼禍，惟託於醉，可以粗遠世故。」

邱嘉穗東山草堂陶詩箋卷三：「公飲酒二十首中有似着題似不着題者，其着題者固自言其飲酒之適，其不着題者亦可想見其當筵高論、停杯浩歎之趣，無一非自道其本色語也。東坡有云：『作詩必此詩，定知非詩人。』豈此謂歟？」

薛雪一瓢詩話：「著作以人品爲先，文章次之，安可將不以人廢言爲藉口？昔人云阮步兵詠懷，寄愁天上，埋憂地下，其胸次非復人間機軸，而爲諸臣作勸進表，又不足多矣。陶徵士飲酒，前無古人，後無來者，真有『絳雲在霄，舒卷自如』之致，雖有閑情一賦，何妨託興。」

方東樹昭昧詹言卷四：「此二十首篇篇具奇恉曠趣，名理名言，非常恣肆，皆道腴也。」

朱自清陶詩的深度：「『真』與『淳』都是道家的觀念，而淵明却把『復真』與『還淳』的使命加在孔子身上，此所謂孔子學説的道家化，正是當時的趨勢。所以陶詩裏主要思想實在還是道家。」

止酒〔一〕

居止次城邑〔二〕，逍遥自閒止〔三〕。坐止高蔭下，步止蓽門裏〔四〕。好味止園葵，大歡止稚子〔五〕。平生不止酒，止酒情無喜。暮止不安寢，晨止不能起。日日欲止之，營衛止不理〔六〕。徒知止不樂，未知止利己。始覺止爲善，今朝真止矣。從此一止去，將止扶桑涘〔七〕。清顔止宿容〔八〕，奚止千萬祀〔九〕。

【校記】

步止　「步」，曾本云，一作「行」。蘇寫本、汲古閣本同。

大歡　「大」，曾本云，一作「天」。蘇寫本、汲古閣本同。

情無喜　「情」，曾本、蘇寫本、汲古閣本云，一作「懼」。

未知　「知」，曾本、蘇寫本、汲古閣本、焦本作「信」。焦本又云，一作「知」，非。

宿容　「容」，曾本云，一作「客」。湯本、蘇寫本、汲古閣本同。

【箋注】

〔一〕止酒：停止飲酒。止，廣韻：「止，停也。」俞德鄰佩韋齋輯聞卷二：「『止』猶『緜蠻黄鳥，止于丘隅』之止，非禁止之止也。居止城邑，坐止高蔭，步止蓽門，味止園葵，歡止稚子，皆止其所止也。而平生乃不能止於酒焉。」朱自清陶詩的深度云：「止酒詩每句藏一止字，當係俳諧體。以前及當時諸作，雖無可供參考，但宋以後此等詩體大盛，建除、數名、縣名、姓名、藥名、卦名之類，不一而足，必有所受之。逆推而上，此體當早已存在，但現存的只止酒一首，便覺得莫名其妙。」按，廬山諸沙彌有觀化決疑詩，除首三句外，每句藏一化字，也係俳諧體，可見當時已有此體。又，此詩雖題爲止酒，但並不全講止酒，首六句和末三句的止字，與酒無關。關於此詩作年，王瑤注：「形影神詩神釋一首説：『日醉或能忘，將非促齡具。』止酒詩即就其意加以暢述。當是與形影神詩同時而作。今依之暫繫於晉安帝義熙九年癸丑（四一三），本年淵明四十九歲。」楊譜從王瑤注，又據「居止次城邑」句，以爲「所居南村爲柴桑（尋陽）負郭無疑」。然詩云「大歡止稚子」，此「稚子」最有可能是幼子佟。據楊譜，佟生於隆安三年己亥（三九九）。則義熙九年時佟已十五歲，稱「稚子」顯然不妥。楊勇引神釋詩「日醉或能忘，將非促齡具」二句後説：「止酒詩大旨與神釋詩相近，而加以暢述焉。」其實神釋詩大旨是委運任化，並不在「日醉」二句。止酒詩乃游戲之筆，思想意義無法與神釋詩相比。又有人以爲是淵明臨終之作。臺灣黄仲崙陶淵明作品研究云：「淵明先生，平生最喜者惟酒。今題云『止酒』，詩又説：『始知止爲善，今朝真止矣！從此一止去，將至扶桑涘。』而『今朝真止矣』，當是臨終之作。人都要死了，酒當然只好停止。」按，淵明貧而無酒屬常事，將無酒停飲理解爲人死只得止酒，黄説恐未當。據詩中「大歡止稚子」句，知其時淵明兒子尚小；而淵明死時，五個兒子均已成人，故此詩作年大概與責子詩相去不遠，絶非臨終之作，今暫繫於義熙二年（四〇六）。

〔二〕次城邑：指接近城邑。次，廣雅釋詁：「次，近也。」逯注：「居在城市。」非是。按，或據還舊居詩「疇昔家上京」句，誤以爲上京即今星子縣的「玉京山」，進而稱此詩中之城邑指南康城。

其説誤。江西通志卷四：「星子縣本漢豫章郡柴桑縣地。隋廢柴桑入尋陽，尋改彭蠡，又改湓城，遂爲湓城縣地。唐爲潯陽縣地。五代時楊吴置星子鎮，南唐爲德化縣地。宋太平興國三年升爲星子縣，屬江州。七年建南康軍，以縣爲南康軍治。」明正德刻本南康府志卷一記載同。同書卷三又云：「南康古無城池，宋郡守方岳擬作土城未舉。明正德六年以後才築土城，後爲石城。」可見今星子在晉代無城，所以本詩中之城邑，當指尋陽城無疑。

〔三〕閒止：閒静。止，語助詞。嵇康琴賦：「非夫淵静者，不能與之閑止。」

〔四〕蓽門：柴門，爲貧者所居。左傳襄公十年：「蓽門圭竇之人。」杜預注：「蓽門，柴門。」禮記儒行：「蓽門圭窬。」鄭玄注：「蓽門，荆竹織門也。」孔叢子抗志：「亟臨蓽門，其榮多矣。」

〔五〕「大歡」句：和郭主簿其一：「弱子戲我側，學語未成音。此事具復樂，聊用忘華簪。」「大歡」蓋指此。

〔六〕營衛：指人體中内外相貫，運行不息的營氣、衛氣。不理：不順，謂營衛運行不順。

〔七〕扶桑：神話中樹木名。山海經海外東經：「湯谷上有扶桑，十日所浴。」郭璞注：「扶桑，木也。」涘：水邊。

〔八〕清顔：文選陸機日出東南隅行：「高臺多妖麗，濬房出清顔。」吕延濟注：「清顔，清潔之貌。」宿容：平素容顔。

〔九〕千萬祀：千萬年。

【集説】

此詩是淵明一時游戲之言，還是真想止酒？前人理解不一。蘇軾和止酒詩序云：「丁丑歲，余謫海南，子由亦貶雷州。五月十一日，相遇於藤，同行至雷。六月十一日，相別渡海。余時病痔呻吟，子由亦終夕不寐，因誦淵明詩勸余止酒。乃和原韻，因以贈別，庶幾真止矣。」詩云：「勸我師淵明，力薄且爲己。微痾坐杯勺，止酒則瘳矣。望道雖未濟，隱約見津涘。從今東坡室，不立杜康祀。」據此，蘇氏兄弟似以爲淵明止酒詩旨在止酒。俞德鄰佩韋齋輯聞對蘇氏兄弟的理解表示懷疑。蔣薰評陶淵明詩集卷三則云：「初言酒不能止，繼言止酒可仙，想是偶然乏酒，作此游戲言，故曰『今朝真止』。」

【集評】

張自烈箋注陶淵明集卷三：「錯落二十個『止』字，有奇致。然淵明會心在『止』字，如人私有所嗜，言之津津不置口也。『平生不止酒』一句尤奇，無往不止，所不止者獨酒耳。不止之止，寓意更恬，此當於言外得之。」

邱嘉穗東山草堂陶詩箋卷三：「止酒詩是陶公戲筆，句句牽扯一止字，未免入於纖瘦一派，後人不必效也。昌黎落齒詩似效此。」

胡小石手批陶淵明集：「此篇用『止』字，同文異義凡三：一，『閑止』之『止』，語助也。二，『止園葵』、『止稚子』之『止』，所以限好味士顔。三，餘『止』皆動字。昌黎落齒詩（東雅堂卷四），前半以落字換，全仿此作。」

述酒　儀狄造，杜康潤色之〔一〕。

重離照南陸〔二〕，鳴鳥聲相聞〔三〕。秋草雖未黃，融風久已分〔四〕。素礫皛修渚〔五〕，南嶽無餘雲〔六〕。豫章抗高門〔七〕，重華固靈墳〔八〕。流淚抱中歎，傾耳聽司晨〔九〕。神州獻嘉粟，西靈爲我馴〔一〇〕。諸梁董師旅，芊勝喪其身〔一一〕。山陽歸下國，成名猶不勤〔一二〕。卜生善斯牧，安樂不爲君〔一三〕。平王去舊京〔一四〕，峽中納遺薰〔一五〕。雙陵甫云育〔一六〕，三趾顯奇文〔一七〕。王子愛清吹，日中翔河汾〔一八〕。朱公練九齒，閒居離世紛〔一九〕。峨峨西嶺内〔二〇〕，偃息常所親〔二一〕。天容自永固，彭殤非等倫〔二二〕。

【校記】

素礫皛　「礫皛」，曾本云，宋本作「襟輝」。蘇寫本、汲古閣本同。

靈墳　「靈」，曾本云，一作「虚」。蘇寫本、汲古閣本同。

西靈　「靈」，陶本原校：「何校宣和本作『零』。」曾本云，一作「雲」，又作「零」。蘇寫本、汲古閣本同。

芈勝　「芈」，陶本原作「芊」。陶本原校：「各本作『羊』。」曾本作「羊」，云，一作「芊」。湯本、汲古閣本同。蘇寫本作「芊」，云，一作「羊」，非。李本作「羊」，又注引黄山谷云，「羊勝」當是「芊勝」；芊勝，白公也，今從之。按，作「芈」是，「芊」、「羊」皆形訛，參見注〔二〕。

平王　「王」，曾本作「生」。蘇寫本、汲古閣本同。湯本云，從韓子蒼本，舊作「生」。李本同。

雙陵　「陵」，曾本云，一作「陽」。蘇寫本、湯本、汲古閣本同。

日中　「日」，曾本、汲古閣本云，一作「星」。

西嶺　曾本云，一作「四顧」。蘇寫本、湯本、汲古閣本同。

常所親　「常」，曾本、汲古閣本云，一作「得」。蘇寫本作「得」。

天容　「容」，曾本、汲古閣本云，一作「客」。

【箋注】

〔一〕此篇詞意隱晦。黄庭堅云：「此篇有其義而亡其辭，似是讀異書所作，其中多不可解。」後經韓子蒼、趙泉山、湯漢等學者考釋，至今已大致可通，但對少數詩句的解釋仍很不一致。在未得確解之前，不妨並存。湯注：「晉元熙二年六月，劉裕廢恭帝爲零陵王。明年，以毒酒一罌授張禕，使酖王。禕自飲而卒。繼又令兵人踰垣進藥，王不肯飲，遂掩殺之。此詩所爲作，故以述酒名篇也。詩辭盡隱語，或觀者弗省，獨韓子蒼以『山陽下國』一語疑是義熙後有感而賦。予反復詳考，而後知決爲零陵哀詩也。因疏其可曉者，以發此老未白之忠憤。」逯注：「原注：『儀狄造，杜康潤色之。』儀狄、杜康，古代善釀酒者，酒由儀狄造出，再由杜康潤色。比喻桓玄篡位於前，劉裕潤色於後，晉朝終于滅亡。爲了篡位，桓玄曾酖殺司馬道子，劉裕曾酖殺晉安帝，都是用毒酒完成篡奪。所以陶以述酒爲題，以『儀狄造，杜康潤色之』爲題注。」

〔二〕「重離」句：湯注：「司馬氏出重黎之後，此言晉室南渡。」吴師道吴禮部詩話：「以離爲黎，則是陶公故訛其字以相亂。離，南也，午也。重離，典午再造也。」南陸，指江左。此句言晉元帝中興。

〔三〕「鳴鳥」句：古注：「鳴鳥謂鳳也。此喻王、謝諸人，先後渡江，共贊中興也。」

〔四〕「秋草」二句：言秋草雖未黄，然與融風分别已久。融風，古代五行家將八個方位的風配以卦名，各有名目，稱爲八風。東北風爲融風。左傳昭公十八年：「丙子，風。梓慎曰：『是謂融風，火之始也。』」杜預注：「東北曰融風。融風，木也。木，火母，故曰火之始。」國語楚語下：「顓頊受之，乃命南正重司天以屬神，命火正黎司地以屬民。」司馬氏出於重黎。融風久已分，喻東晉國勢早已衰弱。

〔五〕素礫：白石。礫，小石。皛：明亮，此作「顯現」解。修渚：長洲。陶注：「『素礫皛修渚』，即子美所謂『渚清沙白』，以喻偏安江左，氣象蕭颯也。」

〔六〕「南嶽」句：古注：「南嶽爲江南山鎮，故特標之。晉元帝即位詔，『遂登壇南嶽』，亦此意也。雲者紫雲，數術家所謂王氣也。藝文類聚引庾闡揚州賦注云：『建康宫北十里有蔣山，元皇帝未渡江之年，望氣者云，蔣山上有紫雲，時時晨見』云云。而元帝升位有紫雲，則王氣猶存。無餘雲，則王氣盡矣。」

〔七〕「豫章」句：古注：「此著劉裕篡晉之階也。晉書：義熙二年，論建義功，封裕豫章郡公。發迹豫章，遂干大位。故曰『豫章抗高門』也。詩大雅綿：『乃立皋門，皋門有伉。』毛傳：『王之郭門曰皋門。』孔疏曰：『皋高通用。』」

〔八〕重華：虞舜之號，此指晉恭帝。吴師道吴禮部詩話：「重華句，恭帝廢爲零陵王，舜冢在零陵九疑，故云爾。」黄文焕陶詩析義卷三：「曰重華者，裕逼帝以禪讓，放引舜之禪天下也。曰固靈墳者，隱言恭帝之死也。舜葬於九疑山，九疑在零陵界中，裕廢帝爲零陵王，故舉界内之舜墳也。」固：經傳釋詞：「固又作顧。顧，但也。」

〔九〕「流淚」二句：湯注：「謂恭帝禪宋也。裕既建國，晉帝以天下讓，而猶不免於弑，此所以流淚中歎，夜耿耿而達曙也。」司晨，鷄鳴報曉，故稱司晨。

〔一〇〕「神州」二句：湯注：「義熙十四年，鞏縣人獻嘉禾，裕以獻帝，帝以歸於裕。西靈當作四靈。裕受禪文，有『四靈效瑞』之語。二句言裕假符瑞以奸大位也。」四靈，麟鳳龜龍。

〔一一〕「諸梁」二句：諸梁，沈諸梁，即葉公，戰國時楚人。羋勝：白公勝，爲楚太子建之子。史記卷四〇楚世家：「白公自立爲王。月餘，會葉公來救楚，楚惠王之徒與共攻白公，殺之。惠王乃復位。」按，逯注：「此以葉公、白公事寓言桓玄之篡及其爲劉裕所誅。」其説是。楚惠王被白公劫置高府及後來的復位，亦寓言晉安帝爲桓玄挾持至尋陽及明年的反正。

〔一二〕「山陽」二句：湯注：「魏降漢獻帝爲山陽公，而卒弑之。諡法：『不勤成名曰靈。』古之人主不善終者，有靈若厲之號。此正指零陵先廢而後弑也。曰『猶不勤』，哀怨之詞也。」黄文焕陶詩析義卷三：「裕之加九錫自爲王，與操同，逼恭帝禪位與丕逼獻同。獻爲山陽公十五年始卒，而零陵王乃以次年進毒不遂，竟加掩弑，不得如獻帝之偷餘生也。裕之視丕，倍忍心也。」

〔一三〕「卜生」二句：有三説。湯注：「魏文侯師事卜子夏，此借之以言魏文帝也。安樂公，劉禪也。丕既篡漢，則安樂不得爲君矣。」黄文焕陶詩析義卷三謂此「用子書『牧乎君乎』之語，爲天子而不能自保其身，即求爲人牧，亦何可得！自卜此生者，寧以人牧爲善，爲可安樂，而不願爲君也」。王瑶注：「卜生，卜式。漢書卜式傳説：『式布衣草蹻而牧羊，上過其羊所，善之。式曰：非獨羊也，治民亦猶是也。以時起居，惡者輒去，毋令敗羣。上奇其言，欲試以治民。』此句指劉裕剪除晉朝宗室，爲行篡作準備，其法如卜式牧羊。」按，以上三説，似以湯注較勝。

〔一四〕平王：指周平王。去舊京：指周平王離舊京東遷。此句暗寓晉室南渡，建立東晉朝。

〔一五〕「峽中」句：峽同郟，指郟鄏，今洛陽，周成王定鼎於此。薫：指薫鬻。古匈奴名。史記卷四周本紀作薫育，又作獫允。古注：「劉聰爲匈奴遺類，故曰『峽中納遺薫』。」此句言中原陷於胡羯。

〔一六〕「雙陵」句：古注：「雙陵即二陵。左傳：『崤有二陵焉。』謝朓詩：『雙崤望河澳。』」「謂關洛已平，人民始可長育也。」

〔一七〕「三趾」句：暗寓劉裕禪宋爲帝事。逯注：「三趾，三足，指三足烏。……晉初曾以之爲代魏的祥瑞。晉諸公贊：『世祖時，西域獻三足烏。遂累有赤烏來集此昌陵後縣。案昌爲重日，烏者，日中之烏，有託體陽精，應期曜質，以顯至德者也。』而今言奇文，是説讖緯之言，本爲晉瑞，今則反爲宋瑞矣。」

〔一八〕「王子」二句：王子，指王子晉。列仙傳記王子晉好吹笙，乘白鶴飛升成仙。河汾，晉地。謝靈運撰征賦：「皇晉河汾，來遷吴楚。」按，前句或以王子晉仙去喻零陵之仙逝，後句或喻零陵魂翔故國猶不忍離去。

〔一九〕「朱公」二句：湯注：「朱公者，陶也。意古别有朱公修煉之事，此特託言陶耳。晉運既去，故陶閒居以避世，明言其志也。」練九齒，指修煉養生之術。九齒，同久齡。齒，同齡。九，與久通。莊子至樂：「黄軦生乎九猷。」陸德明釋文：「李云：九宜爲久。久，老也。」

〔二〇〕峨峨：高貌。亦作「峩峩」。文選張載劍閣銘：「積石峩峩。」西嶺：湯注：「西嶺，當指恭帝所藏。」一説指昆侖山。古注：「西嶺，殆指昆侖山。昆侖仙真之窟，正在西方也。」按，前「王子愛清吹」句寓零陵仙逝，而昆侖山爲神仙之居，則昆侖當指恭帝所藏。古説較勝。

〔二一〕偃息：偃卧安息。亦作「息偃」。詩小雅北山：「或息偃在床。」戴逵閒遊贊：「偃息琴書之側。」

〔一二〕「天容」二句：一説是悼念晉恭帝被弑，天容謂天子之容。湯注：「帝年三十六而弑。此但言其藏之固，而壽夭置不必論。」黄文焕陶詩析義卷三：「裕即殺帝，而君臣之分自在，千古所不能磨滅也。然則帝何嘗死哉！是不待以彭殤較論者也。」一説是楚辭思遠遊之旨，天容指天老與容成。陶注：「天容謂天老與容成，與下彭殤爲對，言富貴不如長生，即楚辭思遠遊之旨也。」古注同。彭：彭祖，古之長壽者。殤：夭亡的小兒。莊子齊物論：「莫壽於殤子，而彭祖爲夭。」非等倫，不能等量齊觀。

【集評】

李公焕箋注陶淵明集卷三引韓子蒼曰：「余反覆之，見『山陽歸下國』之句，蓋用山陽公事，疑是義熙以後有所感而作也。故有『流淚抱中歎，平王去舊京』之語。淵明忠義如此。今人或謂淵明所題甲子，不必皆義熙後，此豈足論淵明哉！惟其高舉遠蹈，不受世紛，而至於躬耕乞食，其忠義亦足見矣。」

温汝能纂集陶詩彙評卷三：「題名述酒而絶不言酒，蓋古人借以寄慨，不欲明言，故詩句與題義兩不相蒙者往往有之。陳祚明謂作離騷、天問讀，不必着解，得之矣。蔣丹厓謂是飲酒時述往事，故以述酒名篇，亦屬過泥。」

黄丕烈士禮居藏書題跋記卷五：「靖節時當禪代，雖同五世相韓之義，但不敢直言，而借廋辭以抒忠憤，向非諸公表微闡幽，烏能白其未白之志哉！」張諧之陶元亮述酒詩解：「陶公自以先世爲晉輔，恥復屈身後代，自劉宋王業漸隆，不復肯仕，而以酒自晦。至是痛晉祚之亡，君父之變，遂以述酒名篇，而於飲酒、止酒諸作三致意焉。讀者詳稽時事，以意逆志，則知陶公之心，日月争光，而其情亦足悲已。」

責子〔一〕

白髮被兩鬢，肌膚不復實〔二〕。雖有五男兒，總不好紙筆。阿舒已二八，懶惰故無匹。阿宣行志學〔三〕，而不愛文術。雍端年十三，不識六與七。通子垂九齡，但覓梨與栗。天運苟如此〔四〕，且進杯中物。

【校記】

責子　各本題下有注云：「舒，儼；宣，俟；雍，份；端，佚；通，佟：凡五人。舒、宣、雍、端、通，皆小名也。」曾本、汲古閣本云，「俟」，一作「俣」；「佟」，一作「俗」。蘇寫本云，「俟」，一作「俣」。

二八　曾本云，一作「十六」。湯本、汲古閣本同。

懶惰　「惰」，曾本云，一作「放」。湯本、汲古閣本同。

故無匹　「故」，曾本、汲古閣本云，一作「固」。

垂九齡　「九」，曾本云，一作「六」。湯本、汲古閣本同。

但覓　「覓」，曾本、汲古閣本云，宋本作「念」。蘇寫本作「念」，又云，一作「覓」。按，晉故征西大將軍長史孟府君傳：「亮云：在坐，卿但自覓。」作「但覓」較勝。

【箋注】

〔一〕淵明有五子，非一母所生。淵明二妻生子情況，古今學者多所探索，説各不同；各地陶氏宗譜記載亦異。陶考謂長子儼蓋前妻所生，餘或出於翟氏；又謂三、四子同歲，以顔誄「居無僕妾」證之，當是孿生。梁譜謂至少應有一子爲元配夫人所生。傅譜謂太元十五年庚寅（三九〇）淵明二十六歲時生長子儼，作命子詩時，尚未喪偶；儼、俟、份、佚俱爲前夫人所出，翟氏僅生一佟，其間相隔四年。各地陶氏宗譜或謂淵明前妻生儼，餘四子爲翟氏所生，或謂前三子爲前妻所生，後二子出於翟氏（參見本書附録三陶氏宗譜中之問題）。又，或據「雍端年十三」，推斷淵明有侍妾。周紫芝竹坡詩話：「客有誦淵明閑情賦者，想其於此亦自不淺。或問坐客：『淵明有侍兒否？』皆不知所對。一人言有之。問其何以知，曰：『所謂雍端年十三，不識六與七，此豈非有侍兒耶？』于是坐客皆發一笑。」今人李文初關於陶淵明生平的幾個問題一文，據怨詩楚調示龐主簿鄧治中詩「始室喪其偏」、與子儼等疏「汝等雖不同生」等淵明自述，以及古時喪偶，得齊衰一年的禮制與習俗，以爲「儼、俟、份、佚生於前妻，佟生於繼室翟氏」（詳見陶淵明論略）。按，以上諸説，以傳譜及李文初之說較近真實。顔誄云：「母老子幼，就養勤匱，遠惟田生致親之議，追悟毛子捧檄之懷，初辭州府三命。」則淵明未仕前至少已有一子。假定次子俟爲續妻所出，儼與俟相差不到二歲，則淵明喪妻、續娶及生子非此段時間内所能遽辦。據命子詩，儼生時淵明二十六歲，儼與雍端相差三歲，淵明三十喪妻，則雍端亦必出於前妻。又馬永卿嬾真子卷三云：「雍、端二子皆年十三，則其庶出可知也已。噫！先生德清如此，而乃有如夫人，亦可一笑。」醒軒云：「安知雍、端非雙生子。」二子同歲，或雙生，或一生於年初，一生於年尾，皆有可能。今可論定儼生於太元十九年甲午（三九四），俟生於太元二十一年丙申（三九六）或稍前，雍端生於隆安元年丁酉（三九七），佟生於元興元年壬寅（四〇二）。又據本詩「阿舒已二八」句，則此詩當作於義熙六年庚戌（四一〇）。

〔二〕實：謂肌膚堅實。素問調經論：「實者，外堅充滿。」

〔三〕行：將。志學：指十五歲。論語爲政：「吾十有五而志於學。」

〔四〕天運：後漢書卷七三公孫瓚傳論：「舍諸天運。」注：「天運猶天命也。」古注：「莊子天運：『天其運乎。』」蓋靖節以諸子不肖，歸之自然也。」何焯義門讀書記陶靖節詩：「國亡主滅，何暇復恤子孫，爲門户計，故歸之天運也。」其說非。

【集說】

前人評論此詩頗有歧見。或謂淵明以諸子不肖爲恨。杜甫遣興五首其三云：「陶潛避俗翁，未必能達道。有子賢與愚，何必挂懷抱。」蘇軾亦有詩云：「我笑陶淵明，種秫二頃半。婦言既不用，還有責子歎。」對於杜甫、蘇軾的評論，葉寘愛日齋叢抄卷三稱：「少陵、東坡亦戲言之，非不知淵明也。」或謂此詩乃是淵明戲謔個性的表現。黄庭堅書淵明責子詩後云：「觀淵明之詩，想見其人豈弟慈祥，戲謔可觀也。俗人便謂淵明諸子皆不肖，而淵明愁歎見於詩，可謂癡人前不得説夢也。」又辛棄疾書淵明詩後云：「淵明避俗未聞道，此是東坡居士云。身似枯株心似水，此非聞道更誰聞。」此外尚有比附時事，以爲本詩乃悼晉之作。如何焯義門讀書記陶靖節詩釋「總不好紙筆」句云：「人不學，安知忠孝爲何事？陶士行後人遂爲原伯魯之子，此公所以俯仰家國，而感歎於天運如此也。」釋「天運苟如此」句云：（已見注四，略。）

有會而作〔一〕并序

舊穀既没，新穀未登〔二〕，頗爲老農，而值年災，日月尚悠，爲患未已。登歲之功〔三〕，既不可希，朝夕所資，煙火裁通〔四〕。旬日已來，始念飢乏。歲云夕矣，慨然永懷，今我不述，後生何聞哉！

弱年逢家乏〔五〕，老至更長飢。菽麥實所羨，孰敢慕甘肥！惄如亞九飯〔六〕，當暑厭寒衣〔七〕。歲月將欲暮，如何辛苦悲。常善粥者心〔八〕，深念蒙袂非〔九〕。嗟來何足吝〔一〇〕，徒没空自遺〔一一〕。斯濫豈攸志〔一二〕，固窮夙所歸〔一三〕。餒也已矣夫，在昔余多師。

【校記】

始念　「始」，曾本云，一作「日」。湯本、汲古閣本同。

亞九飯　「亞九」，曾本云，一作「惡無」。蘇寫本、汲古閣本同。按，作「亞九」是，參見注〔六〕。

辛苦　曾本云，一作「足新」。蘇寫本、湯本、汲古閣本同。

深念　「念」，陶本原校：「從何校宣和本作『念』。各本作『恨』。」曾本、汲古閣本、湯本云，一作「念」。

攸志　「攸」，陶本原校：「從何校宣和本作『攸』。各本作『彼』。」曾本作「彼」，云，一作「攸」。蘇寫本、汲古閣本同。按，「攸」同「所」。徐仁甫古詩别解卷六：「『攸』『所』互文，『攸』猶『所』也。傅亮奉迎大駕道路賦詩：『知止道所貴，懷禄義攸尤。』王融淨行詩：『稟天性所極，資敬道攸崇。』皆攸、所互文。可證淵明此詩『彼』字爲『攸』字之誤。」其説是。

【箋注】

〔一〕有會而作：有所領悟而寫。會，領悟，體會。飲酒詩其一：「達人解其會。」據蕭傳：「江州刺史檀道濟往候之，偃卧瘠餒有日矣。道濟謂曰：『賢者處世，天下無道則隱，有道則至；今子生文明之世，奈何自苦如此？』對曰：『潛也何敢望賢，志不及也。』道濟饋以粱肉，麾而去之。」此詩當爲拒道濟粱肉有感而作。又，檀道濟饋淵明粱肉事，蕭傳、南傳皆載於淵明解職州祭酒之後、出爲鎮軍參軍之前。吴譜據道濟傳考其歲月，謂檀於元嘉三年五月爲江州刺史，蕭傳、南傳叙次皆失當。證以宋書卷五文帝紀、資治通鑑卷一二〇，元嘉三年五月檀道濟爲征西大將軍、江州刺史，吴譜所考是。詩云「歲月將欲暮」，故此詩當作於元嘉三年（四二六）歲暮。

〔二〕「舊穀」二句：論語陽貨：「舊穀既没，新穀既升。」未登：未登場，指莊稼歉收。禮記曲禮：「歲凶，年穀不登。」鄭玄注：「登，成也。」按，宋書卷三一五行志二：「宋文帝元嘉二年夏，旱。」資治通鑑卷一二〇：元嘉三年九月，「大旱，蝗。」「新穀未登」及下「而值年災」云云，蓋指元嘉二三年間旱蝗之災。

〔三〕登歲之功：即歲功，指一年收成。

〔四〕裁通：纔通，僅通。裁，同纔。此言僅能維持不斷炊狀況。

〔五〕弱年：猶弱齡。指青少年時期。慧遠答桓太尉書：「檀越奇韻挺於弱年。」（弘明集卷一二〇）

〔六〕惄如：飢狀。詩周南汝墳：「惄如調飢。」毛傳：「惄，飢意也。」亞：爲流亞、匹亞之義。三國志蜀志諸葛亮傳：「管、蕭之亞匹矣。」張協雜詩：「霖瀝過二旬，散漫亞九齡。」亞九飯，陶注：「言常飢，亦三旬九食之亞也。」説苑：「子思居衛，緼袍無表，三旬而九遇食。」逯注：「亞九飯終不可通，陶注牽强。三字原應作無惡飯，無惡飯與厭寒衣對舉，以寫衣食之缺，飢寒之切。無惡倒誤爲惡無，又誤作亞九耳。無，古或寫无，與九字形近易訛。」按，逯注誤。

〔七〕「當暑」句：謂暑天猶穿寒衣。聞人倓古詩箋：「當暑之服，至嫌夫寒衣之未改，則無衣又可知矣。」

〔八〕「常善」句：丁注：「禮記檀弓下：齊大飢，黔敖爲食於路，以待飢者而食。有飢者，蒙袂輯屨，貿貿然來。黔敖左奉食、右執飲，曰：『嗟，來食！』揚其目而視之，曰：『予惟不食嗟來之食，以至於斯也。』從而謝焉。終不食而死。」

〔九〕蒙袂：以袖遮面。呂氏春秋知接：「蒙衣袂而絶於壽宮。」

〔一〇〕吝：恥辱。後漢書卷五九張衡傳：「得之不休，不獲不吝。」

〔一一〕徒沒：白白死去。自遺：自失，指餓死。按，對「常善」四句理解有異。或謂是反語。吳注引沃儀仲云：「『深憾蒙袂非』，憤語也。」方東樹昭昧詹言卷四云：「『常善』四句與謝公『平生疑若人』四句同本。言己慕此人，却反言以非之，則局勢曲而變化矣。」王瑶注、逯注亦謂是反語。或謂是批評蒙袂者爲非。何焯義門讀書記陶靖節詩云：「後半言蒙袂揚目者誠過。」以上二解，以後者爲是。禮記檀弓下記曾子聞蒙袂者不食「嗟來之食」而死，遂評論曰：「微與！其嗟也可去，其謝也可食。」元陳澔注曰：「微與，猶言細故末節。謂嗟來之言雖不敬，然亦非大過，故其嗟雖可去，而謝焉則可食矣。」夫淵明「常善粥者心，深念蒙袂非」云云，乃贊同曾子所言，以爲黔敖施粥，出於善心，蒙袂者以受嗟來之食爲恥，計較于細故末節，「徒沒空自遺」。聯繫淵明貧而乞食，受主人遺贈，感激得要「冥報以相貽」，因爲他認爲窮而乞食並非「斯濫」，主人遺贈亦出於善心。蒙袂者却連善意的施舍也拒不接受，情願餓死，這就未免過激了。

〔一二〕斯濫：指無操守之小人，論語衞靈公：「君子固窮，小人窮斯濫矣。」

〔一三〕固窮：指君子。夙所歸：平素向往者。按，「斯濫」二句寫自己志向，並非評論蒙袂者。

【集評】

温汝能陶詩彙評卷三：「湯文清云：『淵明詩中言本志少，説固窮多，夫惟忍飢寒之苦而後能存節義之閑，西山之所以有餓夫也。世事貪榮禄、慕豪侈，而高談名義，自方於古人，余未之信也。』觀斯言，始知淵明一生，得力全在『固窮』二字。固則爲君子，濫則爲小人。固與濫，舜、蹠之分也。」

蜡　日〔一〕

風雪送餘運〔二〕，無妨時已和〔三〕。梅柳夾門植，一條有佳花〔四〕。我唱爾言得，酒中適何多。未能明多少，章山有奇歌〔五〕。

【校記】

佳花　「花」，曾本云，一作「葩」。湯本、汲古閣本同。

未能　「能」，曾本云，一作「知」。湯本、汲古閣本同。

【箋注】

〔一〕蜡日：古代年終祭名。李注：「蜡，臘祭名。禮記郊特牲：『伊耆氏始爲蜡。』蜡也者，索也。歲十二月合聚萬物而索饗者也。」又，世説新語德行篇劉孝標注引五經要義云：「三代名臘，夏曰嘉平，殷曰清祀，周曰大蜡，總謂之臘。」「張亮議曰：『蜡者，謂合聚萬物而索饗之，歲終休老息民也。』」世説新語德行篇載，華歆蜡日，嘗集子姪燕飲，王朗亦學之。據此，蜡日當有燕飲之習。詩云「我唱爾言得，酒中適何多」。疑本詩乃寫燕飲之樂。此詩作年不可考。王瑤謂與讀山海經詩同年作，可備一説。

〔二〕餘運：猶歲暮。運，年運。歲暮和張常侍：「履運增慨然。」

〔三〕時已和：李充春遊賦：「蓋適性莫暢乎遊，而時和莫喻乎春。」

〔四〕佳花：指梅花。

〔五〕章山：未知何地。王瑤注謂章山即山海經所載「鮮山又東三十里曰章山」。逯注謂章山即廬山石門山。王叔岷謂章山即商山，「奇歌」即四皓紫芝歌也；並引王引之所説：「商與章古字通，書費誓：『我商賚女。』釋文曰：『商，徐音章。』呂氏春秋勿躬篇：『臣不如弦章。』韓子外儲説作弦商。」

【集評】

吴騫拜經樓詩話卷三：「其蜡日詩，舊亦編次述酒之後，而文清未注。予細讀之，蓋猶之乎述酒意也。爰爲補釋於左，俟考古者論定焉。『風雪送餘運，無妨時已和。』此感蜡爲歲之終，喻典午運已告訖，而宋祚方隆，臣民已多附從，不必更滋防忌，故曰無妨也。『梅柳夾門植，一條有佳花。』梅喻君子，柳比小人。夾門植謂參錯朝宁。君子不能厲冰霜之操，小人則但知趨炎附時，望風而靡。『一條有佳花』，有者猶言無有乎爾。『我唱爾言得，酒中適何多。』裕以毒酒一罌命張褘鴆帝，褘自飲之而卒；又命兵進藥而害之。下句言酒中之陰計何多耶。『我唱爾言得』，謂裕倡其謀，而附奸黨惡者衆也。『未能明多少，章山有奇歌。』山海經：『鮮山又東三十里，有章山。』地理志：『章山在江夏竟陵縣東北，古文以爲内方山。』按，竟陵、零陵皆楚地，故假竟陵之山以寓意，猶述酒詩之用舜冢事也。淵明爲桓公曾孫，昔侃鎮荆楚，屢平寇難，勳在社稷。『未能明多少』，謂若曹勿謂陰計之多，以時無英雄耳，使我祖若在，豈遂致神州陸沉乎！『有奇歌』，蓋欲效採薇之意也。」

楊勇引潘石禪析疑：「此詩章山，蓋即商山，以一字未憭，致使全詩皆晦。今試釋詩辭：殘年風雪，而寒梅作花，此所謂『無妨時已和』也。『我唱爾言得』者，以素心冥契，故發唱相領；移居詩云（中略）。陶公鄰曲往還，必有能深解陶公避世之志者，此所以詠四皓之歌，而能心領其意；然俞相許，故曰『我唱汝言得』也。『酒中適何多』，猶言『酒中有深味』也。『未能明多少』，則多之極矣。其所以使人傾觴不能自已者，由商山奇歌感人之深之故也。此詩曰『奇歌』，羊長史詩曰『清謡』，其辭一也。羊則出處異路，故言盡而未舒；此則行止同心，故爾汝相得，其恉一也。」

陶淵明集卷之四

詩五言

擬古九首〔一〕

榮榮窗下蘭，密密堂前柳〔二〕。初與君別時〔三〕，不謂行當久。出門萬里客，中道逢嘉友。未言心相醉〔四〕，不在接杯酒〔五〕。蘭枯柳亦衰，遂令此言負〔六〕。多謝諸少年〔七〕，相知不忠厚。意氣傾人命，離隔復何有〔八〕。

【校記】

擬古九首　陶本無「九首」兩字。陶本原校：「李本有『九首』字。」今據李本補。

窗下　曾本、汲古閣本云，一作「後窗」。

相醉　「相」，陶本原作「先」。陶本原校：「一作『相』。」今據各本改。「醉」，曾本、汲古閣本云，一作「解」。

蘭枯　「枯」，曾本、汲古閣本云，一作「空」。

遂令此言負　陶本原校：「焦本云，一作『時没身還朽』，非。」曾本云，一作「時没身還朽」。蘇寫本、汲古閣本同。

忠厚　「忠」，曾本、汲古閣本作「中」，云，一作「相」，又作「在」。蘇寫本作「中」，云，一作「相厚」。

【箋注】

〔一〕據詩中「飢食首陽薇，渴飲易水流」等感慨滄桑之語，擬古九首當作於晉宋易代後。梁譜將此詩繫於永初三年壬戌（四二二），古譜、逯繫年繫於永初元年庚申（四二〇）。王瑶注據黄文焕陶詩析義，謂本詩當作於永初二年辛酉（四二一）。按，王注大致可從。然擬古其九未必爲義熙十四年戊午（四一八）劉裕立恭帝而發，説見該詩注及【集説】。劉履選詩補注卷五云：「凡靖節退休後所作之詩，類多悼國傷時託諷之詞，然不欲顯斥，故以擬古、雜詩等目名其題云。」温汝能陶詩彙評卷四云：「擬古九首大抵遭逢易代，感世事之多變，歎交情之不終，撫時度勢，實所難言，追惜傷今，惟發諸慨，在陶集中意義固甚明者。諸家有疑其中不可解，或且别爲之説，務爲穿鑿以求，其失愈遠矣。」上述見解，有助於理解此詩寓意。但若稱每首詩均寓易代之感，恐亦未必然。

〔二〕「榮榮」二句：比而興也。「榮榮」、「密密」，狀蘭柳之繁盛，比喻友情親密。吴汝綸古詩鈔：「蘭柳柔弱之質，以比晉主及忠於晉室諸人。」其説非。

〔三〕君：劉履選詩補注卷五：「『君』謂晉君。」吴注：「『君』字泛指，不必泥晉君，此歎中道改節之人，徒矜意氣，反覆不常也。」張玉穀古詩賞析卷十四：「『君』，指所懷之家人説。」陶注：「『君』指蘭柳。」按，「君」指遊子，即後文「萬里客」。

〔四〕心相醉：謂相互仰慕至極。列子黄帝：「列子見之而心醉。」文選顔延之五君詠阮始平詩：「郭奕已心醉，山公非虚覯。」

〔五〕接杯酒：古注：「漢書司馬遷傳：『未嘗銜杯酒，接殷勤之餘歡。』」

〔六〕「蘭枯」二句：蘭枯柳衰喻友情，遊子因遇新交而負了舊約。

〔七〕謝：漢書卷七六趙廣漢傳：「界上亭長寄聲謝我。」顔師古注：「謝，告也。」

〔八〕「意氣」二句：劉劭趙都賦：「貴交尚信，輕命重氣。」三國志吴書孫堅傳裴松之注引孫盛曰：「夫意氣之間，猶有刎頸。」三國志蜀書鄧芝傳：「性剛節，不飾意氣。」通鑑卷一〇六晉紀二八：「家國事重，何論意氣。」胡三省注：「意氣謂（苟）堅相待之厚。」聞人倓古詩箋卷六：「言相知者，特患不忠厚。倘其意氣如故，雖命爲之傾，亦且不惜，而何有於離隔乎！」於義亦通。

【集説】

此詩寓意深隱，前人評論頗有歧見。劉履選詩補注卷五疑晉宋易代後，淵明終身不仕，「豈在朝諸親舊或有諷勸之者，故作此詩以寄意歟」？何注不同意劉説，以爲：「此靖節爲當時無可與同心憂國者發也。」鍾惺古詩歸卷九謂此詩及擬古其六兩首，「皆歎交道衰薄，朋友不足倚賴，然寓意立言，感慨深厚」。張玉穀古詩賞析卷一四則以爲「擬出門遠客，懷家不得歸之詩」。陶注云：「詩意似借蘭柳作北山移文，以爲招隱，欲其謝外誘而堅肥遯也。」邱嘉穗東山草堂陶詩箋卷四云：「此必當時有與公同約偕隱，已而背去附宋者，反未免側目公也，故云。」

辭家夙嚴駕〔一〕，當往志無終〔二〕。問君今何行？非商復非戎〔三〕。聞有田子泰〔四〕，節義爲士雄。斯人久已死，鄉里習其風。生有高世名〔五〕，既没傳無窮〔六〕。不學驅馳子〔七〕，直在百年中〔八〕。

【校記】

志無終　「志」，陶本原作「至」。陶本原校：各本作『志』，汲古閣本云，一作『至』，今從之。」按，各本皆作「志」。説文：「志者，心之所之也。」儀禮大射儀：「不以樂志。」鄭玄注：「志，意所擬度也。」「當往志無終」者，意謂將行擬往無終也。今從各本作「志」。

復非戎　「戎」，李本作「戒」，誤。

田子泰　「泰」，曾本、蘇寫本、李本、汲古閣本、焦本皆作「春」。曾本、汲古閣本云，一作「泰」。

按，三國志魏書田疇傳云，田疇字子泰。太平御覽卷四二一引傳子、水經注卷一四、梁書卷一七王珍國傳皆作「田子泰」。作「子泰」是。

驅馳子　「驅」，陶本原作「狂」。陶本原校：「焦本云，一作『驅』，非。」曾本作「狂」，云，一作「驅」。蘇寫本、汲古閣本同。按，作「驅」是，今據改。參見注〔七〕。

【箋注】

〔一〕嚴駕：整治車馬，準備出行。曹植雜詩：「僕夫早嚴駕，吾將遠行遊。」

〔二〕無終：地名，今河北薊縣。左傳襄公四年：「無終子嘉父使孟樂如晉。」杜預注：「無終，山戎國名。」漢書卷二八下地理志下：右北平郡轄縣有無終，古無終子國。

〔三〕「非商」句：丁注：「陶詩程傳：『孔子適宋，老子適戎。』」陳寅恪桃花源記旁證云：「商者指四皓入商山避秦事，戎者指老子出關適西戎化胡事。然則商洛殽函本爲淵明心目中真實桃花源之所在，而田疇之亮節高義猶有過於桃花源避秦之人。此所以寄意遣詞遂不覺連類并及歟？」古注：「阮籍詠懷詩：『園綺遁商山，伯陽隱西戎。』此淵明商、戎并舉之所本也。」（重定陶淵明詩箋）楊勇云：「宋，商地，指孔子也。戎，指老子也。謂孔老之道，彌高彌遠，不能自期。唯田子泰者，其節義爲可慕耳。」按，以上數解，以陳寅恪、古注得其真。古注引阮籍詩，指出陶詩「非商復非戎」一句所本。而陳氏謂商、洛是淵明心目中真實桃花源之所在，其説雖非定論，但稱「田疇之亮節高義有過桃花源避秦之人」，誠能揭示淵明此句的真實意圖。要之，「非商復非戎」句非是楊勇所謂孔老之道，不能自期，而是贊美田疇此行非隱於商，亦非隱於戎，亮節高義，傳之無窮。

〔四〕田子泰：李注：「田疇，漢北平無終人。時董卓遷帝於長安，幽州牧劉虞欲遣使奔問行在，無其人。聞疇奇士，乃署爲從事。疇將行，道路阻絶，遂循間道至長安致命，詔拜騎都尉。疇以天子蒙塵，不可荷佩榮寵，固辭不受，得報還，虞已爲公孫瓚所滅。疇謁虞墓，哭泣而去。瓚怒曰：『汝何不送章報於我？』疇答曰云云，瓚壯之。疇得北歸，遂入徐無山中。」按，姚寬西溪叢語於陶詩「聞有田子春，節義爲士雄」，引漢書燕王劉澤傳「高后時齊人田生」及晉灼注：「楚漢春秋云字子春。」謂田子春是漢初人。顧炎武日知録卷二七「陶淵明詩注」條駁西溪叢語云：「此詩上文云『辭家夙嚴駕，當往至無終』，下文云：『生有高世名，既没傳無窮』，其爲田疇可知矣。三國志田疇字子泰，右北平無終人也。泰一作春，若田生遊説取金之人，何得有高世之名而爲靖節之所慕乎？」王士禎古夫于亭雜録及邱嘉穗東山草堂陶詩箋亦辨其非。

〔五〕高世名：史記卷四三趙世家：「夫有高世之名，必有遺俗之累。」

〔六〕「既没」句：三國志魏書田疇傳：「文帝踐阼，高疇德義，賜疇從孫續爵關内侯，以奉其嗣。」

〔七〕驅馳子：謂奔競鑽營之徒。驅馳，謂奔走。趙壹刺世疾邪賦：「且各守爾分，勿復空馳驅。」三國志蜀書諸葛亮傳：「由是感激，遂許先帝以驅馳。」世説新語輕詆：「常謂使君降階爲甚，乃復爲之驅馳邪。」

〔八〕「直在」句：即形影神詩「身没名亦盡」之意。

【集説】

關於此詩旨意大致有二説。一説淵明寄慨田疇，即期盼出現田疇那樣的人物，效忠晉室。如黄文焕陶詩析義卷四云：「此詩當屬劉裕初廢晉帝爲零陵王所作。蓋當時裕以兵守之，行在消息，總無能知生死何若，故元亮寄慨於子春也。」孫人龍、馬墣、温汝能諸人皆持此説。一説淵明贊美田疇，蓋自比當年就辟鎮軍參軍，爲勤王奔走。如邱嘉穗東山草堂陶詩箋卷四云：「按晉安帝、恭帝之時，劉裕假受禪名色而行篡弑之計，正董卓、公孫瓚之流。公雖辟爲鎮軍參軍，又辟爲建威參軍，使都還江陵正幽州牧署從事之比。後爲彭澤令，不三月而賦歸來，竟以恥臣於宋不復出，正與疇以天子蒙塵，辭騎都尉之榮，而歸隱無終山同一轍。」逯繫年申解云：「桓玄挾晉安帝西走，陶淵明爲勤王之事，涉險奔走於尋陽、建康間，二者極其類似。詩稱田疇之義舉，用以自喻，亦所以自贊也。」按，淵明當年就辟劉裕鎮軍參軍時，裕舉義旗勤王，未可目之董卓、公孫瓚之流。義熙元年乙巳（四〇五）三月，淵明作建威參軍使都的同時，晉安帝反正，當時不存在劉裕篡晉的局勢。淵明不久辭官彭澤，亦非「恥臣於宋不復出」。因此，以就辟鎮軍、建威參軍比田疇奔長安勤王，不足取信。而永初元年庚申（四二〇）劉裕廢晉恭帝爲零陵王時，世人紛紛附宋，再無田疇那樣的人物，故曰「斯人久已死」，並直斥趨炎附勢者爲「驅馳子」。然淵明仰慕前賢，曰「鄉里習其風」，作無望中的期盼。故本詩旨意當以寄慨田疇之説爲近。

仲春遘時雨〔一〕，始雷發東隅〔二〕。衆蟄各潛駭〔三〕。草木從横舒。翩翩新來燕〔四〕，雙雙入我廬。先巢故尚在，相將還舊居〔五〕。自從分别來，門庭日荒蕪。我心固匪石〔六〕，君情定何如。

【校記】

從横　「横」曾本、汲古閣本云，一作「此」，一作「是」。蘇寫本云，一作「此」。

【箋注】

〔一〕遘：説文：「遘，遇也。」

〔二〕始雷：春雷。

〔三〕「衆蟄」句：古注：「禮記月令：仲春之月，始雨水，雷乃發聲，蟄蟲咸動，啓户始出。」又，莊子天運：「蟄蟲始作，吾驚之以雷霆。」李顒雷賦：「驚蟄蟲於始作矣，懼遠邇之異象。」

〔四〕翩翩：飛貌。詩小雅四牡：「翩翩者鵻，載飛載下。」

〔五〕相將：相偕，相共。曹植鷂雀賦：「相將入草，共上一樹。」讀史述九章夷齊：「二子讓國，相將海隅。」

〔六〕「我心」句：詩邶風柏舟：「我心匪石，不可轉也。我心匪席，不可卷也。」毛傳：「石雖堅，尚可轉；席雖平，尚可卷。」鄭玄箋：「言己心志堅平，過於石席。」此以匪石代指心不可轉。

【集説】

關於此詩旨意有四説。一説以燕戀舊巢，比喻不肯背棄晉室。吴師道吴禮部詩話云：「託言不背棄之意。」邱嘉穗東山草堂陶詩箋卷四云：「自劉裕篡晉，天下靡然從之，如衆蟄草木之赴雷雨，而陶公獨惓惓晉室，如新燕之戀舊巢，雖門庭荒蕪，而此心不可轉也。」孫人龍亦同此説。一説譏仕宋者。馬墣陶詩本義卷四云：「此首似譏仕宋者之不如燕也。」一説爲懷遠之作。張玉穀古詩賞析卷一四云：「此擬春閨懷遠之詩。」一説爲詠劉裕與桓玄事。古注比照桓玄篡晉及敗亡史實，謂「始雷發東隅」喻劉裕、何無忌等舉義旗；「相將還舊居」指晉安帝還京師建康；又稱桓玄爲舊燕，劉裕爲新燕。逯注襲古注，説稍異。

迢迢百尺樓〔一〕，分明望四荒。暮作歸雲宅，朝爲飛鳥堂。山河滿目中，平原獨茫茫。古時功名士，慷慨争此場。一旦百歲後，相與還北邙〔二〕。松柏爲人伐，高墳互低昂〔三〕。頹基無遺主，遊魂在何方〔四〕？榮華誠足貴，亦復可憐傷。

【校記】

獨茫茫　「獨」，曾本、汲古閣本云，一作「轉」。

【箋注】

〔一〕迢迢：高貌。陸機擬西北有高樓詩：「高樓一何峻，迢迢峻而安。」

於此。

〔二〕北邙：山名。邙亦作芒，又名邙山、芒山、北山。在河南洛陽城北，漢魏君臣死後多葬於此。

〔三〕低昂：高低貌。宋子侯董嬌饒詩：「花葉正低昂。」曹丕於譙作詩：「長劍自低昂。」

〔四〕遊魂：古人以爲人死後精氣遊散，故稱遊魂。易繫辭上：「精氣爲物，遊魂爲變。」韓康伯注：「精氣烟熅，聚而成物。聚極則散，而遊魂爲變也。遊魂，言其遊散也。」祭程氏妹文：「煢煢遊魂，誰主誰祀？」挽歌詩：「魂氣散何之，枯形寄空木。」

【集説】

關於此詩旨意有兩説。一説是登高弔古，感歎榮華難久，表現詩人的達觀。如邱嘉穗東山草堂陶詩箋卷四云：「此借登高弔古，以慨當時謀臣戰士節義不立，而一南一北争地争城，卒就消滅而已，洵達人之觀也。」温汝能陶詩彙評卷四謂「詩意即所謂貴賤同歸土一邱也」。張玉穀古詩賞析卷一四云：「此擬登廢樓遠望，而榮華不久之詩。」另一説是有感於劉裕篡晉。如黄文焕陶詩析義卷四謂此詩「前六語純從國運更革寄愴」，「蓋感憤於廢帝極矣」。馬璞陶詩本義卷四云：「此首傷篡奪者之無知也。」陶注云：「慷慨而争，同歸於盡，後之視今，將亦猶今之視昔耳。哀司馬即是哀劉裕，意在言外，當善會之。」

東方有一士〔一〕，被服常不完。三旬九遇食〔二〕，十年著一冠。辛勤無此比，常有好容顏。我欲觀其人，晨去越河關。青松夾路生〔三〕，白雲宿簷端。知我故來意〔四〕，取琴爲我彈。上絃驚別鶴，下絃操孤鸞〔五〕。願留就君住，從今至歲寒〔六〕。

【校記】

九遇食　「遇」，曾本、汲古閣本云，一作「過」。

辛勤　「勤」，曾本云，一作「苦」。湯本、汲古閣本同。蘇寫本、李本作「苦」。

夾路　「夾」，李本作「來」，誤。

來意　「意」，曾本、汲古閣本云，一作「時」。

爲我彈　「爲」，曾本、汲古閣本云，一作「與」。

【箋注】

〔一〕「東方」句：蘇軾東坡題跋卷二云：「此東方一士，正淵明也。」邱嘉穗東山草堂陶詩箋卷四謂淵明「自擬其平生固窮守節之志」。陳沆詩比興箋卷二謂「此淵明自詠也」。或以爲東方一士是古代賢者。張自烈箋注陶淵明集謂此詩旨意是「尚友古人」。吴注引汪洪度云：「乃借古貞婦以喻己志之不移也。」蔣薰評陶淵明詩集卷四則猜測：「伊何人哉，其孫登之流耶？是神仙而無鉛汞氣者。」按，東方一士既是古代貧寒守節之士的藝術形象，也是淵明晚年的自我寫照。蔣氏所謂「孫登之流」，乃是無謂猜度。

〔二〕「三旬」句：參見有會而作詩「惄如亞九飯」句注。

〔三〕「青松」句：古詩十九首：「白楊何蕭蕭，松柏夾廣路。」

〔四〕故：爾雅釋詁：「故，今也。」故來意，猶今來意。

〔五〕「上絃」二句：何注：「上絃、下絃，猶言初曲、終曲。別鶴、孤鸞皆琴曲名。」樂府詩集卷五八引崔豹古今注：「別鶴操，商陵牧子所作也。娶妻五年而無子，父兄將爲之改娶。妻聞之，中夜起，倚户而悲嘯。牧子聞之，愴然而悲，乃援琴而歌。後人因爲樂章焉。」孤鸞：即離鸞，琴曲名，西漢慶安世作。西京雜記卷二：「慶安世年十五，爲成帝侍郎，善鼓瑟，能爲雙鳳、離鸞之曲。」

〔六〕歲寒：論語子罕：「歲寒，然後知松柏之後凋也。」

【集評】

王夫之古詩評選卷四：「結構規恢，真大作手，令人讀之，不辨其爲陶詩矣！」

蒼蒼谷中樹，冬夏常如兹。年年見霜雪，誰謂不知時〔一〕。厭聞世上語，結友到臨淄〔二〕。稷下多談士〔三〕，指彼決吾疑〔四〕。裝束既有日，已與家人辭。行行停出門〔五〕，還坐更自思。不畏道里長，但畏人我欺。萬一不合意，永爲世笑嗤。伊懷難具道〔六〕，爲君作此詩。

【校記】

結友　「結」，曾本、汲古閣本云，一作「交」。

指彼　「彼」，曾本、汲古閣本云，一作「往」。蘇寫本作「往」，云，一作「彼」。

吾疑　「吾」，曾本、汲古閣本云，一作「狐」；又云，一作「柏社決五疑」。按，「柏社決五疑」乃傳寫之誤。

笑嗤　「嗤」，陶本原校：「各本作『之』。從焦本作『嗤』。」曾本、汲古閣本作「之」，云，一作「嗤」。焦本云，一作「之」，非。按，後漢書卷一上光武帝紀上：「顧笑謂耿弇曰：『幾爲虜嗤。』」曹植與楊德祖書：「畏後之嗤余也。」世説新語德行：「同坐嗤之。」毌丘儉答杜摯詩：「還爲燕雀嗤。」作「嗤」是。

【箋注】

〔一〕「蒼蒼」四句：湯注：「前四句興而比，以言吾有定見而不爲談者所眩，似謂白蓮社中人也。」

〔二〕臨淄：戰國時齊國都城。

〔三〕稷下：齊國都城城門，當時談士多聚於此。史記卷四六田敬仲完世家：「齊宣王喜文學遊説之士，自如騶衍、淳于髡、田駢、接予、慎到、環淵之徒七十六人，皆賜列第，爲上大夫，不治而議論，是以齊稷下學士復盛，且數百千人。」集解：「劉向別録曰：『齊有稷門，城門也。談説之士期會於稷下也。』」按，湯漢、邱嘉穗、逯欽立等皆以爲「談士」是指白蓮社中人，其説近是。蓮傳載：「遠法師與諸賢結蓮社，以書招淵明。淵明曰：『若許飲則往。』許之，遂造焉；忽攢眉而去。」此事正與以下「行行停出門」數句相合。

〔四〕指：廣雅釋詁一：「指，語也。」楚辭離騷：「指九天以爲正兮。」王逸注：「指，語也。」決吾疑：釋吾疑。文選張衡歸田賦：「從唐生以決疑。」

〔五〕停，正。三國志蜀書董允傳：「(董)恢年少官微，見允停出，逡巡求去。」世説新語品藻：「桓公停欲言，中悔。」停出門，謂正出門。

〔六〕伊懷：此懷。

【集評】

蔣薰評陶淵明詩集卷四：「稷下之士，乃趨炎熱，不耐霜雪者也。此詩想爲終南、北山人而作。」

吴瞻泰輯陶詩彙注卷四：「首四句興起，人品已見。下故爲顛倒錯綜之言，以寫霜雪不移之志，波瀾起伏，心緒萬端。」

日暮天無雲，春風扇微和〔一〕。佳人美清夜，達曙酣且歌。歌竟長太息，持此感人多〔二〕。皎皎雲間月〔三〕，灼灼葉中華〔四〕。豈無一時好，不久當如何。

【校記】

皎皎　文選、玉臺新詠作「明明」。按，作「皎皎」是，參見注〔三〕。

葉中華　「華」，文選、玉臺新詠作「花」。

【箋注】

〔一〕扇：動也；發也。集韻：「扇，一曰動也，助也。」嵇康雜詩：「微風輕扇，雲氣四除。」

〔二〕此：指佳人所唱之歌。

〔三〕「皎皎」句：卓文君白頭吟：「皎若雲間月。」古詩十九首：「明月何皎皎。」嵇康雜詩：「皎皎亮月，麗於高隅。」

〔四〕灼灼：鮮明貌。詩周南桃夭：「桃之夭夭，灼灼其華。」

【集説】

前人解此詩頗有異説。劉履選詩補注卷五逐句比附晉宋易代史實，如謂：「『日暮』以比晉祚之垂没，天無雲而風微和，以喻恭帝暫遇開明温煦之象。」邱嘉穗東山草堂陶詩箋卷四云：「此詩微諷宴樂逸遊之不可久。」張玉穀古詩賞析卷十四則稱「此擬及時行樂之詩」。立説恰與邱氏相反。古注以爲「追痛會稽王道子之誤國」。按，以上諸説，以邱嘉穗較近詩旨。

少時壯且厲〔一〕，撫劍獨行遊。誰言行遊近？張掖至幽州〔二〕。飢食首陽薇，渴飲易水流〔三〕。不見相知人，惟見古時丘。路邊兩高墳，伯牙與莊周。此士難再得〔四〕，吾行欲何求。

【校記】

行遊近　「遊」，曾本、汲古閣本云，一作「道」。

惟見　陶本原校：「焦本云，一作『純是』。」曾本云，一作「純是」。蘇寫本、汲古閣本同。

吾行　「吾」，曾本、汲古閣本云，一作「君」。

【箋注】

〔一〕壯：壯盛。厲：激烈。三國志吴書張昭傳：「辭氣壯厲。」晉書卷一一九姚泓載記：「人情挫辱，則壯厲之心生。」

〔二〕張掖：郡名，今屬甘肅。漢元鼎六年（前一一一）分武威郡置。治所在觻得（今甘肅張掖西北）。漢書卷二八地理志下：「張掖郡，故匈奴昆邪王地，武帝太初元年開。」應劭曰：「張國臂掖，故曰張掖也。」幽州：古九州之一。爾雅釋地：「燕曰幽州。」周禮職方：「東北曰幽州。」

〔三〕「飢食」二句：史記卷六一伯夷列傳載：伯夷、叔齊義不食周粟，隱於首陽山，采薇而食之。史記卷八六刺客列傳載：荆軻爲燕太子丹刺秦王，太子及賓客送至易水上。何注：「此晉亡以後憤世之辭。首陽、易水，以寓夷、齊恥食周粟，荆軻爲燕報仇之意。」

〔四〕此士：指夷齊、荆軻、伯牙、莊周。夷齊和荆軻是志士，今已不可見；伯牙因鍾子期死而絶絃，莊周因惠子死而深瞑，知音不可得，故曰「難再得」。

【集評】

湯漢注陶靖節先生詩卷四：「伯牙之琴，莊子之言，惟鍾惠能聽；今有能聽之人而無可聽之言，此淵明所以罷遠游也。」

王夫之古詩評選卷四：「神駿不可方物，而固不出於圜中。陶公高音亮節自有如此者，孟浩然一流亦曾夢見一斑否？」

吴瞻泰陶詩彙注卷四：「此篇無倫無次，章法奇奥。始而張掖、幽州，悲壯遊也；忽而首陽、易水，傷志士之無人；忽而伯牙、莊周，歎知音之不再而避世之難得也。公生平志節，亦盡流露矣。」

温汝能陶詩彙評卷四：「淵明有荆軻、夷齊之心志，而時會各殊，所懷不遂，故不得不作退一步想也。篇中寄託遥深，只可爲知者道爾。」

種桑長江邊〔一〕，三年望當採〔二〕。枝條始欲茂，忽值山河改〔三〕。柯葉自摧折，根株浮滄海〔四〕。春蠶既無食，寒衣欲誰待〔五〕？本不植高原，今日復何悔〔六〕！

【校記】

山河　「河」，曾本云，一作「川」。蘇寫本、汲古閣本同。

【箋注】

〔一〕「種桑」句：暗喻晉安帝義熙八年（四一二），復以司馬休之都督荆、雍、梁、秦、寧、益六州軍事、平西大將軍、荆州刺史，假節。

〔二〕「三年」句：自義熙八年至義熙十一年司馬休之舉兵反抗劉裕，正當三年。

〔三〕「忽值」句：暗喻劉裕攻克江陵，司馬休之敗亡，東晉雖名號猶存，實已山河易主。

〔四〕「柯葉」二句：指司馬休之、魯宗之等相繼敗亡。陶詩程傳云：「柯葉枝條，蓋指司馬休之之事。休之拒守荆州，而道賜發宣城，楚之據長社。迨劉裕克江陵，奔亡相繼，而晉祚始斬。故以春蠶無食，寒衣無待況之。」其説得之。考晉書卷三七司馬休之傳、晉書卷一〇安帝紀，義熙八年（四一八）劉毅被誅後，休之爲平西將軍、荆州刺史。其子文思多違法度，爲有司所糾，陰謀作亂。劉裕聞之，誅其黨羽，令休之嚴加管束。義熙十一年（四一五）春正月，休之父子遂結雍州刺史魯宗之並舉兵討伐劉裕。五月，休之、宗之敗，出奔姚泓。至此，宗室中唯一擁有兵權的司馬休之被劉裕消滅。枝葉摧折之喻即指此。

〔五〕「春蠶」二句：暗喻東晉宗室勢力殆盡，朝廷無有依靠。

〔六〕「本不」二句：言朝廷當初委以司馬休之重任，休之却終究有負朝廷重望，今日尚有何悔。本，根也。「種桑長江邊」，即「本不植高原」。

【集説】

此詩通篇比喻，前人多謂深有寄託。如黄文焕陶詩析義卷四云：「劉裕以戊午年十二月弑晉主於東堂，立琅琊王德文，是爲恭帝。己未爲恭帝元熙元年，庚申二年而裕逼禪矣。帝之年號，雖止二年，而初立則在戊午，是已三年也。『望當採』者，既經三年，或可以自修内治奏成績也。長江邊豈種桑之地？爲裕所立，而無以防裕，勢終受制，初着既誤，後禍自來也。字字隱語，然意義甚明。」陳沆詩比興箋卷二：「此慨晉室之所以亡也。典午創業，本乏苞桑之固，五馬南浮，復無磐石之安。何曾興歎於前，干寶抗論於後。『本不植高原，今日復何悔』，爲此詩者，其知道乎！命意全在末二章，所謂圖窮匕首見。」或謂無寓意者。何注：「此詩全用鬼谷先生書意。逸民傳：鬼谷先生遺蘇秦、張儀書曰：『二君豈不見河邊之樹乎？僕御折其枝，風浪盪其根，此木豈與天地有讎怨？所居然也。子見崇岱之松柏乎？上枝干於青雲，下枝通於三泉，千秋萬歲，不逢斧斤之患，豈與天地有骨肉？所居然也。』」何焯義門讀書記陶靖節詩云：「此言下流不可處，不得謬比易代。」張玉穀古詩賞析卷十四則云：「此擬譏人託身不慎之詩。」

【集評】

許學夷詩源辯體卷六：「靖節擬古九首，略借引喻，而實寫己懷，絶無摹擬之跡。非其識見超越，才力有餘，不克至此。後人學陶者，於其平直處，僅得一二；至此，百不得一矣。嘗疑擬古或諸家所爲，但晉宋無此等人。」

陳祚明采菽堂古詩選卷十三：「擬古九章，情思回曲，辭旨纏綿。王元美之論離騷，脩郄者不能摘故也，即其句調，往往鄰十九首矣。」

汪師韓詩學纂聞：「今觀唐以後詩，凡所謂古風、古意、古興、古詩，與夫覽古、詠古、感古、傚古、紹古、依古、諷古、續古、述古者，都不知其所分别。古人名作，惟鮑明遠擬古八首，陶靖節擬古九首，未嘗明言所擬何詩，然題曰擬古，必非若後人漫然爲之者矣。」

方東樹昭昧詹言卷一：「淵明擬古，是用古人格作自家詩。」

雜詩十二首〔一〕

人生無根蒂，飄如陌上塵〔二〕。分散逐風轉，此已非常身〔三〕。落地爲兄弟，何必骨肉親〔四〕。得歡當作樂，斗酒聚比鄰。盛年不重來，一日難再晨〔五〕。及時當勉勵，歲月不待人。

【校記】

雜詩十二首　陶本無「十二首」三字。陶本原校：「李本有十二首字。」今據李本補。

落地爲　陶本原校：「焦本云，一作『流落成』，非。」曾本、汲古閣本云，一作「流落成」。蘇寫本作「流落成」。

【箋注】

〔一〕雜詩中前八首多感歎貧困年衰，當爲淵明晚年所作。據第六首云：「昔聞長老言，掩耳每不喜，奈何五十年，忽已親此事。」則可論定前八首作於淵明五十歲待，即晉安帝義熙十四年戊午（四一八）。第九首以下三首詠歎行役之苦，内容與前八首不類，王瑶謂與庚子歲五月中從都還阻風於規林、辛丑歲七月赴假還江陵夜行塗口等詩同時作，繫於晉安帝隆安五年辛丑（四〇一）。鄧譜據第九首「掩淚泛東逝」、第十首「軒裳逝東崖」等句，謂此行明由尋陽乘舟順江東下；又據第十首「荏苒經十載，暫爲人所羈」二句，謂此行距出仕之年已經十載，故定三詩與乙巳歲三月爲建威參軍使都經錢溪詩同作於義熙元年（四〇五）春天。其說是。又，第十二首似是詠物詩，與前十一首均不類，作年亦不可考。湯本因此首别出，編於歸去來兮辭後。其餘各本皆將此首與前面三首排列在一起，故王瑶懷疑它們爲同時之作，繫於晉安帝隆安五年辛丑。其實，此詩詩意隱晦不明，與行役無關。王瑶繫年未必妥當，不如闕疑。

〔二〕「人生」二句：古注：「老子五十九章：『是謂深根固柢，長生久視之道。』古詩十九首：『人生寄一世，奄忽若飈塵。』」又，曹植薤露行：「人居一世間，忽若風吹塵。」

〔三〕「分散」二句：言人生如塵飄轉，此時之身已非舊時之身。莊子大宗師郭象注：「故向者之我，非復今我也。我與今俱往，豈常守故我。」天地萬物無時不任大化而推移，人之形亦與化俱往，今我已非舊我。「此已非常身」句，與郭象解莊之義相近。

〔四〕「落地」二句：論語顏淵：「四海之内，皆兄弟也。」落地，丁注：「謂人始生也。」

〔五〕「盛年」二句：古注：「吴質答魏太子牋：『盛年一過，實不可追。』阮籍詠懷詩：『朝陽不再盛。』」

【集評】

馬墣陶詩本義卷四：「謂人當及時行樂。」

白日淪西阿〔一〕，素月出東嶺。遥遥萬里暉，蕩蕩空中景〔二〕。風來入房户，夜中枕席冷。氣變悟時易〔三〕，不眠知夕永〔四〕。欲言無予和〔五〕，揮杯勸孤影。日月擲人去，有志不獲騁〔六〕。念此懷悲悽，終曉不能静。

【校記】

西阿　「阿」，陶本原校：「從何校宣和本作『阿』。各本作『河』。」曾本、汲古閣本作「河」，云，一作「阿」。按，作「阿」是，參見注〔一〕。

萬里暉　「暉」，曾本、李本作「輝」。按，「暉」同「輝」。

蕩蕩　曾本、汲古閣本云，一作「迢迢」。

夜中　曾本、汲古閣本云，一作「中夜」。蘇寫本作「中夜」。

時易　「易」，曾本云，一作「異」。蘇寫本、汲古閣本同。按，作「易」佳，參見注〔三〕。

無予和　「予」，曾本、汲古閣本云，一作「或」，又作「余」。蘇寫本作「余」。

擲人　「擲」，曾本、汲古閣本云，一作「棉」，又作「掃」。

終曉　「終」，曾本、汲古閣本作「中」，云，一作「終」。按，終，盡也，末也。文選劉楨贈五官中郎將詩：「終夜不遑寐。」作「終」佳。

【箋注】

〔一〕淪：沉。西阿：西山。丁注：「張融海賦：『天抗輝於東曲，日倒垂於西阿。』沈約詩：『驅馬城西阿。』」

〔二〕蕩蕩：廣大貌，廣遠貌。論語泰伯：「巍巍乎！唯天爲大，唯堯則之。蕩蕩乎！民無能名焉。」漢郊祀歌天馬：「天門開，詄蕩蕩。」

〔三〕時易：指時節變化。古詩十九首：「白露霑野草，時節忽復易。」阮籍大人先生傳：「時崦嵫而易氣兮。」邱嘉穗東山草堂陶詩箋卷四：「日淪月出，氣變時易，似亦微指晉宋革代之事而言。」其説非。

〔四〕「不眠」句：此句從古樂府「愁多知夜長」句化出。

〔五〕「欲言」句：古注：「張茂先雜詩：『寤言莫予應。』」

〔六〕騁：馳騁，猶施展。按，「志騁」爲晉人常語。晉書卷八四王恭傳：「仕宦不爲宰相，才志何足以騁！」又，淵明之志，前人不乏探索。吴師道吴禮部詩話：「陶翁之志非他，忠憤而已。」方東樹昭昧詹言卷一三則云：「但其志不可得聞。如後人妄測不仕異姓，欲爲荆軻、子房者，皆瞽説也。」「以吾測公志，殆亦禮樂得新，彌縫使醇，非補偏救弊，一手一足之烈也。」按，稱淵明有荆軻復仇之志固不可信，然説淵明欲爲儒家道統的繼承者，恐亦未必是。雜詩其五云：「憶我少壯時，無樂自欣豫，猛志逸四海，騫翮思遠翥。」淵明不獲之志，大概指青壯年時的用世之志。

【集評】

王夫之古詩評選卷四：「絶不淫放。『揮杯勸孤影』，是此老霸氣語。纔有霸氣，即入流俗，無怪乎流俗之亟賞也。」

温汝能陶詩彙評卷四：「『欲言無予和，揮杯勸孤影』二語，妙在『欲』字、『勸』字，於寂寞無聊之況，得此閒趣。周青輪謂遣悶妙法。予謂淵明懷抱，獨有千古，即此可見。『日月擲人去』，『擲』字亦新亦妙。」

方東樹昭昧詹言卷四：「此篇亦無奇，但白描情景，空明澂澈，氣韻清高，非庸俗摹習所及。」

榮華難久居，盛衰不可量〔一〕。昔爲三春蕖〔二〕，今作秋蓮房。嚴霜結野草〔三〕，枯悴未遽央〔四〕。日月有環周〔五〕，我去不再陽〔六〕。眷眷往昔時，憶此斷人腸。

【校記】

三春蕖　「蕖」，曾本、汲古閣本云，一作「芙」。

有環周　陶本原作「還復周」。陶本原校：「各本作『有環周』。焦本云，宋本作『還復周』，一作『有環周』，非。今從之。」「周」，曾本云，一作「復」。蘇寫本、汲古閣本同。曾本、汲古閣本又云，一作「還復周」。按，作「有環周」是，今據改。參見注〔五〕。

【箋注】

〔一〕「榮華」二句：古注：「曹子建雜詩：『榮耀難久恃。』古詩十九首：『盛衰各有時。』」居，固定，停留。易繫辭下：「變動不居。」孔融與曹公論盛孝章書：「歲月不居，時節如流。」此二句與擬古其七「豈無一時好，不久當如何」二句同意。

〔二〕蕖：芙蕖，即荷花。

〔三〕「嚴霜」句：文選盧諶時興詩：「凝霜沾蔓草。」黃文煥陶詩析義卷四：「『結』字工於體物，柔卉被霜，萎亂紛紜，根葉輒相糾纏，道盡極目。」

〔四〕未遽央：尚未馬上完。央，猶盡也，已也。離騷：「時亦猶其未央。」王逸注：「央，盡也。」楚辭雲中君：「爛昭昭兮未央。」王逸注：「央，已也。」讀山海經詩其八：「壽考豈渠央。」按，以上「嚴霜」二句言草木雖經嚴霜而枯悴，但生意實未盡。此即形贈影詩「草木得常理，霜露榮悴之」之意。

〔五〕環周：謂循環往復。文選張華勵志詩：「四氣鱗次，寒暑環周。」李善注：「范子曰：『周迴如循環，未始有極。』」支遁釋迦文佛像讚并序：「靈風播越，環周六合。」

〔六〕「我去」句：古注：「莊子齊物論：『近死之心，莫使復陽也。』陸德明釋文：『復陽，陽謂生也。』陸機短歌行：『華不再陽。』」又，張華感婚詩：「譬彼暮春草，榮華不再陽。」按，「我去不再陽」，對上「草木未遽央」，我不如草，此即形贈影詩「謂人最靈智，獨復不如茲」之意也。

【集說】

關於此詩旨意有兩說。一說有感晉亡。湯注：「此篇亦感興亡之意。」邱嘉穗東山草堂陶詩箋卷四亦謂此詩「大意謂晉亡於宋，昔盛今衰，如荷之春生秋謝，今宋之陰意殺物，如霜降草枯，雖日月環周，而我遂一去不復再見天子當陽時候，能不感昔而斷腸哉」！一說有感人生昔盛今衰。如蔣薰評陶淵明詩集卷四云：「今昔之感，語意吞吐，何必泥定興亡如湯注也。」另有持折衷之論者。如孫人龍纂輯陶公詩評注初學讀本卷二云：「歎盛衰，亦感興亡意。」

丈夫志四海〔一〕，我願不知老〔二〕。親戚共一處，子孫還相保。觴絃肆朝日〔三〕，樽中酒不燥〔四〕。緩帶盡歡娛〔五〕，起晚眠常早。孰若當世士，冰炭滿懷抱〔六〕。百年歸丘壟〔七〕，用此空名道〔八〕。

【校記】

當世士　「士」，陶本原作「時」。今據各本改。

歸丘壟　「歸」，陶本原校：「焦本云，一作『埽』，非。」曾本云，一作「掃」。蘇寫本、汲古閣本同。按，作「歸」是，「掃」乃形誤。

【箋注】

〔一〕「丈夫」句：曹植贈白馬王彪詩：「丈夫志四海，萬里猶比鄰。」

〔二〕不知老：論語述而：「發憤忘食，樂以忘憂，不知老之將至云爾。」

〔三〕觴絃：宴飲歌舞。魏書卷九七島夷桓玄傳：「絃觴於殷憂之時。」

〔四〕「樽中」句：陶注：「燥，乾也。」與孔文舉詩『樽中酒不空』同意。」

〔五〕緩帶：寬緩衣帶，優游自在貌。曹植箜篌引：「樂飲過三爵，緩帶傾庶羞。」

〔六〕「冰炭」句：喻名利交戰於胸中。冰炭，喻彼此不能相容。韓非子顯學：「夫冰炭不同器而久。」楚辭東方朔七諫自悲：「冰炭不可以相並兮，吾固知乎命之不長。」

〔七〕丘壟：指墳墓。陸機感丘賦：「死同宅乎一丘。」墨子節葬下：「有喪者曰：棺椁必重……丘壟必巨。」

〔八〕空名：虚名。史記卷九一黥布列傳：「大王提空名以鄉楚。」何注：「謝靈運弔廬陵王詩：『一隨往化滅，安用空名揚』意同。」道：言説，稱説。周禮土訓：「掌道地圖。」鄭玄注：「道，說也。」漢書卷四七梁孝王劉武傳：「賞賜不可勝道。」顔師古注：「道謂言。」王叔岷云：「道猶稱也。論語衛靈公篇：『君子疾没世而名不稱焉。』陶公反其意，謂『百年歸丘壟，安用此空名稱哉？』」其説是。

【集評】

邱嘉穗東山草堂陶詩箋卷四：「公本志四海人，但志不獲騁後，願聚天倫之真樂，而於勢利空名，直視之如糞土耳。」

温汝能陶詩彙評卷四：「親戚一處，子孫相保，非處順境者，難覯此景象，而況亂世乎？語語質，語語真。有此真樂，便可從飲忘憂，此淵明所以甘於隱遁而不悔者，其在斯歟？」

憶我少壯時，無樂自欣豫〔一〕。猛志逸四海，騫翮思遠翥〔二〕。荏苒歲月頹〔三〕，此心稍已去。值歡無復娱〔四〕，每每多憂慮。氣力漸衰損〔五〕，轉覺日不如〔六〕。壑舟無須臾〔七〕，引我不得住〔八〕。前途當幾許〔九〕，未知止泊處〔一〇〕。古人惜寸陰〔一一〕，念此使人懼。

【校記】

憶我　「我」，曾本、汲古閣本云，一作「爲」，又作「昔」。蘇寫本云，一作「昔」。

騫翮　「騫」，曾本云，一作「輕」。蘇寫本、汲古閣本同。

止泊　「泊」，曾本云，一作「宿」。蘇寫本、汲古閣本同。

【箋注】

〔一〕欣豫：歡樂安適。晉書卷七八孔坦傳：「承問欣豫。」

〔二〕騫：飛舉貌。遠翥：遠飛。

〔三〕荏苒：文選潘岳悼亡詩：「荏苒冬春謝，寒暑忽流易。」李善注：「荏苒，猶漸也。」歲月頽：指日月流逝。頽，史記卷二九河渠書：「水頽以絶商顔。」裴駰集解引瓚曰：「下流曰頽。」陸雲喜霽賦：「年冉冉其易頽兮。」釋慧遠答桓玄書：「貧道年與時頽。」

〔四〕「值歡」句：曹植遊仙詩：「戚戚少歡娱。」吴注引王棠曰：「『無樂自欣豫』，寫出少壯胸懷。『值歡無復娱』，寫出老人心境。」温汝能陶詩彙評卷四：「『值歡無復娱』句，可謂常語翻新。歡娱皆樂也，然歡屬聲氣，娱屬心志，中年以後，百憂感心，往往不在歡樂一邊。故下句云『每每多憂慮』也。尋常語却説得如此警透。」

〔五〕「氣力」句：張載佚詩：「氣力漸衰損，鬢髮終以皓。」嵇康養生論：「積微成損，積損成衰，從衰得白，從白得老，從老得終。」

〔六〕轉：漸進之意。魏晉常語。摯虞疾愈賦：「體貌廉廉而轉損。」嵇康與山巨源絶交書：「任實之情轉篤。」

〔七〕壑舟：喻時光之流逝及生命之變化。莊子大宗師：「夫藏舟於壑，藏山於澤，謂之固矣，然而夜半有力者負之而走，昧者不知也。」郭象注：「言生死變化之不可逃也。」謝靈運撰征賦：「慨壑舟之遞遷。」一説「壑舟」喻學行。馬墣陶詩本義卷四：「吾學所得者不固，如莊子所謂藏舟於壑，爲有力者負去，而壑復失舟。」按，此説與詩意不合，非是。

〔八〕住：即住年，謂留駐年華。葛洪抱朴子金丹：「住年不老。」

〔九〕前途：指來日。宋書卷九三雷次宗傳：「崦嵫將迫，前塗幾何。」

〔一〇〕止泊處：猶言人生歸宿。止泊：謂停息。蕭綱隴西行：「沙長無止泊，水脈屢縈分。」

〔一一〕惜寸陰：淮南子原道訓：「聖人不貴尺之璧，而貴寸之陰，時難得而易失也。」曹攄贈韓德真詩：「惜此寸陰，念彼白駒。」

【集説】

關於此詩旨意有二説。一説是歎老而學行未成。湯注引李白詩「百歲落半途，前期浩漫漫」等語，以爲「人生學無歸宿者，例有此歎」。其意似謂本詩「壑舟無須臾，引我不得住」之感歎，亦與學行有關。馬墣陶詩本義卷四本湯注，以爲「此首歎身已衰老而學行未成也」。一説與晉宋易代有關。邱嘉穗東山草堂陶詩箋卷四云：「此非自傷失學之詩，蓋與歲暮和張常侍一首同意。陶公本懷討宋篡弒之志，而不得以有爲於世，故其言悲憤如此，亦即前詩所謂『日月擲人去，有志不獲騁』者也。」

昔聞長老言〔一〕，掩耳每不喜。奈何五十年，忽已親此事〔二〕。求我盛年歡，一毫無復意。去去轉欲遠，此生豈再值。傾家持作樂，竟此歲月駛〔三〕。有子不留金，何用身後置〔四〕。

【校記】

長老　「老」，陶本原作「者」，各本皆同。曾本云，一作「老」。蘇寫本、湯本同。按，今改作「老」。參見注〔一〕。

每不喜　「每」，曾本、汲古閣本云，一作「常」。

盛年　「年」，曾本云，一作「時」。蘇寫本、汲古閣本同。

欲遠　「遠」，陶本原作「速」，未言所據，今據各本改。

豈再值　「豈」，曾本云，一作「難」。蘇寫本，汲古閣本同。

持作　曾本云，一作「特」，又作「持此」。蘇寫本作「時作」，云，一作「持此」。湯本、李本、汲古閣本作「時作」。「時」，曾本、汲古閣本云，一作「持」，又作「特此」。焦本作「持作」，云，一作「時」，非。按，古歌：「金荆持作枕，紫荆持作床。」古詩：「烹穀持作飯，采葵持作羹。」陶詩句法與此同。

作「持作」是。

身後置 「置」，曾本、汲古閣本云，一作「事」。蘇寫本云，宋本作「事」。

【箋注】

〔一〕「昔聞」句：古注：「陸機歎逝賦序：『昔每聞長老，追計平生，同時親故，或凋落已盡，或僅有存者。余年方四十，而懿親戚屬亡多存寡，昵交密友亦不半在，以是思哀，哀可知矣。』詩意本此。」長老，年長者之通稱。漢書卷四文帝紀：「今歲首不時，使人存問長老。」

〔二〕「奈何」二句：陸雲與楊彦明書：「昔年少時，見五十公，去此甚遠。今日冉冉，已近之已。」「朋類喪索，同好日盡。」親，近也。親此事，指已近見長老所言那種追計平生、親故凋落之事。丁譜：「裕將篡晉，其勢已成，歎其不幸而親見此事也。」其説非。李注據舊譜，謂此詩作於義熙十年（四一四）甲寅，時廬山東林寺主釋慧遠，集緇素百二十有三人結白蓮社，命劉遺民撰同誓文，及以書招淵明，淵明攢眉而去云云。按，李注不確。考李注所稱同誓文，即釋惠皎高僧傳所載劉遺民誓願文。其文曰：「惟歲在攝提格，七月戊辰朔，二十八日己未，法師釋慧遠貞感幽奥，霜懷特發，乃延命同志，息心貞信之士百有二十三人，集于廬山之陰般若雲臺精舍阿彌陀像前，率以香華敬薦而誓焉。」查陳垣二十史朔閏表，元興元年壬寅（四〇二）七月朔爲戊辰，則慧遠結白蓮社在本年，劉遺民同誓文非作於義熙十年甲辰。梁譜繫此詩爲永初二年辛酉（四二一）作，謂「晉祚已移，故自悲『已親此事』也」。亦非。

〔三〕「傾家」二句：丁注：「傾家，謂竭其家貲也。」按，丁注是。自此句以下，實用漢疏廣事。「傾家」，即後面所説的「有子不留金」。此句謂傾其資財以作樂也。持，猶執也。持作，謂以物作某物也。例古詩「采葵持作羹」，意即以所采之葵作羹也。王叔岷以爲「持」當作「時」，「作時較勝。『時作樂』，猶言『及時作樂』耳」。其説不確。

〔四〕「有子」二句：見詠二疏詩注。邱嘉穗東山草堂陶詩箋卷四，謂淵明不信輪迴之理，「但當合家爲樂，留金與子可也」。又云：「意當時東林寺，緇素入社者，已有百餘人，而一時愚夫婦爲其煽惑，不惜捐金錢作佛事以爲身後計者，更十百倍，故陶公譔之曰：『有子不留金，何用身後置。』」邱氏解「有子不留金」二語爲「留金與子」，又稱淵明諷愚夫婦「捐金錢作佛事」。大誤。

【集評】

馬璞陶詩本義卷四：「此首言老年之懷。」

日月不肯遲〔一〕，四時相催迫〔二〕。寒風拂枯條，落葉掩長陌。弱質與運頹〔三〕，玄鬢早已白〔四〕。素標插人頭〔五〕，前途漸就窄〔六〕。家爲逆旅舍〔七〕，我如當去客〔八〕。去去欲何之，南山有舊宅〔九〕。

【校記】

掩長陌　「掩」，曾本云，一作「滿」。蘇寫本、汲古閣本同。

與運頹　「與」，曾本、汲古閣本作「興」，云，一作「與」。「運頹」，曾本、汲古閣本云，一作「頹齡」。按，「興」爲形誤。

人頭　「人」，曾本、汲古閣本云，一作「君」。

【箋注】

〔一〕遲：說文：「遲，徐行也。」釋名釋言語：「遲，頹也，不進之言也。」和胡西曹示顧賊曹詩：「不駛亦不遲，飄飄吹我衣。」

〔二〕「四時」句：陸機折楊柳行：「時逝恒若催。」晉書卷五一皇甫謐傳：「是以寒暑相催。」

〔三〕弱質：弱體。運頹：指時光流逝。蓮傳慧遠法師傳：「不覺形與運頹。」謝靈運山居賦：「弱質難恒，頹齡易喪。」

〔四〕「玄鬢」句：李注：「靖節早年髮白。」謝惠連秋懷詩：「各勉玄髮歡，無貽白首歎。」玄鬢，黑髮也。

〔五〕素標：白髮在頭，猶若標記，故曰素標。嵇含白首賦序：「余年二十七，始有白髮，生於左鬢，斯乃衰悴之標證，棄損之大漸也。」陳祚明采菽堂古詩選卷十四：「初嫌『素標插人頭』句險，詩固不弱。」

〔六〕「前途」句：猶窮途末路，時日漸短之意。王羲之雜帖：「吾年垂耳順，推之人理，得爾以爲厚幸，但恐前路轉欲逼耳。」「前途漸就窄」與「前路轉欲逼」同義。

〔七〕逆旅：左傳僖公二年：「今虢爲不道，保於逆旅。」杜預注：「逆旅，客舍也。」孔穎達正義：「晉語云：『陽處父過甯，舍於逆旅甯嬴氏。』知逆旅是客舍也。逆，迎也；旅，客也。迎止賓客之處也。」

〔八〕去客：古詩十九首：「人生天地間，忽如遠行客。」

〔九〕舊宅：指祖先墳地。宅，孝經喪親章：「卜其宅兆而安措之。」邢昺注疏：「宅，墓穴也。」自祭文：「陶子將辭逆旅之舍，永歸本宅。」

【集評】

邱嘉穗東山草堂陶詩箋卷四：「此與神釋篇所謂『老少同一死，正宜委運去』數語同意。恐亦破東林淨土之説。」

馬璞陶詩本義卷四：「此首言人易死。」

代耕本非望〔一〕，所業在田桑。躬親未曾替〔二〕，寒餒常糟糠。豈期過滿腹〔三〕，但願飽粳糧〔四〕。御冬足大布〔五〕，麤絺以應陽〔六〕。正爾不能得〔七〕，哀哉亦可傷。人皆盡獲宜，拙生失其方〔八〕。理也可奈何，且爲陶一觴。

【校記】

過滿腹　「過」，曾本、汲古閣本云，一作「遇」。按，作「過」是，「遇」乃形誤。參見注〔三〕。

但願　「願」，曾本云，一作「就」。湯本、汲古閣本同。

御冬足　曾本、汲古閣本云，一作「禦冬乏」。

正爾　「正」，曾本作「止」，云，一作「政」。汲古閣本同。蘇寫本作「政」。按，「正」同「政」，作「止」誤。參見注〔七〕。

且爲　「且」，陶本原校：「焦本云，一作『足』，非。」

【箋注】

〔一〕代耕：謂出仕。官吏食禄，不耕而食，故曰代耕。孟子萬章：「下士與庶人在官者同禄，禄足以代其耕。」

〔二〕替：廢棄。楚辭離騷：「謇朝誶而夕替。」王逸注：「故朝諫謇謇於君，夕暮而身廢棄也。」

〔三〕「豈期」句：莊子逍遥遊：「偃鼠飲河，不過滿腹。」文選左思詠史：「飲河期滿腹，貴足不願餘。」

〔四〕粳糧：粗糧。

〔五〕大布：左傳閔公二年：「衛文公大布之衣。」杜預注：「大布，麤布。」

〔六〕絺：細葛布。詩周南葛覃：「爲絺爲綌。」毛傳：「精曰絺，麤曰綌。」應陽：抵擋炎日。應，淮南子原道訓：「風興雲蒸，事無不應。」高誘注：「應，當也。」

〔七〕正爾：止如此，僅如此，魏晉常語。陸雲與兄平原書：「正爾自復佳。」

〔八〕「拙生」句：與歸去來兮辭序「生生所資，未見其術」二句同意。拙，自謙之詞。生，謂治生。方，方法，技巧。莊子大宗師：「敢問其方。」何焯義門讀書記陶靖節詩：「『拙生失其方』，自謂謀道不謀食也。」按，庚戌歲九月中於西田穫早稻詩云：「人生歸有道，衣食固其端。」淵明何嘗不謀食？何説非。

【集評】

邱嘉穗東山草堂陶詩箋卷四：「此公自述其彭澤歸來，饑寒窮困之狀，而卒安於命也。」

馬璞陶詩本義卷四：「此歎躬耕仍不救窮之詩。」

遥遥從羈役，一心處兩端〔一〕。掩淚汎東逝，順流追時遷。日没星與昴〔二〕，勢翳西山巔〔三〕。蕭條隔天涯，惆悵念常餐。慷慨思南歸，路遐無由緣〔四〕。關梁難虧替〔五〕，絶音寄斯篇。

【校記】

常餐　「餐」，各本作「飡」。按，「餐」同「飡」。

【箋注】

〔一〕兩端：謂一心而作兩種打算。史記卷七七魏公子列傳：「魏王恐，使人止晉鄙，留軍壁鄴，名爲救趙，實持兩端以觀望。」三國志魏書公孫度傳裴松之注引魏名臣奏：「公孫淵昔年敢違王命，廢絶計貢者，實挾兩端。」

〔二〕星：星宿名，亦稱七星。二十八宿之一。昴：星宿名。二十八宿之一。説文：「昴，白虎宿星。」書堯典：「日短星昴，以正仲冬。」孔傳：「昴，白虎之中星。」

〔三〕勢：形勢，此指星與昴在天空中的位置。翳：不明貌。

〔四〕無由緣：指歸去無因。文選曹植與吴季重書：「天路高邈，良無由緣。」應璩别詩：「遠適萬里道，歸來未有由。」

〔五〕關梁：關隘和橋梁，指水陸交通要道。吕氏春秋孟冬：「謹關梁。」高誘注：「關梁所以通塗也。」庾翼與兄冰書：「歲星犯天關，占云關梁當分。」虧替：廢止。此句即楚辭九辯「關梁閉而不通」之意。

【集評】

蔡正孫精刊補注東坡和陶詩話：「愚謂此篇『遥遥從羈役』、『掩淚泛東逝』、『蕭條隔天涯』，皆是旅途中語。又曰『慷慨思南歸』，亦是思山南舊居也……其曰『慷慨思南歸，路遐無由緣』，則其歸來之意甚濃也。」

邱嘉穗東山草堂陶詩箋卷四：「此似追憶，使都還江陵後，傷國勢日蹙，以至篡弑而亡也。玩『日没星昴』二句可見。」

温汝能陶詩彙評卷四：「此當是懷思之作，其中情致纏綿，遠無由達，真不覺有天南地北之感。」

閒居執蕩志〔一〕，時駛不可稽〔二〕。驅役無停息，軒裳逝東崖〔三〕。泛舟擬董司〔四〕，悲風激我懷。歲月有常御〔五〕，我來淹已彌〔六〕。慷慨憶綢繆〔七〕，此情久已離。荏苒經十載〔八〕，暫爲人所羈〔九〕。庭宇翳餘木，倏忽日月虧。

【校記】

無停息　「停」，曾本云，一作「休」。蘇寫本、汲古閣本同。

逝東崖　「逝」，曾本、汲古閣本云，一作「遊」。按，前篇云：「掩淚汎東逝。」作「逝」是。

泛舟擬董司　陶本原作「沉陰擬薰麝」。各本同。曾本、汲古閣本云，一作「泛舟擬董司」，又作「泛舟董司寒」。蘇寫本云，一作「泛舟董司寒」。按，作「泛舟擬董司」是，今據改。參見注〔四〕。

悲風激我懷　陶本原作「寒氣激我懷」。陶本原校：「焦本云，一作『泛舟擬董司，悲風激我懷』。」各本作「寒氣激我懷」。曾本云，一作「悲風激我懷」。蘇寫本、汲古閣本同。按，作「悲風激我懷」是，今據改。參見注〔四〕。

久已離　「久」，曾本、汲古閣本云，一作「少」。

【箋注】

〔一〕蕩志：指放縱心志。楚辭九章思美人：「吾將蕩志而愉樂兮，遵江夏而娛憂。」

〔二〕稽：説文：「稽，留止也。」後漢書卷一二彭寵傳：「勿稽留之。」李賢注：「稽，停也。」

〔三〕軒：車。裳：車帷。東崖：指東海邊。崖，猶海隅。

〔四〕擬：向也。三國志魏書毌丘儉傳：「别使諸葛誕督豫州諸軍從安風津擬壽春。」王洽與林法師書：「後學遲疑，莫知所擬。」晉書卷二文帝紀：「治兵繕甲，以擬二虜。」董司：即董督。此指劉裕。晉書卷六六陶侃傳：「往年董督，徑造湘城。」晉書卷七九謝玄傳：「復令臣荷戈前驅，董司戎首。」按，因各本作「沉陰擬薰麝，寒氣激我懷」，故歷來多妄解者。如黄文焕陶詩析義卷四云：「沉陰不破，擬薰香以敵之，庶幾香煙升而陰況開乎。此中藏多少感憤。陰結而爲寒，彼氣愈盛，我力愈弱。」王瑶注：「擬，似。麝，鹿類動物，它的腹部分泌出的東西叫麝香，薰之有濃香。這裏薰麝指香煙彌漫。」逯注則從曾本一作「泛舟擬董司」，並謂董司當指劉裕，其解殊勝。唯謂「擬當是詣之訛字」，淵明泛舟見劉裕在元興三年（四〇四），小誤。

〔五〕常御：猶常度，常規。御，行也。易文言：「以御天也。」

〔六〕淹：左傳宣公十二年：「二三子無淹久。」杜預注：「淹，留也。」彌：久長。

〔七〕綢繆：指妻室。丁注：「詩唐風綢繆，婚姻不得時，故古詩皆以綢繆爲婚姻之稱。考吴氏年譜，先生三十喪偶，今云經十載，蓋辛丑、壬寅之間。」「此章乃因行役而偶及悼亡也。」王瑶

注：「指經營國事。」逯注同。按，丁注是。陸機行思賦：「羡品物以獨感，悲綢繆而在心。」綢繆指妻室。世説新語輕詆劉孝標注引孫統高柔集叙，言柔爲何充冠軍參軍，「僶俛應命，眷戀綢繆」。綢繆代指柔愛妻胡母氏女。此句綢繆指淵明繼室翟氏。然丁注謂「偶及悼亡」，因行役而憶及前妻，非是。

〔八〕「荏苒」句：淵明於太元二十一年丙申（三九六）初仕江州祭酒，至義熙元年乙巳（四〇五），首尾共十年。

〔九〕人：人事，指仕宦。祭從弟敬遠文：「余嘗學仕，纏綿人事。」

【集説】

前人多以爲此詩乃傷懷國事。如邱嘉穗東山草堂陶詩箋卷四云：「玩『沉陰』、『寒氣』、『日月虧』等句，亦是傷心國事之作。」古直陶靖節詩箋云：「『驅役』二句追憶爲鎮軍參軍時，從討孫恩事也。『沉陰』二句喻亂已極。『荏苒』二句言弱冠出仕至歸田，凡十載也。庭翳餘木，日月忽虧，言晉滅亡也。」

我行未云遠，回顧慘風涼。春燕應節起〔一〕，高飛拂塵梁。邊雁悲無所，代謝歸北鄉。離鵾鳴清池〔二〕，涉暑經秋霜。愁人難爲辭，遥遥春夜長。

【校記】

邊雁　「邊」，曾本、汲古閣本云，一作「鳧」。

悲無所　「悲」，曾本云，一作「照」。汲古閣本同。

涉暑　「暑」，曾本、汲古閣本云，一作「暮」。按，作「暑」是，「暮」乃形誤。

春夜　「春」，曾本、汲古閣本云，一作「喜」。按，愁人不堪夜長，當作「春」是。

【箋注】

〔一〕應節：當節，隨節。應，當也。古詩：「寒涼應節至。」成公綏鴻雁賦：「是時鴻雁應節而羣至。」

〔二〕「離鵾」句：鵾，水鳥名。古注：「嵇康琴賦：『嚶若離鵾鳴清池。』」按，「離鵾」二句當爲虚寫，前曰「春燕」，後曰「春夜」，則可肯定本篇作於春天。

【集評】

陳祚明采菽堂古詩選卷一四：「夫古人悲秋，公獨憫春，天下皆春，偏有摇落之感。」

温汝能陶詩彙評卷四：「離人思婦，觸境皆悲，其情然也。古今忠臣義士，遭時不遇，而日月已逝，貧苦無聊，情況有不堪告人者，其悲憤之懷，亦若是焉已爾。淵明之傷春，正與宋玉之悲秋同一悽愴，何分境候哉！」

嫋嫋松標崖〔一〕，婉孌柔童子〔二〕。年始三五間〔三〕，喬柯何可倚。養色含精氣〔四〕，粲然有心理〔五〕。

【校記】

松標崖　「崖」，曾本云，一作「雀」。汲古閣本同。按，作「崖」是，「雀」乃形誤，參見注〔一〕。

喬柯何可倚　曾本、蘇寫本、汲古閣本、焦本云，一作「柯條何滓滓」。曾本、汲古閣本、焦本並云，又作「華柯真可寄」。

精氣　逯本作「津氣」。

【箋注】

〔一〕嫋嫋：文選左思吴都賦：「嫋嫋素女。」李善注：「嫋嫋，美也。」標：文選任彦昇王文憲集序：「黄琬之早標聰察。」李善注：「標，立也。」庾闡孫登贊：「石室鱗構，青松標空。」桓玄南遊衡山詩序：「仰瞻翠標，邈爾天際。」

〔二〕婉孌：年輕姣好貌。詩齊風甫田：「婉兮孌兮。」毛傳：「婉孌，少好貌。」阮籍詠懷詩：「婉孌佞邪子，隨利來相欺。」張翰周小史詩：「翩翩周生，婉孌幼童。」

〔三〕三五間：十五歲左右。

〔四〕養色：保養神色。精氣：指人之元氣。古注：「老子十章：『專氣致柔，能嬰兒乎？』

河上公注：『專守精氣而不亂，則形體能應之而柔順。』」又，呂氏春秋先己：「精氣日新，邪氣盡去。」淮南子精神訓：「精氣爲人。」

〔五〕粲然：漢書卷五六董仲舒傳：「粲然有文以相接。」顏師古注：「粲，明貌。」文選郭璞遊仙詩：「靈妃顧我笑，粲然啓玉齒。」

【集説】

此詩旨意，一説爲期望後生。如邱嘉穗東山草堂陶詩箋卷四云：「意公以松自居，望後生輩如嫩松之養柯植節也，故附篇末。」馬璞陶詩本義卷四亦持此説。一説爲詠物詩。王瑶注：「這是一首詠松的詩，童子也借以喻松；松樹幼時雖爲弱枝，但如得善養，必可成爲高幹大材。」

詠貧士七首〔一〕

萬族各有託，孤雲獨無依〔二〕。曖曖空中滅〔三〕，何時見餘暉。朝霞開宿霧，衆鳥相與飛〔四〕。遲遲出林翮，未夕復來歸〔五〕。量力守故轍〔六〕，豈不寒與飢。知音苟不存，已矣何所悲〔七〕。

【校記】

詠貧士七首　陶本無「七首」二字。今據各本補。

空中　「空」，文選作「虚」。

餘暉　「暉」，文選作「輝」。

未夕復來歸　曾本云，一作「未夕已復歸」。蘇寫本、汲古閣本、焦本同。「夕」，曾本、汲古閣本云，一作「久」。蘇寫本作「久」。

何所悲　曾本云，一作「當告誰」。蘇寫本、汲古閣本同。

【箋注】

〔一〕詠貧士七首首章總綱，次章自詠，下五章詠古代貧士，表達效法古賢，固窮守志的節操。整組詩結構完整，一氣呵成，當爲一時之作。王瑶注從劉履選詩補注，謂詩中「朝霞開宿霧，衆鳥相與飛」二句，「當爲喻改朝後羣臣趨附之狀」。因之繫此詩於宋武帝永初元年庚申（四二〇）。鄧譜同。逯繫年據蕭傳所載江州刺史檀道濟饋淵明粱肉事，謂此詩作於元嘉三年丙寅（四二六）。魏正申陶淵明探稿謂此詩作於淵明歸田之初。李華陶淵明年譜辨證繫此詩於晉安帝義熙十四年戊午（四一八）。按，以上諸説，當以逯繫年爲近。詩云「傾壺絶餘瀝，闚竈不見煙」，與有會而作詩序「登歲之功，既不可希，朝夕所資，煙火才通」數句所述相合。「袁安門積雪，邈然不可干」二句，即蕭傳所記「偃卧瘠餒有日矣」。「年饑感仁妻」句之「年饑」，即年災，蓋指元嘉二三年間旱蝗之災。「惠孫一晤歎，腆贈竟莫酬」二句，正喻檀道濟饋粱肉，淵明麾而去之事。又詩云「淒厲歲云暮」，則此詩當作於元嘉三年（四二六）冬日。

〔二〕「孤雲」句：文選李善注：「孤雲，喻貧士也。」古詩歸卷九鍾惺曰：「『孤雲獨無依』，妙矣。老杜又曰『孤雲亦羣遊』，古人妙想無窮如此。」

〔三〕曖曖：昏暗貌。

〔四〕「朝霞」二句：文選李善注：「喻衆人也。」劉履選詩補注卷五：「所謂朝霞開霧，喻朝廷之更新；衆鳥羣飛，比諸臣之趨附。」

〔五〕「遲遲」二句：此乃追憶當年就辟鎮軍參軍，建威參軍及不久辭官彭澤事。

〔六〕故轍：指歸隱守志之道，意近飲酒詩其十七「行行失故路」句之「故路」。

〔七〕「知音」二句：文選李善注：「古詩曰：『但傷知音稀。』」

【集評】

湯漢注陶靖節先生詩卷四：「孤雲倦翮以興，舉世皆依乘風雲而已。獨無攀緣飛翻之志，寧忍饑寒以守志節，縱無知此意者，亦不足悲也。」

黄文焕陶詩析義卷四引沃儀仲曰：「遲出早歸，即從鳥上寫出量力意，既似孤雲之無依，當學飛鳥之自審。此真安貧法。」

何焯義門讀書記陶靖節詩：「孤雲自比其高潔。下六篇皆言聖賢惟能固窮，所以輝曜千載，迥立於萬族之表，不可如世人之但見目前也。」

吴瞻泰陶詩彙注卷四：「前八句皆借雲鳥起興，而歸之於自守。後四句出意一反一正，可稱沈鬱頓挫。」

淒厲歲云暮，擁褐曝前軒〔一〕。南圃無遺秀〔二〕，枯條盈北園。傾壺絶餘瀝〔三〕，闚竈不見煙。詩書塞座外，日昃不遑研〔四〕。閒居非陳厄，竊有慍見言〔五〕。何以慰吾懷，賴古多此賢〔六〕。

【校記】

淒厲　「厲」，曾本、汲古閣本云，一作「戾」。

擁褐　「擁」，陶本原校：「焦本云，一作『短』，非。」曾本、汲古閣本云，一作「短」。

曝前軒　陶本原校：「初學記作『抱南軒』。」按，作「曝」是，參見注〔一〕。

絶餘瀝　「絶」，曾本云，一作「弛」。汲古閣本同。「瀝」，陶本原作「粒」。各本作「瀝」。按，作「瀝」是，今據改。參見注〔三〕。

日昃不遑研　陶本原校：「初學記作『日日去不還』。」

【箋注】

〔一〕「擁褐」句：言穿着破衣晒太陽取暖。列子楊朱篇：「宋國有田夫，常衣緼黂，僅以過冬。暨春東作，自曝於日，不知天下之有廣廈隩室，綿纊狐貉。」褐，粗麻織成的短衣。淮南子覽冥訓：「短褐不完。」高誘注：「褐，毛布，如今之馬衣也。」史記卷六秦始皇本紀：「夫寒者利短褐，而飢者甘糟糠。」索隱：「趙岐曰：褐以毛毳織之，若馬衣。或以褐編衣也。」

〔二〕遺秀：餘穗。

〔三〕餘瀝：丁注：「史記滑稽列傳：『時賜餘瀝。』飲酒將盡之餘滴曰瀝。」

〔四〕日昃：日西斜。漢書卷五六董仲舒傳：「是以日仄而不暇食也。」陸雲歲暮賦：「顧懸車而日昃。」晉書卷七二郭璞傳：「雖躬綜萬機，勞逾日昃。」

〔五〕「閒居」二句：論語衛靈公：「在陳絶糧，從者病，莫能興。子路慍見曰：『君子亦有窮乎？』子曰：『君子固窮，小人窮斯濫矣。』」慍，含怒，怨恨。論語學而：「人不知而不慍，不亦君子乎？」按，與子儼等疏云：「但恨鄰靡二仲，室無萊婦。」淵明安貧樂道固無愧色，但妻兒極有可能因淵明辭官而導致的嚴重貧困發過怨言，鄰居或許也有「閒居非陳厄」的議論。故此二句不妨視爲淵明窮居後的真實寫照。

〔六〕此賢：指以下各篇所詠古人。

【集評】

何孟春注陶靖節集卷四：「前有會而作云『在昔余多師』，此又云『賴古多此賢』，淵明真所謂善哉其能自寬者也。」

何焯義門讀書記陶靖節詩：「此患難不失其常也。陳蔡見圍，仲尼不疑吾道之非，況止於飢乏，何爲不追古人而從之乎？」

邱嘉穗東山草堂陶詩箋卷四：「通篇極陳窮苦之狀，似覺無聊，却忽以末二句撥轉，大爲貧士吐氣。章法之妙，令人不測，大要只善於擒縱耳。公自作五柳先生傳云：『環堵蕭然，不蔽風日，短褐穿結，簞瓢屢空；晏如也。』即此詩之意。『閒居非陳厄』二句，是欲揚先抑之法，將以反起『何以慰吾懷』二句耳，非公真有愠見言也。蕭統評其文云『抑揚爽朗，莫之與京』，此類是也。」

榮叟老帶索，欣然方彈琴〔一〕。原生納決履，清歌暢商音〔二〕。重華去我久〔三〕，貧士世相尋〔四〕。弊襟不掩肘，藜羹常乏斟〔五〕。豈忘襲輕裘，苟得非所欽〔六〕。賜也徒能辨〔七〕，乃不見吾心。

【校記】

老帶索　「帶」，曾本云，一作「縈」。蘇寫本、汲古閣本同。按，列子天瑞：「鹿裘帶索。」嵇康聖賢高士傳榮啓期：「披裘帶索。」張敏頭責子羽文：「則當如榮期之帶索。」作「帶」是。

決履　「履」，曾本、蘇寫本作「屨」，云，一作「履」。湯本、李本作「屨」。按，韓詩外傳作「履」。又史記卷一二六滑稽列傳：「東郭先生久待詔公車，貧困飢寒，衣敝，履不完。行雪中，履有上無下，足盡踐地。」作「履」是。

商音　「商」，蘇寫本、李本作「高」。焦本云，一作「高」，非。按，作「商」是，參見注〔二〕。

重華去我久　曾本、汲古閣本云，一作「去我重華久」。

弊襟　陶本原校：「初學記作『斂袂』。」

常乏斟　「乏斟」，陶本原校：「初學記作『乏恒』，非。」

【箋注】

〔一〕「榮叟」二句：見飲酒其二注。

〔二〕「原生」二句：古注：「韓詩外傳：原憲居魯，子貢往見之。原憲應門，振襟而肘見，納履則踵決。子貢曰：『嘻！先生何病也？』憲曰：『憲貧也，非病也。仁義之匿，車馬之飾，憲不忍爲也。』子貢慚，不辭而去。憲乃徐步曳杖，歌商頌而返，聲淪於天地，如出金石。」決履，破鞋。決，斷物曰決。

〔三〕重華：虞舜名。書舜典：「曰若稽古帝舜，曰重華，協於帝。」疏：「舜能繼堯，重其文德之光華。」邱嘉穗東山草堂陶詩箋卷四：「『重華去我久』，意指晉帝而言。」按，此句謂上古真樸社會去我已久。邱説非。

〔四〕相尋：相繼。陸機上留田行：「寒往暑來相尋。」文選張季鷹雜詩：「賤與老相尋。」

〔五〕藜羹：菜湯。莊子讓王：「孔子窮於陳蔡之間，七日不火食，藜羹不糝。」淮南子精神訓：「藜藿之羹。」

〔六〕苟得：禮記曲禮上：「臨財無苟得。」孔穎達疏：「非義而取，謂之苟得。」淮南子氾論訓：「故達道之人，不苟得，不讓福。」方宗誠陶詩真詮：「『豈忘襲輕裘，苟得非所欽』，即孔子『不義而富且貴，於我如浮雲』之意。」

〔七〕「賜也」句：賜，端木賜，字子貢，孔子弟子。史記卷六七仲尼弟子列傳：「子貢利口巧辭，孔子常黜其辨。」按，「賜也」二句指當時勸淵明出仕者如「田父」之流，他們巧辨諸如「高栖」及「聲名」等問題，却不合詩人本心遠矣。

【集評】

温汝能陶詩彙評卷四：「始終以原憲自況。其所以能安貧者，惟不萌苟得之念而已。世上縱多子貢，安能以外至之紛華而變吾不易之素志哉。」

方東樹昭昧詹言卷四：「『重華』二句，闊大横絶，合蓋古今，非小儒胸臆所有。『弊襟』二句又遥接『帶索』、『納履』。『豈忘』四句，跌宕轉折，總結二古人。此與下二首皆先引古人，後以己讚之、斷之、論之、詠歎之，發明之爲章法。」

安貧守賤者，自古有黔婁〔一〕。好爵吾不榮〔二〕，厚饋吾不酬〔三〕。一旦壽命盡，蔽覆乃不周〔四〕。豈不知其極〔五〕，非道故無憂〔六〕。從來將千載，未復見斯儔。朝與仁義生，夕死復何求〔七〕。

【校記】

不榮　「榮」，陶本原校：「焦本、吴本作『縈』。」按，莊子天地：「不榮通，不醜窮。」文選張華鷦鷯賦：「匪陋荆棘，匪榮茝蘭。」感士不遇賦：「既軒冕之非榮。」作「榮」是。

厚饋　「饋」，曾本云，一作「餽」。汲古閣本同。

蔽覆乃　陶本原作「弊服仍」。陶本原校：「焦本云，一作『蔽覆乃』，非。」曾本作「弊服仍」，云，一作「蔽覆乃」。蘇寫本、汲古閣本同。按，作「蔽覆乃」是，今據改。參見注〔四〕。

【箋注】

〔一〕「安貧」二句：丁注：「高士傳：黔婁先生者，齊人也。修身清節，不求進於諸侯。魯恭公聞其賢，遣使致禮，賜粟三千鍾，欲以爲相，辭不受。齊王又禮之，以黄金百斤聘爲師，又不就。」

〔二〕好爵：夏侯湛抵疑：「好爵見縻。」三國志蜀書郤正傳：「縻好爵於士人。」

〔三〕酬：以財貨贈人曰酬。廣韻：「以財貨曰酬。」儀禮士冠禮：「主人酬賓。」鄭玄注：「飲賓客而從之以財貨曰酬，所以申暢厚意也。」詩云「不酬」，當指不受厚饋，與詠貧士其七「腆贈竟莫酬」句同意。

〔四〕「一旦」二句：劉向列女傳魯黔婁妻傳：「先生死，曾子與門人往弔之。其妻出户，曾子弔之。上堂，見先生之尸在牖下，枕墼席稾，緼袍不表，覆以布被，手足不盡斂，覆頭則足見，覆足則頭見。」

〔五〕極：盡頭；終了。詩唐風鴇羽：「悠悠蒼天，曷其有極。」鄭玄箋：「極，已也。」此句猶言豈不知其窮困到了極點。

〔六〕「非道」句：貧與道無關，故無憂。論語衛靈公：「君子憂道不憂貧。」癸卯歲始春懷古田舍詩其二：「先師有遺訓，憂道不憂貧。」

〔七〕「朝與」二句：論語里仁：「朝聞道，夕死可矣。」

【集評】

邱嘉穗東山草堂陶詩箋卷四：「只以己意代古人設想，便已推出一番至理。大抵善述古者，固不必古人有是事，並不必古人有是心。如四書中引詩，皆吾説既立而借彼爲助，雖斷章取義，無不可也，況又深得其本意者乎？『朝與仁義生，夕死復何求』，靖節所見，真得聖賢居易俟命、存順没寧之意，視彼東林諸人懼死之至，而欲以坐已立脱、妄意超生三界者，豈不惑之甚哉。」

袁安困積雪〔一〕，邈然不可干〔二〕。阮公見錢入，即日棄其官〔三〕。芻藁有常温，採莒足朝餐〔四〕。豈不實辛苦，所懼非飢寒。貧富常交戰，道勝無戚顔〔五〕。至德冠邦閭〔六〕，清節映西關〔七〕。

【校記】

困積雪　「困」，陶本原作「門」。陶本原校：「各本作『困』。從何校宣和本作『門』。」曾本、汲古閣本云，一作「門」。今據各本改。

芻藁　曾本云，一作「蘆蒿」。蘇寫本、汲古閣本同。

採莒　曾本云，一作「采之」。蘇寫本、汲古閣本同。「莒」，陶本引何焯云：「莒疑作稆。後漢書獻帝紀：『尚書郎以下，自出採稆。』注云：『稆，音吕，與穭同。』」古注：「按，晉書殷仲堪傳：『抄略所得，多皆採稆飢人。』又隱逸夏統傳：『每採稆求食。』採稆二字，史傳常見，莒爲稆之譌無疑矣。」按，何、古所言是。説文：「莒，齊謂芋爲莒，從草吕聲。」稆與穭同。正字通：「稆，同穭。」集韻：「穭，禾自生。」莒與稆實不同之二物。採稆，謂採野生稻禾。

戚顔　戚，陶本原校：「焦本云，一作『厚』，非。」曾本云，一作「厚」。蘇寫本、汲古閣本同。

【箋注】

〔一〕袁安，字邵公，東漢河南汝陽人。後漢書卷四五袁安傳注引汝南先賢傳：「時大雪積地丈餘，洛陽令身出案行，見人家皆除雪出，有乞食者。至袁安門，無有行路。謂安已死，令人除雪入户，見安僵卧。問何以不出。安曰：『大雪人皆餓，不宜干人。』令以爲賢，舉爲孝廉也。」

〔二〕邈然：高遠貌。三國志魏書鍾會傳：「邈然高蹈。」三國志吴書步騭傳：「邈然絶俗。」干：求取。按，蕭傳、南傳載，淵明抱嬴疾，「江州刺史檀道濟往候之，偃卧瘠餒有日矣」。此二句詠袁安雪日僵卧，正比自己偃卧瘠餒有日。

〔三〕「阮公」二句：其人其事不詳。按，李華陶淵明詩文注釋考補疑指王敦爲阮修斂錢爲婚事（見陶淵明新論）。然檢晉書阮修傳，王敦爲修斂錢爲婚，修實受之，時修居貧未官，作官尚在其後；且修避亂南行，亦未言棄官。故阮公非指阮修。

〔四〕「芻藁」二句：古注：「史記秦始皇本紀：『下調郡縣，轉輸芻藁。』按，芻藁本供馬食，而貧者藉之以眠，故曰有常温。」蔡正孫精刊補注東坡和陶詩話：「愚謂『芻藁有常温，採莒足朝餐』，『常』字、『足』字大有理。蓋人能安於常分而知足，則緼袍温於狐貉，藜藿甘於膏粱，何有乎飢寒之懼哉！倘不知安於分義之常而懷無厭之心，則將無所不至矣。」

〔五〕「貧富」二句：何注：「韓非子喻老：『子夏曰：吾入見先王之義，則榮之。出見富貴之樂，又榮之。兩者戰於胸中，未知勝負，故臞。今先王之義勝，故肥。』」按，淮南子精神訓所載文字稍異。又，淮南子詮言訓：「道勝則無人事矣。」

〔六〕冠邦閭：逯注：「爲本郡本村之冠，指袁安。」

〔七〕西關：地名。逯注：「蓋指阮公故里。」丁注：「西關指田疇而言。謂清節與田子泰相輝映也。魏志田疇傳：董卓遷帝於長安。幽州牧劉虞歎曰：『今欲奉使展效臣節，安得不辱命之士乎？』衆議咸曰田疇。虞乃備禮請與相見，大悦之。疇乃歸，自選其家客與年少之勇壯慕從者二十騎。既取道，乃更上西關。通鑑注：『西關即居庸關。』」按，詠貧士七首所詠皆古來貧士，田疇屬壯士一類，疑丁説非。

【集評】

蔡正孫精刊補注東坡和陶詩話：「『貧富常交戰，道勝無戚顔』，此語尤造理。夫貧者人之所惡，富者人之所欲，二者常交戰於胸中，鮮有不爲欲之所勝。人能以道制欲，則能安於貧而不羨於富，内重可以勝外之輕，泰然自得其樂，而無戚戚之態矣。」

何焯義門讀書記陶靖節詩：「苟求富貴，則身敗名辱，有甚於飢寒者，故不戚戚於貧賤，但恐修名之不立也。」

温汝能陶詩彙評：「『道勝無戚顔』一語，是陶公真實本領，千古聖賢身處窮困而泰然自得者，皆以道勝也。顔子簞瓢陋巷，不改其樂，孔子以賢稱之，論者謂厠陶公於孔門，當可與屢空之回同此真樂，信哉！」

仲蔚愛窮居，遶宅生蒿蓬。翳然絶交遊，賦詩頗能工。舉世無知者，止有一劉龔〔一〕。此士胡獨然？實由罕所同。介焉安其業〔二〕，所樂非窮通〔三〕。人事固以拙，聊得長相從〔四〕。

【校記】

知者　「者」，曾本、汲古閣本云，一作「音」。焦本云，一作「音」，非。

止有　「止」，曾本云，一作「正」。湯本、汲古閣本同。

介焉安其業　曾本、汲古閣本云，一作「棄本案其末」。

固以拙　「以」，曾本、汲古閣本云，一作「已」。蘇寫本作「已」。

【箋注】

〔一〕「仲蔚」六句：丁注：「高士傳：『張仲蔚者，平陵人也。與同郡魏景卿，俱修道德，隱身不仕。明天官博物，善屬文，好詩賦。常居窮素，所處蓬蒿没人，閉門養性，不治榮名。時人莫識，唯劉龔知之。』」劉龔：後漢書卷三〇上蘇竟傳：「龔字孟公，長安人，善論議，扶風馬援、班彪並器重之。」

〔二〕介焉：介，耿介。晉書卷九四隱逸傳：「介然超俗。」

〔三〕「所樂」句：湯注：「莊子讓王：『古之得道者，窮亦樂，通亦樂，所樂非窮通也。』」

〔四〕「聊得」句：意同丙辰歲八月中於下潠田舍穫詩：「聊得從君栖。」聊，願也。

【集評】

沈德潛古詩源卷九：「不懼飢寒，達天安命，陶公人品，不在季次、原憲下，而概以晉人視之何耶？」

昔在黄子廉〔一〕，彈冠佐名州〔二〕。一朝辭吏歸，清貧略難儔。年饑感仁妻，泣涕向我流〔三〕。丈夫雖有志，固爲兒女憂〔四〕。惠孫一晤歎〔五〕，腆贈竟莫酬〔六〕。誰云固窮難，邈哉此前修〔七〕。

【校記】

昔在　「在」，曾本云，一作「有」。湯本、蘇寫本、汲古閣本同。

仁妻　曾本云，一作「人事」。蘇寫本、汲古閣本同。

兒女　「女」，曾本云，一作「孫」。蘇寫本、汲古閣本同。

固窮難　「難」，曾本云，一作「節」。蘇寫本、汲古閣本同。

【箋注】

〔一〕黄子廉：其人其事不詳。湯注：「三國志黄蓋傳：『南陽太守黄子廉之後。』」王應麟困學紀聞引風俗通義云：「潁川黄子廉，每飲馬，輒投錢於水。」陶注：「後漢尚書黄香之孫守亮，字子廉，爲南陽太守。」「子廉乃守亮之字，亦非名也。」吴騫拜經樓詩話卷三引黄潛筆記後云：「守亮爲南陽太守，未審見於何書？考黄香及子瓊，瓊孫琬，並著於范史，而守亮獨未見。且後漢人雙名絶少，昔人論之詳矣。竊疑自唐以後，名姓譜系多傅會杜撰，不可盡信，黄公豈亦據其家譜牒而云然耶？」按，黄子廉之名僅見於三國志吴書黄蓋傳注引吴書及風俗通義。陶注謂黄香之孫守亮，字子廉云云，未知何據。

〔二〕彈冠：比喻出仕。漢書卷七二王吉傳：「吉與貢禹爲友，世稱王陽在位，貢公彈冠，言其取舍同也。」

〔三〕「年饑」二句：仁妻，指淵明繼室翟氏。蕭傳、南傳雖稱其妻亦能勤苦，與其同志，但年饑衣食不周，仁妻亦難免泣涕，此乃人之常情。

〔四〕「丈夫」二句：丁注：「陶詩程傳：丈夫二句，其妻之言也。」梁實秋讀書札記則以爲此二語非妻子之言，「丈夫猶言君子，非妻對夫之稱」。並解此詩「年饑感仁妻」四句云：「言妻子饑寒，泣涕直流，但未能撓其志，而丈夫志在固窮，但亦不能不爲兒女憂。妻不撓夫之志，可敬之至，但不能禁其泣涕直流；夫不爲妻所累而改其志，但衷心亦不能不爲兒女憂。夫耕於前，妻鋤於後——是一幅美麗圖畫，不知二人心中亦正各有所感，不足爲外人道也。先生詩乃直言『丈夫雖有志，固爲兒女憂』，道出先生心事，是先生率真可愛處。」（見鍾優民編陶淵明研究資料新編）梁氏之説體察人情，較通達可取。

〔五〕惠孫：其人不詳。

〔六〕腆贈：厚贈。腆，豐厚，美好。説文段玉裁注：「方言、公羊傳注皆曰：腆，厚也。」竟未酬：謂未受（腆贈）。參見詠貧士其四注。

〔七〕前修：猶前賢。楚辭離騷：「謇吾法夫前脩兮，非世俗之所服。」晉書卷九四戴逵傳：「行道之人自非性足體備，闇蹈而當者，亦曷能不棲情古烈，擬規前修。」

【集評】

陳祚明采菽堂古詩選卷一四：「兒女之憂，非不動念，然志固不可奪，前修可師。」

邱嘉穗東山草堂陶詩箋卷四：「此借古人以自況其彭澤歸來與妻翟安貧守道之意。本傳稱其妻翟氏亦能安勤苦，與公同志，『年饑感仁妻』數語，似爲此而發。」

詠二疏〔一〕

大象轉四時〔二〕，功成者自去〔三〕。借問衰周來，幾人得其趣？遊目漢廷中，二疏復此舉。高嘯返舊居，長揖儲君傅〔四〕。餞送傾皇朝，華軒盈道路。離別情所悲，餘榮何足顧。事勝感行人，賢哉豈常譽。厭厭閭里歡〔五〕，所營非近務〔六〕。促席延故老〔七〕，揮觴道平素。問金終寄心，清言曉未悟〔八〕。放意樂餘年，遑恤身後慮〔九〕。誰云其人亡，久而道彌著。

【校記】

衰周　「衰」，曾本云，一作「商」。蘇寫本、湯本、汲古閣本同。

近務　「近」，曾本、汲古閣本云，一作「正」。

問金　「金」，曾本、汲古閣本云，一作「爾」。

【箋注】

〔一〕二疏：西漢疏廣及其侄疏受，東海蘭陵（今山東棗莊東南）人。宣帝時，疏廣爲太子太傳；兄子疏受爲太子少傅，在位五年。疏廣謂疏受曰：「吾聞知足不辱，知止不殆，功成身退，天之道也。今仕官至二千石，宦成名立，如此不去，懼有後悔。」即日上疏乞骸骨，宣帝許之。公卿大夫設祖道供帳東都門外，送者車數百輛。歸里後，不留金錢，每日具設酒食，請族人與相娛樂。（見漢書卷七一疏廣傳）本詩即詠二疏事。王瑶注謂詠二疏、詠三良、詠荆軻三詩詩體既皆相同，内容又互相闡發，當爲一時所作，其中詠三良一首當爲悼張褘不忍向零陵王進毒酒，而自飲身死一事。按，王説可從。詠二疏及詠三良、詠荆軻當作於宋武帝永初二年辛酉（四二一）或稍後。

〔二〕大象：老子三十五章：「執大象，天下往。」王弼注：「大象，天象之母也。」王羲之蘭亭詩：「悠悠大象運，輪轉無停際。」

〔三〕「功成」句：老子二章：「功成而弗居。」老子九章：「功遂身退，天之道。」史記卷七九蔡澤列傳：「夫四時之序，功成者去。」

〔四〕長揖：拱手自上而至極下，乃極恭敬之行禮。漢書卷一上高帝紀上：「酈生不拜，長揖曰：『足下必欲誅無道秦，不宜踞見長者。』」文選左思詠史詩：「功成不受爵，長揖歸田廬。」儲君傳：太子師傅。儲君，太子。

〔五〕厭厭：詩小雅湛露：「厭厭夜飲。」毛傳：「厭厭，安也。」

〔六〕近務：煩事俗務，如爲子孫立産業一類世俗鄙事。按，「所營非近務」及下文「放意樂餘年」云云，近于列子楊朱中衛端木叔「不治世故，放意所好」的生活態度。

〔七〕促席：見停雲詩注。

〔八〕「問金」二句：漢書卷七一疏廣傳：「廣既歸鄉里，日令家共具設酒食，請族人故舊賓客，與相娛樂。數問其家金餘尚有幾所，趣賣以共具。居歲餘，廣子孫竊謂其昆弟老人廣所愛信者曰：『子孫幾及君時頗立産業基阯，今日飲食費且盡。宜從丈人所，勸説君買田宅。』老人即以閒暇時爲廣言此計，廣曰：『吾豈老誖不念子孫哉？顧自有舊田廬，令子孫勤力其中，足以共衣食，與凡人齊。今復增益之以爲贏餘，但教子孫怠墮耳。賢而多財，則損其志；愚而多財，則益其過。』」清言，晉書卷五〇郭象傳：「好老莊，能清言。」未悟，謂不明事理者。郭璞客傲：「訊以未悟，其可乎？」蔣薰評陶淵明詩集卷四：「詩意蓋謂問金終是寄心於金，廣以清言曉故老之未悟也。」其説是。又，文選張協詠史詩亦詠疏廣事云：「揮金樂當年，歲暮不留儲。顧謂四座賓，多財爲累患。」可與陶詩並看。

〔九〕遑恤：詩邶風谷風：「遑恤我後。」鄭玄箋：「遑，暇也。恤，憂也。」按，上二句言縱情當年，無慮身後，與己酉歲九月九日詩「千載非所知，聊以永今朝」二句意近。

【集評】

湯漢注陶靖節先生詩卷四：「二疏取其歸，三良與主同死，荆卿爲主報仇，皆託古以自見云。」

邱嘉穗東山草堂陶詩箋卷四：「但細玩三篇結句，正復無限深情，不待議論而其意已彰彰矣。淵明仕彭澤而歸，亦與二疏同，故託以見意。」

温汝能陶詩彙評卷四：「『趣』字最宜領會。功成而不歸去，不得趣者也。古今得其趣者，曾有幾人？惟二疏知足知止，所以得趣，惟其得趣，所以散金置酒，不以多財遺子孫也。『趣』字實貫徹前後。」

詠三良〔一〕

彈冠乘通津〔二〕，但懼時我遺。服勤盡歲月〔三〕，常恐功愈微。中情謬獲露，遂爲君所私〔四〕。出則陪文輿〔五〕，入必侍丹帷〔六〕。箴規嚮已從〔七〕，計議初無虧〔八〕。一朝長逝後，願言同此歸。厚恩固難忘，君命安可違〔九〕。臨穴罔惟疑〔一〇〕，投義志攸希〔一一〕。荆棘籠高墳，黄鳥聲正悲。良人不可贖〔一二〕，泫然沾我衣〔一三〕。

【校記】

中情　「中」，陶本原作「忠」。曾本、汲古閣本、蘇寫本、湯本作「忠」，云，一作「中」。按，劉楨贈徐幹詩：「中情無由宣，思子沉心曲。」傅玄青青河邊草：「夢想發中情。」「中情謬獲露」即中情得宣之意。作「中情」較勝。

初無虧　曾本、汲古閣本云，一作「物無非」。

固難忘　「固」，曾本云，一作「心」。蘇寫本、湯本、汲古閣本同。

君命　「君」，曾本云，一作「顧」。湯本、汲古閣本同。蘇寫本云，一作「顧命」。

罔惟疑　「惟」，陶本原校：「焦本作『遲』。」曾本云，一作「遲」。蘇寫本、湯本、汲古閣本同。按，作「惟」是，參見注〔一〇〕。

泫然　李本誤作「玆然」。

【箋注】

〔一〕三良：指秦國子車氏三子奄息、仲行和鍼虎。左傳文公六年：「秦伯任好卒，以子車氏之三子奄息、仲行、鍼虎爲殉，皆秦之良也。國人哀之，爲賦黄鳥。」按，即詩秦風黄鳥。後曹植三良詩、王粲詠史詩均詠三良事。

〔二〕通津：交通要道。文選謝宣遠王撫軍庾西陽集别時爲豫章太守庾被徵還東詩：「頹陽照通津。」此喻顯赫仕途。古詩十九首：「何不策高足，先據要路津。」

〔三〕服勤：殷勤服侍。禮記檀弓上：「服勤至死。」鄭玄注：「勤，勞辱之事也。」孔穎達正義：「言服勤者，謂服持勤苦勞辱之事。」

〔四〕私：親暱，偏愛。楚辭離騷：「皇天無私阿兮。」王逸注：「竊愛爲私。」

〔五〕文輿：彩飾之車。

〔六〕丹帷：指帝王所居内庭。傅咸贈何劭王濟詩：「攜手升玉階，並坐侍丹帷。」

〔七〕嚮已從：謂出言必應，猶「言聽計從」。文選李康運命論：「言無可否，應之如嚮。」李善注引史記：「淳于髡曰：『鄒忌，其應我若響之應聲也。』」

〔八〕計議：計劃商量。史記卷七〇張儀列傳：「故願大王審定計議。」漢書卷七三韋玄成傳：「博士義倩等與宗家計議。」無虧：周詳完備之意。

〔九〕「一朝」四句：古注：史記正義引應劭曰：「秦穆公與羣臣飲，酒酣，公曰：『生共此樂，死共此哀。』於是奄息、仲行、鍼虎許諾。及公薨，皆從死。」

〔一〇〕臨穴：詩秦風黄鳥：「臨其穴，惴惴其栗。」罔：無。惟疑：所疑。「惟」猶「所」也。魏晉常語。晉書卷七一高崧傳：「所以深用惟疑，在乎此耳。」文選潘岳關中詩：「朝議惟疑，未逞斯願。」謝靈運謝封康樂侯表：「于時策畫惟疑。」

〔一一〕投義：赴義。攸希：所望。

〔一二〕贖：贖代。詩秦風黄鳥：「彼蒼者天！殲我良人。如可贖兮，人百其身。」

〔一三〕泫然：流涕貌。禮記檀弓上：「孔子泫然流涕。」

【集評】

陶澍注陶靖節先生集卷四：「古人詠史，皆是詠懷，未有泛作史論者。曹子建詠三良曰：『功名不可爲，忠義我所安。』此慨魏文之涼薄，而欲效秦公子上書，願葬驪山之足者也。淵明云：『厚恩固難忘，投義志攸希。』此悼張禕之不忍進毒，而自飲先死也。況二疏明進退之節，荆軻寓報讎之志，皆是詠懷，無關論古，而諸家紛紛論三良之當死不當死，去詩意何啻千里。」

詠荆軻〔一〕

燕丹善養士，志在報强嬴〔二〕。招集百夫良〔三〕，歲暮得荆卿。君子死知己，提劍出燕京。素驥鳴廣陌〔四〕，慷慨送我行。雄髮指危冠〔五〕，猛氣衝長纓〔六〕。飲餞易水上，四座列羣英。漸離擊悲筑，宋意唱高聲〔七〕。蕭蕭哀風逝，淡淡寒波生。商音更流涕，羽奏壯士驚〔八〕。公知去不歸，且有後世名〔九〕。登車何時顧〔一〇〕，飛蓋入秦庭〔一一〕。凌厲越萬里，逶迤過千城。圖窮事自至，豪主正怔營〔一二〕。惜哉劍術疏，奇功遂不成〔一三〕。其人雖已没，千載有餘情。

【校記】

君子　「君」，曾本云，一作「之」。湯本、蘇寫本、汲古閣本同。

衝長纓　「衝」，李本、焦本作「充」。按，史記卷八一廉頗藺相如列傳：「相如因持璧却立，倚柱，怒髮上衝冠。」文選盧諶覽古詩：「怒髮上衝冠。」作「衝」是。

哀風逝　「逝」，曾本云，一作「起」。蘇寫本、湯本、汲古閣本同。

公知去不歸　陶本原作「心知去不歸」。湯本、李本、汲古閣本、焦本同，今據曾本、蘇寫本改。曾本、蘇寫本、汲古閣本云，一作「一去知不歸」。

後世 「後」，曾本、穌寫本云，一作「百」。

凌厲 「凌」，曾本、汲古閣本云，一作「陵」。

其人雖已沒，千載有餘情 曾本云，一作「斯人久已沒，千載有深情」。蘇寫本、汲古閣本、焦本同。

【箋注】

〔一〕荆軻：戰國末年著名刺客。其先齊人，徙於衛，衛人謂之慶卿。後至燕，燕人謂之荆卿。好讀書擊劍，與燕之狗屠及善擊筑者高漸離友好，日飲於燕市，歌且泣，旁若無人。燕太子丹招之，待以上賓之禮。後荆軻爲報燕太子丹恩遇，決計赴秦刺秦王。臨行，太子及衆賓客皆白衣冠，至易水之上送之。既至秦，以匕首刺秦王，不中被殺。見史記卷八六刺客列傳。

〔二〕「志在」句：史記卷八六刺客列傳：「秦王之遇燕太子丹不善，故丹怨而亡歸。歸而求爲報秦王者，國小，力不能。」嬴：即秦國，秦王姓嬴氏。

〔三〕百夫良：詩秦風黄鳥：「維此奄息，百夫之特。」鄭玄箋：「百夫之中最雄俊也。」

〔四〕素驥：白馬，凶事所用。廣陌：大道。按，荆軻入秦前，太子及賓客白衣冠送之，不曾言有白馬。阮瑀詠史詩其二始有「素車駕白馬，相送易水津」之句。陶詩「素驥」句殆襲阮瑀詩。

〔五〕危冠：高冠。危，高聳貌。莊子盜跖：「使子路去其危冠，解其長劍，而受教於子。」文選左思吴都賦：「危冠而出，竦劍而趨。」史記卷八一廉頗藺相如列傳：「相如因持璧却立，倚柱，怒髮上衝冠。」陶詩「危冠」二句由此化出。

〔六〕長纓：繫冠的絲帶。韓非子外儲説左上：「鄒君好服長纓，左右皆服長纓。」

〔七〕「漸離」二句：湯注：「淮南子泰族訓：高漸離、宋意，爲擊筑而歌於易水之上。」筑，古代擊弦樂器。形似箏，頸細而肩圓，十三弦，弦下設柱，以竹擊之發聲。

〔八〕「蕭蕭」四句：史記卷八六刺客列傳：「高漸離擊筑，荆軻和而歌，爲變徵之聲，士皆垂淚涕泣。又前而爲歌曰：『風蕭蕭兮易水寒，壯士一去兮不復還！』復爲羽聲忼慨，士皆瞋目，髮盡上指冠。」商音，謂商聲。羽奏，謂羽聲。古代樂調分宮、商、角、徵、羽五聲，亦名五音。

〔九〕「公知」二句：徐仁甫古詩别解卷六謂當作「公知」。「刺客遊俠，激於義憤，士爲知己者死，何嘗在圖後世之名？若謂荆軻只圖後世之名，則非真知荆軻；謂淵明如此歌頌荆軻，亦誣枉了淵明」。「余取『公知』，共知也。公指上文『四座列羣英』而言，包括高漸離、宋意都在内。『公知去不歸』，主語是衆人，知荆軻一去不返；則『且有後世名』也是公知的賓語，這樣，陶公立言，無害於義。改『心』爲『公』，一字千金」。王叔岷云：「作『公知去不歸』，較佳。公猶明也，荆軻歌：『壯士一去不復還。』所謂『明知去不歸』也。史記卷九吕后本紀：『太尉尚恐不勝諸吕，未敢訟言誅之。』索隱：徐廣云：『訟，一作公。公言，猶明言也。』即公、明同義之證。」

〔一〇〕「登車」句：史記卷八六刺客列傳：「于是荆軻就車而去，終已不顧。」

〔一一〕飛蓋：猶飛車。文選劉楨公讌詩：「輦車飛素蓋。」

〔一二〕「圖窮」二句：史記卷八六刺客列傳：「軻既取圖奏之，秦王發圖，圖窮而匕首見。因左手把秦王之袖，而右手持匕首揕之。未至身，秦王驚，自引而起，袖絶。」怔營，亦作「征營」，惶恐不安貌。後漢書卷四一鍾離意傳：「不勝愚戇征營。」注：「征營，不自安也。」三國志魏書管寧傳：「怔營竦息，悼心失圖。」

〔一三〕「惜哉」二句：史記卷八六刺客列傳：「魯句踐已聞荆軻之刺秦王，私曰：『嗟乎，惜哉其不講於刺劍之術也。』」

【集説】

前人多以爲此詩與詠二疏、詠三良皆作於晉宋易代之際，深有寄託。如劉履選詩補注卷五云：「此靖節憤宋武弑奪之變，思欲爲晉求得如荆軻者往報焉，故爲是詠。」温汝能陶詩彙評卷四云：「荆軻刺秦不中，千古恨事。先生目擊禪代，時具滿腔熱血，觀此篇可以知其志矣。人祇知先生終隱柴桑，安貧樂道，豈知却別有心事在。」何孟春、黄文焕、蔣薰、邱嘉穗、馬璞、陳沆諸人的評論與上相近。章炳麟手批陶淵明集説與劉履諸人不同，以爲詠荆軻詩是讀古書時「情之所隨，語自壯激」：「夷、齊不仕周，非爲殷也；管寧、胡昭不仕魏，非爲漢也。靖節舊勛之裔，所志或與夷、齊、胡、管有殊，亦略同徐野民所爲而已。荆軻一首，自爲懷古，情之所隨，語自壯激，必非欲以宋武比秦皇也。」（詠荆軻眉批）現代有論者則認爲此詩作於淵明出仕前家居時期，爲一般詠史詩，無甚深刻寓意。例如李辰冬陶淵明評論以爲詠三良、詠荆軻作於晉武帝太元十七年壬辰（三九二〕，淵明時年二十歲。鄧譜「元興二年癸卯（四〇三）條」下說：「詠二疏、詠三良、詠荆軻或作於本年冬。……今觀淵明暮年所作，情緒頗爲消極，不當有詠荆軻之『金剛怒目』詩。詠三良云：『君命安可違。』於秦穆以三良殉葬亦頗有微詞，且其詩題又爲魏晉文人所習用（曹子建、王粲、阮瑀等均有所作），與張禕自飲毒酒事亦頗不相涉。詠二疏取二疏見機歸隱，乃元興、義熙之際淵明心跡，若宋受禪以後，其去彭澤歸田已二十年，方始津津樂道於吟詠二疏見機歸隱，於情理似亦難通。今按桓玄之篡，淵明正居母憂。安帝被廢爲平固王，遷於尋陽，尋陽乃淵明家鄉，其時淵明又值壯年，『猛志逸四海』，其於桓玄之篡與安帝之廢遷，固不能無動於衷。然彼既無三良之忠，又乏荆軻之勇，雖高尚其節義，而不能效法其行事，唯有取二疏見機歸隱，不辱其志而已。細味三詩，其托古述懷，略與與從弟敬遠旨趣相同，疑即作於同時。」

【集評】

朱熹朱子語類卷一三六：「淵明詩，人皆説平淡，余看他自豪放，但豪放得來不覺耳。其露出本相者，是詠荆軻一篇。平淡底人如何説得這樣言語出來。」

蔣薰評陶淵明詩集卷四：「摹寫荆軻出燕入秦，悲壯淋漓，知潯陽之隱，未嘗無意奇功，奈不逢會耳，先生心事逼露如此。」

方東樹昭昧詹言卷四：「次叙高簡，託意深微，而章法明整。起四句言丹；『君子』六句言軻；『飲餞』八句叙事；『心知』二句頓挫，以離爲章法；『登車』六句續接叙事；『惜哉』四句入己託意作收。」

讀山海經十三首〔一〕

孟夏草木長，繞屋樹扶疏〔二〕。衆鳥欣有託，吾亦愛吾廬。既耕亦已種，時還讀我書。窮巷隔深轍，頗迴故人車〔三〕。歡然酌春酒〔四〕，摘我園中蔬。微雨從東來，好風與之俱〔五〕。泛覽周王傳〔六〕，流觀山海圖〔七〕。俯仰終宇宙〔八〕，不樂復何如？

【校記】

亦已種　「亦」，曾本云，一作「且」。蘇寫本、汲古閣本同。

時還　「時」，文選作「且」。

歡然　「然」，陶本原作「言」。陶本原校：「各本作『然』，文選作『言』。」按，史記卷一二六滑稽列傳：「歡然道故。」劉琨答盧諶書：「慨然以悲，歡然以喜。」答龐參軍詩：「閒飲自歡然。」作「歡然」是，今據各本改。

周王傳　「傳」，曾本、汲古閣本云，一作「典」。

俯仰　「俯」，曾本云，一作「俛」。

復何如　「復」，曾本、汲古閣本云，一作「將」。

【箋注】

〔一〕山海經共十八卷，載海内外絶域山川人物之異，保存了許多古代神話。王充論衡和吴越春秋以爲大禹治水，無遠不至，凡所見聞，伯益記録而成。東晉郭璞曾爲山海經作注並題圖讚。詩言「泛覽周王傳，流觀山海圖」，則淵明所讀之書有穆天子傳及山海經郭璞圖讚之本。關於此詩作年，王瑶注謂第十一首「巨猾肆威暴」，顯然是爲劉裕弑逆而作。又據第一首「孟夏草木長」句，謂本詩作於零陵王被害的次年，即宋武帝永初三年壬戌（四二二）。楊譜同。逯繫年則以爲「讀山海經是遇火前作品」。即作於義熙四年戊申（四〇八）之前。按，逯説良是。據第一首所寫環境之美和幽居自得之樂，與歸園田居、和郭主簿很相近。而淵明晚年常受飢寒之苦，自稱「值歡無復娱，每每多憂慮」，已不復再見此詩中「歡然酌春酒，摘我園中蔬」之欣豫情趣，故可確定此詩大概作於歸田前期。今暫繫於義熙三年丁未（四〇七）。又，讀山海經十三首結構頗具匠心。第一首發端，叙幽居耕讀之樂，第二首至第十二首，分詠書中所記異物，末首旁及齊桓公不聽管仲之言，以至奸臣作亂，飢渴而死一事，實是詠史詩。顔誄稱淵明「心好異書」，讀山海經十三首即是讀異書之心得。淵明在詠異物的同時，對歷史、現實與人生亦多所感慨。

〔二〕扶疏：樹葉繁茂分布貌。説文：「扶疏，四布也。」禰衡鸚鵡賦：「思鄧林之扶疏。」

〔三〕「窮巷」二句：文選李善注：「漢書：『張負隨陳平至其家，乃負郭窮巷，以席爲門，門外多長者車轍。』韓詩外傳：『楚狂接輿妻曰：門外車轍何其深。』」按，此二句與飲酒其五「結廬在人境，而無車馬喧」二句意同。

〔四〕春酒：詩豳風七月：「爲此春酒，以介眉壽。」文選張衡東京賦：「因休力以息勤，致懽忻于春酒。」李善注：「春酒，謂春時作，至冬始熟也。」北堂書鈔一四八引應璩詩：「酌彼春酒。」

〔五〕「好風」句：何劭贈張華詩：「和風與節俱。」

〔六〕周王傳：指穆天子傳。西晉太康二年（二八一），汲郡人不準盜發魏襄王墓，或言安釐王冢，得竹書數十車。其中有穆天子傳五篇，記周穆王駕八駿游行四海，多爲神話傳說。（見晉書卷五一束晳傳）

〔七〕山海圖：指山海經圖。畢沅山海經古今本篇目考云：「山海經有古圖，有漢所傳圖，有梁張僧繇等圖。十三篇中，海外、海内經所説之圖當是禹鼎也。大荒經已下五篇所説之圖當是漢時所傳之圖也。」「又郭璞及張駿有圖讚，陶潛詩云『流觀山海圖』。」

〔八〕俯仰：見五月旦作和戴主簿詩注。終：竟也，已也。王引之經傳釋詞：「僖二十四年左傳注曰：『終，猶已也。』」終宇宙，即游遍宇宙之意。

【集評】

劉履選詩補注卷五：「此詩凡十三首，皆記二書所載事物之異，而此發端一篇，特以寫幽居自得之趣耳。觀其『衆鳥有託』、『吾愛吾廬』等語，隱然有萬物各得其所之妙，則其俯仰宇宙，而爲樂可知矣。」

王夫之古詩評選卷四：「此篇之佳在尺幅平遠，故託體大。如託體小者，雖有佳致，亦山人詩爾。『少無適俗韻』、『結廬在人境』、『萬族各有託』，不滿余意者以此。『微雨從東來』二句，不但興會佳絶，安頓尤好，若繫之『吾亦愛吾廬』之下，正作兩分兩搭，局量狹小，雖佳亦不足存。」

温汝能陶詩彙評卷四：「此篇是淵明偶有所得，自然流出，所謂不見斧鑿痕也。大約詩之妙以自然爲造極。陶詩率近自然，而此首更令人不可思議，神妙極矣。」

玉臺凌霞秀〔一〕，王母怡妙顔。天地共俱生，不知幾何年。靈化無窮已〔二〕，館宇非一山〔三〕。高酣發新謡〔四〕，寧效俗中言〔五〕。

【校記】

玉臺　「臺」，曾本作「堂」，云，一作「臺」。蘇寫本、湯本、汲古閣本同。焦本云，一作「堂」，非。

怡妙顔　「怡」，陶本原校：「一作『積』。」曾本云，一作「積」。蘇寫本、汲古閣本同。

【箋注】

〔一〕玉臺：西王母所居處。凌霞：高出霞表。山海經西山經：「又三百五十里，曰玉山，是西王母之所居也。西王母其狀如人，豹尾，虎齒而善嘯，蓬髮戴勝。」

〔二〕靈化：謂難以思議之變化。郭璞蜜蜂賦：「自然靈化，莫識其術。」顧愷之冰賦：「翕然靈化。」

〔三〕「館宇」句：湯注：「山海經云：『玉山，王母所居。』又云：『處崑崙之丘。』郭璞注云：『王母亦自有離宮別館，不專住一山也。』」

〔四〕高酣：高會酣飲。發新謠：穆天子傳：「天子觴西王母於瑤池之上，西王母爲穆王謠曰：『白雲在天，山陵自出。道里悠遠，山川間之。將子無死，尚復能來。』」

〔五〕「寧效」句：郭璞山海經圖讚西王母稱西王母之賦詩爲「韻外之事，難以具言」。

【集評】

黃文煥陶詩析義卷四：「結句獨曰『寧效俗中言』。有世外之品格者，亦必有世外之文章，寄意憤俗，別開枝節，題是讀山海經，故每首必另翻議論。若依經敷叙，是詠山海經，非讀矣。」

吴菘論陶：「自第二首至第八首皆言仙事，欲求出塵，遂我避世，正悲憤無聊之極，非真欲學仙也。」

迢遞槐江嶺，是謂玄圃丘〔一〕。西南望崑墟，光氣難與儔〔二〕。亭亭明玕照〔三〕，洛洛清瑤流。恨不及周穆，託乘一來游〔四〕。

【校記】

槐江嶺　「槐」，曾本云，一作「櫰」。蘇寫本、汲古閣本同。按，山海經西山經正作「槐江」，

「榣」乃傳寫之誤。

崑墟　「墟」，曾本云，一作「崙」。蘇寫本、汲古閣本同。焦本云，一作「崙」，非。

洛洛清瑶流　「洛洛」，陶本原作「落落」。各本皆同。陶本原校：「何校宣和本作『洛洛清涵流』。」按，山海經西山經：「爰有涵水，其清洛洛。」畢沅校曰：「當爲瑶水，或爲瑶。史記云：禹本紀言崑崙有醴泉瑶池。穆天子傳云：西王母觴天子于瑶池。吕氏春秋本味篇云：伊尹曰水之美者，崑崙之井，沮江之邱，名曰摇水。皆此也，涵非古字。」郭璞注「洛洛」二字曰：「水流下之貌。」今據畢沅校及郭璞注改。

【箋注】

〔一〕「迢遞」二句：山海經西山經：「槐江之山，丘時之水出焉。而北流注于泑水。其中多蠃母，其上多青雄黄，多藏琅玕、黄金、玉。其陽多丹粟，其陰多采黄金銀。實惟帝之平圃，神英招司之。」郭璞注：「平圃即玄圃。」迢遞，文選左思吴都賦：「曠瞻迢遞。」劉逵注：「迢遞，遠貌。」文選謝宣遠於安城答靈運詩：「迢遞封畿外，窈窕承明内。」

〔二〕「西南」二句：山海經西山經：「西望崑崙，其光熊熊，其氣魂魂。」

〔三〕明玕：即指琅玕，美石也。郭璞注：「琅玕，石似珠者。」書禹貢：「厥貢惟球、琳、琅玕。」孔傳：「琅玕，石而似玉。」

〔四〕託乘：指託附周穆王之車駕。

【集評】

陳祚明采菽堂古詩選卷十四：「總是遺世之志。」

馬璞陶詩本義卷四：「玄圃帝鄉，非凡人所能到；黃、虞、三代古之世，非今人所得遊，淵明獨願遊之也。」

丹木生何許？迺在密山陽。黃花復朱實，食之壽命長。白玉凝素液，瑾瑜發奇光〔一〕。豈伊君子寶〔二〕，見重我軒皇〔三〕。

【校記】

密山　「密」，陶本原作「峚」。李本同。按，當作「密山」。郝懿行山海經箋疏曰：「郭注穆天子傳、李善注南都賦、天台山賦引此經，俱作密山。」畢沅曰：「穆天子傳注及李善注文選引此直作密山。峚即密字之壞。」

奇光　「奇」，曾本、汲古閣本云，一作「其」。

軒皇　「皇」，陶本原校：「一作『黃』。」各本皆作「黃」。曾本云，一作「皇」。汲古閣本、蘇寫本、湯本同。

【箋注】

〔一〕「丹木」六句：山海經西山經：「峚山，其上多丹木，員葉而赤莖，黃華而赤實，其味如飴，食之不飢。丹水出焉，西流注于稷澤，其中多白玉，是有玉膏，其原沸沸湯湯，黄帝是食是饗。是生玄玉，玉膏所出，以灌丹木。丹木五歲，五色乃清，五味乃馨。黄帝乃取峚山之玉榮，而投之鍾山之陽。瑾瑜之玉爲良，堅粟精密，濁澤而有光，五色發作，以和柔剛，天地鬼神，是食是饗，君子服之，以禦不祥。」瑾瑜，説文：「瑾，瑾瑜，美玉也。」楚辭九章懷沙：「懷瑾握瑜兮。」

〔二〕豈伊：豈只是，不止是。文選謝靈運鄰里相送方山詩：「資此永幽棲，豈伊年歲别。」

〔三〕軒皇：黄帝軒轅氏。張衡同聲歌：「衆夫所希見，天老教軒皇。」曹植驅車篇：「封者七十帝，軒皇元獨靈。」

【集評】

邱嘉穗東山草堂陶詩箋卷四：「三章思與周穆同游，此則思爲服食不死，以友黄帝。語皆幻妙，思路絶而風雲通矣。」

翩翩三青鳥，毛色奇可憐。朝爲王母使，暮歸三危山〔一〕。我欲因此鳥，具向王母言〔二〕：在世無所須，惟酒與長年〔三〕。

【校記】

奇可憐　「奇」，曾本云，一作「甚」。蘇寫本、湯本、汲古閣本、焦本同。按，作「奇」是，參見注〔一〕。

具向　「具」，曾本、汲古閣本云，一作「期」，又作「且」。湯本作「具」。蘇寫本云，一作「且」。

無所須　「須」，曾本云，一作「願」。湯本、汲古閣本同。按，嵇康答向子期難養生論：「無所須，故無適而不足。」棗據詩：「簫韶逝無聞，朝陽不可須。」世説新語任誕：「卒曰：『恒患不得快飲酒，使其酒足，餘年畢矣，無所復須。』」晉書卷九四郭文傳：「我若須此，自當賣之。所以相語，正以不須故也。」作「須」是。

惟酒與長年　曾本云，一作「惟願此長年」。蘇寫本、汲古閣本同。

【箋注】

〔一〕「翩翩」四句：山海經西山經：「三危之山，三青鳥居之。」郭璞注：「三青鳥主爲西王母取食者，別自栖息於此山也。」山海經海内北經載：蛇巫之山，「其南有三青鳥，爲西王母取食，在崑崙墟北。」奇，極，甚。世説新語品藻：「劉尹亦奇自知，然不言勝長史。」水經注沁水：「沿流上下，步徑裁通，小竹細筍，被於山渚，蒙籠茂密，奇爲翳薈也。」可憐，可愛。魏晉常語。大子夜歌：「歌謡數百種，子夜最可憐。」鮑照東飛伯勞歌：「三春已暮花從風，空留可憐誰與同？」

〔二〕具：完全。

〔三〕長年：長壽。管子中匡：「道血氣，以求長年長心長德，此爲身也。」文選陸機歎逝賦：「嗟人生之短期，孰長年之能執？」讀史述九章七十二弟子：「賜獨長年。」

【集評】

吴瞻泰陶詩彙注卷四：「前首『寧效俗中言』，是欲聽王母之謡。此首『在世無所須』，是欲索王母之食。總是眼前苦遭俗物聒，頻爲出世之想，奇思異趣，超超玄著矣。」

温汝能陶詩彙評卷四：「人世長飲酒與享長年，何用别求神仙。以放筆寫諧趣，其襟懷慨可想見。」

逍遥蕪皋上，杳然望扶木〔一〕。洪柯百萬尋〔二〕，森散覆暘谷〔三〕。靈人侍丹池，朝朝爲日浴〔四〕。神景一登天〔五〕，何幽不見燭〔六〕。

【校記】

蕪皋　陶本原校：「『蕪』當作『無』。東山經：『無皋之山，東望榑木。』」按，陶説是，當據山海經作「無皋」。

侍丹池　「侍」，曾本云，一作「待」。蘇寫本、汲古閣本同。

神景　景，曾本、汲古閣本云，一作「顧」。按，神景指太陽。作「景」是。

【箋注】

〔一〕「逍遥」二句：山海經東山經：「又南水行五百里，流沙三百里，至于無皋之山，南望幼海，東望榑木，無草木，多風。」榑木，即扶木，扶桑。山海經大荒東經：「大荒之中，有山名孽搖頵羝，上有扶木，柱三百里，其葉如芥，有谷曰温源谷，湯谷上有扶木，一日方至，一日方出。」

〔二〕洪柯：大枝。見命子詩注。

〔三〕森散：枝葉四布貌。暘谷：同湯谷，傳説中日出之處。山海經海外東經：「下有湯谷。湯谷上有扶桑，十日所浴。」

〔四〕「靈人」二句：靈人，指羲和，傳説是太陽的母親。丹池，即甘淵。山海經大荒南經：「東南海之外，甘水之間，有羲和之國，有女子名曰羲和，方日浴于甘淵。羲和者，帝俊之妻，生十日。」

〔五〕神景：指太陽。曹植七啓：「燿神景於中沚。」陸機白雲賦：「攄神景於八幽。」

〔六〕幽：幽暗。見燭：被照亮。山海經大荒北經：「有神，人面蛇身而赤，直目正乘，其瞑乃晦，其視乃明，不食不寢不息，風雨如謁，是燭九陰，是謂燭龍。」郭璞注：「照九陰之幽隱也。」晉書卷六元帝紀：「陛下明並日月，無幽不燭。」

【集説】

前人或謂此詩寄託晉宋易代之感。如邱嘉穗東山草堂陶詩箋卷四云：「日者，君象也。天子當陽，羣陰自息，亦由時有忠臣碩輔浴日之功耳，此詩殆借日以思盛世之君臣，而怨晉室之遂亡於宋也。豈非以君弱臣强而然耶？」吴菘論陶亦以爲「神景」二句寓易代之悲，「蓋『神景一登天』，猶有冀也」。

粲粲三珠樹，寄生赤水陰〔一〕。亭亭凌風桂，八幹共成林〔二〕。靈鳳撫雲舞，神鸞調玉音〔三〕。雖非世上寶，爰得王母心。

【校記】

王母　「母」，曾本、汲古閣本云，一作「子」。

【箋注】

〔一〕「粲粲」二句：山海經海外南經：「三珠樹在厭火北，生赤水上。其爲樹如柏，葉皆爲珠。」粲粲，鮮明貌。詩小雅大東：「西人之子，粲粲衣服。」

〔二〕「亭亭」二句：山海經海内南經：「桂林八樹，在賁隅東。」郭璞注：「八樹而成林，信其大也。」

〔三〕「靈鳳」二句：山海經大荒南經：載民之國，「爰有歌舞之鳥。鸞鳥自歌，鳳鳥自舞。」

【集評】

黄文煥陶詩析義卷四：「王母之山，鳳自歌，鸞自舞，三珠在赤水，八桂在番隅，不屬王母山中，却拈來合詠，直欲將山川世界更移一番，以他處所有，添補仙神地方之所無，想頭奇絶。『雖非世上寶』一語，翻駁尤深。」

自古皆有没，何人得靈長〔一〕？不死復不老，萬歲如平常〔二〕。赤泉給我飲，員丘足我糧〔三〕。方與三辰游〔四〕，壽考豈渠央〔五〕。

【校記】

何人得　曾本云，一作「河氏獨」。蘇寫本、汲古閣本同。

復不老　「復」，曾本、汲古閣本云，一作「亦」。

壽考　「考」，曾本、汲古閣本云，一作「老」。

【箋注】

〔一〕靈長：廣遠綿長。此謂長生不死。

〔二〕平常：一説指不異平常之平常，即尋常之意。温汝能陶詩彙評卷四：「人豈有不死者，惟有壽世之術可以長恃；然縱至於不死不老，以至萬歲，不異平常，則神仙亦屬尋常耳，何足貴哉！」一説指往常，從前。按，前説是。平常謂日常，常時。後漢書卷一上光武紀上：「又不敢爲伯升服喪，飲食言笑如平常。」

〔三〕「赤泉」二句：山海經海外南經：交脛國，「不死民在其東，其爲人黑色，壽不死。」郭璞

注：「有員丘山，上有不死樹，食之乃壽。亦有赤泉，飲之不老。」

〔四〕三辰：丁注：「三辰，日月星也。與三辰游，即莊子所謂與造物者游也。」

〔五〕渠央：遽盡。渠，同遽。見雜詩其三注。

【集評】

黄文焕陶詩析義卷四：「每拈一經，輒別創一議，或翻案，或添合。」

夸父誕宏志，乃與日競走〔一〕。俱至虞淵下，似若無勝負。神力既殊妙，傾河焉足有〔二〕？餘迹寄鄧林〔三〕，功竟在身後。

【校記】

虞淵　「淵」，曾本、汲古閣本云，一作「泉」。按，「泉」爲避唐高祖李淵諱。

【箋注】

〔一〕「夸父」二句：夸父，神話中的巨人。山海經海外北經：「夸父與日逐走，入日，渴欲得飲，飲於河渭；河渭不足，北飲大澤。未至，道渴而死。棄其杖，化爲鄧林。」

〔二〕「俱至」四句：山海經大荒北經：「夸父不量力，欲追日景，逮之於禺谷。將飲河而不足也，將走大澤，未至，死於此。」郭璞注：「禺淵，日所入也。今作虞。」

〔三〕鄧林：地名，即桃林。山海經海外北經郝懿行箋疏：「列子湯問篇云：『鄧林彌廣數千里。』今案其地蓋在北海外。」

【集説】

前人多從夸父形象探討作者的政治寄託。如黄文焕陶詩析義卷四謂淵明「胸中饒有幽憤」。邱嘉穗東山草堂陶詩箋卷四則稱淵明借夸父自況，「欲誅討劉裕，恢復晉室，而不可得也」。陶注謂嘲笑劉裕暮年「急圖禪代」。古注論證本篇詠夸父是「悼司馬休之之死」，謂休之抗表討裕是與日競走；奔於秦是飲於河渭；「餘迹」二句是淵明寄希望於休之餘黨云云。

精衛銜微木〔一〕，將以填滄海。刑天舞干戚〔二〕，猛志固常在。同物既無慮，化去不復悔〔三〕。徒設在昔心〔四〕，良晨詎可待〔五〕。

【校記】

微木　「木」，蘇寫本作「石」。

刑天舞干戚　陶本原校：「原作『形夭無千歲』。」焦本作「刑天舞干戚」。曾本作「形夭無千歲」。蘇寫本、汲古閣本同。湯本作「形夭舞干戚」。按，作「刑天舞干戚」是，參見注〔二〕。

不復　曾本云，一作「何復」。湯本、汲古閣本同。

徒設　「設」，曾本云，一作「役」，又作「使」。汲古閣本同。湯本云，一作「役」。

【箋注】

〔一〕精衛：神話中鳥名。山海經北山經：「又北二百里，曰發鳩之山，其上多柘木。有鳥焉，其狀如烏，文首白喙赤足，名曰精衛，其鳴自詨。是炎帝之少女，名曰女娃，女娃遊于東海，溺而不返，故爲精衛。常銜西山之木石，以堙于東海。」

〔二〕「刑天」句：刑天，神話中的人物。干，盾。戚，斧。山海經海外西經：「刑天與帝至此争神，帝斷其首，葬之常羊之山，乃以乳爲目，以臍爲口，操干戚以舞。」曾紘云：「余嘗評陶公詩，語造平淡而寓意深遠，外若枯槁而中實敷腴，真詩人之冠冕也。平生酷愛此作，每以世無善本爲恨。因閲讀山海經詩，其間一篇云：『形夭無千歲，猛志固常在。』且疑上下文義不甚相貫，遂取山海經參校，經中有云：『刑天，獸名也。口中好銜干戚而舞。』乃知此句是『刑天舞干戚』，故與下句『猛志固常在』意旨相應。五字皆訛，蓋字畫相近，無足怪者。間以語友人岑穰彦休、晁詠之之道，二公撫掌驚歎，亟取所藏本是正之。」（汲古閣本引）周必大二老堂詩話則不以曾紘所説爲然，謂「靖節此題十三篇大概篇指一事，如前篇終始記夸父，則此篇恐專説精衛銜木填海，無千歲之壽，而猛志常在，化去不悔，若併指『刑天』，似不相續。又況末句云：『徒設在昔心，良晨詎可待！』何預干戚之猛耶！」以上二説相左，遂致學者聚訟。朱熹、洪邁、邢凱、陶澍等皆從曾説。邢凱坦齋通編云：「洪内翰語靖節詩『形夭無千歲』當作『刑天舞干戚』，字之誤也。周益公辨其不然。按段成式雜俎：天山有神名刑天，黄帝時與帝争神，帝斷其首，乃曰：『我以乳爲目，臍爲口，操干戚而舞不止。』則知洪説爲是。」陶澍云：「即以康節書作『形夭』，既云夭矣，何又云『無千歲』？夭與千歲，相去何啻彭殤，恐古人無此屬文法也。若謂每篇止詠一事，則欽䲹、窫窳，固亦對舉。若謂刑天争神，不得與精衛同論，未知斷章取義，第憐其猛志常在耳。以此説詩，豈非固哉高叟乎。」其駁周必大所謂「大概篇指一事」甚有理。仲周紬曾有何義門、汪洪度、馬星翼、李廷玉等。古注從曾紘作「刑天舞干戚」。丁注從「形夭無千歲」，云：「酉陽雜俎卷十四：『形天與帝争神，帝斷其首，葬之常羊山，乃以乳爲目，臍爲口，操干戚而舞焉。』則『形夭』之夭，不作夭折解。據酉陽雜俎及陶詩，知陶公當時所讀之山海經，皆作『形夭』，且『形夭無千歲』，與上下句文義亦相貫，宜仍從宋刻江州陶靖節集，作『形夭無千歲』爲是，不可妄改。」王叔岷、楊勇亦作「形夭無千歲」，并據畢沅山海經新校正稱唐等慈寺碑作「形夭」，辯稱陶公所讀山海經，本作「形夭」。按，淮南子墜形訓：「西方有形殘之尸。」高誘注：「一説曰：形殘之尸，于是以兩乳爲目，腹臍爲口，操干戚以舞，天神斷其手，後天帝斷其首也。」形殘即山海經之刑天，古聲天、殘相近。又，袁珂山海經校注云：「刑天原爲無名天神，因與黄帝争神，斷首之後，始名刑天。」據上可知，作「刑天舞干戚」是。刑天雖無首，猶舞干戚以鬭，其義正與下句「猛志固常在」相應。

〔三〕「同物」二句：黄文焕陶詩析義卷四：「因遊海故被溺，因争神故被斷，是謂同物有慮。被溺而化爲飛鳥，仍思填海；被斷而化爲無首，仍思争舞，是謂化去不悔。」逯注：「二句是説，女娃、形夭既一般是生物，死是無可懷疑的。」按，逯注不確，黄説較勝。莊子大宗師：「假於異物，託以同體。」郭象注：「今死生聚散，變化無方，皆異物也。無異而不假，故所假雖異而共成一體也。」詩云同物無慮，指女娃化爲精衛，刑天爲帝斷首，雖與原形有異，然生死相齊，萬化爲一，形異而實同，何所謀慮悔恨哉！無慮，無所謀慮。莊子天地：「德人者，居無思，行無慮。」

〔四〕徒設：空設。蕭衍求讜言詔：「肺石空陳，懸鍾徒設。」

〔五〕良晨：同良辰。以上二句慨歎精衛、刑天空有昔日壯心，良辰却已不可再得矣，其意正同雜詩其三「日月擲人去，有志不獲騁」二句。

【集説】

前人或以晉宋易代一事探索此詩的「微旨」。如孫人龍纂輯陶公詩評注初學讀本卷二謂此詩：「顯悲異代，心事畢露。」其説不可信。章炳麟手批陶淵明集以爲此詩慷慨激昂，不過有感而發，與不仕二姓無關：「形骸雖朽，志無盡時，雖躬居高位者，亦往往有感而發，而況其餘。魏武詩云：『驥老伏櫪，志在千里。烈士暮年，壯心不已。』王敦讀之，至於擊碎唾壺。然謂此爲魏武自道，豈理也哉？今人以靖節不仕二姓，遂欲種種牽合，失其實矣。」（讀山海經詩其十眉批）梁啓超陶淵明之文藝及其品格一文謂此詩及前「夸父誕宏志」等篇，「不知不覺把他的『潛在意識』衝動出來了」。魯迅且介亭雜文二集題未定草（六）稱此詩表現了淵明的「金剛怒目」式。

臣危肆威暴〔一〕，欽鴀違帝旨〔二〕。窫窳强能變〔三〕，祖江遂獨死。明明上天鑒，爲惡不可履。長枯固已劇〔四〕，鵕鶚豈足恃〔五〕。

【校記】

臣危　陶本原作「巨猾」，各本同。曾本云，「猾」，一作「危」。蘇寫本、汲古閣本同。丁注：「臣危，一作巨猾，非。巨因形而誤，猾因雙聲而誤也。」按，據山海經海内西經，作「臣危」是，今據改。

鵕鶚　「鶚」，曾本作「鸃」，云，一作「鷄鶚」。汲古閣本、蘇寫本同。李本作「鷄鶚」。按，據山海經西山經，作「鵕鶚」是，參見注〔二〕。

【箋注】

〔一〕臣危：山海經海内西經：「貳負之臣曰危。危與貳負殺窫窳，帝乃梏之疏屬之山，桎其右足，反縛兩手與髮，繫之山上木。」

〔二〕欽鴀：神話中的人物。山海經西山經：「又西北四百二十里曰鍾山，其子曰鼓，其狀如人面而龍身，是與欽鴀殺葆江於崑侖之陽，帝乃戮之鍾山之東曰嶢崖。欽鴀化爲大鶚，其狀如雕而黑文白首，赤喙而虎爪，其音如晨鵠，見則有大兵。鼓亦化爲鵕鳥，其狀如鴟，赤足而直喙，黄文而白首，其音如鵠，見即其邑大旱。」郭璞注：「葆，或作祖。」

〔三〕窫窳：怪物名。强能變：指窫窳善于變化。山海經北山經：「又北二十里，曰少咸之山，無草木，多青碧，有獸焉，其狀如牛而赤身，人面馬足，名曰窫窳。」又海内南經：「窫窳，龍首人身，居弱水中。」郭璞注：「窫窳，本蛇身人面，爲貳負臣所殺，復化而成此物也。」

〔四〕「長枯」句：言臣危被天帝長久桎梏。丁注：「枯，當是梏之誤。作枯，非。因形近而誤也。海内西經郭注：『漢宣帝使人上郡發磐石，石室中得一人，跣裸被髮，反縛，械一足。以問羣臣，莫能知。劉子政按此言對之（即帝梏臣危而桎其右足，反縛兩手與髮也）。宣帝大驚。於是時人争學山海經矣。』」按，丁注是。劇：嚴厲。文選王粲詠史詩：「同知埋身劇。」李善注：「劇，甚也。」

〔五〕鵕鶚：指欽䲹被天帝懲罰後化爲大鶚，鼓化爲鵕鳥。

【集評】

邱嘉穗東山草堂陶詩箋卷四：「此篇蓋比劉裕篡弑之惡也。終亦必亡而已矣。蕭統評其文曰：『語時事，則指而可想。』非此類歟？」

吴菘論陶：「『巨猾肆威暴』二句言䲹、鼓、貳負之履惡，『窫窳』二句悲窫窳、祖江之長枯，故接云爲惡者天鑒不遠，窫窳、祖江固長枯矣，而䲹、鼓亦化爲異物，豈足恃哉！正深歎巨猾之徒，惡而終受誅夷，其垂戒深矣。」

温汝能陶詩彙評卷四：「末四句援上天以警惡人，是極憤語，亦是無聊語。」

鴟鴸見城邑，其國有放士〔一〕。念彼懷王世，當時數來止〔二〕。青丘有奇鳥，自言獨見爾〔三〕。本爲迷者生，不以喻君子〔四〕。

【校記】

鴟鴸　陶本原作「鵃鵝」。曾本作「鵰鵝」，云，一作「鳴鴞」。蘇寫本、汲古閣本同。湯本作「鵰鵝」，云，當作「鴟鴸」。李本、焦本同。按，據山海經南山經，作「鴟鴸」是，今據改。

念彼　「彼」，曾本云，一作「昔」。湯本、汲古閣本同。

懷王世　「世」，曾本、汲古閣本云，一作「母」。

當時數來止　「當時」，曾本、汲古閣本云，一作「亦得」。蘇寫本云，一作「念彼懷王時，亦得數來止」。

見爾　「爾」，陶本原校：「何校宣和本云，『爾』，一作『理』。」曾本云，一作「理」。蘇寫本、汲古閣本同。

【箋注】

〔一〕「鴟鴸」二句：山海經南山經：「柜山有鳥焉，其狀如鴟而人手，其音如痺，其名曰鴸，其鳴自號也，見則其縣多放士。」邱嘉穗東山草堂陶詩箋卷四：「放士，當亦是公自指。」按，據下句「念彼懷王世」，放士當指屈原。邱説非。

〔二〕數來止：指鴟鴸數見。

〔三〕「青丘」二句：山海經南山經：青丘之山，「有鳥焉，其狀如鳩，其音若呵，名曰灌灌，佩之不惑。」

〔四〕「本爲」二句：此承上二句，意謂青丘鳥佩之可以不惑，故曰「本爲迷者生」；而君子不惑，不必佩青丘鳥，故曰「不以喻君子」。喻，曉喻。

【集評】

陶澍注靖節先生集卷四：「詩意蓋言屈原被放，由懷王之迷；青丘奇鳥，本爲迷者而生。何但見鴟鴸，不見此鳥，遂終迷不悟乎！寄慨無窮。」

巖巖顯朝市〔一〕，帝者慎用才。何以廢共鯀，重華爲之來〔二〕。仲父獻誠言，姜公乃見猜〔三〕。臨没告飢渴，當復何及哉〔四〕。

【校記】

巖巖　曾本云，一作「悠悠」。蘇寫本、汲古閣本同。按，作「巖巖」是，參見注〔一〕。

慎用才　「慎」，曾本云，一作「善」。蘇寫本、汲古閣本同。

仲父　「父」，曾本、汲古閣本云，一作「文」。蘇寫本作「文」。按，作「父」是。參見注〔三〕。

【箋注】

〔一〕巖巖：高峻貌。詩小雅節南山：「節彼南山，維石巖巖。」此以巖巖指代顯赫大臣。朝市：指朝廷官府。感士不遇賦：「謝良價於朝市。」

〔二〕「何以」二句：書舜典：「流共工於幽洲，放驩兜於崇山，竄三苗於三危，殛鯀於羽山。」共鯀，共工與鯀，皆舜臣。重華，指舜。

〔三〕「仲父」二句：仲父，指管仲。姜公，指齊桓公，姓姜，故稱姜公。史記卷三二齊太公世家：「管仲病，桓公問曰：『羣臣誰可相者？』管仲曰：『知臣莫如君。』公曰：『易牙如何？』對曰：『殺子以適君，非人情，不可。』公曰：『開方如何？』對曰：『倍親以適君，非人情，難近。』公曰：『豎刀如何？』對曰：『自宮以適君，非人情，難親。』管仲死，而桓公不用管仲言，卒近用三子，三子專權。」

〔四〕「臨没」二句：吕氏春秋知接：「公有病，易牙、豎刀、常之巫，相與作亂，塞公門。有一婦人，踰垣入，至公所。公曰：『我飢欲食。』婦人曰：『我無所得。』公又曰：『我渴欲飲。』婦人曰：『我無所得。』公曰：『何故？』對曰：『易牙、豎刀、常之巫相與作亂，塞宮門，築高墻，不通人，故無所得。』公慨焉歎曰：『死者有知，我何面目見仲父乎！』蒙衣袂而絶於壽宮。」

【集説】

前人多以爲此詩針對桓玄、劉裕等篡晉而發。如吴菘論陶云：「重華乃千古不惑之君子，故能用才去讒；姜公反是，遂至飢渴無及，以終上章之意。案此數首，皆寓篡弒之事。」陶注曰：「晉自王敦、桓温，以至劉裕，共、鯀相尋，不聞黜退，魁柄既失，篡弒遂成。此先生所爲託言荒渺，姑寄物外之心，而終推禍原，以致其隱痛也。」

讀山海經十三首作年既難確定，命意又不顯，故歷來理解不一。多數論者因認定這組詩作於晉宋易代之際，故以忠晉感憤説附會，尤其是第十、十一首，被作爲痛斥劉裕的確證，如真西山跋黄瀛甫擬陶詩謂淵明：「眷眷王室，蓋有乃祖長沙公之心，獨以力不得爲，故肥遁以自絶。食薇飲水之言，銜木填海之喻，至深痛切。」古直亦多以當世之事作解，如謂第十三首：「歸咎孝武帝之疏謝安，任道子，帝卒因此遇弒，晉卒因此而亡也。」與上相反者，認爲讀山海經不過寫其幽居之樂，無甚深意。如張自烈箋註陶淵明集卷四云：「予讀詠山海經詩，頗類屈子天問，詞雖幽異離奇，似無深旨耳。」又云：「意以古今志林多載異説，往往不衷於道，聊爲詠之，以明存而不論之意，如求其解，則鑿矣。」

挽歌詩三首〔一〕

有生必有死〔二〕，早終非命促〔三〕。昨暮同爲人，今旦在鬼録〔四〕。魂氣散何之〔五〕，枯形寄空木〔六〕。嬌兒索父啼，良友撫我哭。得失不復知，是非安能覺〔七〕。千秋萬歲後，誰知榮與辱〔八〕。但恨在世時，飲酒不得足。

【校記】

挽歌詩三首　陶本無「三首」兩字。陶本原校：「諸本作『擬挽歌辭』，文選作『挽歌詩』，無『擬』字。今從之。李本有『三首』兩字。」樂府詩集作「挽歌」。今據李本補「三首」兩字。

在鬼録　「在」，曾本云，一作「作」。湯本、汲古閣本同。

魂氣　「氣」，曾本云，一作「魄」。湯本、汲古閣本同。按，作「魂氣」是，參見注〔五〕。

撫我哭　「撫」，樂府詩集作「拊」。

不得足　曾本云，一作「常不足」。蘇寫本、汲古閣本同。樂府詩集作「恒不足」。

【箋注】

〔一〕李注引趙泉山曰：「『嚴霜九月中，送我出遠郊』，與自祭文『律中無射』之月相符，知挽辭乃將逝之夕作，是以梁昭明采此辭入選，止題曰陶淵明挽歌。」又引曾端伯曰：「晉桓伊善挽歌，庾晞亦喜爲挽歌，每自摇大鈴爲唱，使左右齊和。袁山松遇出遊，則好令左右作挽歌。類皆一時名流達士習尚如此，非如今之人例以爲悼亡之語而惡言之也。」按，趙泉山謂此詩作於淵明將逝之夕，其説是。詩云「嚴霜九月中」，則此詩作於宋文帝元嘉四年丁卯（四二七）九月。逯繫年依據顔誄叙淵明「年在中身，疢維痁疾」以及與子儼等疏「吾年過五十，疾患以來，漸就衰損，自恐大分將有限也」數語，謂此詩作於義熙十一年乙卯（四一五），淵明時年五十一。又齊益壽論陶淵明挽歌詩非絶筆之作，以挽歌詩與自祭文之不同，證明非臨終絶筆。理由有二：一是自祭文作於元嘉四年，時長子儼至少三十三歲，幼子佟亦已二十五歲，而挽歌之一卻説「嬌兒索父啼」，嬌兒應指童騃無知的孩兒，因此索父啼的嬌兒顯與二十五歲或以上的成人不合。二是自祭文對生死的態度至爲嚴肅鄭重，而挽歌則出之於戲謔嘲諷。此外，晉朝名士夙有作挽歌的習尚，且都成於暇日宴遊，因此挽歌並非作於寫自祭文當年，而可能作於暇日，也許就作在死前二十年幼子五歲時亦説不定。（轉引自呂興昌陶淵明享年六十三歲舊説新徵，臺北漢學研究第五卷第二期）按，逯繫年，謂挽歌詩作於淵明五十一歲，殊欠説服力。齊益壽以挽歌詩「嬌兒索父啼」與成人不合爲由，否定此詩是淵明絶筆。其實，「嬌兒」雖多指年幼之愛子，但非謂其他年齡的愛子就不可稱「嬌兒」。左思嬌女詩寫一對嬌女，妹名婉素，姊名惠芳。婉素「執書愛綈素，誦習矜所獲」，惠芳「從容好趙舞，延袖像飛翮。上下弦柱際，文史輒卷襞……」二嬌女已能讀書、誦習、學舞。猜其年齡，大概已十歲以上。以「嬌兒」幼子佟之年齡爲依據，從而得出挽歌詩三首作于淵明壯年的結論，並不可靠。挽歌詩其三説：「嚴霜九月中，送我出遠郊。」自祭文説：「歲惟丁卯，律中無射。」禮記月令：「季秋之月，其音商，律中無射。」呂氏春秋音律：「夾鐘生無射。」高誘注：「無射，九月律。」「律中無射」，意思是無射（陽律的第六）與九月相應。「嚴霜九月中」，正是「律中無射」，是挽歌詩與自祭文二者若合符契，爲作于一時的最有力證據。假若挽歌詩作于義熙初，淵明豈能自知二十年後死期在九月中？可見此詩固屬東晉名士自作挽歌的習氣，但確是臨終前所作。又，摯虞挽歌議：「新禮以爲挽歌出于漢武帝役人之勞歌，聲辭哀切，遂以爲送終之禮。」（晉書禮志中）魏晉時人們喜作挽歌，淵明自作挽歌，乃當時風尚所習。

〔二〕「有生」句：文選潘安西征賦：「命有始而必終。」李善注：「家語：孔子曰：『命者性之始也，死者生之終也，有始必有終矣。』」列子天瑞篇：「生者理之必終者也，終者不得不終，亦如生者不得不生。」五月旦作和戴主簿詩：「人理固有終。」

〔三〕命促：命短。王褒贈周處士詩：「百齡悲促命。」

〔四〕鬼録：古注：「魏文帝與吴質書：『觀其姓名，已爲鬼録。』」

〔五〕魂氣：謂靈魂。莊子知北遊：「人之生，氣之聚也。聚則爲生，散則爲死。」莊子天地郭象注：「氣之散，無不之。」西京雜記卷三：「骨肉歸于后土，氣魂無所不之。」阮籍詠懷詩：「但恐須臾間，魂氣隨風飄。」

〔六〕空木：傳説堯死後用中空之木作棺，後因以爲棺的代稱。劉向説苑反質：「昔堯之葬者，空木爲櫝，葛藟爲緘。」

〔七〕覺：覺即「較」也。可訓爲「相去」、「相差」、「相較」。魏晉常語。世説新語賞譽劉孝標注引虞預晉書：「陔及二弟歆、茂皆總角見稱，並有品望，鄉人諸父，未能覺其多少。」世説新語捷悟：「我才不及卿，乃覺三十里。」

〔八〕「千秋」二句：古注：「阮籍詠懷詩：『千秋萬歲後，榮名安所之。』」

【集評】

李公焕箋注陶淵明集卷四引祁寬曰：「昔人自作祭文挽詩者多矣，或寓意騁辭，成於暇日。寬考次靖節詩文，乃絶筆於祭挽三篇，蓋出於屬纊之際者，辭情俱達，尤爲精麗，其於晝夜之道，了然如此。古之聖賢，唯孔子、曾子能之，見於曳杖之歌，易簀之言。嗟哉！斯人没七百年，未聞有稱贊及此者。因表而出之，附於卷末。」

陳祚明采菽堂古詩選：「言理極盡，故言哀極深。末故以放語引令遠，可知一息尚存，得失是非不泯泯也。」

方東樹昭昧詹言卷四：「一起凝結，言死一耳，但早終非有短促之殊，曠指妙義空古今。『魂氣』八句叙足，結句收轉，倒具奇趣。」

在昔無酒飲，今但湛空觴。春醪生浮蟻〔一〕，何時更能嘗。殽案盈我前，親舊哭我傍。欲語口無音〔二〕，欲視眼無光。昔在高堂寢，今宿荒草鄉。荒草無人眠，極視正茫茫。一朝出門去，歸來夜未央〔三〕。

【校記】

今但　「但」，曾本云，一作「旦」。湯本、汲古閣本、焦本同。樂府詩集作「但恨」。

更能嘗　「更」，曾本云，一作「復」。蘇寫本、湯本、汲古閣本同。

盈我前　「盈」，樂府詩集云，一作「列」。

親舊　「舊」，陶本原作「朋」。樂府詩集作「戚」，云，一作「舊」。按，五柳先生傳：「親舊知其如此。」與子儼等疏：「親舊不遺，每以藥石見救。」作「親舊」是。今據改。

荒草無人眠，極視正茫茫　陶本及各本無此二句。曾本云，一本有「荒草無人眠，極視正茫茫」二句。蘇寫本、湯本、李本、汲古閣本同。曾本又云，「極」，又作「直」。蘇寫本、汲古閣本同。今據樂府詩集補。

出門去　「去」，曾本、汲古閣本云，一作「易」。

歸來夜未央　「來」，樂府詩集作「家」，云，一作「來」。「夜」，陶本原作「良」。曾本、湯本、蘇寫本、李本、汲古閣本皆作「良」。焦本作「夜」。按，作「夜」佳，今改作「夜」。參見注〔三〕。

【箋注】

〔一〕春醪：春酒。醪，酒之別名。浮蟻：酒之浮沫。張衡南都賦：「醪敷徑寸，浮蟻若萍。」曹植酒賦：「或素蟻如萍。」按，阮瑀七哀詩：「身盡氣力索，精魂靡所能。嘉肴設不御，旨酒盈觴杯。」「春醪」二句，正寫身盡力索，精魂不能再嘗肴酒的憾恨。

〔二〕「欲語」句：傅玄挽歌：「欲悲淚已竭，欲辭不能言。」

〔三〕夜未央：夜未盡。王叔岷云：「此詩作『夜未央』，義頗難通，良字勝。廣雅釋詁一：

『央，盡也。』」二句蓋謂一朝死去，則歸來無期也。」按，古人以長夜無曉喻死不復生。如文選潘岳哀逝文：「户闔兮燈滅，夜何時兮復曉。」李善注：「司馬彪續漢書：張奂遺令曰：『地底冥冥，長無曉期。』」潘岳京陵女公子王氏哀辭：「長夜無旦，孤魂曷依。」「夜未央」即「長無曉期」及「長夜無旦」之意。

【集評】

邱嘉穗東山草堂陶詩箋卷四：「首篇乍死而殮，次篇奠而出殯，三篇送而葬之，次第秩然。」

鍾秀陶靖節紀事詩品卷一：「死生之變亦大矣！而先生從容閒暇如此，平生所養，從可知矣。」

荒草何茫茫，白楊亦蕭蕭〔一〕。嚴霜九月中，送我出遠郊。四面無人居〔二〕，高墳正嶕嶢〔三〕。馬爲仰天鳴，風爲自蕭條〔四〕。幽室一已閉〔五〕，千年不復朝。千年不復朝，賢達無奈何。向來相送人，各自還其家。親戚或餘悲，他人亦已歌〔六〕。死去何所道，託體同山阿〔七〕。

【校記】

出遠郊　「出」，曾本云，一作「來」。湯本、汲古閣本同。

馬爲仰天鳴，風爲自蕭條　陶本原校：「緑君亭本云，一作『鳥爲動哀鳴，林爲結風飈』。」曾本、蘇寫本、汲古閣本同。樂府詩集作「鳥爲動哀鳴，林風自蕭條」，云，一作「馬爲仰天鳴」。按，潘岳南陽長公主誄：「騑驂躊躇，服馬悲鳴。」文選潘岳寡婦賦：「馬悲鳴而跼顧。」古人送喪多用馬，作「馬爲仰天鳴，風爲自蕭條」是。

各自還其家　「自」，曾本云，一作「已」。汲古閣本同，文選作「已」。樂府詩集作「以」，云，一作「已」。「還」，文選作「歸」。

【箋注】

〔一〕「荒草」二句：文選李善注：「古詩：『四顧何茫茫，東風摇百草。』又曰：『白楊何蕭蕭，松柏夾廣路。』」

〔二〕人居：謂民居，民舍。

〔三〕嶕嶢：亦作「焦嶢」。説文：「焦嶢，山高貌。」

〔四〕蕭條：謂風聲。文選李少卿答蘇武書：「但聞悲風蕭條之聲。」文選鮑照舞鶴賦：「臨驚風之蕭條，對流光之照灼。」吴淇六朝選詩定論卷十一：「『馬爲』二句，寫此幽室未閉之一刻。古人殉葬多用平生所乘馬，馬有覺，故爲仰天而鳴，若有思主之意。風無知，與人無情，亦爲蕭條。」

〔五〕幽室：指墓穴。

〔六〕「親戚」二句：意謂人死微不足道，僅親戚片時之悲耳。列子仲尼：「隸人之生，隸人之死，衆人且歌，衆人且哭。」

〔七〕「託體」句：謂死後寄身於山陵而已。山阿，山陵。曹植野田黄雀行：「零落歸山丘。」皇甫謐篤終論：「形骸與后土同體。」文選潘岳寡婦賦：「終歸骨兮山足。」

【集評】

陳祚明采菽堂古詩選卷十四：「一氣瀏蒞，十九首而外，在漢人亦不多得。又極似蔡中郎『青青河畔草』一篇，似以神，此固神到之筆也。『千年不復朝』疊一句，跌宕以振之，哀響之中發以壯調，然彌壯彌哀矣！『親戚或餘悲，他人亦已歌』，非十九首安得此名句。」

温汝能陶詩彙評卷四：「三篇之中末篇尤調高響絶，千百世下如聞其聲，如見其情也。孫氏乃云只是淺語，但以自輓爲奇。豈知以淺語寫深思，更耐人咀味不盡爾。且疊句每易流於輕剽，看其『千年不復朝，賢達無奈何』二語，幽悽俯仰欲絶。周青輪謂其疊語一句更慘，良然。孫氏反取其自在，又云『不落哀境』，甚矣，説詩之難也。」

方東樹昭昧詹言卷四：「且叙且寫，有畫意。『幽室』八句入議論，真情真理，另收緩結。此詩氣格，筆勢横恣，游行自在，與三百篇同曠，而又全具興觀羣怨。杜公且遜之。」

聯　句〔一〕

鳴雁乘風飛，去去當何極。念彼窮居士，如何不歎息。淵明雖欲騰九萬，扶摇竟何力〔二〕。遠招王子喬，雲駕庶可飭〔三〕。愔之顧侶正徘徊，離離翔天側〔四〕。霜露豈不切，務從忘愛翼。循之高柯擢條幹，遠眺同天色〔五〕。思絶慶未看，徒使生迷惑。淵明

【校記】

何力　「何」，曾本云，一作「無」。蘇寫本、汲古閣本同。

王子喬　「喬」，曾本、汲古閣本云，一作「晉」。

徘徊　曾本、汲古閣本云，一作「離離」，又作「争飛」。

離離翔天側　曾本、汲古閣本云，一作「附羽天池側」。蘇寫本云，一作「顧侶正離離，附羽天池側」。

霜露豈不切　曾本云，一作「霜落不切肌」。蘇寫本、汲古閣本同。

務從忘愛翼　曾本云，一作「徒愛雙飛翼」。蘇寫本、汲古閣本同。

擢條幹　「擢」，陶本原作「濯」。湯本、李本同。按，孔臧楊柳賦：「或擢跡而接穹蒼。」劉勝文木賦：「横日路而擢枝。」擢：拔也，抽也，出也。濯：洗也，滌也。作「擢」是，今逕改。

徒使生迷惑　此句下各本無「淵明」二字。

【箋注】

〔一〕此詩内容以寫雁咏志，真僞與作年向來不可考。何注：「愔之、循之，集内不再見，莫知其姓。考晉宋書及南史亦無此人。意必晉書潛本傳所謂其鄉親張野及周旋人羊松齡、龐遵等輩

中人也。」鄧安生新探始有發明，云：「我今查得世説新語卷上言語『謝景重』一條中，劉孝標注引謝女譜（按，疑是謝氏譜之訛）有『重女月鏡適王恭子愔之』一句。二人名字悉同，我疑爲一人。」按，晉書卷八四王恭傳僅載恭兵敗被殺時五子同時遇害，無五子之名。故聯句詩中愔之是否確爲恭子，並與淵明交往，還只能存疑。

〔二〕「雖欲」二句：莊子逍遥遊：「鵬之徙於南溟也，水擊三千里，摶扶摇而上者九萬里。」成玄英疏：「扶摇，旋風也。」

〔三〕雲駕：雲車。飭：指整飭車駕。

〔四〕離離：整而有序貌。詩王風黍離：「彼黍離離。」馬瑞辰毛詩傳箋通釋：「黍秀舒散，離離者狀其有行列也。」

〔五〕「遠眺」句：指遠看樹枝與天同色。

歸園田居〔一〕

種苗在東皋，苗生滿阡陌。雖有荷鋤倦，濁酒聊自適。日暮巾柴車，路暗光已夕。歸人望煙火，稚子候簷隙。問君亦何爲，百年會有役。但願桑麻成，蠶月得紡績。素心正如此，開徑望三益。

【校記】

徑，一作「卷」。

【箋注】

〔一〕此詩汲古閣本、李本置於卷二，爲歸園六首詩之六。汲古閣本於詩末注：「或云此篇江淹雜擬，非淵明所作。」李注引韓子蒼曰：「田園六首末篇乃序行役，與前五首不類。今俗本乃取江淹『種苗在東皋』爲末篇，東坡亦因其誤和之。陳述古本止有五首。予以爲皆非也，當如張相國本題爲雜詠六首，江淹雜擬詩，亦頗似之，但『開徑望三益』此一句不類。」李注又引湯漢曰：「此江淹擬作，見文選。其音節文貌絶似，『但願桑麻成，蠶月得紡績』，則與陶公語判然矣。」陶注：「陳正敏曰：『文選有江文通擬古詩，如擬休上人怨别詩曰：「日暮碧雲合，佳人殊未來。」今人遂用爲休上人詩故事。又擬陶徵君田居詩「種苗在東皋」一首，今此詩亦收在陶集中，皆誤也。』……洪邁曰：『歸園田居末篇，乃江文通雜體三十篇之一，明言學陶徵君田居。蓋陶三章云：「種豆南山下，草盛豆苗稀。晨興理荒穢，帶月荷鋤歸。」故江云：「雖有荷鋤倦，濁酒聊自適」，正擬其意也。』」

問來使〔一〕

爾從山中來，早晚發天目。我屋南窗下，今生幾叢菊。薔薇葉已抽，秋蘭氣當馥。歸去來山中，山中酒應熟。

【箋注】

〔一〕此詩汲古閣本、李本置於卷二歸園田居六首之後，焦本于二卷歸園田居五首之後。汲古閣本於題下注：「南唐本有此一首。」李本注引湯漢曰：「此蓋晚唐人因李白感秋詩而僞爲之。」陶注：「容齋隨筆：『問來使詩，諸本皆不載，惟晁文元家本有之。天目疑非陶居處，李太白感秋云：「陶令歸去來，田家酒應熟。」乃用此耳。』」「蔡條西清詩話曰：『陶集屢經諸儒手校，然有問來使一篇，世蓋未見，獨南唐與晁文元二本有之。李白尋陽感秋詩：「陶令過去來，山中酒應熟。」其取諸此云。』顏羽滄浪詩話：『此篇體制氣象與陶詩不類，得非太白逸詩，後人漫取入陶集耳？』郎瑛曰：『此篇乃蘇子美所作，好事者混入陶集中。』」

四時〔一〕

春水滿四澤，夏雲多奇峰。秋月揚明暉，冬嶺秀孤松。

【校記】

孤 一作「寒」。

【箋注】

〔一〕此詩湯本、焦本置於三卷末，汲古閣本在四卷末，北堂書鈔卷一〇〇稱「古詩」。許顗彦周詩話：「此乃顧長康詩，誤入陶彭澤集中。」湯注：「劉斯立曰：當是用此足成全篇。篇中唯此警絶，居然可知。或雖顧作，淵明摘出四句，可謂善擇。」